고기잡이는
갈대를
꺾지 않는다

고기잡이는 갈대를 꺾지 않는다

김주영

장편소설

문학동네

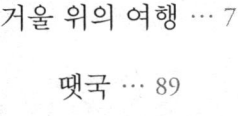

차례

거울 위의 여행

마을에서 면사무소로 올라가는 오르막길 들머리에 궁핍을 겪었던 시절의 집이 있었다. 닭 몇 마리를 놓아 기를 만한 협소한 뜰을 둘러친 울바자가 있었고, 그 울바자 너머로는 언제나 먼지와 허섭스레기가 흩날리는 장터거리가 있었고, 거기선 닷새마다한 번씩 저자가 섰다. 무싯날에는 내왕하는 사람을 거의 볼 수 없을 정도로 휑뎅그렁하기만 해서 동네의 개들이 몰려나와 한가롭게 흘레를 붙곤 하였다. 그러나 저자가 서는 날엔 꼭두새벽부터노점상들과 장꾼들이 몰려들기 시작해서 아침나절이 되면 그 넓은 장터가 사람들의 아우성으로 꽉 들어찼다.

술을 마시지 않았어도 얼굴이 불콰하게 상기된 코주부들끼리서로 상대의 멱을 뒤틀어잡고 패대기질을 벌이는가 하면, 소매치기에게 무명 판 돈을 몽땅 털린 뒤 눈자위를 허공에 걸고 장마당에 퍼질러 앉아 넉장거리를 하는 아낙네도 심심찮게 볼 수 있었다. 주위로 구경꾼들이 몰려들었고, 대성통곡인 아낙네를 보며 속수무책인 구경꾼들은 푸념을 늘어놓았다. 세상이 하루가 다르게 극악해져간다고. 비라도 추적추적 내리는 여름 장마에는 우리 집 울타리 너머로 가축 시장이 서기도 하였다. 저잣거리에 내리는 비는 장마당의 악다구니와 앙탈을 함초롬히 적셔 잠재우는 대신, 장거리의 생채기들을 보기 흉한 꼴로 다시 일으켜 세우는 묘한 마력이 있었다. 키꼴이 성큼한 수탉이 속살까지 비에 젖어 측은한 몰골로 벼슬을 늘어뜨리고 망연히 서 있는데, 비를 피해 남의 집 추녀 아래로 멀찌감치 비켜선 수탉 주인 역시 비에 흠뻑 젖어 있었다. 비 맞은 꼴이 측은해 보이기는 닭이나 닭 주인의 형용이 조금도 짝이 지지 않았다. 그때 베잠방이 속으로 닭 주인의 측은한 몰골의 남근이 들여다보이기도 하였다.

해가 뉘엿뉘엿 지고 저자가 파하기 시작하면, 소낙비 지나고 땡볕이 내리쬐는 장터 바닥에서 아귀다툼을 하던 노점상들과 장꾼들은 하나 둘 길을 떠나고, 그 대신 곡식전 머리에 떨어진 낟알을 쪼아먹으려는 새떼가 무리지어 내려앉았다. 텅 빈 저잣거리에 냉기 품은 저녁 바람이 불어닥칠 때, 나는 공연히 울적해서 울고 싶어지곤 했다. 닷새마다 찾아오는 그 공허는 어머니가 집에 있지 않음으로 해서 더욱 결정적이었다.

어머니는 그 장날이란 것과 인연을 맺지 않고 살았다. 장날에도 방아품을 팔러 다녀야 했기 때문이었다. 곡식전 머리에서 재 재거리며 배를 불린 새떼도 어디론가 날아가고, 먼 산등성이를 감고 있던 저녁 이내가 어둠으로 가라앉기 시작하면, 장바닥을 누비며 상표 딱지를 줍던 우리 형제도 집으로 돌아가야 했다. 아무도 없는 텅 빈 집안 툇마루에, 우리는 어제도 그랬던 것처럼 나란히 앉았다.

우리들 손에는 장터에서 주워 모은 몇 장의 상표 딱지들이 들려 있었다. 알루미늄 그릇이나 농기구나 통조림 깡통에서 떨어진 상표들이었다. 거기에는 뱃구레에 새끼를 담은 캥거루의 모습이나 성긴 이빨을 드러낸 사자의 모습이 그려졌거나, 혹은 바다 생선이 단순한 디자인으로 새겨져 있기도 했는데, 어떤 것은 꽁치였고 어떤 것은 먹음직스럽게 잘라놓은 육고기 토막이기도 했다.

우리는 게임을 시작했다. 서로가 주워 가진 상표 딱지를, 가위바위보 해서 이긴 편이 한 장씩 빼앗는 일이었다. 이긴 쪽에선 상대의 손바닥을 헤작여서 구미에 동하는 것을 골라 가질 수 있는 권리도 함께 주어졌다. 패한 횟수가 많은 편에 끝까지 남아 있게 되는 것은 캥거루와 사자의 그림이나 공장 건물 따위가 그려진 상표였다. 왜냐하면 그것들은 먹을 수 없는 것들이었기 때문이다.

우리들에게 있어서 먹을 수 있는 것과 없는 것의 뚜렷한 경계는, 이혼을 결정한 부부 사이에서 화장실 벽에 걸린 낡은 수건 한 장도 네 것과 내 것이 명확하게 판가름지어지는 일처럼 확실했다. 그래서 이긴 쪽에서 우선순위를 두고 서둘러 수거해가는 것은, 비린내가 금방 코로 스며들 것만 같은 토막 고기나 꽁치가 그려진 상표였다. 일단 게임이 시작되면 우리는 진수성찬을 탐하는 아이들처럼 게임에 몰두해서 어둠이 문지방을 넘어와 방 안 구석진 곳까지 스며드는 것조차 눈치채지 못할 정도였다. 그러나 둘 중에 누구든 수세에 몰리게 되면 앙탈을 부리기 마련이었다.

"캉거루도 먹을 수 있다 카이."

둘 중 어느 한편의 입에서 그런 말이 불쑥 튀어나왔다. 그것은 이긴 편의 불평 때문이었다.

"캉거루를 닭 새끼로 아는갑네."

"내가 언제 닭이라 카드나."

"그라문 이걸 어떻게 묵는다 말이고."

"나는 캉거루 고기 묵는 것 봤다. 소고기 맛이라 카드라."

"그짓말 말거래이. 이게 소 새낀 줄 아나, 닭 새낀 줄 아나. 나는 캉거루를 보지도 못했다 카이."

"앞산 너머에 몇 마리 산다 카드라. 거기 가면 우글우글한다 카드라. 없는 짐승을 여그다 그려놨을라꼬."

"텍도 없는 소리 말그래이. 이거는 노루 새끼하고 다른 짐승이대이."

"그래도 나는 캉거루 고기 묵는 거 봤다 카이."

"누가 묵드노?"

"잊어뿌렀다 카이."

"그짓말할라다가 말문이 막혀서 잊어뿌렀다 카제?"

"말이사 밴호사매쿠로 잘한다. 먹는 것인 동 몬 먹는 것인 동 나가서 어른들한테 물어볼래?"

"그래, 물어보자."

어린 새끼를 등에다 업지 않고 뱃구레로 돌려안은 그 캥거루 그려진 상표를 들고 우리는 동구 앞 한터로 나갔다. 흥정을 벌이다가 입씨름이 벌어진 상인과 장꾼 들처럼 우리도 결판이 날 때까지는 서로의 괴춤을 뒤틀어잡고 놓아주지 않았다. 우리의 질문을 받은 어른들은 그 상표 딱지를 불빛 아래로 들고 가서 진지하고도 세밀하게 그림을 살폈다. 한동안이 지난 뒤에 상표 딱지를 건네주면서 어른들은 푸념처럼 뇌까렸다.

"측간 지붕에 떨어진 까마구도 줏어먹을 판국에 이런 짐승 삶아 묵는다고 별탈이야 나겠나."

"캉거루 고기를 묵는다 말입니껴?"

"너그덜 묵기 거북하거든 날 갖다고. 내가 묵어주꾸마."

"그라문 이 사자 고기도 묵는 깁니껴?"

"그거야 어불성설이제. 그놈이 먼저 날 잡아묵을라 칼 긴데."

우리의 진지한 게임은 거기서 끝장이 나곤 하였다. 게임이 끝장났다는 것은 승패의 경계가 일도양단으로 결판이 났다는 얘기가 아니다. 그것은 캥거루 고기를 먹을 수 있다고 앙탈을 부린 쪽이나 그렇지 않다고 반격을 했던 쪽이거나 간에, 우리 고장을 중심으로 하는 어느 곳에서도 그런 짐승은 살고 있지 않을뿐더러, 더군다나 잡아먹는 구경 역시 경험한 적이 없다는 것을 우리들 서로는 너무나 잘 알고 있었기 때문이었다. 그리고 서로의 주장을 보장받기 위해서 어른들을 찾아나섰던 일 역시 어느 편으로 판가름이 나든 결코 중요한 일은 아니었다. 어른들의 존재는 우리의 게임에 등장시킨 소도구에 불과했다. 그것은 우리 나름대로 발견해서 터득하고 있었던 하나의 편법이었다. 우리가 진지하게 매달려 싸우고자 했던 것은 어머니를 기다리고 있는 동안에 우리를 옥죄고 있던 시간의 장난이었을 뿐, 캥거루와 사자는 긴장과 조바심으로 응고되려는 시간 속으로 불러들인 장난감이었다. 진짜 적은 산만한 낮 동안의 햇발을 송두리째 삼켜버리고 어머니 대신 버티고 앉아 있는 방 안의 어둠이었다. 우리 둘 중에 어느 쪽도 그 두려운 방 안으로 먼저 들어가려 하지 않았다. 대개는 아우가 먼저 울음을 터뜨렸다. 우리 손에 어른들은 물론 우리 자신까지 교묘하게 속아넘어갈 수 있는 질문의 명분을 가진 상표 딱지는 이제 없었다. 아우가 터뜨리는 울음이 그것을 처절하게 예고해주었다. 그만치 뼈저린 두려움은 없었다.

"엄마는 아직도 안 왔제."

아우의 목소리는 떨렸고, 캥거루 그림이 그려진 상표 딱지가 들린 왼손은 앙가슴 위로 오그라져 붙어 있었다.

"찔찔 짜지 마라. 인제 곧 올 기다."

"나는 배고파서 말할 힘도 없다 카이."

"배고프면 밥 묵어라."

"밥이 있어야 묵제."

"엄마가 곧 온다 안 카드나."

"히야, 니는 안 슬프나?"

"슬픈 게 뭐꼬?"

"안 울고 싶으나 말이다."

물론이었다. 아우처럼 나 역시 간절하게 울고 싶었다. 울고 싶다는 충동만치 기분 좋은 일은 없었다. 그러나 한번 터뜨린 울음도 필경 그쳐야 할 때가 있다. 아우를 위해서 울음의 품앗이를 들어주는 것은 어렵지 않았으나, 아우보다 세 살이나 손위라는 체면을 가진 나로선 언제나 아우보다 먼저 울음을 그쳐야 한다는 부담이 뒤따르는 것이 문제였다. 이미 봇물처럼 터져나가는 울음의 꼬리를 허겁지겁 잡아채서 거둬들이기란 울음의 달인인 곡비(哭婢)가 아닌 이상 말처럼 쉽지 않았다. 한번 울음이 터지고 나면, 추상적인 경험으로만 맛보았던 모든 두려움과 절망, 그리고 원망은 구체적인 모습으로 재조립되면서 울음의 보자기 속으로 야금야금 스며들었다. 자제력이란 사앗대를 놓쳐버린 거룻배는 여울을 따라 속절없이 흘러가기 마련이었다. 흘러가는 거룻배에 냉큼 올라탄 울음의 마귀는 항상 그랬던 것처럼 너무나 능숙하게 우리들을 다스릴 줄 알았다. 울음의 마귀는 거룻배의 덕판에 허벅지를 드러내고 앉아서 머리를 빗고, 우리는 마귀의 능수능란한 손놀림에 따라서 하염없이 울었다. 슬프지 않느냐는 고상한 말로 더불어 울고 싶다는 아우의 채근에 나는 인색할 수 없었다. 나 역시 진작부터 울음의 마귀가 던진 투망에 걸려 있었기 때문이었다. 그러나 아우가 말했던 것처럼 결코 슬퍼서 우는 것은 아니었다. 그것은 하나의 습관이었다. 울음을 그칠 수 있는 마땅한 명분이나 빌미를 찾지 못하는 이상 우리는 오직 울었다.

모주꾼이 취하기 위해 술을 마시는 것인지 마시기 위해 취하는 것인지 모호한 경지에 이를 수 있듯이, 우리가 토해내는 울음 역시 그러한 경지에까지 도달하게 된다. 상승 기류를 타고 비상하던 산지니가 기층의 이류(移流)를 만나 일정한 고도를 유지하면서 날갯짓도 없이 활강할 수 있듯이, 우리의 울음도 어느 한 대목에서 적절하고도 편안한 볼륨을 유지하는 방법을 터득하게 된다. 그러나 울음의 마귀가 밤새껏 우리와 함께 있을 수는 없었다. 그 마귀를 우리로부터 떼어놓아주는 사람은 대개 울바자 밖을 지나던 노복이네 어머니였다.

"이것들아, 탈기하고 울어대는 꼴이 초상난 집 같대이. 운다고 에미가 돌아올 기가? 품앗이를 모두 끝내야 올 기제."

"우리 엄니 어디 있는지 압니껴?"

"알고말고."

"어딘데요?"

"아랫마을 월천댁에서 하루 종일 품방아에 시달려서 쎄가 빠졌더라. 그런데 이 애물단지들은 에미 애간장이 숯검정 되는 줄은 모르고 곡지통만 내지르고 있으이, 이게 무신 변고로."

"월천댁이 어디 있니껴?"

"갈채주면 이 한밤중에 찾아나설 기가? 개호주 만나서 불알 따먹힐라꼬."

"우리 엄니 봤어예?"

"봤다 카이. 내 말 몬 믿겠거든 이따가 니 엄니한테 물어보그라."

노복 어멈은 몽당치맛자락을 뒤집어 아우의 눈물 자국을 대충 훔쳐준 다음, 방으로 들어가서 등잔 심지에 불을 댕겼다. 미동도 없이 방 안에 버티고 앉아 있던 어둠의 갈피들은 그녀가 켠 등잔불로 가닥가닥 헤어져서 흩어졌다. 어둠은 흩어졌지만 어머니 아닌 또다른 여자가 방에 앉아 있었다.

"야들아, 방으로 싸게 안 들어오고 황달이 붕어 들여다보드키 뭘 보고 서 있노. 한데서 밤 홀딱 새울라 카나?"

노복 어멈의 매몰찬 핀잔에 찔끔한 울음의 마귀는 우리의 양볼 따구니에 두 줄기의 선명한 눈물 자국을 남긴 채, 빗자루를 타고 어둠 속 허공 멀리로 달아난 모양이었다. 그러나 우리는 다시 노복 어멈이 던진 최면의 그물에 걸려들었다. 울음의 마귀를 만났을 때와 마찬가지로 우리는 노복 어멈의 핀잔을 거역할 수 있는 명분이 없었다. 우리는 바지에 똥 싼 아이들처럼 마지못한 걸음으로 툇마루를 기어올라 어렵사리 방으로 들어갔다. 낮 동안 온전하게 비어 있던 방 안에는 서늘한 기운이 감돌았고, 등잔에선 엷은 불빛이 새어나와 바람벽에 남아 있는 어둠의 찌꺼기들을 핥아내고 있었다.

"너그덜 사타구니에 차고 있는 불알이 아깝다. 엄니가 다소 늦기로서니 삼이웃이 들썩하도록 곡지통을 내쏟고 있으면 못쓴대이. 너들 엄니가 슬하에 둔 피붙이라곤 너들밖에 없는데, 집으로 돌아오겠지, 땅으로 꺼지겠나 하늘로 솟아뿌겠나. 사내자식들 면목을 가졌으면 매사에 음전하고 진중해야 한대이."

노복 어멈은 우리를 방에 주질러앉힌 다음, 울바자 앞에 부뚜막을 만들어 걸어둔 노구솥 아궁이에다가 불을 지폈다. 어머니가 돌아오는 길로 지체 없이 끼니를 끓일 수 있도록 물부터 덥혀주자는 심산에서였다. 불을 지펴둔 그녀는 다시 방으로 들어왔다. 그리고 아우의 콧등을 훔쳐주면서 처음보다 누그러진 목소리로 다독거렸다.

"끽소리들 말고 기다려라. 엄니는 걸음아 날 살려라 하고 달려오고 있는 중일 기다."

노복 어멈의 발소리가 울바자 밖으로 사라지면, 우린 다시 둘만 남았다. 바깥의 노구솥 아궁이에서는 불땀에 시달린 삭정이가 튀는 소리가 고즈넉하였다. 이제는 울음의 마귀와 밀고 당기던 게임도 끝이 났다. 실컷 울고 난 다음의 써늘한 공허가 다시 우리의 가슴을 적시고 있었다. 한동안 침묵이 흘러갔다. 바람벽으로는 울음의 마귀가 머리를 빗던 빗살 무늬의 등잔불 그늘이 벌레처럼 스물스물 기어오르다간 다시 미끄러져내리곤 하였다. 동구 밖 멀리서 개가 두어 번 짖다 말았다. 어머니는 지금 어디쯤 와 있을까. 그사이 아우는 또다른 게임을 생각해낸 모양이었다. 식도를 타고 기어오르는 딸꾹질을 삼키면서 아우는 말했다.

"난 노복 엄니가 어디서 오던 길인지 알어."

"엄니하고 같이 있다가 온다 카드나?"

"아이다."

"니가 물어봤다나?"

"아이라 카이."

"물어보지도 않고 우찌 알았노."

"그래도 난 안다 카이."

"어째서 물어보지도 않았는데, 어디서 왔는지 안다 말이고?"

"노복 어멈 치마에서 고두밥 냄새가 나드라 카이."

"고두밥 냄새가 나드라꼬?"

"그래. 내 코 닦아줄 때 고두밥 냄새가 나드라 카이."

그때 나는 득의에 찬 목소리로 말했다.

"술도가에 있다가 왔구나."

아우도 고개를 주억거리면서 해가 진 이후에는 처음으로 배시시 웃기까지 했다. 나는 노복 어멈이 두 차례나 치맛자락을 뒤집어 아우의 콧물을 닦아주던 일을 떠올렸다. 노복 어멈은 마을의 술도가에서 지정해둔 단골 품앗이꾼이었다. 그녀는 여자치곤 허우대나 모색도 남상지거니와 담력도 남다른 데가 있어서 남정네들이 치러내야 할 억센 일을 도맡아도 근력이 부치는 법이 없었다. 술도가에서는 한 파수에 두세 번꼴로 막걸리를 담갔다. 막걸리를 담그기 위해 술도가 뒤뜰에 걸어둔 섬들이 가마솥에서 고두밥을 쪄냈고, 날이 반질거리는 가래삽으로 퍼낸 고두밥을 앞쪽 한터에 멍석을 내다깔고 건조시켰다. 말린 고두밥은 누룩과 주정(酒精)을 버무려서, 아이들 키꼴의 두 배나 되는 대독에다 막걸리를 담갔다. 노복 어멈이 술도가에 불려갈 땐 으레 고두밥을 쪄내는 날이었다. 그래서 그녀가 술도가에서 품앗이를 하고 있는 날엔 술도가 주변에는 고두밥 익는 냄새가 구수하게 퍼지곤 해서 주린 배를 잡고 있는 아이들의 회를 동하게 만들었다. 유독 고두밥을 쪄내는 날에만 술도가 주변에서 숨바꼭질이나 자치기놀이를 벌이는 악다구니들이 많았다.

술도가에는 짧게 깎은 상고머리에 허우대가 껑충하고 우람한 장석도(張錫道)라는 이름의 모꾼 한 사람이 있었다. 노복 어멈이 지어낸 가마솥의 고두밥을 가래삽으로 퍼낼 때, 옷소매를 모양 있게 걷어붙인 모꾼의 팔뚝에선 끓고 있는 죽솥의 앙금처럼 동맥과 살피듬이 불끈불끈 솟아오르곤 하였다. 궂은날이 계속되지 않는 이상 고두밥은 이틀쯤 햇살에 널어 말렸다. 그때 상고머리의 모꾼은 사타구니에 끼고 있는 고무래 자루에 상반신을 기댄 채 술도가 문턱을 지키고 있었다. 검고 긴 털이 모꾼의 하반신을 시커멓게 덮고 있었다. 그는 숨바꼭질이나 자치기놀이를 핑계 삼는 악다구니들이, 멍석을 깔아둔 금지 구역의 경계를 무시로 넘나들면서 고두밥을 슬쩍 채가지 않는가를 삼엄하게 지켜보았다. 그러다가 생각난 듯 멍석 바닥을 고무래로 헤적여서 고두밥이 골고루 마르도록 사래짓곤 하였다. 그러나 그는 악다구니들이 고두밥을 채가지 않는 이상, 금지 구역을 넘나들어도 핀잔을 주지 않고 태연하게 바라보기만 했다.

모꾼의 우람한 허우대와 불거지는 팔뚝의 살피듬은 흡사 구약 사사기(史記)에 나오는 이스라엘의 장사인 삼손을 방불케 하였다. 그는 상고머리로 머리칼이 잘려나간 신세가 되었지만 장력(壯力)만으로 겨루는 일인 이상 그를 이겨낼 사람이 없었다. 술도가 앞 한터에는 때때로 막걸리 몇 됫박을 태우고 장력을 겨루는 일이 벌어지곤 하였다. 두 손가락만으로 자전거를 들어올린다든지 곡식 가마를 무릎을 치지 않고 들어올려서 오래 버티는 힘 자랑 따위였다. 그럴 때 삼손은 팔짱을 낀 채, 술청 문턱으로 멀찍이 비켜앉아 의연하고 덤덤한 표정으로 풋기운을 자랑하는 장정들을 바라보았다.

우리가 술도가 주변에서 떠나지 않는 한 삼손 역시 술청 문턱에서 봇도랑에 박힌 말뚝처럼 붙박여서 꿈쩍도 하지 않았다. 만약 그가 뒷간에 다녀오기 위해 붙박였던 자리를 뜨게 되면, 놀이를 빙자하고 접근의 기회만을 노리고 있던 아이들은 일제히 멍석으로 달려가서 양손에 고두밥을 채서 줄달음을 놓게 될 것이었다. 삼손은 우리들의 천적이었고, 그에겐 우리들이 천적이었다. 그러나 잠시도 방만의 틈이 없는 팽팽한 대치 속에서도 기다리면 필경 기회는 있는 법이었다.

오후의 햇살이 설핏해져서 노을이 지기 시작하면, 어디서 날아오는지 몰라도 새떼가 멍석으로 내려앉아 극성을 피우곤 하였다. 그래서 삼손은 노을이 지기 전에 멍석을 거두었다. 그 이전에 반드시 한두 번의 기회를 얻기 마련이었는데, 그것은 삼손이 졸고 있을 때였다.

이스라엘의 삼손도 장사였지만 애인 델릴라의 꾐에 빠져 잠자는 사이에 괴력의 상징이었던 머리를 깎이고 끝내는 블레셋 사람들에게 두 눈알까지 뽑혀서 장님이 되었지 않았던가. 그러나 우리는 추호도 그 스스로 머리를 상고머리로 자른 삼손에게 눈알까지 뽑아야겠다고 설치지는 않았다. 우리가 진실로 바랐던 것은 그가 졸음을 이겨내지 못하고 끝내는 잠깐 잠에 떨어져주는 일이었다. 그러나 우리와 삼손은 항상 일정한 거리를 두고 있었다. 소잔등에서 극성을 떠는 쇠파리처럼, 치면 달아날 수 있는 최소한

의 금지 구역은 있었다. 그랬기 때문에 그가 아주 얼을 빼고 고갯짓을 무기력하게 주억거리는 형용으로 졸지 않는 이상, 그가 정녕 졸고 있는 것인지 아니면 졸고 있는 척 거짓 형용을 짓고 있는 건지 탐색해내기란 손쉽지 않았다. 파수 보기에 이골이 난 삼손 편에서도 역시 좀처럼 그런 허점만은 보이지 않았다. 그처럼 송곳 찔러넣을 구멍도 없을 것같이 빠듯하고 숨 막히는 대치 속에서도 우리들에게 유리하게 작용하는 한두 가지의 승산이 있었다.

그것은 삼손의 사람 됨됨이가 바탕부터 무던한 편이어서 우리 같은 또래의 악다구니들을 짝없이 좋아하고 있었다는 것이다. 아이들을 좋아하고 있었기에 쇠파리처럼 극성을 피워도 결코 멀리로 내치지 않았다. 우리가 진짜로 노리고 있는 속셈이 무엇인지 꿰뚫어보고 있으면서도 그랬다. 그리고 또 한 가지 심각한 이유가 있었다. 삼손이 술도가에서 건네주는 새경으로 나름대로 명줄을 이어가고 있었던 것은, 우리와 같은 악다구니들의 극성으로부터 고두밥을 축내지 않고 지켜주는 것이 중요한 일몫으로 인정받고 있었기 때문이다. 그악스럽고도 끈질기게 고두밥을 노리는 아이들이 없다면, 술도가에서 삼손을 상근으로 고용하고 있을 명분도 없어지는 것이었다. 그래서 우리와 삼손은 비길 데 없는 천적이면서도 궁합이 맞아떨어지는 길벗이기도 했다. 우리가 거의 매일같이 술도가 주변을 맴돌고 있다는 것을 고용주가 충분히 알고있다면, 삼손은 자신이 결코 놀아가며 새경을 받아먹는 하찮은 존재가 아니란 것을 고용주에게 야금야금 과시할 수 있었다. 삼손은 허우대가 남다르게 장대했기 때문에 그런 사람이 빈둥거리는 거동은 깡마른 사람이 누워 낮잠을 자고 있는 모습보다 더욱 무기력해 보이고 미욱해 보이기 마련이었다.

삼손은, 자신이 팔자에 없이 뼈대가 우람한 몸집을 갖고 태어났음으로 해서 주위 사람들이 갖고 있는 편견을 눈치채고 있었다. 그래서 삼손은 일에 쫓길 때는 오히려 느릿느릿 움직이는 것 같았지만, 하릴없을 때일수록 바쁜 사람처럼 내막 없이 설쳐대기를 잘했다. 그는 자신에 대한 사람들의 편견을 잘 알고 있었을 뿐만 아니라, 우리와 공생의 관계에 있다는 것도 진작부터 터득하고 있었다. 주위에 그를 핀잔줄 사람들의 눈초리나, 고용주로부터 비난이나 꾸지람을 들을 수 있는 단서가 완벽하게 제거되었다 싶으면 삼손은 졸기 시작했다.

그때를 놓치면 모든 것은 허사였다. 삼손이 느닷없이 졸음에 빠진 형용을 짓는 의중을 재빨리 읽어낸 우리는 잽싸게 멍석으로 다가가서 고두밥을 채가야 했다. 만약 삼손의 파수를 보는 경계가 시종여일하게 삼엄 일변도여서 우리들의 극성스러운 노력에도 불구하고 도저히 경계망을 뚫을 수도 없고 허점도 없다는 확신을 갖게 되었을 때, 우리는 미련 없이 술도가 주변에서 철수해버릴 것이었다. 그렇다면 고용주 역시 미련 없이 삼손을 내쫓아버릴 것임이 틀림없었다. 그래서 삼손이 거짓으로 짓는 졸음은 공생의 의미를 터득하고 있는 사람으로서만 할 수 있는 일이었다. 그리고 자기의 재량권을 적절한 시기에 구사할 줄도 알았다. 그러나 그러한 일 역시 손발이 척척 맞아떨어져야 했다. 그것은 삼손이 꾸며낸 거짓 졸음의 의뭉스러운 의중을 재빨리 간파해내지 못하고 결행의 시간을 놓치게 된다든지, 혹은 코주부였던 술도가 주인이 느닷없이 한터 저편에서 불쑥 모습을 나타냈다 하면, 삼손과 우리들 사이에 가느다랗게 이어졌던 묵계의 끈은 삽시간에 끊어지고 말았다. 삼손은 고두밥을 채가는 아이들을 향해서 우렁차게 포효하면서 술청 문턱에서 솟구치듯 일어섰다. 그리고 거세하다 놓쳐버린 찌러기 황소처럼 훌쩍 뛰어넘어서 아이들을 금방 깔고 뭉갤 듯 우람한 몸체를 허공으로 날렸다. 우리들보다 삼손 그 스스로가 자지러지게 놀란 것이었다. 경황중에서도 우리는 상반신을 굽히고 물 차는 제비처럼 멍석 위를 나는 듯 스치면서 손사래를 활짝 펴서 날렵하게 고두밥덩이를 가로챘다. 운세가 사나워서 삼손이 뒷덜미를 낚아채는 날엔 모든 것은 끝장이었다. 아이들 중에서 어느 누구도 삼손에게 뒷덜미를 가로채여서 사지가 갈가리 찢기거나 짓이김을 당한 경험은 없었다. 그러나 오히려 그런 경험이 없었기 때문에 그 끝장이란 것에 대해 미어터질 듯한 공포감을 갖고 있었다. 그 끝장이란 결과가 과연 어떤 모습으로 우리를 해결해버릴지 알고 있는 아이는 없었지만, 삼손 스스로가 까무러칠 듯 놀라서 날뛰는 형용으로 보아서 끝장의 모습은 공포 이상일 것이 틀림없었다.

　그래서 나를 비롯한 모든 쫓기는 아이들은 날기 시작했다. 결코 두 발이 땅에 닿은 기억이 없었다. 날기 시작했다 싶으면 나는 어느새 수평류(水平流)를 탄 산지니였다. 그것은 언제 끝날지 모르는 끝없는 비행이었다. 눈앞에는 다만 막막한 허공이 끝없이 펼쳐져 있고 지상에서 너무나 먼 고도에까지 비상해버려서 땅 위의 잡다한 소음은 이미 들리지 않았다. 귓가에는 윙윙거리는 바람 소리만 휘파람을 불면서 지나갔다. 그러한 무기력감은 물속에 떠 있을 때처럼 상쾌한 것이었다. 두 다리를 애서 휘적일 필요도 없었지만 제대로 움직이고 있었고 두 팔로 날갯짓할 까닭도 없었다. 나는 다만 정체를 알 수 없는 어떤 힘에 떠밀려서 무한정 날아가는 것이었다. 그러나 다만 한 가지, 이빨만은 잇몸이 바스러지도록 앙다물고 있었다. 그러다가 나는 불현듯 지상으로 내리꽂히던 번갯불과 정면으로 마주쳤다. 이빨을 바드득 갈면서 다가오는 번갯불을 만나는 것과 때를 같이해서 나는 어느새 지상에 안착되어 있었고, 내 앞에는 하늘을 찌를 듯이 키만 자란 미루나무 한 그루가 망연히 서 있었다. 미루나무 어디를 살펴보아도 벼락을 맞은 흔적은 없었다. 그 대신 내 이마에서 선지피가 흐르고 있었다. 그제야 찌러기가 불알 까이는 소리로 울부짖던 삼손의 포효가 생생하게 떠올랐다. 그리고 가슴속에는 수평류를 타고 상쾌하게 날던 산지니가 무기력하게 지상으로 떨어지면서 남기고 간

한줌의 허탈감도 함께 남았다.

그때에야 나는 이마를 문지르던 손바닥을 펴보았다. 빈 손바닥은 나보다 먼저 오열하고 있었다. 내 손바닥 속에 남아 있는 것은 한줌의 고두밥이 아니라 핏자국과 엉켜 있는 허섭스레기였다. 손가락 사이로 흘러내린 고두밥을 다시 찾아나선다는 것은 시위가 난 물여울 속에서 잃어버린 고무신을 찾아나서는 것처럼 무의미한 일이었다. 길고 격렬한 오열이 목줄기를 타고 솟구쳐올랐다. 모든 것이 허사였다는 자각이 뼈저리게 나를 엄습하는 순간, 나는 양볼을 타고 내린 소태 같은 눈물이 입술을 적시고 있다는 것을 깨달았다. 집에는 외다리로 서 있는 황새처럼 언제나 외로운 아우가 있었다. 아우는 고두밥을 양손에 움켜쥐고 의기양양해서 돌아올 나를 목 빠지게 기다리고 있을 터였다.

나의 완벽한 실패는 아우로부터 호된 비난을 받기에 충분했다. 내 이마에 흘러내린 핏자국을 불문하고 아우는 내 실패를 격렬하게 꾸짖으며 앙탈할 것임에 틀림없었다.

'히야, 니는 등신이다.'

바늘 쌈지를 품고 있음직한 아우의 비난을 상상하는 건 괴로운 일이었다. 사랑하는 아우를 위해서 세 살이나 손위인 내가 할 수 있는 일이 이것뿐이란 생각이 들면 들수록 가슴속은 처절해졌다. 먼 고장으로 훨훨 떠나고 싶었다. 그러나 삼손이 뒤쫓아온다는 보장이 깡그리 지워져버린 이상 지금은 날 수가 없었다. 나는 오직 걸어서 집으로 돌아가는 수밖에 딴 도리가 없었다. 그러나 나는 기억하고 있었다. 술도가 한터에서 이 미루나무 앞에까지 와서 안착할 동안 나는 필경 날아왔다는 확신이었다. 내가 날 수 있었다는 득의에 찬 기억을 스스로 믿을 수 없었고, 그리고 그 즐거운 기억을 혼자 간직할 수 있다는 보장이 없었다면 주저앉아 울어버렸지 결코 집까지 먼 길을 걸어서 되돌아갈 용기를 낼 수 없었을 것이다. 집으로 돌아오면서 다시 한번 깨닫게 된 것이지만 내가 날지 않고는 그렇게 먼 길을 혼자서 달려갈 수 없었다. 그 미루나무는 이때까지 한 번도 찾아본 일이 없는 낯선 들판 한 가운데에 서 있었다. 길도 없는 그런 낯선 곳을 내가 달려가야 할 아무런 까닭이 없었다. 공중에서 만났던 벼락만 아니었더라면 나는 거기보다 훨씬 더 멀고 낯선 고장의 허공을 날 수 있었으리라 믿었다.

나는 정거장을 좋아했다. 하루에 한두 번씩 우리 고장을 지나가는 완행버스를 구경하려고 게딱지만한 매표소가 있는 정류장으로 뛰어가곤 하였다. 그때가 겨울철인 경우, 성에가 하얗게 긴 차창 안에는 다른 고장으로 가는 낯선 여행객들이 빼곡하니 들어앉아 있었다. 여행객들이 들어찬 버스의 승강구가 열리고 닫힐 때마다 퀴퀴한 승객들의 몸 냄새가 더운 공기에 실려 밖으로 뛰어나왔다. 그들을 구경하려고 차창 아래로 가까이 다가서면, 자리에 앉아 있던 여행객은 눈자위를 삼엄하게 치뜨고 먼 곳을 향해 손사래 치며 냉큼 물러나라는 시늉을 해보였다. 여름이면 연변의 짙푸른 백양나무 그늘이 드리워지기도 하는 저 버스의 창가 자리에 턱을 쳐들고 오만하게 버티고 앉아서 타관으로 떠날 수 있을 날은 언제쯤일까. 접근조차 손쉽지 않은 버스를 쳐다보면서 아우와 나는 버스가 떠날 때까지 정류소를 떠나지 않았다.

멀고먼 타관으로 떠나고 싶은 충동은 그날도 마찬가지였다. 그러나 나는 어쩔 수 없이 아우가 기다리고 있는 집으로 돌아갔다. 설령 아우의 서릿발 같은 저주가 기다리고 있다손 치더라도 지금 당장 가야 할 곳은 그곳뿐이었다. 왜냐하면 나는 아우보다 세 살이나 손위였기 때문이다. 비난을 감내할 각오를 단단히 하고 집으로 돌아갔지만, 그러나 아우로부터는 아무런 일도 일어나지 않았다. 그는 잠들어 있었다. 허기를 잠으로 때운다는 어른들의 말은 허황된 것이 아니었다. 그것은 아우가 잠들어 있는 모습에서도 역력했다. 아우는 좁은 툇마루에 혼자 엎드린 채 잠들어 있었다. 책상다리로 꼬여 있는 하초를 편안하게 풀지도 않고 상반신만을 그대로 고꾸라뜨린 채 잠들어 있었다. 그러나 얼굴만은 엎드려서도 삽짝 쪽을 볼 수 있게 왼쪽 볼을 마루에 붙이고 있었는데, 아우는 그런 자세로 나를 기다리다가 지쳐서 잠이 든 것이었다. 그러나 상기된 얼굴로 주먹을 불끈 쥔 채, 빈손으로 돌아오는 나를 벼르고 있었던 것보다 이런 모습은 더욱 견딜 수 없는 비애였다. 아우의 눈자위 아래로는 흘러내린 눈물 버캐 자국이 선명했다. 나는 책상다리로 꼬인 아우의 두 다리를 당겨서 반듯하게 뉘어주었다. 그동안 가슴에 막혀 억눌려 있던 호흡이 길게 뿜어져나오면서 아우의 가녀린 목덜미는 무기력하게 늘어졌다. 마루에 뒹굴던 걸레로 아우의 목덜미를 괴어주었다. 숨결이 한결 고즈넉해졌다. 그때였다.

"니는 어디 갔다가 인제사 왔노?"

뒷간 문을 열고 고쟁이를 추스르며 걸어나오고 있는 사람은 어머니였다. 나는 화들짝 놀랐다. 아우가 잠들어 있는 모습을 바라보는 데 열중해 있었던 나머지 어머니가 돌아온 흔적에 대해서는 전연 눈여겨볼 겨를이 없었다. 어머니는 뒷간 출입이 퍽 조급했던 모양이었다.

"친구들하고 놀다 왔다 카이."

내가 채 말을 잇기도 전에 어머니의 두 눈이 휘둥그레졌다.

"이런 변고가 있나. 이마는 어디다 처박았기에 그 모양이고?"

그제야 내 손은 반사적으로 이마로 올라갔다. 내 손에는 작은 복숭아만한 혹이 불거져 있었다. 어머니는 그 순간 구르듯 달려와서 내 이마의 농익은 복숭아를 주의 깊게 만져보며 말했다.

"이런 변고가 있나. 어디에 대고 박았는지 아주 죽을힘 잡고 처박았구나. 니 쌈박질했드나?"

나는 짐짓 대수롭지 않다는 표정을 지었다.

"친구들하고 장난하다 그랬다 카이."

"쌈박질이 아이고?"

"그라모."

"네놈들은 언제부터 장난을 목숨 걸어놓고 했노? 그래도 기어코 장난이라고 우겨댈 기가?"

"아프지도 않다 카이."

"거짓말 마라. 혹이 복숭아만한데 아프지가 않다고? 누구한테 얻어맞았노?"

"두들겨맞기는, 숨바꼭질하다가 기둥에 박았다 카이."

"숨바꼭질?"

"그라모."

"이것아, 눈 뜨고 다녀도 코 베어가는 세상이라 카는데, 장난이라 카다라도 하필이면 눈 감고 하는 놀음을 골라 할 게 뭐꼬? 참말로 안 욱신거리나?"

"참말로 안 아프다 카이."

"그 자리에 꼼짝 말고 섰그라."

어머니는 드디어 내 이마에서 손을 떼고 종종걸음으로 뒤꼍으로 달려갔다. 어머니가 주발 뚜껑에 소중하게 담아 나온 것은 품 앗이 집에서 얻어온 무거리떡이나 부침개가 아니라, 해묵은 것이어서 시궁창 냄새처럼 퀴퀴한 된장이었다. 어머니는 나를 툇마루 바람벽을 등지고 비스듬히 눕힌 뒤에 숟갈로 차근차근 으깬 된장을 부꾸미처럼 만들어 이마에 붙인 다음, 마른걸레를 찢어 내 머리통을 감았다.

"멍들고 욱신거리는 데는 된장이 당약이라 카드라."

그러나 나로선 오히려 된장을 바르고 난 뒤부터 상처가 쓰리고 욱신거렸다.

"철없는 것들끼리 치고받고 싸우다가 이런 변고가 터졌나 싶어서 가슴이 철렁 내려앉더라."

"엄니는, 내가 등신매로 어디 가서 두들겨맞고 댕기겠나."

"이것아, 잘난 척하지 마라. 니가 굶기를 밥 먹듯 하는 처진데, 잘 먹고 사는 것들이 주먹다짐이라도 해봐라. 니는 근력이 부칠 기다. 니가 타고난 뼈대인들 남다른 데가 있나, 그렇다고 담력이 남다르나, 악바리가 남보다 드세나. 니는 친구들하고 입씨름도 하지 말거래이."

"엄니가 걱정 안 해도 된다 카이."

"걱정이 왜 안 되겠노. 바탕이 부실한 것을 내가 빤히 알고 있는데, 걱정 안 될 리가 있겠나."

"그래도 걱정 말그래이."

"걱정이 안 되면 내가 얼마나 좋을꼬. 니 동생이나 방으로 들여다 눕혀라. 얼른 저녁해 묵자."

어머니가 부엌에서 삭정이를 꺾어 군불을 지피고 있는 소리가 지게문 사이로 들려오는 것만으로도 나는 즐거웠다. 햇살이 가시고 어스름이 산언저리를 물들이고 있는 쓸쓸한 저녁나절에, 우리 세 식구가 한 지붕 밑에 모여 있다는 사실의 확인만으로도 우리는 충분히 즐거웠다. 세 식구 모두가 하루라는 일과에 부대껴오면서 겪은 고통의 상흔들을 갖고 있다 해도 즐거웠다. 아우는 볼따구니에 절절했던 기다림의 표적인 눈물 자국이 있었고, 나는 날다가 미루나무에 받혀 이마를 다쳤는가 하면, 어머니는 어머니대로 하루의 고된 품앗이로 온 삭신이 녹아나는 듯한 피곤에 젖어 있을 것이 틀림없었다.

그때 지게문을 사이하고 어머니의 목소리가 들려왔다.

"머리가 욱신거리제?"

"아니."

"그렇잖을 긴데, 욱신거려야 낫는데……"

"참말로 안 아프다 카이."

"거짓말 말거래이. 참을성 있는 장정이라도 면상을 그만치 버려놨으면 자리보전하고 누워야 할 긴데."

"밥 묵으면 낫제."

"이것아, 어른들 말을 함부로 흉내내는 게 아니다."

"우리집에서 약 될 게 밥밖에 더 있나."

"하기사 니 말도 옳다. 당약이니 명약이니 떠들어쌓더라만 천하의 당약이라면 밥밖에 더 있겠나."

이마에 난 상처가 술도가의 고두밥을 훔쳐먹으려다 얻은 변고라면 어머니는 또 얼마나 복장을 칠까. 그날 밤 어머니는 내 이마의 상처가 너무나 안쓰러웠는지 설익은 밥을 경황없이 퍼담아서 방으로 가지고 들어왔다.

어느 날, 나는 술도가에서 얻어온 술비지를 아침 끼니로 대신하고 등교한 적이 있었다. 그날 조회 때는 청결검사가 있었다. 앞쪽에 앉아 있는 아이들부터 한 사람씩 일어나서 선생님 앞에 손발을 내밀고, 이를 드러내보였다. 청결검사를 하던 선생님이 내 앞에 이르렀다. 그러나 나를 일으켜세운 선생님은 내 손발을 내려다보는 것이 아니었다. 매우 곤욕스러운 표정으로 내 얼굴을 빤히 바라보았다. 한동안 갈피를 못 잡았던 나는 선생님의 거동이 이를 보여달라는 신호라는 걸 깨달았다. 나는 이가 속속들이 드러날 수 있게 위와 아래 입술을 목젖이 환히 들여다보이도록 크게 벌렸다. 그러나 선생님은 그때 매우 싸늘하게 뇌까렸다.

"입 다물어."

선생님이 내게서 얻어내려는 것이 무엇인지 알 수 없었지만 입을 다물어줄 수밖에 없었다. 그러나 선생님의 입에서 엉뚱한 한 마디가 떨어졌다.

"너 술 마셨지?"

끼니조차 제대로 찾아먹지 못해 주리고 있는 판국에 술을 마시다니, 그런 일은 없었다. 그런데도 선생님은 천만 의외에도 내게 술을 마셨느냐고 다그치고 들었다. 더욱더 민망스러운 노릇은 선생님의 입에서 그런 말이 떨어지자 주위에 있던 아이들이 킥킥

웃음을 삼키기 시작했다.

"술 안 마셨심더."

그러나 선생님의 대답은 어떤 확신에 차 있었다.

"거짓말 마라."

"정말 안 마셨니더."

"거짓말 마. 아직 정수리에 배내똥도 덜 벗겨진 녀석이 술을 마시고 등교를 해?"

선생님의 말씀은 백번 옳았다. 술이란 아이들이 마시는 음료가 아니란 생각은 나 역시 동감이었다. 마을의 장정들이 천렵을 나갔을 때나, 본데없는 장꾼들이 마시고 장바닥을 뒹구는 음료인 것을 나는 잘 알고 있었다. 그런데도 선생님은 내게 그것을 마셨다고 윽박지르고 있었다. 선생님은 내 턱을 손으로 받쳐들고 들까불면서 말했다.

"이놈이 마신 것이 분명한데도 시치미를 잡아떼는 걸 보면, 이건 또 술주정이렷다."

나는 그날, 교실 앞쪽으로 불려나가서 수업 시간 내내 의자를 머리 위로 쳐들고 버텨야 하는 혹독한 체벌을 받았다. 자기 자리에 앉아 있는 아이들은 수업 시간 내내 손가락을 입에 대고 헛바닥을 낼름거리면서 손 들고 어기적거리고 있는 내 우스꽝스러운 형용을 야금야금 흘겨보았고, 어떤 아이는 근엄한 표정을 지으며 짐짓 내 쪽으로는 의식적으로 시선을 보내지 않으려고 안간힘을 쓰다가 끝내는 참아내지 못하고 웃음을 터뜨렸다. 나는 그때마다 얼굴이 화끈거려서 계면쩍게 웃곤 하였다. 내 우스꽝스러운 형용을 보고 웃음을 참느라고 안간힘을 쓰고 있는 그들이나, 아이들의 그런 형용이 또한 우스꽝스럽게 보일 수밖에 없는 나 역시 서로가 우스꽝스럽긴 매한가지였다. 아이들은 자기들 의자에 단정하게 앉아서 선생님의 말씀에 귀를 기울이는 척하고 있었지만 속내로는 내가 또 어떤 희화적인 형용을 지어 보일까 해서 온 신경이 내게 쏠려 있었고, 시간이 흘러감에 따라 담대하고 뻔뻔스러워진 나는 아이들의 관심을 선생님으로부터 빼앗아오기 위해서 그 한 시간 동안 거의 쉴 사이 없이 온갖 기지와 순발력을 발휘해서 아이들의 시선을 내게 집중시키는 데 성공했다. 아이들은 내가 입귀를 한번 비쭉해 보이거나 턱을 들까불어도 쿡쿡거렸고, 사팔뜨기를 만들어 보이면 더욱 킥킥거렸다. 선생님은 나중에야 우리들의 게임을 눈치채고 나를 교실 앞쪽의 바람벽을 마주보도록 돌려세워서 면벽을 시켜버렸다. 선생님은 그것이 나와 아이들의 게임을 차단하는 완벽한 조처였다고 생각했을 것이다.

그러나 아이들에겐 이 세상 어디를 가도 놀이터는 산재한다. 풀 한 포기, 돌멩이 하나 찾아볼 수 없는 메마르고 삭막한 바위 위에서도 아이들은 돌연한 놀이의 동기를 만들 수 있고, 불 꺼진 깜깜한 방 안에서도 밤을 꼬박 지새우며 놀 수 있는 능숙한 잠재력과 순발력을 가지고 있다. 아이들이란 그들 자신이 바로 놀이

기구이기 때문이다. 그래서 아이들에게 장난감을 던져주는 것은 아이들 자신으로부터 스스로 가동시킬 수 있는 놀이 기능의 능숙함을 녹슬게 만들 뿐이다. 나는 단 한 가지의 장난감도 가졌던 적이 없었지만, 누구보다 즐겁고 충동적인 유년 시절을 보냈다. 넓은 들녘 한가운데 서서 반추하고 있는 소를 보고 사람들은 고독을 떠올린다. 그러나 사실, 소는 정작 되새김질이란 절실한 자신의 노동에 열중해 있다. 아이들도 마찬가지다. 이 세상 모두가 놀이터인 아이들에겐 권태나 고독이 있을 수 없다.

선생님의 탁월한 조처에도 불구하고 나와 아이들과의 게임은 계속되었다. 나는 면벽을 하고 돌아서게 되었지만 그들의 시선이 여전히 내 등뒤에 쏠려 있다는 것을 직감적으로 느낄 수 있었다. 그렇다면 나는 몸을 돌리려고 노력할 필요도 없이 두 눈을 내 뒤통수에다 옮겨 박으면 되었다. 나는 내 두 팔을 의자를 쳐들고 있기 위해서 허공에 걸고 있어야 한다는 것을 십분 이용했다. 나는 숨을 한번 크게 들이마셔서 가다듬은 다음, 천천히 뱃속에 가두었던 공기를 밖으로 내뿜었다. 뱃속을 채우고 있던 공기가 빠져나가면서 뱃가죽은 자연 척추 쪽으로 밀착되었다. 드디어 아이들이 웃기 시작했다.

배꼽 위에 걸려 있던 내 바지의 괴춤이 무릎 쪽으로 천천히 벗겨져 내려가고 있었기 때문이었다. 뒤통수에 박아둔 내 두 눈으로 나는 아이들의 표정을 하나하나 읽어갔다. 바지가 벗겨져 내리는 정도에 따라서 웃는 아이들의 수효는 늘어났다. 바지는 계속 내려가다가 살을 양편으로 가르는 엉덩이의 볼기 사래가 삐죽하니 바라보일 지점인 잔허리께에서 멈추었다. 그때 내가 볼깃살을 잔뜩 움츠리며 좌우로 약간만 비트는 형용을 해 보인다면 내 바지는 발등으로 구겨져 떨어질 것이고, 선생님과의 승부는 이미 그것으로 결판이 난 것이었다. 물론 선생님도 그 쓰디쓴 패배를 인정했었다.

내가 체벌을 받았던 그날 하학 때였다. 종례를 마치고 나가면서 선생님은 반장 아이를 통해서 내게 교무실로 오라는 명령을 떨구었다. 선생님이 교무실로 오라 했건 숙직실로 오라 했건 내가 할 수 있는 것은 술을 마시지 않았다는 말뿐이었다. 그리고 아이들과의 관계 때문이라면 그 잘못은 아이들 편에 있었다. 그들이 웃음을 터뜨렸지 나는 절대로 웃지 않았다. 내 바지가 내려가는 것을 즉시 추스르지 못했던 것은, 내 두 손이 의자를 머리 위로 치켜든 채 허공에 올려져 있었기 때문이고 그 역시 선생님의 분부로 벌어진 일이었다. 그것만이 내가 알고 있는 진실이었다. 진실에 근접해 있는 일일수록 잡다한 변명의 여지가 없다는 것은 불행한 일이었다. 내가 술을 마시지 않았다는 사실은 분명한데 선생님은 술을 마셨다는 것으로 터무니없는 사건을 만들었다. 그러나 내가 술 마시지 않은 것을 증명할 사람도 없었다. 그래서 내가 선생님께 할 수 있는 유일한 설득의 수단은 술을 마시지 않았

다는 한마디의 항변밖에 없었다. '저는 술을 마시지 않았습니다'
라는 한마디를 머릿속으로 수없이 되뇌면서 나는 교무실로 찾아
갔다. 의자를 높이 쳐들고 한 시간을 견뎌내는 체벌보다 더욱 견
디기 어려운 혹독한 훈계가 나를 기다리고 있으리라.

'술을 마시지 않았습니다. 마시지 않았습니다, 술을. 술술술을
술술 마시지 않았습니다. 절대로 마시지 않았습니다, 술술을. 술
술술술…… 저는 절대로 수업 시간에 웃지 않았습니다. 수업 시
간에 아이들이 웃었습니다. 아이들이 웃었지만 저는 웃지 않았습
니다. 수업 시간에 웃지……'

나는 정말 죽을 맛이었다. 선생님을 단번에 설복시킬 수 있는
결정적인 한마디가 떠오르지 않았기 때문이었다.

선생님은 교무실 문턱에서 나를 기다리고 있었다. 그리고 나를
보자 덥석 잡아끌어서 자신의 의자에다 앉히면서 내 손을 잡았다.

"내가 부덕했던 탓이다. 오늘만치 내가 선생 된 것이 잘못되었
다는 것을 뉘우친 적은 없었다."

나는 일그러지고 있는 선생님의 표정을 보았다. 선생님은 언제
나 당당하고 근엄한 표정을 짓고 있었기 때문에 그런 얼굴은 너
무나 낯설고 당혹스러웠다.

"전 술, 술을 마시지 않았습니더."

"알고 있다. 내가 잘못했구나. 내가 돌이킬 수 없는 실수를 저
질렀다."

진실과 근접해 있는 사건일수록 잡다한 부재 증명의 여지가 없음을 염려했던 것은 공연한 기우였다. 허술하게 뇌까린 그 한마디로 선생님은 당장 설복당했기 때문이었다.

노복 어멈이 간혹 우리집 앞을 지나다가 바가지에서 덜어주던 술밥은 그래서 위태로운 음식이 아니란 걸 비로소 깨달았다. 그러나 애물단지였던 우리를 곧잘 수발해주던 여자였는데도 불구하고, 아우는 노복 어멈을 그다지 반겨 하지 않고 있었다. 이유는 단 한 가지, 그녀의 입에서 자주 술 냄새가 풍겼기 때문이었다. 노복 어멈이 시중을 들어주고 있는 동안에는 입도 뻥긋 않고 있다가 그녀가 살짝 밖으로 사라지고 나면, 아우는 반드시 비난의 한마디를 뇌까렸다.

"노복 엄니 술 먹었어."

아우의 논리로는, 그녀의 입에서 술 냄새가 풍기고 있었기 때문에 그 입에서 발설이 된 말을 믿을 수 없는 것이고, 그래서 조금 후에 어머니가 집으로 돌아오리란 다짐 역시 믿을 수 없다는 것이었다. 그러나 아우의 말에는 역으로 어머니를 기다리고 있는 조급한 심사와 기대가 열정적으로 작용하고 있기도 했다. 입으로는 어머니의 부재를 역설하고 있으면서 마음속으로는 강렬하게 기대하고 있는 것이었다. 어쨌든 아우의 추리에는 일리가 있었다. 왜냐하면 우리는 장터가에 살게 되면서 술 마신 사람들이 공허한 약속이나 듣기에 민망한 욕지거리를 수없이 내뱉는 꼴을 자주 보아왔기 때문이다. 그리고 어른들도 술 마신 사람들이 앙갚음을 벼르는 일은 일고의 가치도 없는 일로 알고 있었고, 더불어 욕지거리에 대해서는 상대조차 하지 않았다. 그들은 언제 어디서 어떤 불상사를 저지를지 몰랐기 때문에 정신이 온전한 사람들은 될수록 주정꾼들을 상종하려들지 않았다.

그러나 노복 어멈은 아우의 그런 의구심에 찬물이라도 끼얹는 듯, 마당 귀퉁이에 내다 건 노구솥에 물을 채우고 불까지 지펴두고 돌아갔다. 그러나 노구솥에 지펴둔 삭정이가 모두 타서 사그라지고 끓던 물이 식을 때까지 어머니는 돌아오지 않았다. 어머니는 그 이튿날 새벽 먼동이 희붐할 무렵에야 지친 몸으로 돌아왔다. 그리고 늦게 돌아온 것을 우리에게 벌충이라도 해주려는 듯, 사흘 동안이나 품앗이를 나가지 않았다. 몸살로 몸져누워버렸기 때문이었다. 어머니가 자리보전을 하고 누워 있었던 그 사흘의 나날 동안 아우와 나는 단 한 번도 바깥나들이를 않고 집 주위에서만 맴돌았다. 어머니를 병간하기 위해서가 아니었다. 식은 땀으로 덮고 있던 이부자리가 축축하니 젖고, 길고 긴 밤을 고열과 헛소리로 지새우든지 간에 그러한 상태로나마 어머니가 집에 있어주었던 것이 우리에겐 너무나 경이로운 즐거움으로 받아들여졌기 때문이다.

해가 설핏해지고 스산한 저녁 공기가 우리의 목덜미를 적실 때, 문득 북받치는 서러움 때문에 울지 않아도 되었고, 어머니가 언제쯤 돌아올 것인가를 점치면서 아우와 입씨름을 하지 않아도 되었다. 그리고 그 초조한 시간으로부터 해방되기 위해서 상표 딱지를 가지고 게임을 벌이지 않아도 되었다. 어머니는 앓아누운 사흘 동안 곡기를 입에 대지 못했다. 노복 어멈이 와서 미음을 쑤어서 방으로 디밀곤 했지만 어머니는 그때마다 내치곤 하였다. 누워서 끼니를 대접받을 만한 팔자가 아니란 것이 핑계였고, 누워서 지낼 처지에는 물만으로도 연명할 수 있다는 것이었다. 나흘째 되던 날 아침, 겨우 삭신을 가다듬고 일어나서 식은 미음 몇 숟갈을 뜨고 어머니는 품앗이를 나갔다.

굶주림이 내 뒷덜미를 뒤틀어잡고 간단없이 윽박질러대는 중에서도 어린 날의 나를 매혹적으로 끌어당겼던 것은 거울의 발견이었다. 우리집에는 얼굴을 비춰주는 도구로서 충분한 역할을 할 수 있는 거울은 없었다. 물론 생계의 요족(饒足)을 누리는 대갓집 안방이라면, 문갑 한편에 상반신을 비춰주는 경대 하나쯤은 놓여 있을 법하지만, 죽 끓일 보리 서 홉도 없는 애옥살이에 스산하기만 했던 우리집 안방에는 그런 물건이 놓여 있을 수 없었다. 어머니는 일찍부터 의식적으로 거울이란 것과 인연을 두려 하지 않았기 때문에 우리들이 거울과 마주칠 수 있는 기회는 더욱 많지 않았다.

"계집이 거울을 가깝게 두면 길쌈일에는 손을 놓아야 한다."

어머니는 언젠가 그런 말을 한 적이 있었다.

내가, 얼굴을 비춰주는 도구로서 충분한 역할을 할 수 있는 거울을 처음 발견한 것은 우리집 길 건너편에 이발관이 들어서고부터였다. 그 집은 원래 여인숙이었는데, 어느 날 느닷없이 인부들이 몰려와서 여인숙집에서 한길과 맞닿아 있는 모퉁이 방을 헐기 시작했다. 천장의 반자를 뜯어내거나 회칠을 하는 가역(家役)은 이틀 동안 쫓기듯 매우 빠른 속도로 진행되었다. 그 이틀이 지난 날 해 질 무렵에 인부들은, 나무바리를 옮기는 벌목꾼들처럼 잔달음질로 커다란 체경(體鏡) 두 개를 이발관 안으로 들여가고 있었다. 그 거울에는 마침, 먼 서쪽 산등성이를 불태울 듯 타오르는 노을이 가득 담겨 있었다. 인부들이 손에서 느슨해지려는 거울을 추스려 쥘 때마다 거울에 잡혀 있는 노을은 넓은 빗각으로 가파르게 우쭐거렸다. 그 황홀하고 호들갑스러운 우쭐거림에 구경하던 아우와 나는 겁먹은 듯 몇 발자국씩 뒤로 물러나곤 하였다. 그리고 아우와 나는, 서쪽을 등지고 동쪽으로 시선을 주고 있었는데도 서쪽으로 지고 있는 노을을 정면으로 바라볼 수 있었던 최초의 경이적인 혼란과 모순을 경험했다.

　그날 이발관에 걸렸던 거울은, 우리 형제가 미처 예측할 수 없었던 독특한 체험들을 거리낌없이 제공하기 시작했다. 회칠한 벽에 거울을 약간 사각(斜角)지게 고정시킨 다음, 인부들은 새참을 먹기 위해 여인숙 안쪽으로 몰려갔다. 그사이를 놓칠세라 아우와 나는 잽싸게 이발관 안으로 뛰어들었다. 그리고 우리는 두 개의 거울 앞에 나란히 섰다. 거울 속에 잡혀 있던 노을은 간데없고 거울 한가운데로 우리로 짐작되는 두 아이가 들어서 있었다.

"히야, 저기 보래이."

자기 스스로를 가리키고 있는 아우의 모습이 옆에 걸린 거울 속으로 바라보였다. 그 괴이한 발견들은 느닷없이 우리들을 찾아온 셈이었다. 나는 씽긋 웃어보았다. 거울 속으로 당장 씽긋 웃는 내 모습이 잡혔다. 화난 얼굴을 지어보았다. 거울 속의 나도 역시 그랬다. 입을 벌리고 이를 드러내면 또한 그만치, 그리고 눈을 부릅뜨고 상반신을 비꼬아보면 또한 그만치, 한 동작에서 다른 동작으로 이동되는 시간이 제아무리 순식간이라 할지라도 거울은 동작의 반복과 진행을 순발력 있게 적발해냈다. 그리고 그때마다 극치의 즉시성을 발휘해서 탄산지(炭酸紙)를 뜯어낸 자리에 드러난 복사화(複寫畫)처럼 순간순간의 동작들을 한 치의 오차도 없이 천연덕스럽게 비춰 보이는 것이었다. 그리고 그 당돌한 복사의 유희는 내 의지와는 아무런 관계도 없이 거울이 지니는 삼엄한 투사력으로 재연되고 있었다. 그러나 새참을 먹고 되돌아온 인부들의 호통을 받고 쫓겨나면서 우리들과 거울의 경이적인 만남은 매우 짧은 순간으로 끝났다.

그 이튿날부터 이발관에는 전혀 새로운 인물이 등장했다. 삼십대 초반인 나이의 그 남자는 낯선 사람이었고, 시골 사람답지 않게 말쑥한 옷매무새에 하얀 얼굴이었다. 그 창백한 얼굴에는 희미한 우수가 깔려 있었고, 이른 봄날 허공을 나는 노랑나비처럼 애잔한 외로움이 깃들어 있었다. 그가 이발관의 주인임이 틀림없었으나 아우와 나는 그를 '거울의 주인'으로 불렀다. 나중에야 그것을 깨달았지만 거울 임자는 허우대나 모색이 여인숙의 바깥주인과 너무 닮은꼴이었다. 그러나 어린 우리로서는 그가 무엇 때문에 이 고장으로 들어와서 이발사라는 직업을 갖고 정착해버렸는지 그 내막을 알 길이 없었다. 더욱이나 거울의 주인은 이발사라는 직업으로 자신을 꾸려나가기에는 걸맞지 않은 모습을 지니고 있었다. 무엇보다 그는 바리캉을 다루는 솜씨부터가 서툴렀다. 일정 기간의 수련 과정을 거친 이발사가 아니라, 그곳에 갑자기 이발관이 생겨난 것처럼 그 역시 갑작스러운 필요에 의해서 이발사란 직업을 선택한 것이 틀림없었다. 그러나 우리에겐 거울의 임자가 이발사의 일을 유감없이 감당해낼 수 있는 자격을 갖춘 사람인지 아니면 다른 꿍꿍이속을 가진 사람인지에 대해선 관심거리가 되지 못했다. 우리는 다만 이발관 주위를 배회하다가 어른들의 주의력이 산만해진 틈을 타서 잽싸게 이발관으로 뛰어들어 거울과의 유희를 즐기곤 하였다.

거울과의 만남은 아우와 내게 커다란 변화를 안겨주었다. 거울과 만난 이후로, 아우와 나는 아무리 하찮은 화젯거리라 할지라도 서양 사람들처럼 다소 과장된 손짓을 하거나 몸을 꼬아가면서 얘기를 진행하게 되었다. 우리의 이상한 버릇을 맨 먼저 눈치챈 것은 어머니였다. 그때 내 나이는 어쩌다 돌부리에 채어서 쓰러졌을 땐 창피를 느낄 때가 되었지만, 나보다 세 살이나 손아래였던 아우는 나둥그러졌을 때 쓰러진 채로 울음을 터뜨려도 창피하지 않을 나이였다. 때문에 어머니가 내리는 일상적인 꾸중이나 넋두리는 언제나 형인 나만을 겨냥하고 있었다. 어머니의 치맛자락을 휘어잡고 응석을 부리는 일보다 내 소매를 잡고 앙탈하는 일로 하루를 보내는 일이 많아지면서 아우는 어느덧 내 턱밑에서만 맴돌고 있었기에 나를 겨냥한 어머니의 꾸중은 당연한 것인지도 몰랐다. 어머니가 내게 내리는 꾸중인즉슨, 내가 아우를 끌고 다니면서 못된 짓만 골라 가르친다는 것이었다. 평소에도 성격이 괄괄한 편인 어머니는 사내자식들인 아우와 나를 훈육함에 있어 몇 가지 고집을 가지고 있었다.

첫째가 내 걸음걸이에 관한 문제였다. 언제부터 그런 버릇이 몸에 배어버렸는지는 모르겠으나 내겐 닭을 쫓는 거위처럼 어깨를 잔뜩 움츠리고 걷는 버릇이 있었다. 어머니의 요구는, 사내자식으로 태어난 이상 언제 어디서나 어깨를 활짝 펴고 당당하게 걸으라는 것이었는데, 턱을 앞가슴 쪽으로 바싹 당겨붙이고 시선은 키꼴과 맞먹게 일직선에 두되 되도록 먼 곳을 바라보라는 것이었다. 그리고 팔을 내젓는 형용에 대해서도 원칙이 있었다. 팔을 조급스럽게 헤적헤적 흩뿌리거나 겨드랑이께를 바싹 당겨붙이고 해작거리면 상것들의 걸음새이고, 또한 팔을 내젓는 형용이

넉넉지 못하고 인색해 보이면 어느덧 성품도 옹졸해져 쓸 만한 재목으로 자랄 수 없다는 생각이었다. 어머니가 내 등뒤에서 가장 호된 꾸지람을 내릴 때는 내가 어깨를 구부정하니 늘어뜨리고 아래를 보며 걸을 때였다. 그런 걸음새는, 남에게 굽실거리기가 버릇된 천격(賤格)들의 형용이란 핀잔이었다.

어쨌든 거울과의 유희가 시작되면서 나는 어느 날 문득, 내 뒤통수는 어떻게 생겼을까 하는 의문이 생겼고, 그래서 뒤돌아서 보았다. 그러나 거울에는 내 앞쪽 얼굴만 비쳤을 뿐 뒤통수는 어느새 뒤통수로 돌아가 있었다. 그것이 부질없는 기대라는 것을 몰랐던 나는 고개를 천천히 돌려서 뒤통수가 거울면에서 비껴지지 않게 되기를 시도해보았으나 실패로 끝났다. 그렇다면 거울이 미처 눈치챌 수 없을 정도로 빠른 순간에 고개를 휙 돌려댄다면 내 뒤통수를 정면으로 볼 수 있으리라 믿었다. 그러나 모든 수단을 동원해보아도 거울에 나타나는 것은 그때마다 내 앞쪽의 모습일 뿐이었다. 고개를 돌려대는 동작이 굼뜬 때문인가 해서 동작을 재빠르게 하면 할수록 거울면에 비치는 것은 재빠르게 돌아오는 내 앞모습일 뿐이었다. 내 동작이 아무리 재빨라도 거울이 먼저 내 동작의 의도를 훔쳐내는 것이었다. 나는 불가사의한 거울의 함정을 이해할 수 없었다. 내 갖가지 포즈를 적발해내는 데 거리낌이 없는 거울이 어째서 어머니와 같이 무딘 사람에게도 발견되는 내 뒷모습은 그토록 완벽하게 거부하고 있는 것일까.

어머니는 그것을 비웃기라도 하듯 날이 갈수록 더욱 극렬하게 내 수척한 뒷모습을 적발해내곤 하였다. 특히 가난으로부터 파생되는 가위눌림은 끈질기게 우리 세 식구의 뒷덜미를 뒤틀어잡고 있었기에, 걸음새에서나마 가난을 연상시키게 하는 거동이 보였을 때 울화가 치밀었을 것은 뻔한 이치였다. 그리고 그 가난이 빌미잡혀서 되돌아오는 모멸을 어머니는 또한 조금도 용서할 줄 몰랐다. 아우와 내가 어른들로부터 어쩌다 못난 아이들로 취급당했을 때, 어머니는 맹렬한 반격을 위해 이를 갈았고 대개의 사람들은 그 사나운 이빨에 물리면 영락없이 계면쩍어 하거나 어눌한 변명으로 둘러대기 일쑤였다.

이발관이 생겨나고부터 마을 사람들은 돌팔이 이발사가 마을로 찾아오는 시기를 기다리지 않고 이발관을 출입하게 되었다. 물론 아이들도 마찬가지였다. 우리 역시 간절한 마음으로 번듯하게 차려놓은 이발관에서 머리를 깎을 수 있는 기회가 오기를 기다렸다. 그 소망은 곧 이루어졌다. 어느 날 오후, 어머니는 아우와 나를 이끌고 이발관으로 갔다. 거울 임자에게 우리를 떠맡긴 어머니는 곧장 이발관에서 떠났다. 이발관에는 거울을 정면으로 바라보고 앉을 수 있는 굉장한 크기의 목제 의자 하나가 한가운데에 놓여 있었다. 아우가 툇마루에서 제 차례를 기다리고 있는 동안, 나는 목제 의자의 양쪽 팔걸이 위로 가로질러 얹은 널빤지 위에 올라앉아 있었다. 그대로 앉으면 의자 등받이에 내 어깨가

파묻힐 정도였으므로 내 상반신이 거울 면으로 훨씬 노출이 되도록 널빤지를 덧깔아서 앉힌 것이지만, 나로선 덧깔린 널빤지가 갖고 있는 이상한 높이가 무척이나 낯설었다. 발아래가 까물까물하도록 썩 높지도 않았고, 그렇다고 사타구니의 누린내를 맡을 수 있을 정도로 낮지도 않은 그런 이상한 높이의 의자에서 내 얼굴을 정면으로 바라보면서 오랜 시간을 견뎌야 한다는 부담은 낯선 사람의 어깨 위로 무동을 탄 것처럼 거북했다. 나는 최초로 경험하는 이상한 높이의 무력감을 느끼면서 거울 면에 드러난 계면쩍은 내 얼굴을 보았다. 어딘가 가위에 눌려 있는 것 같기도 하고 늦게 핀 수레국화처럼 파랗게 질려 있는 것 같기도 했다. 그리고 나는 거울 저쪽 속으로, 때에 전 소매로 인중을 훔치면서 내 뒤통수에서 시선을 떼지 않고 있는 아우를 보았다.

양볼따구니에 마른버짐이 노란 아우의 얼굴에도 엷은 두려움이 깔려 있었다. 거울 주인은 왼손으로 내 머리통을 잡고 이쪽저쪽으로 한동안 가늠을 하더니 바리캉을 집어들었다. 그는 톱질을 해서 정수리 가운데 쪽을 향해 바리캉을 밀어올리기 시작했다. 눈두덩이 찡하니 저려오더라도 꾹 눌러 참으라는 거울 임자의 당부가 없었더라면, 그리고 나보다 세 살이나 손아래인 아우가 가위 질린 표정으로 차례를 기다리고 있는 처지가 아니라면, 그리고 귓밥을 덮고 있는 머리칼을 어떤 방법으로든지 정리하지 않으면 안 된다는 절박한 사정이 없었더라면, 나는 그 이상하고 거북한 높이의 의자에서 한사코 내려왔을 것이다. 그 이상한 높이의 의자에서 이상하게 저려오는 아픔은 내 정수리를 아기작아기작 갉아먹으면서 나를 탈진시키기 시작했다. 늦은 봄날의 졸음처럼 늑골 속까지 잦아드는 그 역겹고 니글니글한 아픔은 설핏한 졸음까지 동반하고 있었다. 내 눈자위에는 본의 아니게 눈물이 배어나기 시작했다.

"히야, 많이 아프제?"

툇마루에 오도카니 앉아 있으리라 믿었던 아우가 어느새 내 곁으로 와서 떨리는 목소리로 물었다. 아우는 주눅이 들 대로 든 내 몰골을 차마 앉아서 바라보고만 있을 수는 없었던 모양이었다. 아우 역시 이발관에서 뛰쳐나가고 싶었겠지만 나를 남겨두고는 떠날 수 없었을 것이다. 그리고 내 대답이 떨어지기 전에 퉁명스러운 거울 주인의 핀잔이 아우에게 떨어졌다.

"넌 얌전하게 앉아 있어."

나는 거울 주인의 겨드랑이 사이로 비치는 내 얼굴을 훔쳐보았다. 두 줄기의 눈물이 볼따구니로 흘러내려서 인중을 적시고 있는 콧물과 잇닿아 있었다. 나 자신에게서 처음으로 발견하는 창피하고 어눌한 모습이었다. 그러한 모습은, 거울과 관련된 나 자신에 대한 아름다운 기대와 환상을 무자비하게 깔아뭉개기에 충분했다. 내 추억 속에서 짧은 순간이라고 이름해도 좋을 모든 순간들을 고리로 연결시킨다 하더라도 그때 겪었던 고통의 시간만큼 길고 길었던 순간은 없었다. 더욱이나 그토록 창피스럽고 추한 내 몰골을 아우가 바라보는 앞에서 거의 무방비의 상태로 완벽하게 노출시키고 있어야 한다는 것은 모멸이었다. 그런데다가 아우가 빤히 바라보고 있다는 것은 더욱 큰 괴로움이었다.

"무명옷은 빛이 바랠수록 눈부신 법이다. 나이라는 것도 마찬가지제. 동상보다 세 살씩이나 손위라면 똥개처럼 꼬리만 사리지 말고 동상에게 본때를 보이고 체통을 지켜야 하제."

어머니가 항상 이렇게 나를 윽박질렀기 때문이었다. 아우에게 본때 있게 굴자는 일에는 인색한 적이 없었으나 체통을 지킨다는 일은 이제 물거품이 되고 만 것이었다.

"히야, 많이 아프제?"

두려움 때문에 떨리고 있는 아우의 목소리가 이번엔 등뒤에서 들려왔다. 내가 얼마나 측은해 보였으면 아우는 떨리는 목소리로 다시 채근해왔을까. 다음 차례에 아우가 이상한 높이의 의자로 끌려올라와서 꼼짝없이 감당해야 할 고통은 생각만 해도 식은땀이 등을 적실 지경이었다. 나는 아우의 채근에 아프지 않거나 아프거나 간에 정확한 대답을 해줄 수 없는 처지조차 괴로웠다.

그런데 나는 그때 의외의 것을 발견했다. 그것은 이발관의 거울 위쪽으로 비스듬히 걸려 있는 한 장의 수채화였다. 벽면에서 천장으로 굴곡이 지는 사춤에는 미처 발견할 수 없었던 그림 한 장이 걸려 있었다. 바위산으로 연결되어 있는 깊은 골짜기 안쪽

절벽으로는 폭포가 시원스럽게 쏟아지고 있었고, 폭포수 위로 하 얀 반달이 걸려 있는 그림이었다. 그리고 그림의 앞쪽에서부터는 오솔길 하나가 바위산의 굴곡을 따라 폭포수 아래로 아스라이 잦 아들고 있었는데, 등을 돌린 젊은 남녀가 팔짱을 낀 채 달을 쳐다 보며 걷고 있었다.

나는 눈자위를 질끔 감았다가 떠서 눈시울에 고인 눈물을 짜낸 다음, 그림을 자세히 올려다보았다. 달이 떠 있는 은밀한 밤, 인 적이 없는 벼랑 아래쪽 오솔길에서 남녀가 팔짱을 낀 채 걷고 있 는 것은 상상하기 손쉬운 광경이 아니었다. 그러나 나는 곧장 시 선을 내리깔고 말았다. 어른들의 은밀한 세계를 훔쳐보았다는 쑥 스러움 때문이었다. 더욱이나 거울 주인이 지켜보고 있는 가운데 그림을 유심히 바라보고 있다는 눈치를 보인다면 머지않아 호통 이 떨어질 것만 같았다. 그러나 이상한 일이었다. 나는 그때까지, 그 농도에 있어서, 그림 속의 이야기가 전달하고자 하는 부피만 큼의 은밀한 어른들의 세계를 엿본 체험이 없었다. 그런데도 그 림 속의 은밀한 구도는 결코 낯설지 않았다. 그 낯설지 않음의 정 체는 아무리 되새겨보아도 꼬리가 잡히지 않았으면서도 쑥스러 움이 먼저 나를 찾아와 시선을 내리깔게 만들었다. 그러나 시선 을 내리깔면 이젠 오장육부를 뒤틀어잡고 빼어올리는 듯한 욱신 한 아픔이 가슴을 저며왔다. 나는 다시 쥐 오줌으로 얼룩진 천장 과 벽 사이의 사춤에 걸려 있는 그림으로 시선을 옮겼다. 그리고 아픔을 이겨내기 위한 안간힘 끝에 가까스로 그림 속으로 잠행해 들어갈 수 있었다.

나는 조금씩 고통의 세계에서 해방되고 있다는 것을 깨달았다. 내 귀에는 벼랑에서 떨어진 물살이 바위틈 사이를 비집고 살여울을 이루면서 기운차게 흘러가는 소리가 들려왔다. 처음에는 들릴락 말락 하던 살여울 소리는 내가 그림의 달 속으로 들어가서 뒷짐을 지고 섰을 때 귓전을 때릴 듯 가깝게 들려왔다. 으스름 달빛은 벼랑을 타고 내려서 여울을 다독거리고 따라 흘러내리면서 여울가에 촘촘하게 들어선 바위 능선을 비추었다. 그런가 하면 두 남녀가 걷고 있는 벼랑 사이의 오솔길을 비추고 있기도 했다. 살여울이 흘러가는 소리 외에 사위는 너무나 조용하고 적적했으므로 호젓한 외로움이 내 온몸을 감싸고 있었고, 가벼운 한기조차 느낄 수 있었다. 벼랑의 바위틈 사이에서 자라고 있는 나뭇가지들이 밤바람에 부대껴 조금씩 흔들릴 때마다 고깃비늘 같은 달빛들이 허공으로 우수수 떨어지기도 했다. 놀란 새들이 날개를 털며 나뭇가지 사이로 깃을 옮겨 앉는 소리도 들렸다. 나는 뒷짐을 진 채 오래도록 그림 속의 풍경을 내려다보았다. 그때 나는 새로운 것을 발견했다. 이발관의 목제 의자 위에 앉아 있었을 땐 그림 속의 두 남녀는 내게 등을 돌리고 있었다. 그러나 그림의 달 속으로 들어가서 두 사람을 향해 돌아선 순간, 나는 그들의 얼굴을 확인할 수 있게 되었다. 여자는 내가 살고 있는 고장에선 본보기를 찾아볼 수 없을 정도로 희고 갸름한 얼굴에 야무진 콧날과 큰 두 눈을 갖고 있었다. 그리고 그녀의 한쪽 팔은 남자의 겨드랑이를 바싹 당겨 껴안고 있었다. 그녀의 얼굴은 달빛을 받아 약간 우울해 보였지만 이가 보일락 말락 하게 치켜든 입술은 희미한 미소에 젖어 있었다.

그녀는 고개를 약간 숙이고 걸으면서 곁의 남자에게 뭔가 속삭이고 있는 듯이 보였지만 그들과는 너무나 멀고먼 거리의 달 속에 있는 나에게까지는 말소리가 들리지 않았다. 나는 고개를 끄덕이고 있는 남자를 보았다. 그는 곁에 있는 여자에 비해 나이가 대여섯 살쯤이나 손위로 보이는 삼십대 초반으로 역시 낯선 사람이었다. 그 역시 시골 사람답지 않게 말쑥한 옷매무새에 창백한 얼굴이었다. 그 창백한 얼굴에는 희미한 우수가 깔려 있었고 외로움이 서려 있는 듯이 보였다. 두 남녀가 이런 호젓한 곳으로 은밀하게 찾아들어온 데는 어딘가 심각한 문제에 얽혀 있기 때문인 것 같았다. 두 사람의 얼굴에서 똑같이 느낄 수 있는 우수의 그림자가 그랬다.

그런데 처음에 느꼈던 낯선 인상과는 달리 남자의 얼굴을 유심히 내려다보는 순간, 나는 이 남자를 어디선가 만난 적이 있다는 엉뚱한 생각이 들기 시작했다. 나는 몸을 비비 꼬아가면서, 이 남자를 어디선가 만난 적이 있다는 야릇한 생각의 꼬투리를 잡아채려고 애썼다. 그러나 그 꼬투리는 좀처럼 낚아채어지지 않았다.

그러자 정수리께가 다시 욱신하게 아파오기 시작했다. 어쩌면 나는 조만간 이 그림 속으로부터 무참하게 쫓겨날 것만 같았다. 정수리에서 뒤통수까지 헤집고 드는 현실적 아픔이 그것을 가차 없이 예고하고 있었다. 나는 도살장으로 끌려가는 소가 외양간 문턱을 놓고 버티듯 그림 속으로부터 쫓겨나지 않기 위해 안간힘을 쓰고 있었다. 저 남자를 어디서 만났던 것일까. 까닭 없는 생각이 자꾸만 뇌리를 스치고 지나갔다. 그때였다. 비로소 나는 그 남자의 정체를 색출해낼 수 있게 되었다. 그는 거울의 주인이었다. 지금 내 두피를 벗겨낼 듯 바리캉을 맹렬하게 휘두르고 있는 바로 이 사람, 거울 주인이 그림 속에서 여자와 함께 걷고 있는 남자였다. 나는 폭포를 향해 걸어오고 있는 사내와 지금 이발관에서 내 머리를 바리캉으로 밀고 있는 거울 주인의 얼굴을 주의 깊은 시선으로 번갈아 보았다. 틀림없는 동일인이었다. 그것은 전혀 예상할 수 없었던 이변이어서 나 스스로도 놀랄 지경이었다.

내가 그림 속으로부터 쫓겨나지 않기 위해서 나름대로 안간힘을 쓰고 있었던 것은 사실이었다. 그러나 조급증에 시달린 나머지 다급한 대로 거울 주인을 그림 속으로 징발해놓은 것은 절대 아니었다. 뇌리를 스친 그런 귀결은 너무나 당연하고 자연스럽게 찾아와서 아니다라고 매몰차게 뿌리칠 수 있을 만한 건덕지가 없었다. 그러나 공교롭게도 거울 주인의 팔짱을 끼고 있는 여자만은 현실적인 인물로 색출해낼 수 없었다. 그리고 그 여자가 실제의 인물로 대체될 수 있는가와 아닌가는 내게 부담감을 안길 만한 관심사가 될 수 없었기에 남녀의 산책에 대해서는 잊어버렸다. 다만 안타까운 것은 두 사람이 필경 나누고 있을 은밀한 대화의 내용을 단 한마디도 엿들을 수 없다는 것이었다. 그것은 사람의 형용은 가차 없이 복사시키면서 소리만은 복사할 수 없었던 거울의 함정과 결부되는 것이었다. 나는 다시 뒷짐을 지고 서서 벼랑 아래로 굽이쳐 떨어지는 살여울에서 힘차게 튀어오르는 물보라를 바라보았다. 그리고 눈을 지그시 감았다. 목제 의자 위로 덧깔린 널빤지의 이상한 높이에선 도저히 가늠할 수 없으리만큼 멀고먼 거리에 있는 그림의 달 속으로까지 날아갈 수 있었던 것은 이발관에 오기 전까지는 상상할 수 없었던 일이었다. 아니 그것은 거울 주인이 쥐고 있는 바리캉의 요술인지도 몰랐다. 아니면 창자를 긁어올리는 듯한 고통이 나를 그림 속으로 유인한 것인지도 몰랐다. 그러나 나의 이상한 그림 속의 여행은 거기서 마감되었다. 내 등뒤에서 깊은 호흡을 들이삼키는 소리와 함께 거울 주인의 목소리가 들려왔다.

"이제 됐다."

거울의 주인은 스스로 대견한 듯 거울에 비친 내 머리통을 이리저리 가늠해보면서 상반신을 덮어놓았던 덮개 천을 벗기기 시작했다. 두개골은 무수히 쥐어박힌 것처럼 얼얼했고 양볼에는 어쩔 수 없이 짜낸 눈물 자국이 처절한 고행의 흔적으로 남아 있었다. 눈자위는 물속에 담갔던 손등처럼 퉁퉁 부어올라 있었다. 내가 의자에서 채 내려가기도 전에 거울 주인은 아우를 턱짓으로 가리키면서 의기양양하게 말했다.

"자, 다음은 네 차례다."

아우가 몸을 사리고 들 것을 충분히 예측하고 있었음인지 거울 주인은 거울 속 안쪽으로 바라보이는 아우에게 다시 한번 채근했다.

"냉큼 올라와 앉아라."

거울 주인의 호통 섞인 채근에 찔끔한 아우는 나와 거울 주인을 일그러진 얼굴로 번갈아 보았다. 아우의 가위 질린 얼굴은 너무나 참담했다. 그러나 이제 거울 주인을 따돌리고 이발관에서 달아날 수 있는 묘책이란 있을 수 없었다. 나는 아우의 귀에 입을 대고 가만히 속삭였다.

"거울을 보지 말고 그림을 보그래이."

두려움으로 떠는 아우의 대꾸는 그것보다 너무 컸다.

"히야, 어디를 보라꼬?"

"그림을 보라 카이."

"왜 그림을 보라 카노, 그림이 어떤데?"

앙가슴 위로 올라와 있는 아우의 양손은 가늘게 떨리고 있었다.

"그림을 쳐다보면 안 아프다 카이."

나는 인중을 적시고 있는 콧물 자국을 얼른 소매로 훔쳤다. 나를 빤히 바라보던 아우는 다짐 두듯 물었다.

"참말로?"

"그라문."

"그라문 히야는 왜 울었노?"

"그림을 진작 안 봐서 그랬제."

"거짓말."

"참말이라 카이."

"내사 머리 안 깎을란다."

내 옷소매를 와락 낚아채는 아우는 금방 울음을 터뜨릴 것 같았다. 그때 거울 주인이 놓칠세라 아우의 뒷덜미를 덥석 낚아채더니 능숙한 솜씨로 목제 의자의 널빤지 위로 앉혀버렸다. 금방 울음을 터뜨릴 것 같았던 아우는 일단 의자 위로 올라가자, 입술을 야무지게 다물면서 터져나오려는 울음보를 삼키고 있었다.

"히야, 많이 아프드나?"

그러나 거울 주인이 얼른 대답을 가로챘다.

"그림을 쳐다보고 있으면 아프지 않다고 네 형이 벌써 말하지 않든."

그때 당돌해진 아우는 거울 주인을 똑바로 바라보면서 앙탈했다.

"아프게 할라면 내사 머리 안 깎을랍니더."

"고놈, 말대꾸 한번 맵짜구나. 그래, 아프지 않게 깎아주지."

"그라문, 우리 히야는 왜 아프게 깎았습니껴?"

"그림 볼 줄 몰랐으니깐."

그러나 아우는 내가 가르쳐준 대로 그림을 쳐다본 것도 아니었고 거울 속을 바라보지도 않았다. 시종일관 눈 가장자리에 주름이 잡힐 만치 눈을 모질게 감고 있었다. 아우가 치르는 고행을 바라보면서 나는, 이 세상에는 배고픔보다 더 고통스러운 것도 존재하고 있다는 것을 깨달았다. 그러나 사건은 고통의 존재만을 깨닫는 데 그치지 않았다. 우리 형제가 탈기(奪氣)가 되어 집으로 돌아갔을 때였다. 우리가 돌아오기를 기다리고 있던 어머니는, 양볼에 흘러내린 눈물과 인중으로 흘러내린 콧물로 허연 버캐 자국이 날 정도로 치른 고행의 흔적에 대해선 일언반구도 위로의 말이 없었다. 나란히 집으로 들어선 우리의 깎은 머리를 어머니는 주의 깊게 점검해보았다. 그리고 놀랍게도 우리의 손목을 단단히 뒤틀어잡고 거울 주인을 찾아갔다. 물론 우리는 거울 주인을 다시 만나고 싶지 않았다. 그러나 어머니는 그것을 짐작하고 있었음인지 우리의 팔을 손자국이 날 정도로 뒤틀어잡았기 때문에 뿌리치고 달아날 수 있는 여지가 없었다. 입씨름은 이발관에서부터 시작되었다.

"머리를 깎은 시늉이 흡사 소가 풀 뜯어먹은 자리 같으이더."

어머니는 삿대질로 우리의 깎은 머리를 가리키면서 처음부터 시비조였다. 거울 주인이 미처 변명을 둘러대지 못하고 우물쭈물하는 사이에 다그쳐 말했다.

"우리 애들이 굵고 살긴 해도 두상들이 못생기지는 않았습니더. 그런데 멀쩡한 아새끼들을 이런 꼴로 깜부기를 만든 것은 무슨 억하심정이 있기 때문입니껴?"

시선을 내리간 채 바리캉에 묻은 머리털을 솔질하고 있던 거울 주인은 다소 볼멘소리로 대꾸했다.

"잘생기고 못생기고 간에 그만하면 흉내는 된 것 아닙니까."

"흉내를 내시다니 그런 망발이 어디 있습니껴. 이런 솜씨라면 조막손인들 못하겠소? 차라리 내가 깎는 게 낫지 이걸 품앗이라고 하고 있습니껴?"

"서로 이웃하고 살면서 언성 높이지는 맙시다."

"해포이웃 하자 핑계하고 막보면서 살자는 겜니껴?"

"제가 언성 높이지 말자 하였지, 아지마씨를 막보자 하지는 않았습니다."

"막보자는 것이 아니면 깔보자는 것입니껴?"

"아지마씨, 너무 심하십니다. 마을에 들어와서 이웃 간에 안면조차 트지 못하고 있는 처지에 누굴 위하고 누굴 얕보고 할 계제가 아니란 것은 아지마씨가 더 잘 알고 있지 않으십니까."

"돌팔이도 아이고 명색이 가게 차리고 들어앉았다는 이발사가 배코 쳐달라는 애들 머리를 소 풀 뜯어먹은 자리로 만들었는데, 깔보아 저지른 일이 아니라고 둘러댈 만한 건덕지가 있겠습니껴?"

시선을 내리깐 채 어머니의 장황하고 울화통 섞인 푸념을 듣고만 있던 거울 주인은 그때에야 겨우 어머니의 속셈을 읽어낸 것 같았다. 그는 나직하게 말했다.

"어쨌든 내가 저지른 실수였으니 이발료는 받지 않기로 하지요."

이발료를 단념해버리겠다는 거울 주인의 결단은 어머니에게 물을 끼얹은 것이었다. 어머니의 앙탈은 즉시 가라앉았고, 우리는 서둘러 집으로 돌아왔다. 뜨거운 물로 우리 머리의 때를 벗기면서 표정이 누그러진 어머니는 대견스러운 듯 머리를 쓰다듬곤 하였다. 그러나 오장육부를 짜낼 듯 아픔을 우려내던 이발관의 기억이 우리 뇌리에서 씻어지는 데는 그렇게 많은 시간이 필요하지 않았다. 우리는 곧장 그것을 잊어버렸고 이발관 앞을 오갈 적마다 모자라는 키를 원망하면서 이발관의 창틀을 잡고 거울과의 유희를 즐기곤 하였다. 아우와 나는 겨울철의 추위에도 불구하고 이발관의 창틀 아래에서 많은 시간을 보냈고, 거울 주인도 작업에 방해를 받지 않는 이상 구태여 호통 쳐서 멀찌감치 내쫓지는 않았다. 언젠가 거울 주인이 측은한 목소리로 아우에게 던진 한마디를 나는 기억하고 있었다.

"너 아직 어머니가 업어서 키워야 할 나이로구나."

아우의 나이로 볼 때 그의 지적은 적절한 것이었다. 사실 곰곰이 되새겨보면 어머니가 아우를 등에 업고 있는 모습을 목격한 것은 기억조차 희미할 정도로 오래전 일로 생각되었다. 웃자란 주제도 아니면서 일찌감치 어머니 등에서 땅으로 내려와 걷는 일에 버릇 들여진 아우 역시, 호젓한 편안이 있고 따스한 속살 내음이 희미하게 배어 있는 어머니 등에 대한 간절한 욕구를 진작부터 잊어버린 듯했다. 그래서 어머니도 아우를 업어주려 하지 않았지만 아우 역시 어머니에게 등을 돌려달라고 아득바득 보채는 일은 없었다. 제 또래 아이들이 아직껏 제 어머니의 등에 업혀서 칭얼대고 있는 모습을 아우는 대수롭지 않은 시선으로 덤덤하게 바라보곤 하였다.

그런데 나는 어느 날, 우연한 장소에서 어머니가 벌인 충격적인 장면을 목격한 적이 있었다. 겨울이 깊어가고 있는 어느 날 밤이었다. 그날 역시 어머니는 품앗이에서 늦게 돌아올 조짐이었다. 아우와 나는 미지근한 온기가 오락가락하고 있는 아랫목에 나란히 배를 깔고 엎드려 있었다. 차렵이불을 어깨까지 뒤집어쓴 우리는 거북처럼 모가지만 밖으로 내놓고 딱지를 접고 있었다. 윗목에는 그날 낮에 딱지치기에서 따낸 헌 딱지들이 낙엽더미처럼 쌓여 있었다. 딱지치기 실력에서, 내 존재는 가근방 악다구니들 사이에선 소문이 떠르르했다. 밀려 있는 숙제가 매일 밤마다 잠 끝까지 따라와서 괴롭힘을 당하는 다른 아이들과는 달리, 내가 가장 잘할 수 있고 또래들에게 군림할 수 있는 것은 그 한 가지였기 때문에 학교에서 돌아온 다음 대부분의 시간을 딱지치기로 탕진했다.

　알고 보면 딱지치기 역시 막무가내로 밀어붙여서 되는 일은 아니었다. 그 놀이에서도, 힘의 구사 능력을 매우 세련되고 미세한 감각으로 처리하는 수법을 터득해야 한다. 지면에 찰싹 달라붙어 있던 딱지가 느닷없이 벌떡 일어나서 위로 곤두박질칠 수 있도록 결정적인 부력을 안겨 밀어뜨리는 데는 매우 세련되고 절제된 힘을 구사할 줄 알아야 했다. 힘의 자제력이 무분별하게 분산되면 딱지는 멀리로 날아가버리고, 너무 완벽하게 집중되면 오히려 꿈쩍하지 않는다. 죽은 듯 엎여 있는 딱지를 부활시키기 위해서는 상대편이 던진 딱지가 지면에 놓여 있으되 그 인색함을 탓하지 말고 어느 사춤에다 부력을 틈입시킬 수 있을 것인지를 짧은 시간에 관찰해낼 수 있는 순간적인 통찰력을 지녀야 한다. 그리고 윗도리의 단추를 두세 개쯤은 풀고 있음으로 해서 윗자락에서 튕겨나오는 바람의 소용돌이를 팔의 힘과 동일한 방향으로 순식간에 결부시키는 순발력도 지녀야 한다. 그리고 또 한 가지 매우 중요한 것은 허리춤 사용의 유연성이다. 허리를 자유자재로 폈다 구부렸다 할 수 있는 기민성을 항상 지니고 있기 위해서는 무엇보다 배가 불러선 안 되었다. 나는 대체로 배가 볼록하리만큼 먹지 못했기 때문에 시간과 장소의 제한성을 초월해서 언제나 도전자들을 상대해줄 수 있는 준비가 갖춰진 셈이었다.

　많은 아이들이 항상 윗도리 단추를 풀고 다니는 나를 공략하려고 호시탐탐 노리고 있었지만 그들의 노력은 대개는 무위로 끝장이 나버리곤 하였다. 내가 또래의 아이들과 어울려 딱지치기에 몰두해 있을 때, 아우는 내 등뒤를 삼엄하게 지키고 서서 딱지의 출납을 아금받게 챙겼다. 간혹 내 상대의 속임수가 적발되었을 때 아우는 집 지키던 거위처럼 도발적인 고함 소리로 발악을 하곤 하였지만 대개의 경우는 입을 꼭 다문 채 훈수 없이 놀이를 지켜보았다. 설혹 딱지를 잃어가는 빈도가 따내는 빈도보다 높다 할지라도 내게 불평을 늘어놓거나 불안한 기색을 보이지는 않았다. 딱지치기에 관한 한 결말에 가서는 나의 승산 쪽으로 기울고 만다는 확신이 아우와 나 사이에는 굳게 다져져 있었기 때문이다. 그러나 해가 지기 시작하면 나는 어느덧 오른쪽 어깻죽지가 욱신하니 저려왔고, 많은 딱지를 가슴에 부둥켜안고 있는 아우는 살갗을 저미며 파고드는 추위 때문에 비둘기 다리처럼 선홍색으로 익어 있었다. 입을 비쭉거리거나 머쓱한 표정으로 돌아서는 상대의 뒤통수에 쾌감을 느끼면서 우리는 집으로 돌아갔다.

언제나 그랬지만 패자들은 기분 좋게 돌아서는 법이 없었다. 우리에게 능멸의 시선을 보내거나 사리에 맞지 않는 저주 남기기를 좋아했다. 그러나 우리는 패한 자의 저주에 찔끔해본 적이 없었다. 왜냐하면 우리는 승승장구하리란 것을 믿고 있었기 때문이다. 승리한 자만이 차지하는 터질 듯한 팽만감에는 그런 부질없는 저주 따위를 묵살하는 데 필요한 너그러움까지도 덤으로 곁들여 있었기 때문이다.

　그러나 우리는 승리의 쾌감에만 젖어서 방만한 시간을 보내진 않았다. 언제 불쑥 돌아올지 모를 기약 없는 어머니를 기다리는 동안, 우리는 그날 따낸 딱지 종이들을 모두 해체시켜서 더욱 강력한 딱지로 재조립하는 일에 골똘하였다. 승리자의 칼일수록 애써 갈아두지 않으면 재빨리 녹이 슨다는 것을 알고 있었는지도 몰랐다. 그때 문득 나는 윗목에 쌓여 있는 종이 무더기로 시선이 갔다. 저것을 따내기 위해 나는 어깻죽지가 저려오도록 몸을 뒤쳤고 아우는 또 그렇게 추위에 떨고 있어야 했을까. 어머니의 말처럼 저것을 쌓아둔다 해서 밥이나 죽으로 둔갑할까, 바라보면 배가 부를까. 그런 생각이 뇌리를 스치면서, 나는 그 칠칠맞지 못한 나이임에도 불구하고 딱지종이 무더기 위로 연기처럼 피어오르는 허탈의 정체를 발견했다. 허탈의 실상을 발견하는 순간 내 귀에는 바람 소리가 들려왔다. 어깨동무를 하고 달려오는 듯한 바깥의 바람 소리는 삭풍이었고, 차렵이불깃 사이로 비집고 드는 쓸쓸한 냉기는 집요했다. 우리의 체온 때문에 차렵이불 속에 갇혀 있던 미지근한 온기조차 점점 사그라지고 있었다. 나는 힐끗 아우를 돌아다보았다. 아우는 웅크리고 엎딘 채, 아무 뜻도 없는 옹알이를 흥얼거리면서 딱지종이에 그려진 그림을 내려다보고 있었다. 떨고 있는 문풍지 소리가 들렸다.

　"우리, 엄마한테 가볼래?"

내 입에서 그런 말이 불쑥 튀어나오리라곤 스스로도 예상할 수 없었던 일이었다. 왜냐하면 어머니가 품앗이를 하고 있는 장소에 우리 형제가 모습을 드러낸다는 것은 오래전부터의 금기였기 때문이다. 어머니가 품앗이를 하고 있는 장소에 우리들이 줄레줄레 찾아가서 칠칠치 못한 행색을 여러 사람에게 노출시키는 일을, 어머니는 자신의 벗은 맨발을 남정네에게 보이는 일만큼이나 경계해왔다. 지난날 멋모르고 몇 번인가 어머니를 찾아나선 일이 있었다. 어머니가 그때마다 나를 딱지가 덜 떨어진 녀석으로 몰아세워 혹독한 매를 내려서 닦달한 일을 기억하고 있었다. 아우 역시 그 매서웠던 시련의 기억을 잊었을 리 만무였다. 그러기에 당혹한 표정으로 나를 바라보고만 있는 게 아닐까. 그러나 아우의 당혹스러운 표정 뒤에는 내가 불쑥 내뱉은 말에 대한 강렬한 호기심도 함께 읽을 수 있었다. 아우는 그러나 얼른 자신의 속내는 감추고 영악함이 들여다보이는 한마디를 뇌까렸다.

"히야, 인제 뭐라 캤노?"

그 영악함이 얄미웠던 나는 내친김에 더욱 목청을 높였다.

"엄마한테 가볼래?"

"히야, 미쳤나?"

나는 아우의 양볼따구니가 그 순간 상기되는 것을 보았다. 내 의중을 다시 한번 떠보려는 아우의 두 눈은 희미한 불빛 속에서도 반들거리고 있었다.

"니는 무슨 말이고, 내가 왜 미쳤다 말이고?"

"지난번에 매맞은 거 벌써 잊어뿌렀나?"

"안 잊어뿌렀다."

"그라문 무슨 심청이 나서 그런 말 하노. 엄마 죽는 거 볼라 카나?"

"엄마 모르게 살짝 가서 보고 오면 안 들킨다 카이."

그 한마디는 아우가 내심 듣고 싶었던 말이었다. 그는 잠시 대꾸가 없었다. 아우는 이것이 부질없는 기대가 아니란 것을 스스로에게 다짐하듯 나지막한 목소리였으나 또렷하게 되받았다.

"히야는 안 들킬 자신이 있나?"

"자신 있다."

"자신 있어도 히야 혼자 가그라. 나는 여기 있을란다. 엄마한테 매맞기 싫다."

"밤중에 집에 혼자 있으면 무서불 긴데?"

아우는 의뭉스러운 내 말을 다시 표독스럽게 되받았다.

"내사 안 무섭다 카이. 개호주가 산에서 동네까지 내려올라 카면 한밤중이 되어야 한다 카이."

"그래, 니가 안 무서우면 내가 혼자 가서 엄마가 뭘 하고 있는지 살짝 보고 오끄마. 니는 문 닫고 꼼짝 말고 있그래이."

아우는 대답이 없었다. 나는 차렵이불을 들치고 단호하게 일어섰다. 바지를 추스르고 나서 다짐 두듯이 다시 한번 오금을 박았다.

"집 잘 보고 있그래이. 퍼뜩 갔다가 금방 오끄마."

마지막 한마디를 뇌까리는 것과 때를 같이해서 예상했던 대로 아우는 울음을 터뜨렸다. 그리고 차렵이불 자락을 이마 위까지 뒤집어쓰면서 못내 앙탈을 부렸다.

"히야, 니는 참말로 혼자 갈라 카나?"

"안 무섭다고 큰소리 땅땅 치고는 무슨 소리고?"

"내가 언제 큰소리 땅땅 치드노."

"내가 이 두 귀로 쨍하게 들었는데도 거짓말하는 꼬라지 보래."

"나는 그런 말 안 했다 카이."

"내 억장이 무너질라 칸다. 같이 가고 싶그던 퍼뜩 일어나그라."

"같이 가자면 겁나서 못 갈 줄 아나."

"밖에 나가서 업어달라꼬 앙탈 부리면 안 된대이."

"죽어도 업어달라는 말은 안 할 기다."

물론 나는 어머니가 품앗이를 들고 있는 장소가 어딘지 짐작하고 있었다. 노복 어멈이 우리집을 들락거리면서 혼잣소리로 불쑥불쑥 내뱉곤 하던 그 집 택호를 몰래 새겨둔 터였다. 우리는 도둑고양이처럼 발뒤축을 들고 숨죽이며 조용히 집을 나섰다. 바깥 공기는 손가락이 저절로 자지러져 오그라들 정도로 추웠다. 바람소리만 공허하게 흩날리는 하늘에는, 우리들의 꽁꽁 언 살점을 금방이라도 베어 날릴 듯이 예리한 어깨 비늘을 번뜩이는 초승달이 매섭게 토라진 채 떠 있었다.

"니 안 춥나?"

바람 빠지는 고무풍선처럼 어깻살을 푸들푸들 떨면서 아우는 반문했다.

"히야는 춥나?"

"나는 안 춥다."

"나도 안 춥다 카이."

"엄마한테 들키는 날에는 혼겁이 날 긴데, 그래도 갈라 카나?"

"가마이 숨어서 훔쳐보고 퍼뜩 돌아오면 엄마가 알 기 뭐고."

나는 입을 다물었다. 아니래도 떨고 있는 아우에게 지레 겁을 안겨서 더이상 주눅들게 하고 싶지는 않았다. 우리는 담벼락 아래로 진 밤 그늘을 밟으며 한길로 나갔다. 가겟집들에서 새어나오는 불빛을 피해 그 한길과 맞닿아 있는 고샅으로 숨어들어서 산자락 아래로 뚫린 길을 따라 걸었다. 그 고샅길 저쪽 안침에는 기왓골이 성큼성큼한 월천댁 집이 시꺼멓게 바라보였다. 우리는 그 집이 바라보이는 곳에서 문득 걸음을 멈추었다. 어느 편이 먼저였다 할 것 없이 발걸음이 멈추어진 까닭을 아우가 먼저 알아챘다.

"대문이 닫게 있을 긴데."

"부잣집에서는 왜 대문을 일찍 닫아걸제?"

"그걸 내가 우째 알겠노."

기대가 반감되어버린 아우의 목소리는 절망적으로 구겨져 있었다. 대문을 걸어잠그고 말았다면 어머니를 몰래 훔쳐본다는 일은 글러버린 일이었다. 물론 나는 그런 절망적인 사태에 직면하지 않으리라는 기대는 갖지 않았다. 먼저 그 집을 정탐해본 적도 없었고, 어머니가 언제부턴가 그 집만을 단골로 드난살이를 하고 있다는 사실조차 확인해본 적이 없었다. 다만 방 윗목에 쌓여 있는 딱지종이 무더기에서 발견했던 허탈의 흔적과 바람벽을 파고드는 겨울의 밤바람 소리를 삭이면서 엎뎌 있기는 너무나 을씨년스러웠고, 그 을씨년스러움을 떨쳐버리기 위해 나 자신도 놀랐을 정도로 불쑥 내뱉은 한마디가 이런 난처한 지경에 도달하게 만든 것이었다.

대문을 닫아걸었을 것이라는 아우의 예상은 적중되었고, 나는 다시 한번 이 무모했던 밤길의 외출이 덧없음을 깨달아야 했다. 그러나 무모한 시도였을지언정 무기력하게 되돌아서버린다면 아우로부터 당해야 할 빈축과 저주는 또 얼마나 나를 괴롭힐까. 저주로부터 시작된 아우의 앙갚음은 언제나 아금받았다. 월천댁으로 찾아갔었다는 사실을 어머니에게 고자질해서 어머니로 하여금 매타작을 내리도록 유도할지도 모른다. 아우가 나를 골탕 먹이려고 앙심을 품고 들 때는 언제나 완벽한 냉정성을 보였다. 내가 매타작을 당할 동안 아우는 이불을 뒤집어쓴 채 절대로 어머니를 만류하려들지 않았다. 그러나 매질이 끝난 뒤에 이불자락을 들치고 빠끔하니 얼굴을 내밀 때, 아우의 두 볼따구니에는 언제나 선명한 눈물 자국이 남아 있곤 했다. 내 종아리가 퉁퉁 부어오를 만치 매질을 당하건 아우의 두 볼에 선명한 눈물 자국이 남게 하건 그 모두가 내가 바라는 것은 아니었다.

그래서 굳게 빗장이 내려진 대문 판자 틈 사이로 집안을 훔쳐보는 데 실패한 우리는 왼쪽 담벼락을 따라 걷기 시작했다. 뜨락을 건너다니는 사람들의 모습은 보이지 않았지만, 행랑채가 있는 쪽으로부터 디딜방아를 찧고 있는 소리가 들려왔기 때문이다. 그쪽에는 필경 사람이 있을 것이고, 우리들의 운세가 사납지 않다면 그곳에서 어머니를 발견할 수 있을지 몰랐다. 담을 끼고 왼편으로 돌아간 우리는 놀랐다. 행랑채가 놓인 방앗간 쪽의 담은 대문채 쪽의 담장보다 높지도 않았거니와 그 토담은 놀랍게도 허물어져 있었기 때문이었다. 그래서 아득바득 발뒤축을 들지 않아도 방앗간을 비롯해서 뜨락 한 모퉁이가 훤하게 들여다보였다. 디딜방앗간은 무너져 있는 토담 쪽에 잇대어 서까래를 올려서 바람막이를 해두었다. 우리들의 기우는 그곳에서 산산조각이 났다. 방앗간에서 어머니를 발견했기 때문이었다. 조심스레 다가가긴 했지만 무너진 담벼락께가 느닷없이 나타났으므로 우리는 졸지에 어머니에게 노출된 것이었다. 우리는 불과 4, 5미터 사이를 두고 어느 편이 먼저랄 것도 없이 시선이 서로 마주치고 말았다. 방앗간의 서까래에는 초롱불이 걸려 있어서 어머니와 우리의 모습은 불빛 아래로 훤하게 드러났다. 시선이 서로 마주치는 순간, 우리

는 말뚝처럼 그 자리에 붙박여 서버리고 말았다. 어머니를 발견
했다는 짜릿한 쾌감은 그 순간 사라지고, 우리의 야행이 어머니
에게 적발되었다는 공포가 뇌리를 짓눌렀다. 우리는 좀처럼 움직
일 수 없었다. 그러나 어머니에게서 놀라운 광경을 발견한 것은
바로 그때였다.

어머니는 아이를 업고 있었다. 공단으로 지은 포대기 이불로
어떤 아이를 싸동여 업고 방아품을 팔고 있는 중이었다. 내가 충
격을 받은 것은 어머니 등에 있는 그 아이 때문이었다. 그 아이는
아우와 같은 또래인 월천댁 집 아이였다.

공포감으로 얼룩져 있던 내 가슴은 어느새 분노로 떨고 있었
다. 병추기인 내 아우 업어주기에는 한사코 인색했던 어머니가
남의 집에서, 그것도 아우보다 건강해 보이는 아우 또래의 아이
는 업어주기를 겨워하지 않고 있는 것일까. 그때 내 나이가 가지
고 있는 섣부른 관용으로써는 갑자기 들이닥친 배반에 대한 현명
한 해답을 얻어내기 어려웠을 뿐만 아니라, 오히려 지금까지 교
묘하게 위장되어서 발견할 수 없었던 어머니의 허상을 발견한 듯
했다. 어머니도 그것을 당장 눈치챈 것 같았다.

우리와 시선을 마주친 것과 동시에 어머니 역시 시신처럼 굳
어버렸고 눈 둘 바 모를 당혹감으로 얼굴은 일그러졌다. 어머니
는 우리에게 집으로 돌아가라는 손사래조차 칠 수 없을 정도였
다. 우리에게는 항상 떳떳했고 당당했던 어머니가 그때만은 주체

할 수 없으리만치 절망적인 모습으로 가위에 질려 있었다. 우리는 곧장 발걸음을 돌렸다. 미련 없이 돌아선다는 단호한 태도를 보일 때의 발걸음은 어떠해야 하는 것일까. 그러나 완강함이 돋보이는 뒤통수를 보인다는 태도 외에 뼈아픈 이별에 적합한 걸음걸이는 떠오르지 않았었다. 어머니가 뒤따라오며 소리쳐서 되부른다 할지라도 결단코 돌아서지 않으리라. 아우와 나는 잰걸음을 하면서 생각하고 있었다. 아우 역시 나와 똑같은 생각을 하고 있다는 것을 믿었던 것은, 다시 한길 쪽으로 건너오는 긴 시간 동안 그 역시 깐족거리지 않고 입을 다물고 있었기 때문이다. 그러나 한길을 건너오기까지의 긴 시간 동안 어머니 역시 뒤쫓아오면서 우리의 이름을 간절하게 외쳐대지는 않았다. 우리집이 바라보이는 고샅으로 들어서자 아우는 가느다란 목소리로 뇌까렸다.

"히야, 니는 슬프제?"

나는 그에게 되물었다.

"니는 울고 있제?"

"안 울고 있다 카이."

"그러면 왜 훌쩍거리고 있노?"

"콧물이 흘러서 그런다 카이."

"나는 안 슬프다."

"나는 히야가 슬플까봐 겁이 난다 카이."

"인제부터는 죽어도 엄마 찾아가지 말재이."

그러나 영악한 아우는 말꼬리를 돌려 대답했다.

"겨울밤에는 추워서 밖에 못 나가겠다 카이."

"니가 가자 소리 안 했으면 나도 안 갔을 긴데."

"히야가 가자고 그랬지, 내가 가자 그랬나?"

"형제끼리 시비하면 못쓴대이."

"엄마 돌아오면 우리 매맞겠제?"

그 질문의 대답을 나는 주저하고 있었다. 이상하게도 예전처럼 매를 맞게 될 것이란 확신이 들지 않았기 때문이다. 뭔가 들켜버린 것은 우리가 아니라, 어머니 쪽이었다는 미묘한 계산이 나를 안심시키기 시작했다.

"모르겠다, 때리면 맞제."

"때리면 우쩨노?"

"달아빼뿌리지 뭐."

내 예상은 그대로 들어맞았다.

방으로 돌아온 우리는 차렵이불을 들치고 가재처럼 엉덩이부터 밀고 들어가서 체온으로 이불 속을 덥히기 시작했다. 이불 속이 따뜻해지면서 우리는 드디어 삭신을 엄습해오는 노곤한 피곤을 느꼈다. 피곤에 부대낀 우리는 저녁밥을 굶은 채 어느덧 잠들고 말았던 모양이었다. 잠결 속에서 나는 문득 귀에 익지 않은 이상한 소리를 들었다. 바람벽을 스치고 지나가는 바람 소리 사이로 간간이 흘러나오는 그 소리가 울음소리라는 것을 깨닫게 된 것은 한참 뒤의 일이었다. 그것은 어머니의 울음소리였다.

그것과 함께 이불 속으로 건너온 아우의 한 손이 내 왼손을 꼭 잡고 있는 것을 느꼈다. 그 손은 가늘게 떨고 있었다. 아우는 나보다 먼저 깨어 있었던 모양이었다. 우리가 잠든 사이에 집으로 돌아온 어머니는 아랫목에 누워 있는 우리에게 등을 돌린 채 웅크리고 앉아서 숨죽여 울고 있었다. 아우의 다른 한 손마저 이불깃을 비집고 다가와서 내 어깨를 꼭 감싸안았다. 내가 잠에서 깨어난 것을 깨달은 것이었다. 어머니는 그날 우리에게 매를 들지 않았다.

지난해 5월 하순께였다. 나는 그날 예고 없이 어머니가 살고 있는 고향 집을 방문하게 되었다. 계획에 없이 작정한 일이었으므로 어머니께 먼저 기별을 드릴 겨를이 없었다. 나는 그날 문득 고향으로 가는 버스에 올랐다. 한낮의 햇살이 뒷덜미를 포근하게 적셔주는 오후, 나는 5백여 리의 길을 달려 고향 집에 당도했다. 그리고 반쯤 짓질려만 있는 낡은 판자 대문을 밀치고 뜨락으로 들어섰다. 집안에는 하오의 정적이 무겁게 깔려 있어서 어머니가 집을 지키고 있으리란 예상은 하지 않았다. 그러나 뜨락으로 들어선 나는, 뜨락을 반나마 할애해서 일궈놓은 채마밭에서 인기척을 느끼지 못하고 있는 어머니를 발견했다. 칠순을 넘겼으니 귀도 어두웠겠지만 대문 쪽을 등지고 있었기에 인기척을 느끼지 못한 것 같았다. 어머니의 뒷모습이 시선에 들어오는 순간, 나는 '제가 왔습니다'라는 상투적인 인사말을 불쑥 내뱉을 수 없었다. 걸음을 멈추고 그 자리에 가만히 서 있었다.

그때 뇌리를 스치고 지나가는 것이 있었다. 40여 년 전, 아우와 내가 피곤과 추위에 지쳐 잠든 사이에 집으로 돌아온 어머니가 방 윗목에서 등을 돌린 채 웅크리고 앉아 울음을 삼키던 그때의 모습이었다. 그 시절로부터 40여 년이 흘러간 지금, 채마밭에서 잡초를 뜯고 있는 어머니의 뒷모습에서 그분이 젊었던 시절에 훔쳐보았던 한순간의 모습이 일치되어 연상되는 까닭을 알 수 없었다. 나는 어머니의 뒷모습을 훔치고 있긴 했지만 결코 옛날처럼 울고 있지는 않았다. 그러나 그렇지가 않았다. 그때의 우리들이 어머니의 모습을 되새김질하면서 초조한 가슴으로 돌아올 시각을 점치고 있었던 것처럼, 지금 어머니는 어느 날 불쑥 나타날지 모를 피붙이들의 출현을 저렇게 처연한 모습으로 기다리고 있는 것이었다. 나는 가슴 한가운데로부터 뭉클한 것을 느꼈다. 불현듯 달려가서 어머니를 업어주고 싶다는 충동 때문이었다. 실올이 성긴 낡은 겉저고리를 걸치고 있는 허약한 상반신과 빈약한 어깨는, 닷새 밤을 꼬박 지새워 길쌈을 하였어도 당차게 견뎌내던 옛날의 체구는 아니었다. 그 스산한 행색이 그 순간 와락 눈물겨웠다. 겨울 허수아비처럼 세월의 바람에 시달려서 체중을 잃어버린 어머니를 들쳐업고 넓은 뜨락을 맴돌아서 멀미난다는 핀잔이라도 받고 싶었다. 집안에는 어머니 외엔 아무도 없었으므로 그런 충동을 실연함에 쑥스러움이란 장애도 없었다.

그러나 나는 그렇게 하지 못했다. 어린 날의 아우를 업어주는 일에 인색했던 어머니의 태도를 이해할 수 없었던 것처럼 이제 와선 그런 충동을 지그시 억눌러야 하는 나 자신을 이해할 수 없었다. 그것은 쑥스러움을 극복하거나 핑계 치는 일 따위와는 너무나 엄청나게 다른 어떤 두려움 때문인지도 몰랐다. 그곳은 내가 섣불리 뛰어들 수 없는 불가사의한 늪이란 생각도 없지 않았다. 이 세상에는 나이를 먹어간다는 평면적인 추임새로는 해결되거나 이해될 수 없는 부분이 있다는 것이 그때 얻어낸 자각이었을 뿐이었다. 오랜 옛날부터 등잔 밑은 어둡듯이, 세상의 어두운 곳과 밝은 곳, 그리고 울고 웃는 것의 차이란 끽해야 판자 두께 차이란 것을 나는 이미 어린 날에 체험한 바 있었다. 그러나 그 보잘것없는 두께의 벽을 깨뜨리는 데도 상당한 용기와 뱃심과 노력이 필요한 것이었다.

어느 날 오후 우리들의 교실은 때아닌 사태로 북새통을 이루었다. 한 계집아이가 교실 마룻바닥에 뚫린 옹이구멍 사이로 똘똘 뭉쳐 가졌던 돈을 떨어뜨린 일 때문이었다. 낭패로 이지러져 있던 그 계집아이는 마침내 맹렬한 기세로 울어댔다. 다른 아이들도 덩달아 소동을 피워댔고, 연락을 받은 선생님이 나타나자 더욱 기승을 부리며 울어댔는데, 사태의 파장은 쉽게 가라앉을 것 같지 않았다. 선생님은 우선 계집아이를 제자리에 앉히고 다독거리고 쓰다듬어서, 삼키기가 못내 아쉬운 울음을 간신히 잠재웠다. 해결의 실마리를 선생님으로부터 찾아낼 수밖에 없다고 생각한 우리는 숨죽이고 앉아서 교단 위의 선생님을 바라보았다. 턱을 괴고 생각에 잠겨 있던 선생님의 손이 나를 가리킨 것은 한참 뒤의 일이었다.

"김형석, 앞으로 나와봐라."

긴장감으로 질려 있던 아이들의 시선이 일제히 내게로 쏠렸다. 달갑지 않은 조짐이라고 생각한 내가 의자에서 엉거주춤 엉덩이를 들어올리는데 선생님은 다시 물었다.

"너 오늘 청소당번이지?"

청소당번인 것은 아이들 모두에게 있는 일이지만, 청소당번이 마룻바닥의 옹이구멍 사이로 떨어뜨린 돈에 무슨 책임을 질 수 있는 것일까. 그러나 선생님은 내키지 않는 걸음걸이로 느릿느릿 움직이는 나를 턱짓으로 채근하고 있었다. 교단 가까이로 걸어간 내게 선생님은 교실 앞쪽 모퉁이를 가리켰다. 그곳에는 체구가 작은 사람이 마룻장 아래로 기어들어갈 수 있도록 네모꼴이 되게 톱으로 썰어낸 판자 뚜껑이 있었다.

"넌 몸놀림도 기민하고 또 오늘 청소당번이 아니냐."

내가 해야 할 일은, 판자 뚜껑을 열고 마룻장 아래로 깊숙이 기어들어가서 계집아이가 떨어뜨린 돈을 집어오는 것이었다. 선생님이 판자 뚜껑을 열어젖히자, 오싹 냉기 도는 바람이 먼지 냄새와 함께 얼굴에 끼얹혔다. 아이들이 숨을 죽이고 어느덧 한패가 된 선생님과 나를 바라보았다. 선생님과 짝패가 되어서 어떤 일을 저지르게 되었다는 것은 성공과 실패를 불문하고 흥분을 느낄 만했다. 그러나 느끼한 어둠이 깔려 있는 마루 밑의 미로에 나 혼자 내동댕이쳐진다고 생각하면 물론 두려움부터 앞서는 일이었다. 한편으로는 나를 선택한 선생님을 실망시키고 싶지 않았으면서도 그 낯선 곳으로 냉큼 뛰어들기란 내키지 않았다.

"지금은 초겨울이니까 뱀이나 물것은 없다. 그리고 내가 끝까지 지켜봐줄 테니까 겁먹을 건 없다."

선생님은 두려움에 떨고 있는 내 또래의 아이들을 설복시킬 때는 어떤 높이의 목소리로 설득해야 하는지 알고 있었다. 나는 결국 가위 질린 얼굴로 판자 뚜껑 아래로 내려갔다.

"거긴 매우 캄캄하다. 그리고 먼지가 쌓여 있어. 마루 위에서 아이들이 소동을 피운다 해도 넌 침착해야 돼. 그리고 특히 이마를 조심해."

마룻장에 무릎을 꿇고 엎드려서, 마룻장 아래에 있는 내게 물구나무서기로 얼굴을 디민 선생님이 그렇게 말했다. 나는 선생님에게 등을 돌리고, 마룻장 위에서 돈을 떨어뜨린 곳까지 발을 굴러대는 아이들의 유도를 따라 포복을 시작했다. 그곳에는 먼지를 뒤집어쓴 거미줄이 대추나무 가지처럼 엉겨 있어서 쉴 새 없이 콧등을 쓰다듬어야 했고, 칼칼한 목구멍에서는 참을수록 더욱 밭은 재채기가 맹렬하게 터져나왔다. 그리고 예상했던 것보다 더욱 어두웠다. 세월을 먼지로만 쌓아둔 마룻장 아래의 몰지각한 세계는 내가 이발관의 그림에서 보았던 세상과는 너무나 판이했다. 그곳에는 벼랑 사이로 미끄러지는 달빛도, 살여울을 이루며 돌돌 흐르는 물소리도, 팔짱을 낀 남녀의 모습도 없었다. 끽해야 판자 하나를 사이에 두고 있는 두 개의 판이한 세계가 그처럼 음흉한 흉계를 품고 서로 대치하고 있다는 것은 실로 놀라운 발견이었다.

선생님의 허락을 받고 마룻장을 신명껏 굴러댈 수 있게 되었다는 데 흥분한 아이들은, 잃어버린 돈을 찾고 있다는 일은 어느새 잊어버리고 거의 소동에 가까울 정도로 떠들며 발을 구르고 있었고, 선생님은 저쪽에서 얼굴을 거꾸로 매단 채, 자꾸만 더 들어가라고 내게 호소하고 있었다. 가슴속으로 짚여오는 거리감은 까물까물하게 생각될 지경이었는데, 선생님은 쉴 새 없이 거꾸로 집어넣은 팔을 멀리로만 흩뿌리고 있었다. 과연 정확한 지점을, 거꾸로 바라보고 있는 것이 틀림없는 선생님이 더 정확하게 가늠하고 있는 것일까. 똑바로 기어가고 있긴 하지만 미로를 헤매고 있는 것이 틀림없는 내가 더 정확한 것일까. 그렇다면 어느 편에서도 장담할 수 없는 일일진대 선생님은 어째서 저토록 자신만만한 태도일까. 그런 의구심이 뇌리를 스치는 순간부터 내 등골에는 식은땀이 배어나기 시작했다.

뒤돌아보면 선생님의 얼굴이 거꾸로 매달린 판자 뚜껑에 희미한 햇살이 스며들고 있었다. 나는 어쩌면 저 햇살이 스며드는 곳으로 영원히 되돌아갈 수 없게 될지도 몰랐다. 되돌아가야 할 곳이 더 멀어졌고 마룻장 위에서 소동을 피우고 있는 아이들이 가리키고 있는 지점이 바로 코앞이라는 유혹만 없었더라면, 나는 그곳에서 뱃구레를 벌레처럼 뒤집고 나둥그러져 울어버렸을 것이다. 곤충이 되고 싶다는 가당치도 않은 유혹은 나를 집요하게 잡고 흔들었다. 그러나 나는 계집아이가 떨어뜨린 것으로 보이는 돈을 먼지 속에서 낚아채고는 이를 앙다물었다. 나는 천천히 몸을 돌려 전진하던 방향을 반대편으로 바꾸었다. 멀리로 새어드는 햇살을 뒤통수로 받으며 거꾸로 매달린 선생님의 얼굴이 바라보였다. 그때 나는 한동안 그 자리에 꼼짝 않고 엎뎌 있었다. 선생님도 나를 바라보고 있었고, 나 역시 선생님을 노려보고 있었다. 그때 내 가슴을 쿵 내려치는 혼란이 있었다. 돈을 낚아채는 순간, 몸을 돌려 전진하던 방향을 바꾸었는데 그것이 똑바로 되었는지 의심스러웠다. 그리고 선생님과 내가 서로 시선을 마주보고 있다지만 똑바로 바라보고 있는 쪽은 과연 어느 쪽일까.

선생님의 시선이 거꾸로 고정되었다면 나 역시 선생님을 거꾸로 바라보고 있는 것은 아닐까. 왜냐하면 내겐 선생님이 거꾸로 보였고 내가 그렇다면 선생님에게도 나는 거꾸로 보이고 있을 것이기 때문이었다. 어쩌면 우리 두 사람은 지금 서로를 똑바로 바라보지 못하고 있는 것일 수 있었다. 거꾸로라는 말이 던지는 상황부터가 얼마나 두려운 일인가. 나는 다시 한번 등골을 스치는 오싹한 두려움을 느꼈다. 그렇다면, 이젠 돌아오라고 소리치고 있는 저 선생님의 모습도 신기루처럼 실체가 아닐 수 있었다. 하지만 사막을 건너는 사람들이, 그것이 신기루인 것을 익히 알고 있으면서도 그 허상을 쫓아가는 것처럼, 나 역시 뾰족한 방법은 없었다.

언제부터인가 마룻장을 구르는 소리가 들리지 않았다. 교실은 바닷속처럼 적막했다. 불현듯 까마득한 외로움이 살갗 속속들이 배어드는 것을 느꼈다. 거꾸로 매달린 선생님의 얼굴에서는 나를 매혹적으로 유도하는 목소리가 들려왔다. 내 가슴은 터무니없는 조바심으로 방망이질 치기 시작했다. 나는 자꾸만 두고 온 뒤쪽을 돌아다보았다. 그것은 선생님과 똑같은 또다른 얼굴이 내 등 뒤의 어느 곳에서 똑바로 서서 나를 부르고 있지나 않을까 하는 혼란 때문이었다.

"내 손을 꼭 잡아라."

소리치는 선생님의 목소리가 내 정수리 위에서 들리는 순간, 내 몸뚱이는 허공으로 붕 떠오르는 듯했다. 봇물이 터지듯 내지르는 아이들의 함성 소리가 들렸다. 선생님의 커다란 손이 내 콧등을 스쳐가고, 복도와 잇대인 창문 밖에는 몰려든 다른 반 아이들의 얼굴이 굴비 두름처럼 줄레줄레 엮여 있었다. 내 얼굴에 묻어 있는 먼지와 거미줄을 손바닥으로 털어낸 선생님은 냉큼 나를 부축해 등에 업었다. 그리고 손뼉을 치고 있는 아이들의 책상 사이를 헤집고 교실을 한 바퀴 휘그르르 돌았다. 어른의 체구에 업혀 있다는 그 이상한 높이에 나는 익숙지 못했다. 이발관 의자 팔걸이 위로 가로놓인 널빤지 위에 앉혀졌을 때처럼 그것 역시 매우 거북한 높이였다. 그러나 선생님은 교실을 두 바퀴나 돌고 난 다음에야 아쉬운 듯 나를 내려놓았다.

"잘했다, 잘했어. 거뜬하게 해치울 줄 알았지."

득의에 찬 선생님은 상기된 얼굴로 아이들을 향해 소리쳤다.

"너희들은 쉬는 시간에 운동장에 나가서 김형석을 헹가래를 쳐주어라."

아이들이 다시 한번 탄성을 내지르며 소동을 피우는 동안에도 나는 선생님을 바라보고 있었다. 선생님과 내가 같은 방향에 발을 붙이고 직립의 상태에서 서로 똑바로 바라보게 되었다는 느낌을 확실하게 해두고자 해서였다. 그러한 확신이 들기 전에는 내가 그 참담했던 미로에서 구출되었다는 현실감을 또한 가질 수 없었기 때문이었는지 몰랐다. 선생님은 마룻장의 뚜껑을 발로 꾹꾹 밟아 닫으면서 아이들에게 일렀다.

"사실 이 교실 마룻장 밑에는 많은 쥐들이 살고 있다. 집도 짓고 새끼도 친다. 너희들 페스트라는 전염병 알지? 흑사병이라고도 하지. 그 전염병에 걸리면 피부가 새까맣게 되어 죽게 되는데, 우리는 이 병을 쥐가 옮기고 있다는 것을 배웠다. 그것을 배웠다면 선생님 허락 없이 이 마룻장 밑으로 들어가선 안 된다."

조개처럼 완고하게 다물어진 선생님의 입을 보며 아이들은 조용해졌다.

"앞으로는 옹이 사이로 돈을 떨어뜨렸다 해도 청소당번을 들여보내는 일은 없을 거다. 오늘만은 예외였다."

그러나 그 마룻장 아래의 경험은 충격적이었던 것과 함께 또 다른 장소를 내게 제공한 셈이었다. 그 경험으로부터 사흘이 지나서야 나는 그곳이 내겐 결정적인 장소라는 것을 깨달았던 것이다. 그것은 내용물이 너무나 빈약한 내 필통을 열다가 뇌리에 떠오른 기억 때문이었다. 그날 마룻장 아래를 포복하고 있었을 때, 나는 켜켜이 쌓인 먼지와 허섭스레기들 사이에서 심심찮게 발견했던 물건들을 떠올렸다. 연필, 삼각자, 각도기, 크레용, 비행기로 접힌 종이, 그리고 먼지를 털고 보면 지폐일지도 모를 구겨진 종이, 분필이나 노트까지도 볼 수 있었다. 그날의 또다른 경험을 뇌리에 떠올린 나는 전신을 타고 흐르는 흥분으로 전율했다. 그것은 바로 보물 지도를 머릿속으로 암기하고 있는 것과 마찬가지였다. 그런데 나 혼자만 알고 있는 그 보물창고의 존재를 사흘 뒤에나 깨닫게 되다니, 나는 뒤통수를 찧고 싶을 지경이었다. 그러나 그 순간 마룻장 아래에는 쥐들이 살고 있고, 그 쥐들은 페스트라는 무서운 병을 전염시키는 동물이라고 말하던 선생님의 얼굴이 떠올랐다. 보물창고란 원래부터 곳곳에 무서운 함정이 있기 마련이지만 페스트란 도대체 어떤 병일까. 우리집 수챗구멍과 측간 주변에는 서로 마주치면, '응, 너 거기 있구나' 할 정도로 낯익은 쥐들이 대여섯 마리나 살고 있었다. 방과 부엌으로 거처를 달리하고 있다는 차이가 있긴 하지만 우리와 쥐들은 한 집안에서 오래도록 섭생을 같이하고 있었다. 닭과 오리처럼 적대감을 느끼지 않고 어울려 살았지만 우리 식구들 중에 누구도 페스트를 앓다가 죽은 사람은 없었다. 다만 처지를 달리하는 게 있다면, 우리 형제는 배를 주려서 볼따구니에 마른버짐이 피어나 여위어갈수록 쥐들은 반대로 피둥피둥 살이 찐다는 것뿐이었다. 나는 선생님의 경고에 동의할 수 없었다. 그것은 우리를 경계하기 위한 선생님 나름대로의 어떤 음모가 있기 때문이라고 생각한 나는 용기를 얻고 집을 나섰다.

그날은 일요일 오후였다. 나는 잰걸음으로 학교까지 간 다음 정문 앞에서 멈추어 섰다. 드넓은 교정에는 햇살이 고즈넉했고 교정 뒤쪽으로는 완행열차의 객차 칸들처럼 동서로 길게 뻗은 채 누워 있는 보물창고들이 바라보였다. 교정에는 사람의 모습이 보이지 않았다. 서로 어울린 개 몇 마리가 교정의 왼편 끝에 있는 느티나무 아래에서 의미 없는 숭어뜀을 하고 있을 뿐이었다.

나는 교정을 가로질러서 보물창고의 동쪽 끝으로 갔다. 보물창고의 뒤쪽 측면을 일직선으로 관통하고 있는 복도의 까마득한 서쪽 끝에는 이쪽과 마주보는 출입구가 직통으로 바라보였다. 출입

문은 손쉽게 열렸다. 복도에 잠겨 있는 괴괴한 정적을 느끼는 순
간 오싹해지면서, 아우를 데려오지 않은 것이 이내 후회스러웠
다. 아우를 따돌렸던 것은 부지불식간에 저지를 반칙의 위험이
있었기 때문이다. 우리 반 교실까지 잠행하는 데 성공한 나는, 교
단 오른편 구석에 있는 판자 뚜껑을 들어올렸다. 보물창고의 문
은 내가 나타나기를 기다리고 있었던 것처럼 주문을 외지 않아도
손쉽게 열렸다. 뚜껑을 열긴 했지만 촛불 따위를 지니지 못했던
나는 심란했다. 그러나 두려움보다 내가 탐험할 보물창고의 매캐
한 먼지 내음이 콧등을 유혹적으로 간지럽혔다.

　나는 두 번 다시 주저하지 않고 마룻장 아래의 괴괴한 정적의
늪으로 하반신을 밀어넣었다. 한 번 내왕의 경험이 있었던 그곳
은 이미 내겐 낯선 미로가 아니었다. 열어젖혀둔 판자 뚜껑을 통
해서만 햇살이 비쳐들고 있었기 때문에 내가 어느 미로를 헤매
게 되더라도 그 햇살만 겨냥하고 되돌아나아가면 잠수부들이 그
러하듯, 바깥세상과 직통으로 만날 수 있었다. 그 확신은 내 두려
움을 충분히 삭여주었다. 나는 뚜껑 쪽을 뒤돌아보는 일을 게을
리하지 않으면서 앞으로 기었다. 예상했던 것처럼 내 탐험은 성
공적이었고 먼지 속을 헤작여서 작은 노획물들을 한 가지씩 손
에 넣을 때마다, 가슴을 방망이질하는 성취감으로 몸을 떨곤 하
였다. 더욱이나 쥐들도 전연 보이지 않았으므로 아우를 따돌려버
린 것이 다시 한번 후회스러웠다. 나는 섬 속에 든 쥐를 잡듯 먼

지 속의 발굴을 계속하다가 손에 잡히는 것이 있으면 무작정 바지 주머니 속으로 쑤셔박았다.

　그 낯선 것과 마주친 것은 한동안이 지난 뒤의 일이었다. 먼지와 거미줄 사이로 내가 느닷없이 마주친 것은 난데없는 시멘트벽이었다. 나는 포복을 멈추고 맞닥뜨린 벽을 꼼꼼히 살펴보았다. 시멘트벽은 위쪽에 있는 마룻장에 잇댄 각목을 떠받치면서 교무실의 북쪽과 남쪽을 일직선으로 칸막이 짓고 있었다. 이제 조바심이나 두려움이 사라지고 관찰의 여유조차 갖게 된 나는 이 시멘트 칸막이는 우리 반 교실과 곁에 있는 교무실을 분리하는 담벼락이라는 것을 깨달았다. 나의 탐험 여행은 이것으로 끝장을 내려야 할 것 같았다. 그 벽을 확인하는 순간 밖으로 나가야 한다는 두려움이 가슴 한가운데서 불끈 솟아올랐다. 이 탐험의 성과는 시간이 흘러갈수록 노획물이 불어날 것임이 틀림없었지만 필경 되돌아가야 했다. 그러나 고개를 돌리던 나는 다시 한 장소를 발견했다. 교무실과 우리 반 교실을 분리시키고 있는 그 시멘트 벽에는 일정한 간격으로 요자(凹字) 형태의 홈을 파둔 곳이 보였다. 잔망스러운 내 체수라면 그만한 공간의 홈은 충분히 넘나들 수 있었다. 그곳을 넘기만 하면 바로 교무실 마룻장 아래가 되는 것이었다. 나는 가슴을 섬뜩하게 적시는 호기심을 떨쳐버릴 수 없었다. 곤충처럼 몸을 사린 나는 홈의 턱을 뱀처럼 부드럽게 미끄러져 교무실의 마룻장 아래로 기어들었다. 그곳에는 교정의 꽃밭 쪽으로 홈이 파인 시멘트 칸막이가 다시 왼편으로 바라보였고 그곳으로부터 바깥의 햇살이 새어들고 있었다. 우리 반 교실 아래보다는 한결 개방적이었다. 그러나 기대했던 것과는 딴판으로 그곳은 황무지였다. 먼지와 거미줄은 다를 바가 없었지만 먼지 속을 아무리 해작여도 손살으로 걸려드는 것이 없었다. 실망으로 맥을 놓았던 나는 그때 어디선가 들려오는 인기척을 느꼈다. 그 순간 나는 배를 바닥에 바싹 깔고 숨을 죽였다.

마룻장 위에서 새어드는 그 소리는 뜻밖에도 여자의 울음소리가 틀림없었다. 나는 거의 자제력을 잃고 겨드랑이에서 꽉꽉 소리가 나도록 바깥의 꽃밭 쪽으로 뚫린 홈 구멍을 향해 기어나갔다. 홈 구멍 저쪽으로 꽃밭에 심어진 나무들의 그루터기가 바라보이기 시작했다. 한시라도 빨리 이 엎딘 자세를 고쳐 허리를 펴고 일어서보고 싶었다. 느닷없는 여자의 울음소리를 듣는 순간, 까맣게 잊어버렸던 공포증이 엄습해왔다. 교무실에서 울고 있는 여자가 누구인지 보고 싶은 호기심은 그다음의 일이었다. 네모진 홈 구멍에 도달한 나는 우선 밖으로 고개를 내밀고 멀리 바라보이는 교정의 동정부터 살펴보았다. 다행스럽게도 교정은 여전히 인적이 없이 고즈넉했고, 오른편으로 바라보이는 느티나무 아래에서 어울린 개들만 짓까불고 있었다.

그때, 나는 혼란을 느꼈다. 내가 조금 전 교정으로 들어섰을 때, 개들이 놀고 있는 느티나무는 틀림없이 왼편에 있었다. 그런데 교사의 마룻장 아래에서 고개를 내밀고 바라보는 느티나무는 어느새 교정의 오른편 쪽으로 달려가 있었다. 이 경이로운 여행의 끝자락에서 나는 잠시 움직일 수 없었다. 거울과 마주섰을 때, 내가 왼손을 들면 거울 속의 나는 반드시 오른손을 들었다. 내가 오른쪽으로 몸을 기울이면 거울 속의 나는 왼쪽으로 기울어져 있었다. 너무나 선명했던 그 혼돈은 내가 지금껏 마룻장 아래를 탐험한 것이 아니라, 거울 속의 함정을 여행하고 있었다는 것을 가리키고 있었다. 나는 안간힘 끝에 가까스로 홈 구멍에서 몸을 빼내었다. 그리고 벌레처럼 먼저 빠져나온 상반신을 신축성 있게 구부려서 마지막으로 홈 구멍에서 끌려나오는 내 두 다리를 눈여겨보았다. 그리고 탐험의 끝 장면을 보기 위해서 고개를 창문틀 위로 조아리듯 끌어올렸다. 타액으로 닦아낸 유리창 안쪽으로 교무실 전체가 두둥실 떠올랐다.

촛농으로 닦아 윤기 흐르는 책상들이 규모 있게 배열되어 있는 저쪽 끝자리에는 한 여자가 오도카니 앉아 허공을 응시한 채 울고 있었다. 여자의 양볼에는 눈물을 닦아낸 흔적이 있었다. 그녀는 우리 학교에서는 유일한 여선생님이었다. 그녀는 물론 내가 창밖에서 훔쳐보고 있다는 것을 눈치채지 못하고 있었다. 그녀는 야무진 콧날에 큰 두 눈을 가졌지만 갸름한 얼굴에는 우수가 서려 있었다. 그때 문득, 학교가 아닌 다른 장소에서 그녀의 얼굴을 본 적이 있다는 기억이 뇌리를 스쳤다. 그랬다. 그 얼굴은 이발관에 걸려 있던 그림 속의 여자였다. 거울의 주인과 팔짱을 끼고 벼랑 아래의 산길을 걷던 그녀가 일요일 교무실에 혼자 앉아서 울고 있었다. 그녀가 울고 있다는 것은 필경 이상한 일이었다. 웃고 있는 것은 자주 봤지만 울고 있는 선생님을 나는 그때까지 한 번도 본 적이 없었다. 그렇다면 나는 실제로는 내 뒤통수 쪽에선 웃고 있는 그녀를 울고 있는 것처럼 바라보고 있는지도 몰랐다. 나의 거울 속 여행은 아직 끝나지 않은 것이었다. 언제 끝날지 모를 이 거울 속의 길고 긴 여행을 어디까지 뒤따라가야 할 것인지 섬뜩한 두려움이 그 순간 가슴을 저미고 들었다.

땟국

그 낯선 종족을 처음 발견한 것은 을씨년스럽던 겨울이 지나고 모래 바람이 일던 이듬해 봄날이었다. 이제 막 길고 을씨년스러운 겨울의 터널에서 벗어나려는 사람들은 사위가 탁 트이고, 쬐는 햇살이 따끔하게 살갗에 와닿는 화창한 봄기운을 소망하기 마련이었다. 그러나 그 모래 바람은 사람들이 바라는 기대치의 예각(銳角)을 부리로 쪼아 흩뜨리면서 봄의 속살이 온전하게 드러나는 것을 끈질기게 훼방놓아, 기대치의 정점에서 서성이는 사람들에게 조바심을 안겼다. 그 종족이 마을에 나타났던 날도 모래 바람이 기승을 떨며 불던 때였다.

그날 오후, 아우와 나는 문득 고샅을 달려가던 사람들의 어지러운 발소리를 들었다. 심상치 않다는 예감이 드는 그 발소리는 고샅 저쪽 끝머리까지 분주하게 이어지고 있었다. 나는 잽싸게 문을 열었다. 뜨락의 울타리 너머에 있는 한길 쪽으로 무리지어 내닫고 있는 어른들과 아이들의 뒷모습이 바라보였다. 마을 어디선가 예기치 않았던 불상사가 벌어지고 있음이 분명했다. 그 순간 나는 정수리 끝이 쭈뼛해오는 전율을 느꼈다. 얼른 아우를 돌아다보았다. 아우는 그러나 바깥의 소란을 지나쳐 들은 것 같았다. 아우는 지금 막 질화로에 감자를 묻어두고 그것이 익기를 기다리는 일에 몰두해 있었다. 나는 측간으로 가는 척 괴춤을 추스르며 방에서 빠져나왔다. 아우가 그때까지 눈치채지 못하고 있다는 것을 확인한 나는 고샅길을 달려 한길로 나왔다.

"되놈들이 왔다."

이발관 창문가에 궁싯거리고 있던 어른들이 그런 말을 한 것 같았다. 되놈이 누굴 지칭하는 것인지 알 수 없었으나, 모래 바람 속으로 달려가는 사람들의 다급한 모습으로 보아선 필경 구경거리가 벌어졌음이 틀림없었다. 나는 그들을 뒤따르면서 얼른 길목을 가늠해보았다. 그 길의 막다른 곳에 면사무소 건물이 있었다. 면발치에서 바라보아도 벌써 많은 사람들이 면사무소 뜨락에 모여서 웅성거리고 있었다. 중국 사람을 되사람으로 부른다는 것은 나중에야 알았지만, 면사무소에 당도한 나는 그곳에 펼쳐진 때아닌 광경에 둔기로 목덜미를 얻어맞은 듯이 찡한 기분이었다. 나는 봇도랑에 박힌 말뚝처럼 뜨락으로 들어선 최초의 자리에서 움직일 수 없었다. 그들은 얼굴색이 노리끼리한 되사람이 아니었다.

지극히 희거나 아니면 지극히 검은 전혀 낯선 종족이었다. 그들의 피부색이 지극히 희거나 검다는 사실 하나만으로도 나를 두려움으로 빠뜨리기에 충분했다. 양코배기라는 종족을 둘러싸고 있는 마을 사람들도 마찬가지였다. 그들 곁으로 썩 다가선 것도 아니었고, 그렇다고 멀다는 느낌이 들 정도로 썩 비켜선 것도 아니었다. 그것은 나를 낚아채서 매질을 내리려는 어머니의 손사래를 잽싸게 뿌리치고 더 멀리 달아나는 법도 없이 줄곧 주위를 맴돌면서 어머니의 애간장을 태우고 앙탈을 부릴 때, 내가 즐겨 구사했던 어머니와 나와의 거리 같은 것이었다. 그러나 어머니와 나 사이에 놓여 있었던 그 미묘한 거리는, 긴장을 풀어버리거나 돌발 사태가 발생하지 않는 한 흐트러짐이 없었지만, 시간이 흐르고 나면 결국은 두 사람 모두를 지치게 만들거나, 잡아채거나 뿌리치려 했던 욕구 행위 자체를 희석시켜버리던 것이었다.

면사무소 앞 뜨락에는 천막 덮개를 벗긴 푸른색 지프와 트리쿼터가 각기 한 대씩 멈춰져 있었다. 오랜 시간 동안 먼 여정을 달려온 듯 두 대의 차량에는 황토 먼지가 무거리떡처럼 켜켜로 내려앉아 있었고, 그들이 입고 있는 제복에서도 움직일 때마다 먼지가 풀썩거렸다. 그러나 그들은 뒤집어쓰고 있는 먼지를 애써 털려 하지 않았다. 그 대신 뭔가를 쉴 사이 없이 씹고 있었다. 지프에는 한 사람이 운전석을 지키고 있었지만 운전석이 비어 있는 트리쿼터의 적재함 나무 의자에는 세 사람의 낯선 종족이 앉아 있었다. 우리들은 그들을 구경하고 있었고 그들은 구경 나온 우리들을 구경하고 있었다. 구경거리들을 서로 앞에 두고 있는 처지는 매한가지였지만, 구경 이외에 미묘한 것이 거기에 있었다. 그것은 그들과 우리들 사이에 어느 한 사람도 시선을 똑바로 마주치지 않았다는 점이다. 서로 시선을 피하거나 따돌리면서 서로를 보았다.

"아이고 시상에, 세상이 넓다 카디 넓은 땅 어디서 저런 해괴한 짐승들도 살고 있었던 모양이제."

"인종이 되다 말았나, 웬 털이 저렇게 많노. 저기 쪼맨타에 앉아 있는 거는 나뭇가지 타고 재주만 안 부렸다 뿐이지, 천상 원숭이 같대이. 참말로 얄궂어래이."

"원숭이라 카지 마라, 말끼 알아묵고 썽내고 달겨들라."

"저들끼리 뭐라꼬 쌀라거리는 거는 무슨 말이고?"

"알 수가 있나. 그렇지만 우리가 뭐라꼬 지절대면 말끼를 퍼뜩 알아들을지도 모르제. 낯짝에 붙어 있는 콧등이 내 허벅다리 굵기만 하다."

"시상에 이런 변고도 있네. 참말로 얄궂대이. 저것 보래, 뭘 쉴 새 없이 우물거리고 있대이."

"하기사 저 짐승들도 묵어야 살제."

"입을 한시도 안 닫아놓고 묵어가며 쌀라대는 걸 보니 저것들도 살기에는 바쁜 모양이다. 옷에 묻은 문지도 털 줄 모르고 저게 무신 짐승이고."

"서로 보기에 이상하기는 우리도 마찬가지 아이겠나."

"저것 좀 보래, 새까만 인종 한 분 보그래이. 이가 워째서 저렇게 하얄꼬."

"이가 하얀 게 아니고 살색이 새까마이까네 이가 하얗게 비는 거 아이가."

"살색이 참말로 한밤중이대이."

"딴 세상 나가보면 저런 종내기들이 덤불째 모여 산다 카드라."

"얄궂어라. 어젯밤 꿈자리가 뒤숭숭하더이, 이걸 볼라꼬 그랬던 모양이제."

마을 사람들 대다수가 그들 종족에 대한 사려 깊은 이해나 지식을 가졌던 것도 아니었다. 다만 그들과의 해후는 지붕 위에 살고 있는 도둑고양이들을 마주친 것처럼 어느 날 느닷없이 이렇게 이루어진 것이었다. 그리고 마을에 진주한 대륙의 모래 바람처럼 그들이 언제 떠나게 되는지 알고 있는 사람도 없었다.

그런데 바로 그때였다. 무거운 침묵을 깨뜨리고 그들에게 말을 던지는 사람이 있었다. 오늘에 이르기까지 내 뇌리에서 결코 지워지지 않고 있는 그 야무지고 당돌했던 한마디는 그때까지 내가 들어볼 수 없었던 전연 낯선 말이었다.

"할로, 추잉껌 기브 미."

내 귀에는 너무나 또렷하게 들려왔던 앙징스러운 한마디의 주인공은 놀랍게도 내가 따돌려버렸던 아우였다. 내가 고개를 돌렸을 때, 팔짱 낀 어른들이 옹기중기 도열해 있는 앞자리에 아우는 대담하게 서 있었다. 아우가 던진 그 한마디는 그곳에 모여 있던 마을 사람들에게 큰 파장을 일으킨 것 같았다. 모든 사람들의 시선이 아우에게 쏠려 있었다. 볼따구니에 건버짐 자국이 희끗희끗한 여윈 모습의 아우는, 그러나 사람들의 따가운 시선을 아랑곳하지 않고 턱을 쳐든 채 미동도 않고 서 있었다.

"쟈가 박 과수댁 둘째 종자 아닌가."

내 등뒤에서 귀엣말이 들려왔다.

"글쎄, 뭔 소린지 모르겠다만 칩떠보는 꼴이 당돌하구먼."

"무슨 으름장을 놓고 있는 게 아인강."

"갸가 무슨 배포가 있어서 저 사람들한테 으름장을 놓겠노."

"고놈, 모질게 생겼다."

물론 나는 달려가서 아우를 낚아채서 집으로 돌아가야 한다고 생각하고 있었다. 아우가 뇌까린 그 한마디의 말이 무슨 뜻인지는 정확하게 헤아릴 수 없었으나 같은 피붙이들끼리의 직감으로 그들에게 뭘 내놓으라는 요구인 것 같았기 때문이었다. 만약 내 직감이 바로 들어맞았다면 그것은 구걸임이 틀림없었고, 구걸로 판단이 내려지는 날엔 우린 십중팔구 어머니에게 집에서 쫓겨나는 불상사를 감내해야 될 것 같았다. 그렇다면 아우를 그대로 방치해둘 수는 없었다. 그리고 그것을 지금 당장 결행하지 않으면

이 불똥이 어디로 튀게 될지 몰랐다. 그런데 아우의 말에 즉각적인 반응을 보인 것은 내가 아닌 트리쿼터에 타고 있던 검은 피부의 병사였다. 그는 기름기가 반질반질한 검은 손등을 소라 껍데기처럼 오므려서 귓밥에 갖다대었다. 그리고 적재함 가녘으로 상체를 기울여 아우와의 간격을 좁히며 강렬한 의문의 시늉을 지어 보였다. 그때 아우는 다시 한번 그 한마디를 되뇌었다.

"할로, 추잉껌 기브 미."

검은 피부의 병사는 아우의 말귀를 당장 알아차린 듯했다. 그는 적재함 밖으로 떨어질 듯 기울였던 기다란 상반신을 거두어들이는 것과 때를 같이해서 짧은 감탄사 같은 말을 뽑아냈다. 그는 회색의 반질반질한 손바닥을 펴들면서 아우에게 기다리라는 손짓까지 해 보였다. 그리고 서둘러 자기 곁에 두었던 종이 상자를 뒤지기 시작했다. 그동안 어른들은, 그들과 최초로 대화를 나눈 내 아우를 흥미진진한 표정으로 바라보고 있었다. 구경꾼들 중에는 반죽 좋은 처녀들도 몇 끼여 있었는데, 나는 그 구경꾼들 사이에서 술도가에서 잡역부로 일하고 있는 삼손을 발견했다. 수십 명을 헤아리는 구경꾼들 중에서 병사들과 같이 체격이 우람하고 눈자위가 쑥 들어가서 눈빛에 결기가 엿보이는 사람은 삼손뿐이었다. 그를 발견하는 순간부터 방망이질하던 가슴이 어느 정도 진정되는 것 같았다. 막연한 것이긴 하였지만, 아우와 검은 피부를 가진 병사와의 사이에서 예기치 않은 불상사가 발생할 경우,

우람한 체구의 삼손은 우리들 모두의 가위눌림을 벌충해줄 수 있을 것이라는 생각이 들었다. 그러나 내가 속으로 간절하게 바라고 있었던 것처럼, 삼손의 완력을 간구해야 할 불상사는 끝내 일어나지 않았다.

그때 검은 피부의 병사는 종이 상자 속에서 색깔이 요란한 몇 개의 종이 봉지를 꺼내들었다. 그리고 종이 봉지를 모판에 씨앗을 뿌리듯 아우의 발치 아래로 좌르르 흩뿌렸다. 직감적으로 먹을 것이 들어 있는 종이 봉지라는 것을 느꼈다. 그러자 아우는 발치로 떨어진 그것들을 게걸스럽게, 그리고 날렵한 솜씨로 잡아채서 가슴에 안았다. 그처럼 즉각적인 반응을 보인 것은 아우 단 한 사람이었을 뿐, 수십 명의 구경꾼들 모두는 미동도 하지 않고 꼿꼿하게 서 있었다. 물론 병사를 꼬드긴 아이는 내 아우였고 그 결과로부터 비롯된 종이 봉지를 아우가 주워담는 것은 당연한 일이었다.

그러나 문제는 그렇게 간단하지 않았다. 그중에서 몇 개를 채 가진 아우는 나머지를 포기하고 사람들 틈 사이를 빠져나가 줄행랑을 놓기 시작했다. 줄행랑을 놓았다는 것은 그때의 사정으로 보아서 합당한 말이 아닐지 몰랐다. 그러나 그때 아우의 허둥대는 꼴은 달아나고 있었음이 분명했다. 나는 방망이질하는 가슴으로 빌었다. 설령 아우와 내가 어머니 곁으로 영원히 돌아올 수 없는 불행을 치러야 할지라도, 아우의 발걸음이 짧은 시간에 한 발자국이라도 빨리 면사무소와 멀어지기를 빌었다. 그러나 천만다

행으로 아우에게 큰소리로 엄포를 놓거나 한달음으로 뒤쫓아가며 외마디 소리를 지르는 사람은 없었다. 아우는 줄행랑중에 아무런 방해도 받지 않았다.

아우의 뒷모습이 고샅 모퉁이로 돌아가는 순간, 나는 입안에 가득 고여 있던 침을 삼켰다. 마을 사람들 역시 한쪽 소매를 맹렬하게 흩뿌리면서 고샅 모퉁이로 돌아가는 아우의 뒷모습이 보이지 않을 때까지 시선을 거둘 줄 몰랐다. 구경꾼들은 다시 트리쿼터 위에 앉아 있는 검은 피부의 병사를 쳐다보았다. 그러나 가슴 조이며 조바심하던 것과는 달리 또한 아무런 불상사도 일어나지 않았다. 아우가 경황중에 낚아채지 못하고 남긴 몇 개의 종이 봉지는 아직도 그 자리에 떨어져 있었다. 그러나 누구도 아우처럼 그것들을 채가지는 않았다. 그때 한 아이가 몇 발자국 앞으로 나와 종이 봉지를 낚아챘다. 그리고 아우가 그랬던 것처럼 사람들 틈바구니를 날렵하게 헤집고 빠져 달아나기 시작했다. 아우의 경우와 달랐던 모습이 있었다면 그 두번째 아이를 향해 구경꾼들은 탄성을 내질렀다는 것이었다. 세번째 아이, 네번째 아이 그리고 다섯번째 아이가 나타났다. 그리고 다섯번째 아이가 네번째 아이처럼, 네번째 아이가 세번째 아이의 동작처럼 똑같은 구도의 날렵한 솜씨로 종이 봉지를 낚아채어서 거의 같은 방향으로 뛰기 시작했다. 두번째 아이에게 탄성을 질렀을 뿐이었던 구경꾼들은 다섯번째 아이에 이르러서는 맥을 놓다시피 하고 웃음소리를 토해내기 시작했다. 트리쿼터에 앉아 있던 병사들도 구경꾼들의 북새통을 문득 알아채고 덩달아서 알맹이 없이 웃어댔다.

그러한 경황중에서 나는 다시 한번 낯선 한마디를 들을 수 있었다. 마을의 한 아이가 이젠 트리쿼터의 적재함 턱밑까지 다가가서 아우가 그랬던 것보다는 더욱 또렷한 목소리로 뇌까렸다.

"할로, 시가레또 기브 미."

그 아이의 말에 민감한 반응을 보인 것도 역시 검은 피부의 병사였다. 두 번 다시 되묻지 않아도 아이의 말귀를 알아챘음인지 병사는 그 종이 상자를 냉큼 집어올렸다. 그는 마술사가 그러한 것처럼 상자 안쪽을 아이가 바라볼 수 있도록 쳐들어서 툭툭 두드려 보였다. 그리고 양쪽 어깨를 거의 동시에 으쓱으쓱 들까불고 나서 상자를 내려놓았다. 그러나 다가선 아이는 뒤로 물러나지 않았다. 검은 피부를 가진 병사의 곁에 앉았던 흰 피부의 병사가 자신의 윗도리 주머니를 뒤졌다. 그는 빨간색 둥근 원이 그려진 담뱃갑을 꺼내더니 아이를 향해 던졌다. 그러나 그 담뱃갑이 허공을 날아서 아이의 머리 위로 떨어지기 전에 공깃돌 받아채듯 날렵하게 채간 사람이 있었다. 아이의 등뒤에 서 있다가 그것을 낚아챈 사람은 대서방에서 일하는 총각이었다. 사람들은 역시 귓엣말로 숙덕거리기 시작했다.

"저 자슥이 진작부터 앞에 선 쟈를 잡고 뭐라꼬 속닥속닥하더구먼. 쟈를 부추긴 기라."

"개명 담배 한 갑 얻었제."

"저 녀석이 대처로 나가서 신식 교육을 쪼매 받았제."

"젊은 사람이란 게 워쨌든 대처로 나가서 짠물을 좀 묵어야제. 그래야 사람 구실 하제. 지가 대처 물을 안 묵었으면 개명 담배 한 갑도 어림없는 일이제."

"그런데 저 사람들이 우리를 원조한다 카는 거 보이 물자가 흔전한가보제. 같이 온 높은 사람은 시방 면장을 대면하고 있다 카제."

"면장이 미국말을 해?"

"중간에서 거들어주는 사람을 데리고 왔다 카제. 면장이 낫 놓고 기역자는 알아도 담배 놓고 시가레또는 알 턱이 없제."

"워쨌든 세상은 개명 세상 돼뿌렀어."

"개명 담배 맛 한번 봤으면 좋겠네."

어른들은 한둘씩 흩어지기 시작했지만 나는 막연하나마 끝장을 볼 작심으로 그곳에서 비켜나지 않았다. 그러나 새로운 사건은 끝까지 일어나지 않았다. 그로부터 한 시간이나 넘게 흐른 뒤, 두 대의 낯선 자동차가 마을의 서쪽 한길에서 완전히 모습을 감추고, 그들이 일으킨 흙먼지가 먼 산기슭 뒤편으로 사라지는 것을 보고 나서야 나는 집으로 돌아갔다. 그러나 방으로 들어서는 순간 나는 전혀 예상할 수 없었던 또다른 사건과 마주치고 말았다. 필경 의기양양한 모습으로 나를 기다리고 있어야 했을 아우는 뜻밖에도 쿨쩍쿨쩍 울고 있었다. 울음보는 오래전부터 터뜨려놓은 것인 듯 양볼에는 눈물 버캐 자국이 희미하게 흘러내려 있었다. 아우는 힐끗 나를 일별하고 나서 절망적인 한마디를 뇌까렸다.

"히야, 뺏기뿌렀다 카이."

누가 아우의 노획물을 탈취해간 것일까. 그것도 대낮이 아닌가. 그런 불상사가 발생하리라고는 상상조차 않았던 일이었다.

"뭐라 카노. 뺏기뿌렀다꼬?"

"그래."

"내가 뺏어묵을까봐 거짓말하는 걸 모릴 줄 아나?"

나는 아우가 암팡진 성깔인데다가 어떤 땐 꿍꿍이속이 나보다 더 음흉하다는 것을 알고 있었다. 그래서 아우의 정곡을 찌른답시고 그렇게 되받았다. 그러나 아우는 여전히 고개를 가로저었다.

"그라문, 거기서 내뺀 사람은 니 혼자뿐인데, 누가 니 걸 뺏었다 말이고? 걸신 들린 도깨비라도 만났다 말이가? 새빨간 거짓말하지 마라."

"내가 거짓말하는가 엄마한테 물어보라 카이."

"집에 있지도 않은 엄니가 그걸 어떻게 안다 말이고."

"엄마가 뺏어갔으니까 그러제."

"엄니가 어디 갔는데?"

"밖으로 나갔다 카이."

"그걸 들고?"

아우는 다시 고개를 가로로 내저었다.

"그럼 어디 있노?"

아우가 턱짓으로 가리킨 곳은 난데없는 고미다락이었다. 아우의 말을 믿지는 않았지만 나는 힐끗 굳게 닫힌 채로인 다락문을 쳐다보았다.

주변머리나 너울가지에 있어서 남다르다는 평판까지 듣고 있는 아우와 나였지만 우리가 정복할 수 없는 두 가지가 있었다. 그것은 우리끼리는 아무리 비밀스러운 일을 벌이거나 셈속을 품고 있다 할지라도 그 속셈이 목적하는 바에 도달하기 전에 필경 어머니에게 색출되거나 들통이 난다는 것이었다. 두번째가 그 고미다락이었다. 우리 형제는 항상 그 다락 아래에서 먹고 잠자는 일을 계속해왔지만 다락에 접근하거나 넘볼 수 있는 어떤 일도 생각할 수 없었다. 우리의 기억 속에는 고미다락이 열려 있는 것을 보았다거나 어머니가 그곳으로 올라가고 있는 모습을 본 적이 없었다. 그것은 어머니만이 차지할 수 있었던 은밀하게 은폐된 오랜 성역이었다. 그 속에 무엇이 어떤 모양으로 나열되어 있고 언제부터 있어온 것인지 우리로선 전혀 짐작할 수 없는 일이었다. 다락문 고리에는 망치로 두드려 만든 듯한 시꺼먼 방짜 자물쇠 하나가 언제나 침묵을 지키며 버티고 있었다. 설령 호기심이 발동해서 고미다락을 탐험해보겠다는 용기를 가져본다 할지라도 그 위협적이고 완고한 자물통이 시선에 들어오는 순간, 우리의 탐험 열정은 모닥불 속에 떨어져 사그라지는 지푸라기처럼 한순간에 무기력 속으로 스러지고 말았다.

어머니가 집을 비워두었던 그 많은 시간 동안 아우와 나는 다락 탐험을 위해 숱한 궁리를 쥐어짜내곤 하였다. 때로는 하루 종일을 그러한 궁리로만 탕진했던 적도 없지 않았다. 그러나 처절하기까지 하였던 그 모든 노력들은 최초에 함락의 대상이 되었던 자물통에서부터 좌절되고 말았다. 자물통과 돌쩌귀들은 겉모양은 세련되지 않았지만 우리의 도전을 따돌리는 기능 면에서는 너무나 견고한 차단성을 유지하고 있었다. 도끼나 곡괭이로 내리찍어 박살을 내지 않는 이상, 우리는 바람벽과 매끈한 평면을 이루고 있는 다락문에 몸을 붙일 수조차 없었다.

그렇다고 어머니가 기회 있을 때마다 고미다락에는 접근하지 말라고 주의를 주거나 엄포를 놓은 적도 없었다. 자물통이 가진 완벽한 요새성은 주절주절 경고의 말을 늘어놓을 필요조차 없다는 것을 어머니는 당초부터 짐작하고 있었기 때문이다. 그러나 어느 여름날 밤, 우연하게도 나는 그때 막 고미다락에서 내려서는 어머니의 뒷모습을 발견했다. 그곳을 관리하는 어머니의 태도는 극도의 민첩성과 은밀함을 보여왔기 때문에 좀처럼 발견할 수 없는 장면을 목도하게 된 것이었다. 그때의 발견은 초저녁부터 쉴 새 없이 나를 물어뜯고 있던 모기와 등에 같은 물것들 때문에 숙면으로 빠져들 수 없었던 시달림 때문이기도 했다. 바람벽을 배밀이로 미끄러져서 바닥으로 내려온 어머니는 발뒤축을 죽이면서 아우 곁의 잠자리로 가서 누웠다. 어머니의 움직임에서는 설핏한 먼지 냄새가 풍겨왔다. 잠자리에 몸을 누인 어머니는, 견골께가 깊숙이 패는 모습이 눈에 선하게 잡혀올 정도로 긴 호흡을 몰아쉬었다. 그 긴 호흡은 어머니 스스로가 얼마나 긴장하고 있었던가를 말하고 있었다. 그것으로써 나는, 어머니가 우리들 몰래 고미다락을 출입하고 있다는 것을 알았다. 눈치 빠른 아우 역시 어머니의 비밀을 진작부터 눈치채고 있었음이 틀림없었다. 왜냐하면 아우는 그 과자 봉지들이 고미다락 속에 있다고 고집을 피우고 있었기 때문이다. 우리들의 경우, 그것은 고집이 아니라 하나의 위협이었다. 나는 아우의 말을 믿을 수 없었다. 우리들이 바라보는 앞에서 다락문의 자물쇠를 따는 실수를 저지를 어머니가 아니었다. 나는 아우를 잡아먹을 듯이 칩떠보았다. 제딴에는 꿍꿍이속이 멀쩡해서 둘러댄 말이었겠지만 내겐 그 간특함이 뿌리째 드러나 보였다. 울고 있었던 것까지도 나를 따돌리기 위해 꾸며낸 사술이었다. 그러나 나는 아우가 챙긴 종이 봉지 속의 과자들을 맛보고 싶었고, 최소한 눈요기라도 하고 말아야겠다는 간절한 욕구를 떨쳐버릴 수 없었다. 그래서 우선 아우를 구슬려보기로 하였다.

"니는 그 종이 봉지 속에 들어 있는 게 뭔지 알고 있나?"

목젖을 삼키며 아우가 대답했다. 그는 언제부턴가 울음을 그치고 있었다.

"달려오면서 만져보니 과자 같드라 카이."

"묵어봤나?"

"묵어보기는, 헐기도 전에 뺏기뿌렀는데."

나는 배알이 뒤틀렸지만 겉으로는 태연한 척하고 비꼬았다.

"엄니는 니가 과자 봉지 들고 올 줄 먼저 알고 삽짝에서 기다리고 있었던 모양이제?"

"글쎄 말이다. 용케 기다리고 있드라 카이."

"엄니가 다짜고짜 니를 끌고 방으로 들어왔제?"

"그래."

"엄니가 뭐라드노?"

"어디서 들고 왔느냐고 묻더라."

"니는 뭐라 캤노?"

"던지는 걸 줏었다 그랬제."

"엄니가 그 말 믿드나?"

"그라모, 믿드라."

그러나 드난살이에 골똘해 있었을 어머니가 그 시각에 맞춰 집으로 달려와서 아우를 기다리고 있었다는 대답은 아귀가 맞지 않아도 이만저만이 아니었다. 우연이었다 할지라도 조작의 냄새가 진하게 풍기는 거짓말이었다. 나는 조바심이 일기 시작했다. 자첫하면 아우에게 되말리고 말 것 같았다. 그래서 더이상의 참을성을 떨치고 곧바로 들이댄 것이었다.

"거짓말 그만해라."

갑자기 말허리를 툭 자르고 정곡을 찌르겠다고 들이대는 말에 아우는 당장 대꾸를 못하고 나를 빤히 바라보았다. 나는 다시 다그쳤다.

"저 다락 속에 있다 카면 내가 말도 못 붙일 줄 알고 니가 거짓말하는 거 내가 모를 줄 아나."

"히야, 나는 거짓말 안 했다 카이."

"누구는 거짓말쟁이라고 이마빼기에 써붙이고 댕기나."

아우의 표정은 드디어 원망으로 일그러지고 있었다. 두 눈에 다시 눈물이 고이기 시작했다. 머지않아 곡지통이 터질 것만 같았다.

"히야, 나는 참말로 거짓말 안 했다 카이. 이따 엄마 오거든 물어보그라."

아우의 입귀가 비쭉거리기 시작했다. 억울하다는 기색이 역력했다. 그런 아우의 표정을 읽는 순간, 문득 내가 잘못 짚은 것은 아닐까 하는 죄책감도 어렴풋했다. 그러나 내친김에 오금을 박았다.

"저 다락에 금덩이가 있다 캐도 엄니가 우리한테 보여준 적이 있나?"

"내가 언제 금덩이 있다 캤나."

"야마리까진 소리 그만해라."

끈질긴 것은 그러나 아우 역시 마찬가지였다.

"히야, 이따 엄마 오거든 물어보라 카이. 내가 과자를 안 뺏길라꼬 빼치다가 엄마한테 종아리 맞았다 카이."

그 순간 아우는 두 다리를 내 발치 앞으로 내뻗고 바짓가랑이를 걷어올렸다. 과연 아우의 종아리에는 살피듬이 벌겋게 부어오른 회초리 자국이 선명하였다. 나는 말구멍이 막히고 말았다.

"히야, 이따 엄마 오거든 물어보그라. 참말로 거짓말 안 했대이."

머쓱해진 나는 겨우 물었다.

"엄니가 다락문을 열드나?"

"다락문 여는 거 못 봤다 카이."

"다락에 뒀다며?"

"나는 바깥에 있고 엄마 혼자서만 방에 들어갔는데, 나중에 내 혼자서 암만 찾아봐도 없드라. 그라문 숨카둘 곳은 다락밖에 더 있을라고."

나는 방을 휘둘러보았다. 새삼스럽게 우리집에는 가구라 할 만한 물건들이 없다는 것을 깨달았다. 옷가지를 걸어두는 횃대가 방구석에 걸리고, 차렵이불과 요때기 따위를 얹어두는 시렁이 윗목 천장 아래로 가로질러 있을 뿐이었다. 어머니가 그것들을 이불자락 속에 숨겨두지 않은 이상 다락 속에 감췄을 것이란 예측은 너무나 당연한 것이었다. 그런데 바로 그때였다. 그때까지 나를 설득하기 위한 일에만 몰두해 있던 아우가 얼굴에 불쑥 웃음을 떠올렸다. 아우의 태도가 심상치 않다고 느낀 나는 다급하게 물었다.

"니는 왜 웃노? 울다가 웃으면 똥구멍에 털 난다는 거 모르나?"

그제야 아우는 괴춤을 뒤지더니 한 가지 물건을 꺼내놓았다.

"엄마가 이거는 못 봤다 카이."

아우는 종이 봉지 모두를 어머니에게 빼앗기지는 않았던 것이다. 그것을 보는 순간, 나는 뒷덜미가 화끈하게 달아오르는 것을 느꼈다. 그것은 하나의 사건으로서 톡톡한 의미를 가지고 있었다. 어머니는 아우를 완벽하게 닦달하지는 못했던 모양이었다. 무엇보다 나를 열광시킨 것은 어머니에게도 허점이 있다는 발견이었다. 그리고 아우에게도 그런 허점을 노릴 수 있는 계략이 있다는 것에 흥분했다. 우리는 함께 소리를 질러댔고 방구들이 꺼져라 하고 깡충거렸다. 그러고 난 뒤 종잇장처럼 얇은 그 물건의 직사각형 겉 종이를 뜯었다. 그 물건은 다시 은박지로 싸여 있었다. 은박지를 헤집자 은박지와 똑같은 크기의 이상한 과자가 나왔다. 우리는 우선 과자 모서리에 조심스럽게 혀를 대보았다. 야릇하게 달짝지근했다. 곧장 그 알맹이를 먹기 시작했다. 혓바닥으로 배어나온 단물이 식도를 타고 넘어갈 때마다 우리는 저작을 멈추고 그것을 지켜보았다.

그런데 바로 그때였다. 뜨락에서 인기척이 들려왔다. 우리는 얼른 문틈 사이로 얼굴을 갖다댔다. 키꼴이 들쑥날쑥한 아이들 너덧이 한동아리가 되어 지금 막 뜨락으로 들어서고 있었다. 한 동안 주저하던 아이들 중에서도 허우대가 큰 아이가 목청껏 소리질렀다.

"행오야, 노올자."

아우의 이름은 형호였는데 그 또래의 아이들은 항상 '행오'로 불렀다. 즉각적인 반응이 없자, 이번엔 다른 아이가 간절한 소망이 담겨 있는 목소리로 말했다.

"행오야, 우리캉 놀자."

그들의 유혹은 우리를 전율시켰다. 당장 박차고 나가고 싶다는 충동이 불끈 솟아올랐다. 왜냐하면 우리 형제의 기억 속에는 그만한 수효의 아이들이 한꺼번에 우리집으로 몰려와서 놀자는 말로 유혹한 적이 없었기 때문이다. 아이들은 평소에 우리들과 어울리기를 그렇게 달가워하지 않았다. 우리들은 언제나 그들에게 업수이여김과 핀잔을 받아가면서 빌붙어 놀곤 하였다. 그런데 그들이 지금 제 발로 걸어와서 우리들과 놀자는 제의를 해온 것이었다. 어떤 연유로 해서 상황이 그처럼 전도되고 만 것일까. 그러나 나는 곧 그것을 알아차렸다. 아우는 어느새 들고 있던 이상한 과자를 잽싸게 옷자락에 감추고 입놀림을 멈추어서 시치미를 잡아뗐다. 아우가 무엇을 원하고 있는 것인지는 그것으로 자명해진 셈이었다. 나는 하얗게 질려 있는 아우의 귀에 대고 숨죽여 속삭였다. 아우는 당장 고개를 주억거렸다. '행오야, 놀자'는 문밖의 간곡한 회유는 그동안에도 간단없이 계속되고 있었다. 나는 곧 툇마루에 모습을 드러냈다. 그리고 체수가 될 수 있다면 우람하게 돋보일 수 있도록 어깨를 펴고 턱을 쳐들고 섰다.

"형호 집에 없다."

내 말에 그들은 일순 찔끔하는 것 같았다. 그러나 내가 바라고 있었던 것처럼 당장 발길을 돌리지는 않았다. 어제까지는 형호를 자기들 턱밑까지 밀어넣어도 딴전을 피우곤 하던 그들이 지금은 없다고 잡아떼는데도 돌아설 조짐이 아니었다. 물론 끈질김을 보이고 있는 그들의 속셈을 헤아리지 못하는 것은 아니었다. 그러나 방 안에서는 숨소리조차 들리지 않았다. 그것으로써 아우의 속내는 다시 한번 확인된 셈이었다.

"형호 집에 없다 카이."

"행오야, 놀자."

"형호 없다. 퍼뜩 가그라."

"행오야, 놀자."

"퍼뜩 안 가면 쫓아낼 기다."

"행오야, 놀자."

그런데 한동안이 지난 뒤에야 나는 그것을 발견했다. 형호와 놀자는 아이들은 시치미를 잡아떼고 있는 내 얼굴을 바라보고 있는 게 아니었다. 그들의 시선은 툇마루 아래의 섬돌을 바라보고 있었다. 그 순간 나는 아뿔싸 했다. 섬돌 위에는 아우의 신발이 놓여 있었다. 그들은 나를 상종해서 형호를 부르고 있는 게 아니라, 섬돌 위에 놓인 아우의 신발을 내게 증명시키고 있었다. 내가 말로만 부르짖는 형호의 부재 증명은 그 신발로 해서 실재 증명으로 들통이 나버린 것이었다. 그렇지만 나는 계속 버티었다. 그때부터는 순전히 뻔뻔스러운 뱃심으로만 버티는 것이었다. 나는 두 번 다시 잘라 말했다.

"백번 불러싸도 형호는 없다 카이."

"행오야, 노올자."

"행오 죽었다."

그때, 한 아이가 혓바닥을 쑥 빼물고 도리질을 하더니,

"행오 니 밖에 나오면 직이뿐대이. 양코배기 과자 니 혼자 다 처묵고 물똥이나 싸뿌러라."

아이들은 형호를 밖으로 끌어낼 수 없다는 것을 알아챈 것 같았다. 그들이 드디어 본색을 드러내어 험담을 늘어놓고는 물러난 것이었다.

"자식들."

나도 모르게 그런 말이 튀어나왔다. 아이들이 설령 으름장을 놓았다 할지라도 지레 겁먹을 일은 아니었다. 내가 버티고 있는 한 형호는 그들의 위협으로부터 충분히 보호될 수 있었다. 나는 곧장 방으로 들어왔다. 그리고 그것을 다시 먹기 시작했다. 그런

데 바로 그 시각에 우리는 놀라운 사실과 만나게 되었다. 우리를 찾아왔던 아이들과 실랑이를 벌이고 난 뒤에도 그 이상한 과자는 그때까지 계속 먹을 수 있는 형태와 부피의 가치를 훼손당함이 없이 입속에 남아 있었다. 물론 자질적으로 그 이상한 과자의 단맛은 이미 오래전에 소멸되고 없어졌을 것이었다. 그런데도 불구하고 우리는 그 과자가 우리에게 계속해서 단맛을 제공하고 있다는 사실을 의심하지 않았다. 씹고 있다는 똑같은 동작의 맹목적인 반복이 이제는 없어져버린 단맛의 기억을 우리에게 또렷하게 반추시키고 있었다. 그래서 우리는 계속해서 단맛을 씹고 있었던 것이 아니라 단맛의 추억을 씹고 있었다. 그 착각의 반추는 매우 즐거운 것이었다. 그 달다는 착각이 이젠 달지 않다는 자각으로 연결되지 못했던 결정적인 이유는 이상한 과자가 오랫동안 일정한 부피로 입속에 남아 있었기 때문이었다. 우리 형제는 먹새가 좋은 아이들이었다. 그래서 그것이 음식인 이상 자질에 관계없이 일단 우리 입안으로 들어오면 1분도 못 되어 녹아나야 했다. 지금까지 우리가 먹었던 모든 음식은 그랬다. 그런데 이 이상한 과자는 녹아나는 법이 없었다. 우리는 그래서 계속 씹었다. 오랜 시간 동안 무엇을 먹고 있다는 즐거움을 그 과자는 연속적으로 우리들에게 확인시켜주었다.

"히야, 이 과자 이상하다. 그치?"

아우 역시 나와 똑같은 생각을 하고 있었던 모양이었다. 의아심을 보이면서도 그러나 표정만은 즐거워 보였다.

"자꾸 씹어."

"이거는 왜 이렇게 질기노?"

"송기떡 같은 기라."

나는 송기떡을 뇌리에 떠올렸다. 송기떡도 이상한 과자처럼 입 안에 오래도록 남았다. 그러나 송기떡을 먹을 땐 콧등이 시큰할 정도로 송진 냄새가 남았고, 그 이튿날까지도 입속이 텁텁했다. 그러나 이상한 과자는 그게 아니었다. 아우가 다시 물었다.

"히야, 달제?"

"달고말고."

"이 과자는 메칠씩이나 묵을 수 있겠다 카이."

"묵으면 배부르지."

"인제 우리는 양식 걱정 없다, 그치?"

"자꾸 씹어보래."

씹기에 진력이 나서 꿀꺽 삼켜버리는 불상사가 일어나지 않는 한 이상한 과자는 남고 또 남아돌았다. 그때였다. 옹알이를 하면서 과자를 씹고 있던 아우의 볼멘소리가 들려왔다.

"히야, 나는 배고파 죽겠다 카이."

"뭐라꼬?"

나는 눈시울을 치켜들고 아우를 돌아다보았다. 배가 고프다는 말은 이런 경우 터무니없는 트집에 불과하다는 생각이 뇌리를 스쳤다. 그러나 아우는 또다시 볼멘소리였다.

"난 배고프다 카이."

"니가 묵고 있는 거는 그럼 뭐꼬?"

"그래도 배고프다 카이."

"니 뱃구레에는 거라지가 백 명도 넘게 들어앉은 모양이제. 먹으면서 배고프다 카이 그런 트집이 어디 있노."

"히야는 배 안 고프나?"

그랬다. 듣고 보니 나 역시 그제야 배가 몹시 고팠다. 무엇을 계속해서 먹고 있는데도 배가 고프다는 이 불가사의한 이율배반을 해명할 수 있는 것은 아무것도 없었다. 다만 무작정 배가 고팠다. 우리들은 어느덧 먹는 일을 멈추었다. 배부르다는 느낌은 전혀 없었고, 오히려 뱃구레가 텅 비어 있다는 허탈감만이 섬뜩하니 느껴졌다. 그리고 관자놀이께가 뻐근하게 아려왔다. 아우와 나는 안타깝게도 창자 속으로 넘긴 것이라곤 타액뿐이란 것을 미처 깨닫지 못했다. 우리는 쉴 새 없이 먹는 일에 탐닉해왔으면서도 배가 고프다는 이율배반에 대한 해석을 어떻게 내려야 할지 전전긍긍할 따름이었다.

그러나 그것은 새로운 세상으로 진입한다는 징조이기도 했다. 바람이 불어도 춥지 않은 날이 있고, 바람 한 점 없는 날에도 코끝을 날릴 것처럼 매몰차게 추운 날도 있었다. 부피가 큰 것이라 할지라도 모두가 무겁지 않았고, 작은 것에도 큰 것보다 무거운 것은 얼마든지 있었다. 그러한 깨달음은 우리들에겐 언제나 느닷없이 만나는 놀라움과 같이 있었다. 그 이상한 과자가 가지고 있는 자질을 해석하는 일도 마찬가지였다. 아우와 나는 그 과자가 가르쳐준 섬뜩한 배반으로 해서 적어도 한 가지 일에 대해서만은 초연할 수 있게 되었다. 그것은 어머니의 은밀한 다락 출입에 신경을 곤두세우고 관찰하지 않아도 되었다는 사실이었다. 어머니가 다락 속에 감추었을 과자들 역시 일시적인 단맛을 제공해줄 수 있을지언정 종국에 가서는 허기만을 더욱 부추기는 마약 같은 것이라고 단정해버렸다. 그러나 먼 나라에서 왔다는 병사들에 대한 호기심 모두를 단념할 수는 없었다. 우리들의 새로운 관심은 그들이 가지고 있는 자질구레한 소도구들 같은 것이었다. 눈을 가리고도 시야를 분별할 수 있는 검은색의 안경, 손가락으로 건드리면 불꽃이 솟아나는 라이터, 버튼을 누르면 벌떡 일어나는 손칼, 그리고 만년필이나 트랜지스터라디오 같은 것들이었다.

한번 내왕을 한 터여서 길을 익히게 된 그들은 그후 보름이 되던 날 또다시 우리 마을로 찾아왔었다. 두번째 찾아온 병사들은 수효가 대여섯이나 되었다. 그리고 그들의 수효에 걸맞춤이라도 하듯이 더 많은 마을 사람들이 면사무소 뜨락으로 모여들었다. 그리고 그 두번째의 만남은 처음보다 많은 점에서 내용을 달리하고 있었다. 우리들은 자동차에 더욱 가까이 다가섰지만 멀찌감치 비켜서 있었던 보름 전보다 불안감을 느끼지 않았다는 점이었다.

그리고 많은 수효의 아이들이 저마다 추잉껌을 달라고 목청 높여 짓졸랐고, 청년들도 시가렛을 달라고 채근했다는 점이었다. 그런 짓조름에도 병사들은 핀잔하는 투의 내색을 보이는 법이 없었다. 여기저기에서 쏘아대는 채근을 귀담아듣고 있다가 나무 상자를 헐어서 공평지다는 평판을 들을 수 있게 가능한 한 골고루 나누어주었다. 그러는 중에 우리는 그들에게서 몇 가지 새로운 사실을 발견하게 되었다.

첫째가 그들은 코끝이 찡하게 아려올 정도로 심한 노린내를 풍기고 있다는 것이었고, 두번째는 아이들보다는 여자를 더욱 좋아한다는 사실이었다.

면사무소 옆에는 면사무소에 잇달린 뜨락을 서로 트고 살아가는 대서방이 있었고, 그 집에는 모색이 해사하게 생긴 처녀가 있었다. 쑥스러움이 많았던 그녀는 우리들처럼 한길 바닥으로 달려나와서 병사들을 구경하진 않았다. 그러나 미닫이문을 빠끔하게 열어두고 몰래 이쪽을 엿보곤 하다가 사람들의 시선과 마주치기라도 하면 호들갑스럽게 문을 닫아버렸다. 거리는 불과 대여섯 걸음 사이였다. 그런데 병사들이 그녀의 재치 있는 속셈을 눈치챈 것 같았다. 그녀를 처음 발견한 병사가 과자 봉지 한 개를 허공으로 날려서 그 빠끔하게 열린 미닫이문 안으로 던져넣었다. 그녀는 화들짝 놀라서 문틈에서 몸을 감추었다. 그러나 한동안이 흐른 뒤에 그녀의 얼굴은 다시 열린 문 저편으로 나타났다. 병사들은 함성을 질러댔고, 이번엔 두세 사람이 거의 때를 같이해서 그쪽으로 과자 봉지를 던졌다. 한동안 시간이 흐를라치면 그녀의 얼굴은 다시 문설주에 나타났고 병사들은 다투어서 그것들을 던 져댔다. 때로 그녀의 얼굴이 보이지 않을 때 문지방 아래를 보면, 그녀의 가녀리고 하얀 손이 겨냥이 빗나가서 툇마루로 떨어진 과 자 봉지들을 잽싼 솜씨로 수거하고 있기도 했다.

이제 병사들은 그들 턱밑에 바싹 다가서 있는 추잉껌과 시가렛 의 채근에 대해선 별로 관심을 두지 않았다. 문설주에 나타났다 사라지는 그녀의 모습은, 논에 살고 있는 개구리가 수면 위로 얼 굴을 내밀었다가 사라지듯 매우 감질나는 것이었다. 그러나 그것 을 즐기고 있는 병사들은 농구공을 바스켓에 집어넣듯 열심히 과 자 봉지를 던져 넣었다. 모여 선 마을 사람들은 공격과 수비가 끊 이지 않고 이어지는 탁구 경기를 보듯, 자동차와 문설주 사이를 최면 걸린 사람들처럼 오락가락하는 시선으로 바라보았다. 게임 이 계속되고 있을 동안 병사들이 가졌던 나무 상자는 바닥이 난 듯했고, 과자 봉지가 날아오지 않게 되자, 그녀는 문을 닫아버렸 다. 미닫이가 닫히자 사람들이 한마디씩 거들기 시작했다.

"저 문 안으로 들어간 물자가 수월찮을 긴데."

"저 사람들은 본래부터 여자라 카면 사죽을 못 쓴다 카데."

"닭 쫓던 개 지붕 쳐다본다더니만 우리가 천상 그 짝이 났제. 저 사람들 대서방 가서 던진 물자 내놓으라고 엄포 놓는 게 아이까."

"텍도 없는 소리 마라. 저 사람들은 시방 재미로 한 짓이다. 들은 풍월이지만 저 사람들 부대에 가면 물자가 산떼미처럼 쌓여서 밑에서는 썩는다 카데."

"별종은 별종들이다."

"대서방 처자가 배짱 한번 두둑하대이. 여러 사람이 보는데 부끄러버서 어째 문 열어놓고 있었노."

사람들은 처음엔 생긴 것보단 유들유들한 넉살을 가진 그녀에게 혀를 내두르다가 나중엔 비난조의 말로 허물을 잡기도 하였다. 그런데 아우가 또한 앙탈이었다. 나름대로 겨냥하고 있었던 소득이 전연 없었기 때문이었다.

"히야, 나는 속상했다 카이."

"니가 왜 속상노?"

"그 양코배기들이 과자만 던지고 다른 거는 왜 안 던지노."

"양코배기 카지 마라. 그 사람들 들으면 불알 깔라."

"무슨 말인지 그 사람들이 우째 알겠노."

"그래도 알아묵을 긴데."

"못 알아묵는다 카이."

"니는 코 크다 카면 성 안 내겠나?"

"성 안 낸다 카이."

"시끄럽다. 대서방 처녀만 부자 됐다."

"부자는 무슨 부자 되겠노. 이제 쪼매 있으면 과자 묵다가 배고파서 죽을라 칼 긴데."

"시끄럽다. 우린 빙신 됐다."

꼭 아우를 향해서가 아니었고, 우리 둘을 싸잡아서 푸념을 뇌까린 것이었으나 아우는 소득 없었던 것이 제 불찰이었던 것처럼 찔끔해서 대꾸가 없었다. 가만 되새겨보면 그것은 얼토당토않은 푸념이기도 했다. 아우보다 세 살이나 손위였던 내가 아우까지 싸잡아서 넋두리를 늘어놓는다는 것은 사리에 어긋나는 일이었다. 그런데도 아우는 매우 당연한 듯 핀잔 섞인 내 푸념을 받아들였다. 그랬던 것은 어떤 자긍심이 아우의 가슴 밑바닥에 깔려 있었기 때문인지도 몰랐다. 아우는 처음으로 용기 있게 병사들에게 말을 건넨 장본인이었다. 그리고 그것이 빌미가 되어서 마을 사람들은 이제 너도나도 병사들에게 말을 건넬 수 있게 되었고 두려움도 가지지 않게 되었던 것이다. 예상했던 대로 아우는 자기가 시도했던 처음의 역할을 가슴에 새겨두었던 것 같았다.

"체, 어른들이 날 보고 카드라."

"뭐라 카드노?"

"재주는 곰이 부리고 돈은 되놈이 묵는다 카드라."

"그게 무슨 말인데?"

"내가 처음에 '할로, 추잉껌 기브 미' 했기 때문에 대서방 처녀도 덕을 봤다 카드라."

그때에야 나는 뇌리에 문득 떠오르는 것이 있었다. 그들 병사들에게 맨 처음 수작을 튼 사람은 아우였다. 그런데 내가 알고 있는 한 아우는 일찍이 '할로, 추잉껌 기브 미'란 말을 알고 있지 못했다. 도대체 그 이상한 과자를 날아오게 만든 낯선 말을 아우는 어디서 터득한 것일까?

"그런데 그 할로 말은 누가 니한테 가르쳐줬노?"

내가 불쑥 내뱉은 질문이 느닷없었던지 아우는 내 얼굴만 빤히 쳐다보았다. 다시 다그쳤다.

"그 말 누구한테 배웠노?"

그러자 아우는 발쑥 웃었다.

"알아맞히보라 카이."

"니 내 안달 굴래."

"엄마한테 배웠다."

"뭐라꼬, 엄니가? 니가 날 놀려묵을라 카나?"

내가 손찌검이라도 할 듯 버럭 화를 내자, 아우는 기가 질렸음에도 정색하고 대답했다.

"엄마가 맞다 카이."

"엄니가 할로 말을 우째 알겠노."

"그래도 엄마가 가르쳐줬다 카이."

아우의 말을 믿지 않았다가 낭패한 일이 있었던 나는 더이상 채근하지 않았다. 아우의 처연한 표정을 보건대 내막이야 어찌되었든 거짓이 아닌 것 같았다. 그것은 보름 전 아우가 다급히 집으로 돌아왔을 때 공교롭게도 집에 어머니가 기다리고 있더란 사실과 부합되는 것이기도 했다. 아우의 말이 믿어도 좋은 것이라면 의문은 오히려 굴러가는 눈덩이처럼 점점 불어났다. 그렇다면 어머니는 그 말을 어디서 배운 것일까. 그러나 어머니에게서만은 아우에게서처럼 솔직한 대답을 듣기는 어려울 것이었다. 그런 질문을 던졌다가 핀잔만 들을 것이 뻔했기 때문이었다. 대서방 총각에게 할로를 가르친 것은 그 처녀일 법하였지만 어머니의 할로는 그대로 미궁으로 빠져버릴 위험이 너무나 컸다. 그러나 우리가 어머니의 실토를 유도해내기도 전에 대서방 처녀가 우리 모두를 놀라게 만든 일이 벌어지고 말았다. 그것은 미군 병사들이 세번째로 우리 마을을 방문했던 날의 일이었다. 그들을 인솔하고 온 장교가 면장과 면담을 계속하고 있는 동안 병사들은 두번째 방문 때와 똑같은 장소에 차량들을 주차시켰다. 역시 마을 사람들이 모여들었고 아우와 나도 구경꾼들 속에 끼여 있었다.

병사들이 당도한 지 반 시간쯤 지난 뒤에 대서방집 미닫이가 가만히 열렸다. 병사들은 기다렸다는 듯이 환성을 지르면서 약속이나 한 듯이 종이 상자를 뜯어서 과자 봉지를 던지기 시작했다. 상황이 달라진 것이라곤 아무것도 없었다. 달라진 것이 있다면 그 미닫이를 개방해둔 정도가 그때보단 서너 뼘이나 더 넓어서 병사들의 서툰 겨냥이라도 빗나가지 않게 배려한 점이었다. 우리 역시 그때처럼 허공으로 날아다니는 과자 봉지를 따라 시선을 바쁘게 움직이고 있었다. 그러나 사람들이 놀란 것은 그런 것들 때문이 아니었다. 그것은 그때처럼 미닫이문 사이로 빠끔하게 내밀곤 하는 그녀의 얼굴 때문이었다. 놀랍게도 그녀는 화장을 하고 있었다.

"저거 보래이. 대서방집 처자가 분 발랐대이."

누군가가 침을 꿀꺽 넘기면서 나직하게 속삭였다. 과연 그녀는 연지볼에 화장을 곱게 하고 하얀 이를 살짝 드러내며 웃다가 문사래 뒤로 몸을 숨기는 교태를 보이고 있었다. 그리고 문사래 밖으로 얼굴을 내미는 빈도수도 전번보다 잦았다.

"세상 말세다."

뒤쪽에서 혀를 차는 소리가 들렸다.

"여염에 들어앉아 있는 과년한 처자가 상승을 한 게여. 내외한답시고 마실도 안 다니고 지내는 처자가 이게 무슨 꼴로."

"우리의 처지가 아모리 궁색하기로서니 허물이 어쩌다 여기까지 왔을꼬. 말세다."

"어째서 진작 미닫이를 열지 않나 했더니…… 그동안 서둘러 분 바르고 있었구먼. 저 처자가 배웠다는 처지에 실성하지 않고는 저러지 않을 기다."

"미친년이 분 바르고 있을 엄두나 할 수 있으까."

"왜 남의 규중 처녀를 보고 호년인고. 처녀도 생각이 있어 벌인 짓이 아이겠나?"

"억장이 탁 무너지네."

"가세. 더 오래 보고 있으면 쓸개에 불 붙겠다 카이."

벌써 몇 사람은 자리를 뜨고 있었다. 대서방집 처녀의 화장한 얼굴이 어른들 사이에서 어떤 파문을 일으키고 있는 것인지 우리들로선 딱 부러지게 감지해낼 수 없었다. 그러나 대부분의 사람들은 흩어지기 시작했고, 자동차 주위에는 물색 모르는 조무래기들만 내처 궁싯거리고 있었다. 그러나 그녀가 몇 봉지의 과자를 위해서 화장까지도 마다하지 않았다는 소문은 손바닥만한 마을에 삽시간에 퍼진 것 같았다. 심지어 하루 종일 품앗이를 나갔던 어머니까지도 그 소문을 들어 알고 있었다. 저녁 늦게 집으로 돌아온 어머니는 우리들에게 다잡아물었다.

"대서방집 처녀가 미안수(美顔水)를 발랐다며?"

화장이 뭔지도 모를 아우가 먼저 고개를 주억거렸다. 내가 아우의 뱃구레를 팔꿈치로 꾹 찌르며 핀잔했다.

"니는 화장이 뭔 줄 알기나 하나?"

그러나 아우는 나를 똑바로 쳐다보면서 발끈했다.

"안다. 얼굴에 분 바르는 게 화장 아이가."

"니가 화장하는 거 봤나?"

"내가 왜 못 봤노. 나는 그 처녀가 분을 하얗게 발라서 천상 여우 같드라."

"나는 여우 안 같드라."

"내사 불여우 같드라."

그때, 어머니가 손으로 아우의 입 언저리를 틀어막았다.

"야들이 인제 보이 못할 말이 없대이. 그런 상말은 어디서 배웠노?"

성이 덜 가신 아우가 어머니의 손을 아금받게 뿌리쳤다.

"어른들이 그러던데."

"어른들이 설사 그랬더라도 아직 이마에 탯물도 덜 말랐을 놈이 워째 그런 상말이고."

회초리를 내려들진 않았지만 어머니는 우리를 개 꾸짖듯 나무랐다. 그런데도 아우의 기백은 사그라질 줄 몰랐다. 아우가 그녀를 헐뜯는 일에 필요 이상으로 울화통을 터뜨리고 있는 까닭을 나는 짐작하고 있었다. 일테면 아우는 그 자신이 기선을 잡았으되 그녀에게 승기(勝機)를 빼앗겨버렸다는 일에 분풀이를 하지 못하고 있었기 때문이다. 그런 아우에겐 어떤 연민이 있었지만, 이해할 수 없었던 것은 어머니였다. 맨 처음 발설했던 아우의 상말은, 지금까지의 전례로 보아 마땅히 회초리로 다스림을 받아야 할 만큼 위험한 수위였다. 그런데 어머니는 두어 마디의 핀잔으로 그쳤을 뿐이었다. 아우는 그녀에 대한 반감을 삭이지 못하고 있었는데다가 또 어머니가 내리는 꾸지람의 강도가 예상외로 무르다는 것이 빌미가 되어 더욱 기승을 부렸다.

"처녀가 화장을 시작하면 얼매 못 가서 불여우가 된다드라 카이."

되돌아앉아서 반짇고리를 뒤지고 있던 어머니는 뜻밖에도 아우의 말에 맞장구를 쳤다.

"그 말은 백번 옳다. 계집사람이 살림살이에 맛을 들이기 전에 미안수에 눈독을 들이게 되면 멀리 못 가서 팔자가 꼬이게 된다."

"엄마, 내 말 맞지, 그치?"

"맞고말고."

"인제 두고보라 카이, 대서방집 처녀도 쪼매 있으면 여우 된다 카이."

"여우만 되겠냐. 얼매 못 가서 집안에 큰 망신을 줄 기다. 그게 어디 보통 일이라."

나는 어머니가 소매라도 부르걷을 양으로 이웃 사람의 허물을 탓하고 있는 태도에 더욱 놀랐다. 어머니는 평소에 이웃의 허물에 대해선 스스로 삼가서 입이 무거운 편이었다. 그런데 그녀를 비난하고 있는 마당에서 아우와 더불어 짝이 되었던 것이다.

되새겨보면 평생 동안 화장이라는 것을 몰랐고, 스스로 그것을 경원시하느라고 애쓰기가 역력했던 어머니였고 보면, 그때의 심경을 십분 이해할 수 있을 것 같다. 백두산 호랑이라 할지라도 나무에 오를 수 있는 곰을 부러워하듯, 화장이란 것을 병적일 정도로 거부하고 있는 그 강도만큼이나 화장에 대한 유혹이 충동적으로 솟아오르곤 해서, 그 충동을 뿌리치는 방편으로 그녀를 허물하고 나섰는지도 몰랐다. 그러나 어쩌면 어머니는 아우가 그러했

듯이 그녀에 대해서 아우와 똑같은 차원의 반감이 도리라고 생각하고 있었는지도 몰랐다. 어머니는 그날 밤 잠꼬대를 했다. 한밤중에 나는 중얼거리는 소리를 잠결로 들었다. 문득 눈을 뜨긴 하였으나 시야는 캄캄한 밤이었다. 그런 어둠 속에서 어머니의 목소리를 빌려서 들려오는 말이 있었다.

"할로할로할로…… 주인검 할로……"

어머니의 잠꼬대는 네댓 번이나 반복되고 있었다. 어둠 속으로 잦아지고 있는 스산한 목소리가 어머니인 것을 확인하는 순간, 나는 온몸이 딱딱하게 굳어오는 것을 느꼈다. 그날 밤에 나는 오래도록 잠을 이룰 수 없었다. 어머니의 숨소리가 고즈넉해지면서 더이상의 잠꼬대는 없어졌지만 나는 어둠 속에서 말똥말똥 눈을 뜬 채 누워 있었다.

그때 문득 가슴 밑바닥으로부터 축축하게 젖어드는 것이 있었다. 그것은 이상하게도 어떤 외로움이나 슬픔 같은 것이었다. 잠꼬대였을지언정 어머니 입에서 낯선 말이 반복되고 있을 때, 가슴을 써늘하게 적시는 것은 막연한 이별의 예감 같은 것이었다. 어머니의 잠꼬대가 어찌해서 이별과 연결된 구체적 예감으로 나를 잡아끌었는지 알 수 없었다. 그러나 나는 우리들 세 식구가 언젠가는 서로 뿔뿔이 흩어지게 되리라는 것을 어렴풋이 깨닫고 있었다. 어머니는 부메랑처럼 우리 형제가 기다리고 있는 집으로 꼬박꼬박 돌아오긴 하겠지만, 어느 날 갑자기 집으로 돌아오게 만들어주는 그 회귀성의 끄나풀이 툭 터져버린다면 어머니는 그날로 돌아오지 않을 수도 있었다. 어머니를 항상 집으로 돌아올 수 있도록 부추기고 있는 것은 무엇일까. 그런 것을 곰곰이 생각해보았지만 건덕지는 아무것도 생각나지 않았다. 그 낯선 말의 잠꼬대가 그 모든 것을 예감하게 만들었다. 나는 양쪽 관자놀이께로 뜨거운 액체가 흐르고 있는 것을 느꼈다. 나 자신도 모르게 흘린 눈물이었다. 나는 이불 속을 더듬어 아우의 손을 찾아 꼭 감아쥐었다. 물론 그 예감은 오랫동안 나를 뒤틀어잡고 괴롭히고 들지는 않았다. 그러나 그것은 내 가슴 저 밑바닥에 똬리를 틀고 있어서 문득문득 다시 찾아오곤 하였다.

그 불안하고 슬픈 예감은 우리집에 똬리를 틀고 있는 가난이나 먼지와 같은 것이었다. 가난과 먼지는 하루 종일 숨을 죽이고 가라앉아 있다가 어머니가 집으로 돌아오는 그 순간부터 발가벗은 몸뚱이로 우리들 앞에 다가왔다. 아우와 나는, 애옥살이에 지친 어머니의 행색에서 우리 식구가 가진 모진 가난을 확인하게 되었고, 어머니 또한 헐벗고 메마른 우리들의 모습에서 하루 종일 잊고 있었던 뼈저린 가난을 확인하는 것이었다. 평소에는 말수가 적은 어머니였지만 그때만은 잔소리가 많아지고 하찮은 일에도 금방 흥분하곤 하였다. 그런 날 밤일수록 어머니는 몰래 다락 출입을 하곤 하였다. 몇 번의 관찰로 나는 어머니의 버릇을 눈치채고 있었다. 그러나 원숭이가 나무에서 떨어질 때도 있다는 말과 같이 어머니가 지성껏 다락문의 자물쇠를 단속한다 할지라도, 한두 번의 실수란 저지를 수 있는 일이었다. 어느 날 우연히 우리는 그 실수를 발견했다. 물론 나보다 눈썰미가 똑똑한 아우가 먼저 그 실수를 발견했다. 아우가 문득 다락문을 가리켰다.

"히야, 저거 보래이."

힐끗 고개를 돌리자니 다락이 보였다. 그리고 열린 채로인 자물쇠가 다락문 고리에 매달려 있었다. 그 순간, 나는 가슴에서 쇳덩이 하나가 떨어지는 것 같았다. 그러나 어려웠지만 겨우 가슴을 진정하고 아우에게 물었다.

"누가 다락문을 열어놨노?"

내가 다그치는 눈치이자 아우는 공연히 겁먹은 얼굴로 말했다.

"내가 안 열었다. 엄마가 열린 줄 모르고 밖에 나갔다."

"엄마가?"

"내사 키가 자래야 문을 열제."

옳은 말이었다. 아우는 나처럼 그 다락에 대해서 이렇다 할 호기심을 갖고 있지도 않았다. 설령 다락 속을 탐험해보려는 충동이 있었다 할지라도 아우의 잔망스러운 체수로는 엄두조차 낼 수 없는 높이였다. 아우가 만일 그것을 시도했다면, 아무런 장비도 없이 맨손으로 빙벽을 오르려는 등산가의 객기였을 뿐이었다. 그러나 우리 형제의 힘을 합친다면 가능한 일이기도 했다. 나는 드디어 어머니의 성역인 그 다락 속을 탐험할 수 있게 되었다는 사실에 전율했다. 나는 다락 속을 탐험할 수 있게 되었을 때를 예비해서 오래전부터 머릿속에 그려두고 있던 구상대로 아우에게 뇌까렸다.

"형호야, 니 저 밑에 엎드려볼래?"

그러나 아우는 상기된 얼굴로 나의 속내를 꿰뚫어본다는 투로 대꾸했다.

"히야가 내 등때기 밟고 올라설라꼬 그래제?"

"살짝 밟는다."

"내사 몬한다."

"내가 엎드리고 니가 올라서면 니는 키가 안 자라서 안 된다 카이."

그러나 아우는 나를 엉뚱한 쪽으로 몰려 하고 있었다.

"엄마가 곧 올 긴데."

"엄니 오자면 아직 채로 멀었다."

"내 등때기가 빠개질 긴데."

"안 빠개진다."

"내 숨통이 막힐 긴데."

"안 막힌다."

"내 허리가 부러질 긴데."

"안 부러진다."

"내가 죽을 긴데."

"니 자꾸 안달 굴래?"

"다락 속에 있는 거 축내면 엄마가 당장 알 긴데."

"축 안 내고 보기만 한다."

"보기만 해도 엄마가 알 긴데."

"건드리지도 않는다."

"니 죽고 싶나?"

아우는 드디어 울먹였다. 그러나 스무 장의 딱지를 내놓고 벌인 오랜 설득과 회유로 아우를 다락 아래로 밀어넣는 데 성공했다. 아우는 울먹이는 얼굴로 벽 아래로 바싹 붙어서, 나무에서 땅으로 떨어진 송충이처럼 몸을 한껏 웅크리고 엎드렸다.

나는 아우의 등을 밟고 올라서는 것과 동시에 바람벽으로 앞가슴을 날렵하게 밀착시켰다. 그러나 위쪽에 있는 다락문 고리를 낚아채기도 전에 뼈마디가 뭉클하는 듯한 느낌이 발바닥으로 느껴지면서 아우는 나둥그러졌다. 그와 함께 우리는 한동아리가 되어서 방바닥으로 뒹굴었다. 지레 겁을 먹은 아우가 내가 문고리를 잡기도 전에 몸을 비켜버린 것이었다. 거의 사색이 되어 손사래를 치는 아우를 다시 꼬드겨서 바람벽 아래로 엎디게 만드는 데 또 상당한 시간을 보냈다. 그때에야 나는 간신히 다락문 고리를 잡아챌 수 있었고 문고리를 잡아채는 순간, 잽싸게 문을 젖히고 문턱에 손바닥을 올려놓았다. 아우의 등허리를 내리누르고 있는 중량감을 몇 초라도 빨리 덜어주기 위해서였다. 그러나 다락

문턱은 생각보다 힘에 겨울 정도로 높았다. 나머지 한 손마저 문턱을 잡아챈 다음 상반신의 힘을 솟구쳐 두 발로 바람벽을 딛고 버티었다. 그러나 그런 난처한 자세로 어물어물하다간 십중팔구 방 한가운데로 나가떨어질 것 같았다. 가슴 부위에까지 문턱을 끌어올린 나는 드디어 다락으로 오를 수 있었다. 다락의 천장은 내가 일어선 채로 움직이기에는 너무 낮았고 포복하기엔 너무나 높았다. 다락에 오르는 길로 상반신을 돌려 아래를 내려다보았다. 아우는 벌써 저만치 방 한가운데로 비켜서 있었다. 그는 두려움과 부러움이 교차되는 표정으로 제 키꼴로는 두 배 높이에 올라 있는 나를 쳐다보고 있었다.

"히야, 무섭제?"

매캐한 먼지 냄새와 매슥한 흙냄새가 한동안 콧등을 간지럽혀서 재채기에 시달려야 했다. 나는 드디어 다락으로 올랐다는 거드름을 아우에게 보이기 위해 아무렇지도 않은 듯 큰소리쳤다.

"니가 저 아래로 보인다. 무섭기는 뭐가 무섭겠노."

"참말로 안 무섭나?"

"내 걱정은 말고 니는 싸게 마루에 나가 있그라."

"마루에는 왜 나가라 카노?"

"엄니가 오면 우짤라꼬."

어머니가 돌아올 시간이 되었다는 것을 미처 염두에 두지 않았던 아우의 표정이 그 순간 두려움으로 일그러졌다.

"그럼 싸게 내려오그라."

"니는 방바닥에다 이불을 펴놓고 밖에 나가 있다가 엄니 오거든 연락해라."

"그러면?"

"니가 연락하면 나는 이불 위로 뛰어내릴 기다."

"그러다가 죽으면 우짜노."

"죽기는 왜 죽어."

"다리 부러진다 카이."

"안 부러진다."

다락 속은 어두웠으나 시야를 분별할 수 없을 정도는 아니었다. 당장 뇌리에 떠오르는 것은 동생이 어머니에게 빼앗기고 말았다는 그 과자 봉지들이었다. 나는 그것을 찾기 시작했다. 다락 속에는 항아리만한 지독 두 개가 나란히 놓여 있었고, 고리짝 하나가 놓여 있을 뿐 내 관심을 끌 만한 다른 아무것도 보이지 않았다. 고리짝을 열어보았다. 그러나 그 속에는 어머니가 혼례식을 올릴 때 입었다는 치마저고리와 혼서(婚書) 따위가 포개져 있을 뿐 과자 봉지는 보이지 않았다. 그런데도 어째서 어머니는 이 다락을 출입할 땐 그토록 은밀하게 움직이곤 하였을까. 어머니가 심란했을 때마다 위안을 안겨주었던 것은 도대체 무엇일까. 시집 올 때 입었다는 이런 장옷들일까. 그러나 결코 그렇지 않았다. 그것이 어머니가 우리 형제들에게 숨겨온 물건들은 아니었기 때문이다. 어머니가 고리짝 속의 좀약을 갈아넣을 때는 고리짝을 방에다 통째 내려놓고 매만지곤 했기 때문이었다.

적어도 그 다락 속에서는 어머니의 은밀한 움직임에 명분을 줄 만한 물건들을 찾아볼 수 없었다. 그러나 나는 곧 그것을 발견했고 해답도 얻어낼 수 있었다. 그것은 무심코 지독의 뚜껑을 열어봤을 때였다. 지독의 뚜껑을 열어젖히는 순간, 나는 굳어버린 듯 그 자리에서 꼼짝할 수 없었다. 나는 못 볼 것을 본 것처럼 소스라쳐 지독의 뚜껑을 닫고 문 쪽으로 기어나갔다. 이불이 깔려 있는 방은 조용했고 툇마루에서는 옹알이를 하고 있는 아우의 기척이 들려왔다.

나는 다시 안쪽으로 들어가서 지독의 뚜껑을 벗겼다. 놀랍게도 그 지독엔 가녘까지 넘쳐내릴 것 같은 곡식이 가득 채워져 있었다. 그것은 도정까지 마친 하얀 멥쌀이었고 옆에 있는 지독엔 보리쌀이 반나마 채워져 있었다. 채워놓은 곡식에서 풍기는 특유의 비릿한 누린내가 코로 스며들었다. 문득 지독 속으로 손을 집어넣고 싶은 충동을 느꼈다. 그러나 그럴 수 없었다. 평두가 되게 손등으로 꼭꼭 다져놓은 곡식 사래 위에는 다섯 손가락의 형용이 너무나 선명한 손도장이 찍혀 있었기 때문이었다. 다식판에 요형(凹形)으로 파놓은 음각 무늬처럼 선명한 어머니의 손자국을 보는 순간 나는 섬뜩한 긴장을 느꼈다. 그것은 함부로 범접할 수 없는 장군의 견장과 같은 것이었다. 내가 만일 그 쌀독 속을 헤적여놓게 되면 어머니는 당장 다른 사람의 범접을 눈치채게 될 것이었다. 어머니가 곡식을 다루는 꼼꼼한 경계심이 그 손자국에는 선명하게 드러나 있었다. 어머니는 심란해질 때, 그리고 우리의 모습에서 찢어지게 가난함을 목격했을 때 이 다락으로 올라와서 지독의 뚜껑을 열어보곤 했을 것이었다. 그리고 어떤 때는 우리 형제들을 밖으로 내몰고 몰래 지독에 곡식을 채워왔을 것이었다. 나는 오랫동안 지독을 물끄러미 바라보며 앉아 있었다. 이 많은 곡식을 다락 위에다 채워두고도 우리 세 식구는 속절없이 배를 주려왔던 것이었다. 나는 어머니 스스로 파놓고 있는 함정의 모순을 어떻게 삭여내야 할지 전혀 궁리가 닿지 않았다.

그때처럼 어머니를 미워했던 적은 없었다. 단 한 톨의 손상인들 결코 용납하지 않겠다는 어머니의 섬뜩한 의지를 손자국에서 발견하는 순간, 참담하고 처절한 기분이었다. 곡식들이 지독 가녘으로 넘쳐날 것같이 채워질 동안, 어머니는 얼마나 많은 손자국으로 채워지는 곡식을 가늠해왔을까. 그리고 굶주림 속에서도 어머니 스스로 만든 위안 속에서 살아온 것이었다. 그 곡식이 밥이나 죽으로 둔갑하지 않는 한, 그것은 언제까지나 어머니의 곡식일 뿐 우리 세 식구의 곡식은 될 수 없었다. 그러나 바로 그때였다. 마루로부터 와락 뛰어든 아우의 다급한 말소리가 들려왔다.

"히야, 엄마 온다."

나는 얼굴이 하얗게 질려서 뛰어내리라고 손사래를 치고 있는 아우의 모습을 보는 순간 아래를 내려다보았다. 공교롭게도 그때 다락 위에서 바라보는 다락 아래쪽의 착지는 너무나 아득했다. 그것은 그때까지 내가 경험했던 높이 중에서 가장 위험도가 높은 공간이었다. 심지어 어쩌다가 이처럼 높은 곳에까지 오를 수 있게 되었는지 스스로 의심스러울 정도였다. 게다가 시간이 흐를수록 다급하게 손사래를 치고 있는 아우의 모습은 멀어져가는 것만 같았다. 멀어지고 있는 아우와 나 사이엔 나무에 올랐을 때처럼, 삐끗한다 하여도 발로 뻗댈 수 있는 차선의 장치도 없었다. 아무런 보장도 없이 그대로 방치된 공간이 눈 아래 펼쳐져 있었다. 내가 평소에 소망해왔던 것은 하늘을 날아보는 일이었다. 항상 그것을 소망해왔고 기운차게 달릴 때는 나 자신이 날아가고 있다는 착각을 즐기곤 했었다. 그런데 지금 그러한 기회가 내게 주어진 것이었다. 꿈이나 착각이 아닌 현실의 세계에서 그러한 소망을 이룰 수 있는 기회와 정면으로 맞닥뜨린 것이었다. 그러나 지금에 이르러 날기는커녕 뛰어내릴 수조차 없게 되었다는 것을 깨달았다. 나는 웅크린 채, 퇴화된 날개로 다락 문턱을 짚고 다만 아득한 방 아래를 내려다보고 있을 뿐이었다. 그때 문득 우리들 머리 위로 날아다니던 과자 봉지를 뇌리에 떠올렸다. 그러나 떨어진다는 전제가 있는 한 나는 결코 문턱을 잡고 있는 손을 놓을 수 없었다. 아우는 이제 거의 울상이 되었다. 그러나 망설이고 있는 나를 본 아우는 재빨리 차선책을 궁리해냈다.

"히야, 문 닫고 숨어라."

달리 궁리가 없었던 나는 서둘러 안으로부터 다락문을 닫았다. 문을 닫고 보니 다락 안은 코를 베어가도 모를 정도로 캄캄했다. 그런대로 숨을 죽인 채 웅크리고 앉았다.

"해도 안 빠졌는데 이불은 왜 펴놨노?"

어머니가 어느새 방으로 들어온 모양이었다. 두 손을 발발 떨면서 어머니와 다락문을 번갈아 쳐다보고 있을 아우의 기막힌 처지가 눈앞에 선하게 떠올랐다. 그러나 얼떨결에 다락 속에 갇혀버리고 만 내 처지 역시 아득하긴 마찬가지였다.

"니 성은 어디 갔노?"

"……"

언제나 말대꾸가 야금받았던 아우도 그땐 말구멍이 막혀버린 모양이었다.

"니 성은 어디 갔노?"

뭔가 부스럭거리는 소리가 들리는 것은, 어머니가 펼쳐 있는 이불을 다시 개고 있기 때문일 것이다.

"야가 각중에 귀가 먹었나. 묻는 말에 대답이 없노."

"놀러 갔어."

"놀러? 지 동생만 집에 혼자 두고 놀러 나갔나?"

"심부름 갔어."

"심부름? 누가 니 성을 심부름시켰노?"

"놀러 갔어."

"야가 혼백이 오락가락하는 게 아이가? 이랬다저랬다 왜 그래
노?"

"나는 모른다 카이."

"이젠 또 몰라? 야가 버르장머리 없게 지 에미를 상종해서 조
롱하자는 게 아이가?"

"누가 밖에서 불러서 나갔다 카이."

"누가 불렀는데?"

"나는 못 봤다 카이."

"누가 불렀는데?"

"나는 못 봤다 카이."

"못 봤어?"

"……"

"제 성의 일이라면 발샅에 때 묻은 것까지 알고 있는 니가 못
봤다고 잡아떼면 그게 말이나 되나?"

"그래도 못 봤다 카이."

"이놈이 지 동상은 혼자 두고, 주막집 개매쿠로 어디를 빨빨거
리고 쏘다니노."

"……"

"언제 나갔노?"

"몰래."

"야가 아모래도 수상타. 니 시방 에미한테 거짓말하고 있제?"

드디어 아우가 곡지통을 터뜨리는 소리가 들렸다.

"야가 왜 이러노?"

어처구니가 없었던 어머니의 역정 섞인 푸념이 들려왔지만, 아우는 울음소리를 쉽게 거두어들이지 못했다. 아우는 다급했던 김에 내 행방을 요리조리 둘러대긴 하였지만, 어머니의 집요한 추궁을 따돌리는 데는 역부족일 수밖에 없었다. 갑자기 곡지통을 터뜨린 것이 계기가 되어 어머니의 추궁은 일단 숨을 돌리는 듯했다.

나는 다락에 갇혀 있는 시간이 늘어남에 따라서 처음 느꼈던 두려움이 차츰 희석되기 시작했다. 두려움을 희석시킬 수 있었던 것은 어머니에 대한 반감 때문이었다. 두려움이 가슴 한구석에서 스멀스멀 일어나면 나는 쌀을 지독에 가득 채워두고도 우리들을 주림 속에 유기한 어머니의 몰지각한 인색을 뇌리에 떠올렸다. 그러면 두려움이 씻은 듯이 치유되었다. 오히려 나는 간덩이가 커지기 시작해서 내가 고미다락 속에 갇혀 있다는 것을 어머니가 빨리 눈치채기를 바라기까지 되었다. 나를 발견했을 때의 어머니의 표정을 보고 싶다는 앙심 때문이었다. 왜냐하면 나는 그때, 월천댁 아이를 들쳐업고 방아품을 팔고 있을 때 우리와 맞닥뜨렸던 어머니의 일그러진 얼굴을 떠올리고 있었기 때문이다.

"이제 그만 그쳐라."

역정보다는 도닥거리는 투의 어머니 목소리가 들려왔다.

"히야가 어디 갔는지 나는 모른다 카이."

응석을 부리기 시작하는 아우의 대답이 채 끝나기도 전에 벌컥 다락문이 열렸다. 열린 다락문 밖으로, 제사상에 얹힌 죽은 자의 조상(照像)처럼 어머니의 상반신이 꽉 들어차 있었다. 속으로는 오히려 적발되기를 바라고 있었더라도 소스라쳐 놀란 나는 머쓱한 표정으로 어머니를 바라보았다. 아우의 울음소리도 어느덧 뚝 끊어졌다. 다락 속의 먼지를 뒤집어쓰고 있는 나를 바라보는 어머니의 표정은 그러나 담담했다. 비난을 예비하고 있었던 것도 아니었고, 그렇다고 대견스러워하는 표정도 아니었다. 다만 덤덤한 무표정 그것이었다. 그런 어머니가 두 팔을 다락 속으로 디밀었다.

"내가 잡아줄 것이니 덤벙대지 말고 찬찬히 내려오그라."

아우의 울음을 다독거릴 때처럼 따뜻함을 느낄 만한 목소리를 듣긴 했지만 두 팔에 덜썩 몸을 맡긴다는 일이 주저되었다. 어머니의 따뜻한 목소리는 오히려 따끔한 매질을 예고하고 있었기 때문이다. 우리에게 매질을 내리기 직전 어머니는 언제나 그런 따뜻한 목소리로 우리들이 스스로 종아리를 걷게 만들었다.

"다락 속에서 밤새울래?"

그러나 나는 더욱 몸을 사렸다.

"자꾸 뻗대면 밖에서 문 채워버릴란다. 싸게 내려와서 밥해 묵자."

그때, 어머니는 지독을 일별하고 있었다. 지독의 뚜껑은 경황 중에 단속하지 못했으므로 열린 채로 방치되어 있었다. 지독을 바라보는 어머니의 표정을 나는 읽었고, 그 두 눈에 설핏하니 고이기 시작하는 당혹을 보았다.

"어서 나오그라. 밥해 묵자."

어머니가 또다시 팔을 디밀었다. 나는 엉거주춤한 가운데 어머니의 팔에 의지해서 방으로 내려섰다. 아우는 내가 내려올 동안 서커스의 공중 곡예를 바라보는 것처럼 조마조마한 시선으로 나를 쳐다보았다. 그러나 어머니는 예견하고 있었던 것처럼 회초리를 내려들지 않았다. 다만 바람벽 아래로 떨어진 먼지를 훔치면서 나직하게 물었다.

"다락에는 어찌 올라갔었노?"

그러나 어머니가 던진 질문의 골자를 당장 헤아릴 수 없었다. 다락으로 올라갈 수 있었던 방법을 묻는 것인지 올라간 목적을 추궁하려는 것인지 알 수 없었기 때문이었다.

"사다리 놓고 올라갔나?"

그제야 내키지 않는 대답을 했다.

"형호가 엎드리고 내가 올라탔다."

"이것아, 하나뿐인 동상 허리 부러뜨릴려고 작정했나. 동상보다는 심이 든 줄 알았더니 니도 마찬가지구나."

"그냥…… 장난으로……"

"장난이 원래 사람 잡는 법이다. 무사하면 장난이 되고 사단이 생기면 사람 잡는 기라. 삐끗했다면 니 동상만 잡았겠냐, 니는 무사했고?"

그때 아우가 소매로 인중을 쓱 문지르면서 말허리를 자르고 끼어들었다.

"히야, 다락 속이 캄캄하제?"

"……"

"그 속에서 죽을 뻔했제?"

걸레질을 하고 있던 어머니는 혼잣말로 중얼거리고 있었다.

"내가 죄 많은 계집이지…… 철없는 이것들을……"

"히야, 다락 속에 뭐가 있드노?"

나는 정색을 하고 덤비는 아우에게 눈시울을 홉떠보았다. 그러나 아우는 내 속내를 알아차리지 못하고 다시 물었다.

"다락에 뭐가 있드노 카이?"

"못 봤다."

"참말로 못 봤나. 아무것도 없드나?"

"그래."

"뭐라도 있었을 긴데?"

"시끄럽다. 엄니한테 물어봐라."

내가 그런 식으로 쏘아붙인 것은 나를 고미다락까지 올려주는 일에 결정적인 역할을 해준 아우에 대한 대접치고는 매몰찬 것이었다. 그러나 어머니를 곁에 두고 있는 한 내 대답은 그럴 수밖에 없었다. 그러기에 아우에 대한 박절함은 바로 어머니를 겨냥하고 있었다. 그러나 내 속내를 알아차렸을 법했던 어머니는 일언반구도 없었다. 그러다가 조용히 부엌으로 나가서 빈 바가지를 들고 다락으로 올라갔다. 그날 밤 우리는 하얀 이밥으로 배를 채울 수 있었다. 안다미로 담긴 밥그릇을 비워갈 동안 아우는 이제 털어놓고, 내가 다락으로 올라갈 수 있었을 때까지의 무용담을 시시콜콜 어머니에게 늘어놓았다. 기고만장한 아우는 드디어 어머니가 바라보는 앞에서 내게 맞대놓고 물었다.

"히야, 그 과자 거기 있드나?"

아우가 그런 질문까지 할 줄 예견하지 못했던 나는 소스라쳐서 고개만 가로저었다.

"없다 말이가?"

"……"

"엄마, 그 과자 어디다 뒀노?"

어머니는 그때, 들고 있던 숟가락으로 아우의 밥그릇을 가리켰다.

"그 서양과자를 묵는다고 배가 부르겠나 미꾸라지가 용 되겠나. 그래서 서양과자 좋아하는 대서방집 갖다주고 보리쌀하고 바꿨다."

그런데도 아우는 울상이 아니었다. 아우가 가지고 있는 중심된 관심은 과자에서 이탈한 지 오래였다.

그러던 중 우리에겐 절호의 기회가 될 수도 있었던 사건이 일어났다. 그것은 거의 주기적으로 마을을 다녀가던 병사들의 발길이 달포가 넘도록 뚝 끊어졌던 어느 날 오후의 일이었다. 아이들과 담벼락 아래에서 땅뺏기놀이를 하고 있었는데 먼 하늘로부터 낯선 소리가 들려왔다. 그것은 비행음이었다. 우리는 놀이를 팽개치고 한길가로 달려나갔다. 동해안 쪽으로 뻗어나가는 한길은, 우리 마을 쪽으로 진입하기 직전 서쪽 언덕바지에서 완만한 곡선을 만들고 있었다. 한길이 마을 쪽으로 꺾여드는 그 산허리 노루목 위로 기체가 시꺼먼 비행 물체가 갑자기 모습을 드러냈다. 우리들은 그것을 잠자리비행기로 불렀다. 많은 아이들이 한길로 쏟아져나오고 있었다. 그즈음 우리 마을 상공으로는 간혹 비행기들이 지나가곤 하였다. 그러나 거의가 선의 맨 끝에 아물아물할 정도의 고공비행이어서 그것들이 가지는 실체에 대한 지식보다는 상상력에서 발단이 된 얼토당토않은 지식들이 더욱 무성할 따름이었다.

그런데 이 잠자리비행기의 출현은 우리들의 상상력을 보다 현실적인 쪽으로, 그리고 포부를 가시적인 쪽으로 유도해주었다. 그 비행기는 우선 자신의 실체를 보다 정확하게 드러내 보이는 데 인색하지 않았다. 그것은 소방서에 있는 철탑 위로 배를 깔고 아슬아슬하게 스치는가 하면, 조종석에 앉아 있는 사람의 형용도 역력했다. 때로 그들은 우리들을 향해서 손을 흔들어주기도 하고 학교 운동장에 착륙할 듯 말듯 망설인 적도 있었다. 우리는 회오리치는 먼지바람 속에서 두 귀를 틀어막고, 손끝에 닿을 듯하던 그것이 착륙을 단념하고 저쪽 산등성이 쪽으로 사라지는 것을 조마조마한 가슴으로 바라보았다. 잠자리비행기는 언제나 그 자신의 곡예로써 아슬아슬한 위험을 만나기도 하고 또한 그것으로부터 벗어나는 듯했다. 소방서의 철탑 위를 들이받을 듯이 가파르게 접근했다가 그 위험을 뿌리치는가 하면, 산등성이를 넘어갈 적에도 노루목의 노송을 넘어뜨릴 듯하다가 가까스로 비껴나곤 하였다. 그렇기 때문에 우리는 언젠가는 위험천만인 그것이 파탄을 겪게 될 것이라고 생각하고 있었다.

"잔내비도 나무에서 떨어지는 날이 있제."

"항우도 댕댕이덩굴에 걸려 넘어지는 수 있제."

잠자리비행기의 아슬아슬한 곡예를 바라보면서 어른들은 중얼거리곤 하였다.

그런데 바로 그날, 우리 머리 위로 나타난 잠자리비행기가 마침내 파탄에 이를 조짐을 보여주고 있었다. 그것이 수상쩍은 낌새를 보인 것은 우리 마을 상공을 한 바퀴 휘그르르 돌아서 다시 처음 모습을 드러냈던 상공 쪽으로 사라져가고 있을 때였다. 그때, 아이들이 소리 질렀다.

"비행기가 다시 온대이."

과연 그랬다. 그것은 무슨 연유에선지 비행 코스를 수정해서 다시 마을 상공 쪽으로 되돌아오고 있었다. 수상쩍은 낌새를 보이기 시작한 것이 그때부터였다. 그것은 동체를 몹시 흔들어대고 있었고 프로펠러가 돌아가는 속도에 일관성을 잃고 있었다. 어딘가 부대낌을 받고 있다는 것을 우리들에게 재삼 확인시킨 것은, 작정하고 있었던 비행 코스를 느닷없이 수정하고 있는 것에서도 느낄 수 있었다. 자신의 중량감을 주체하지 못해서 안간힘을 쓰고 있는 것 같은 비행 물체를 쳐다보던 사람들은 소리 질렀다.

"비행기가 떨어진다."

그것은 흰소리가 아닌 것 같았다. 날 수 있는 것은 언제나 추락을 예비하는 것이고, 일어서는 것은 가라앉는 것을 예비하고 있는 것이었다. 높은 곳이란 언제나 불안한 것이었다. 내가 이발관의 목제 의자에 처음 올라앉았을 때도 그랬었고 다락 위로 올랐을 때도 높은 곳의 불안은 항상 나를 뒤틀어잡고 괴롭혔었다.

"저 비행기 떨어지겠네."

누군가가 다시 내뱉은 그 한마디가 아우와 나를 충동질했다.

"따라가자."

나는 그 순간 아우의 손목을 잡아챘다. 물론 아우는 돌연한 결의를 보인 내게 되우쳐 묻지는 않았다. 내 속셈을 당장 읽어낸 것이었다. 우리는 뛰기 시작했다. 비행기가 추락한 현장에 우리 형제가 맨 먼저 당도해야 한다는 조바심 이외에는 아무것도 생각나는 것이 없었다. 그때 비행체의 꽁무니에서 검은색의 연기가 풀쑥 솟았다. 그런데도 비행기는 끈질기게 날고 있었다. 머지않아 추락할 것이라는 확신이 그 연기로부터 확인되는 순간 우리는 비로소 날아가기 시작했다. 그러나 우리가 아무리 날고 있다 할지라도 이미 생겨날 때부터 날아다니기로 작정이 된 잠자리비행기에 비하면 민첩하지 못했다. 병에 걸린 물오리라 할지라도 물 위에선 개가 따르지 못하는 것과 마찬가지였다. 그러나 그것은 이미 각오한 바였으므로 우리는 쉴 새 없이 뒤따르고 있는 아이들을 돌아다보았다. 우리들과 그들과의 거리를 눈어림하기 위해서였다. 아우와 나에게 중요했던 것은, 비행기와 우리들 사이에 벌어진 간격이 아니라 우리의 뒤를 바싹 뒤쫓고 있는 아이들과의 사이에 벌어진 간격이었다. 우리가 처음으로 추락 현장에 도달할 수 있는 보장은 바로 우리들을 뒤쫓는 아이들과의 거리에 있었다. 그러나 우리가 뒤따르던 아이들을 돌아보는 일에 열중해 있을 동안 비행기는 우리의 추적으로부터 마음껏 멀어져간 것 같았다.

그때 우리는 사방으로 산주름이 촘촘하게 박혀 있는 어떤 산 중턱 위에 있었다. 고개턱 아래로는 갈밭이 질펀하게 깔린 개활지가 펼쳐져 있었고, 그 개활지 끝에서부터 다시 새로운 산주름들이 쭈뼛쭈뼛 일어서서 시야를 가로막고 있었다. 그때 비행기는 겹겹이 쌓인 산주름 저쪽 아래로 가물가물 멀어지고 있었다. 드디어 아우와 나는 모든 것들로부터 멀리 비켜나 있다는 것을 깨달았다. 흡사 멀고먼 절해고도에 유배된 기분이었다. 추락 현장의 한가운데를 향해서 이를 악물고 달려온 것이 확실했는데도 불구하고 우리들을 감싸고 있었던 모든 것들의 가녘으로 비켜나 있다는 고독감이 가슴을 저미는 것이었다.

이젠 아이들도 보이지 않았고 비행기도 보이지 않았을 뿐만 아니라 마을로 되돌아갈 수 있는 길목조차 분별해낼 재간도 없었다. 우리는 이제 추락 현장에 갈 수 없을 뿐만 아니라 맨 처음 그곳에 당도할 수 있는 희망도 깡그리 소멸되어버린 것을 깨달았다. 비행기가 가물거리고 떨어진 먼 산주름 아래로 게딱지처럼 다닥다닥 모여 살고 있는 다른 마을의 모습이 아득하게 바라보였다. 우리 형제가 비행기가 떨구고 떠난 거리를 뒤따라잡으려고 게거품을 물고 발버둥질하는 동안, 그 마을에 살고 있는 아이들은 집 뜨락에 잠자코 서서 자기들 마을 앞 길가로 추락하는 비행기를 기다리고 있었을 것이다. 그렇다면 우리는 추락 현장으로 달려온 것이 아니라 엉뚱한 방향인 것을 깨닫지 못하고 이렇게 낯선 산중턱까지 달려온 셈이었다. 현장의 중심부에는 이미 다른 사람들이 뿌리를 내리고 살고 있었다. 교사가 바라보이는 교문으로 들어설 때는 왼편에 있었던 느티나무가 교사의 창문에서 다시 바라보면 오른편에 있었던 것처럼 이러한 혼돈 역시 종잡을 수 없는 일이었다. 아우 역시 나와 마찬가지였던 모양이었다. 우리는 언제부턴가 산중턱에 오래도록 멈춰 서 있었다. 땀으로 더웠던 등허리께가 이젠 서늘하게 식어왔다. 아득한 시선 끝으로 마을을 바라보고 있던 아우가 그때 물었다.

"히야."

"왜."

"히야."

"……"

"저쪽에 있는 동네는 어디고?"

나는 그 마을을 알지 못했지만 아무렇게나 짚이는 대로 그곳을 '한내'라는 동네라고 대답해버렸다. 잠자코 있던 아우는 뇌까렸다.

"한내 아이들은 참 좋겠다, 그치?"

병사들이 가졌던 손칼과 검은 안경과 라이터를 가져보고자 했던 아우의 꿈은 이제 산산조각이 난 것이었다. 다만 그날 아우와 내가 거둔 유일한 수확이 있었다면, 항상 그랬던 것처럼 우리가 집에서 어머니를 기다리지 않고, 우리보다 먼저 집으로 돌아온 어머니가 우리를 기다리고 있었던 일이었다. 우리의 탐험 행각의 대강을 듣고 난 어머니는 이때도 회초리를 들지 않았다. 우리가 보았던 비행체가 소방서의 철탑을 스칠 듯하면서도 그 위기를 교묘하게 모면하곤 하였듯이, 우리 역시 종아리께가 간질간질한 예감을 느끼면서도 용케 어머니의 회초리를 모면해나가고 있는 것 같았다.

아우의 뒷수발을 맡고 있는 내 처지로선 그때마다 위기를 따돌리면서 모면해나간다는 짜릿한 쾌감이 없지 않았다. 그러나 살피 듬이 오장육부 속으로 조여드는 것같이 몸서리치게 따끔하던 매질의 빈도수를 줄여가는 대신, 어머니는 벼르는 투의 가파른 눈발로 우리의 훈육을 대신하고 있었다. 어머니가 보여주는 그러한 조짐들은 아우와 내가 어른에 가깝게 한 발자국씩 성장해가고 있다는 징조이기도 하였다. 우리가 자라나고 있다는 것은 다른 정황에서도 충분히 감지할 수 있었다. 그것의 가장 두드러진 증거는 두 가지 일에서도 엿볼 수 있었다. 첫째, 어머니는 내가 어쩌다 밤에 오줌을 쌌을 때, 옛날처럼 키를 뒤집어씌워 이웃집으로 소금을 얻으러 가게 하지 않았다. 그리고 한길로 오가는 사람들의 눈길이 번다한 뜨락으로 아우를 불러내어 발가벗긴 채 땟국을 벗기는 일을 삼가고 있었다는 것이었다. 그때 우리는 벌써 창피스럽다는 희한한 감정이 자존심이라는 좀더 구체적인 개념으로 골격을 갖춰갈 시기에 있었기 때문이다. 자존심은 우리의 볼기짝에 살피듬이 도톰하니 붙기 시작하면서 가슴속에 어렴풋이 자리 잡기 시작했다.

어머니는 그 자존심을 우리로부터 발견하기 시작한 것 같았다. 어머니가 우리의 자존심을 부추기고 나온 결정적인 사건이 있었다. 그것은 갑자기 너무 많은 양의 밥을 먹고 난 뒤 설사에 부대끼느라고 밤잠을 설쳐야 했던 그날 밤 이후로 어머니가 고미다락의 문을 채우지 않았다는 것이다. 다락에 대해서는 각별한 경계심을 갖고 채워두기를 게을리하지 않던 어머니가 채워둔다는 수칙을 스스로 깨뜨려버린 것이었다. 어머니가 왜 그랬는지 그 내심을 알 수 없었다. 한동안이 지난 뒤에 그것을 발견했던 우리는, 채워진 다락에 대해서 가졌던 강렬한 호기심보다 더욱 강렬하게 다락의 일에 빨려들고 말았다. 어느 날 아우는 다락이 채워지지 않았다는 것을 어머니에게 일깨워준 적이 있었다. 그러나 어머니는 코대답만 할 뿐, 화들짝 놀라서 단속하려들지 않았다. 그렇다고 어머니가 다락 출입을 중지해버린 것도 아니었다. 옛날과 다른 점이 있다면, 우리가 바라보는 앞에서 그곳을 출입하기 시작했다는 것과 조마조마하고 비밀스러운 발소리도, 우리들 몰래 길게 몰아쉬던 숨소리도 그 뒤로는 들을 수 없게 되었다는 점이었다. 어머니는 자주 허리가 저리다는 둥 청소를 해야겠다는 둥 혼잣소리로 다락 출입의 고초를 늘어놓곤 하였다. 지극히 일상적인 그런 말들이 우리로 하여금 다락에 대한 신비감을 반감시키는 단서가 됐을지도 몰랐다. 그렇다 해서 다락에 대한 원천적인 호기심이 희석되진 않았다. 다만 호기심의 방향이 바뀐 셈이었다. 그 다락에 자물쇠가 채워져 있는 동안 그것은 오직 어머니의 것이었다. 그런데 다락문이 개방된 이후로 그것은 우리 세 사람 모두의 것이 되었다. 아우와 나 사이에 은연중 지켜진 관행은, 내가 학교에서 생활하는 시간을 제외한 모든 시간을 아우와 짝이 되어 보낸다는 점이었다. 심지어 측간에 가는 일조차 행동 통일이 되어야 직성이 풀렸다.

그런데 어느 날이었다. 그날 우리는 한길에 있을 아이들을 찾아서 무심코 고샅길을 벗어나고 있었다. 그때 아우가 걸음을 딱 멈추었다.

"히야."

"……?"

"집 비워두고 우리 둘 다 나가면 안 된다."

아우의 반란은 의외였다. 우리는 어머니가 돌아온다는 보장이 없는 시각이라면 종일토록 줄곧 집을 비워두고 쏘다녔기 때문이다. 그것이 어머니에게도 그랬겠지만 우리들에게도 편했다.

"니는 가기 싫어졌나?"

"아이다, 가고 싶다."

"그런데 왜 앙탈이고?"

"히야는 다락문이 열려 있는 거 모르나? 누가 들어와서 다락문 열면 우짤라꼬."

그랬다. 그제야 나도 뒤통수가 찡했다. 우리는 한길로 진출하려던 속셈을 바꾸어야 했다. 다락문을 예전처럼 다시 채워놓는다면 우리 나들이의 꺼림칙함을 지워버릴 수도 있었다. 그러나 우리 능력으로는 그것이 손쉬운 일이 아니었고, 또 어머니가 열쇠를 지니고 있는 것인지도 의문이었다. 그것이 난감했다. 나는 공연히 아우에게 쏘아붙였다.

"그러면 우짤래? 니 혼자서 집 지키고 있을래?"

아우는 아무런 갈등도 보이지 않고 고개를 주억거렸다. 고개만 주억거렸을 뿐만 아니라 그때까진 좀처럼 내뱉은 적이 없던 한마디를 서슴없이 덧붙였다.

"히야 혼자 갔다 오그라."

그러한 아우의 대견함은 낯설고 놀라운 것이었다.

"참말로 니는 집에 있을래?"

"집에 도둑놈이 들어오면 우짤라꼬."

도둑이란 우리에겐 아직 상징적인 존재였다. 마을에 도둑이 들었다는 말을 들어본 적도 없었고, 도둑을 목격한 적도 없었다. 다만 마을을 스쳐가는 길손들이 퍼뜨리는 소문을 엿들어서 그런 부류들이 먼 도회에서 때때로 출몰하고 있다는 것을 직감하고 있을 뿐이었다. 그런데 아우의 입에서 도둑놈이란 말이 들리는 순간, 그들이 자동차를 타고 지금 막 우리 마을에 내려선 것처럼 매우 다급한 현실로 나를 옥죄고 들었다. 그러나 아우가 지칭한 도둑놈이란 존재는 보다 포괄적인 의미를 갖고 있었다. 아우의 도둑놈은 우리가 없는 사이에 우리집에 범접할지도 모를 어머니 이외의 이웃 사람들이나 짐승들까지 가리키고 있는 것이었다. 우리는 곧장 집으로 돌아섰다. 그리고 서둘러 방으로 들어가서 다락문 고리에 느슨하게 매달린 무기물 덩어리를 바라보았다. 짧았던 몇 분 동안이었으나마 도둑이 범접한 흔적이 없다는 것을 확인한 후 우리는 긴 호흡을 몰아쉬며 털썩 주저앉았다. 그 움직일 수 없는 무기물이 움직일 수 있는 우리를 움직일 수 없게 만든 것이었다.

주전부리를 좋아했던 우리는 곧잘 생곡식을 군것질 삼았었다. 많은 딱지를 따게 해준 왕딱지를 건네고 한 줌의 생곡식과 바꿔 군것질로 허기를 모면했던 일은 허다했었다. 다락의 지독에 채워진 곡식은 그때 우리들의 군것질을 위해 열려 있었던 셈이었다. 그러나 어머니가 찍어둔 손자국을 교묘하게 눈가림할 수 있는 재간이 있었더라도 아우와 나는 한 톨도 축내지 않았을 것이다. 왜냐하면 지독은 열려져 있음으로 해서 우리의 것이었기 때문이다. 지독이 열려 있음으로 해서 받았던 보상은 그뿐만 아니었다. 그로부터 아우와 내가 아이들을 대하는 태도에 뱃심을 가질 수 있게 되었다는 점이었다. 아이들은 어른들만치 음흉하지 못하지만 영악했다. 어른들이 내막적으로는 그렇지 않으면서, 탁자 아래로 쥐가 왔다갔다하고 수채 냄새 나는 대폿집의 서정을 갖고 있는 것처럼 표정을 짓기도 하지만, 아이들은 그렇지 않았다. 특히 궁핍한 시대를 살아가는 아이들일수록 자기 집의 재산 정도를 이마에 써붙이고 다니기를 좋아했다. 고만고만한 끼리들이 모여 짝을 지어 놀았다. 우리가 접근하면 그들은 놀기 위해 벌여놓았던 것들을 거두어 슬그머니 흩어졌다가 우리를 따돌린 다음에 다시 놀이판을 벌이거나 아니면 맞대놓고 배척하기도 했다. 그러나 우리는 지난날처럼 그런 따돌림에 찔끔하지 않았다. 아이들이 그런 반응을 보일 적마다 우린 뱃심을 보였다.

"행오는 왜 왔노?"

"놀러 왔다."

"니하고 놀고 접잖다."

"구경하러 왔다."

"구경도 안 된다. 우리가 노는데 니가 뭐할라꼬 구경하노."

"남이사, 이 땅이 동네 땅이지 니 땅이가?"

"우리는 니캉 안 논다 카이."

"니 죽고 싶나?"

"행오야, 너그 형 힘 믿고 까불래?"

"까불면 어쩔래? 너그만 부잔 줄 아나? 우리도 부자다."

"너네가 우째서 부자로? 부잣집 자식이 못 묵어서 얼굴이 니리 끼리하나."

"너는 깜짝 놀랠 기다."

"니네가 우째 부자 됐노. 금송아지 키우나?"

그러면 아우는 잇몸 사이로 침을 찍 긋고 나서 말했다.

"금송아지보다 더한 기다."

"말해봐라 카이."

"말하면 훔쳐갈라꼬?"

아이들의 끈질긴 추궁에도 불구하고 아우는 쌀독의 실체를 실토하지 않았다. 어머니가 그랬듯이 우리 형제도 가슴속으로는 어느덧 지독에 경계심의 손자국을 남기고 있었다. 그러한 경계심이 작용하지 않았더라면 아우는 처음부터 쌀독의 실체를 과장된 손짓 발짓으로 실토정했을 것이었다. 우리는 이제, 다락에 대해선 어머니 이상으로 그 요새성이 훼손되지 않도록 마음속으로 다짐하고 있다는 것을 깨달았다. 그러나 듣는 편에서는 미심쩍을 뿐인 말로 쌀독의 실재 증명을 고집해야 했던 아우의 입술은 얼마나 간지러웠을까. 나 역시 아우의 고충을 이해하고도 남았다. 도대체 믿으려 하지 않는 아이들을 끌고 가서 다락을 열어 보이고 싶은 충동은 아우와 다름없었다. 버선짝을 뒤집듯 자신의 속마음을 털어 보일 수 있다면, 하고 사람들은 즐겨 말한다. 그때 우리들이 그랬다. 그러나 사람들은, 사실은 버선짝을 뒤집듯 자기의 속내를 속속들이 털어 내보일 수는 없다는 불가능의 확신 때문에 그 말을 즐겨 인용하는지도 몰랐다. 그런 말속에 숨어 있는 부정적인 요소가 있을지언정 아우와 나는 기꺼이 버선짝이 되고 싶었다.

괘종시계

한여름날의 오후 시간은 실꾸리를 모두 풀어도 깊이를 알 수 없는 절벽 아래의 물속처럼 길고 깊었다. 아침부터 저녁까지 줄곧 내리쬐는 뙤약볕 속에서 시간의 흐름을 잊을 수 있을 만큼 열중할 수 있는 일이란 별로 없었다. 하학 후 집으로 돌아와서 언덕 너머에 있는 개여울을 연거푸 내왕하면서 자맥질을 한다 해도 해는 내내 중천에 떠서 이글거리고 있었다. 그럴 경우 또다시 개울로 가서 멱을 감을 수도 있었고, 아예 개울가를 떠나지 않고 오후의 시간을 보낼 수도 있었다. 그러나 나에게 그런 만용은 위험천만의 일이었다. 물속의 자맥질이란 체력 소모가 많은 것이고, 그 체력 소모는 현기증이란 앙갚음으로 나에게 지체 없이 엄습해왔었기 때문이었다.

개여울에서 허기가 진 채로 돌아오면 집은 언제나 인적 없이 텅 비어 있었고, 부엌 찬장을 서캐 잡듯 아득바득 뒤진다 해도 먹을 것이라곤 물두멍에 담긴 해감내 나는 냉수뿐이었다. 그러나 그 물이나마 실컷 켜고 나면 개개풀어졌던 눈자위가 잠시나마 바로 박혔다. 어쨌든 허기 증세의 보복을 당하지 않기 위해선 세번째의 자맥질을 위해 개울가로 나가지 않는 것이 상책이었다. 그리고 우리 세 식구가 저녁 밥상머리에 모여 앉을 때까지, 조용한 오후를 보내는 것이 현기증을 따돌릴 수 있는 유일한 방법이기도 하였다. 그러나 조용하게 지내는 것보다 더욱 이상적인 방법이 있었다. 그것은 잠이었다. 잠을 청하고 나면 아랫배를 옥죄고 드는 허기 증세를 잊어버리고 그나마 저녁 끼니때까지 견딜 수 있을 뿐만 아니라, 진수성찬을 먹을 수 있는 횡재를 꿈속에서 만날 수도 있었다. 그러나 잠이란 것도 합당한 계기가 필요했다. 일단은 어느 정도 배를 불리고 난 다음의 식곤증이라든지, 해가 진 다음이라든지, 아니면 오랫동안 서럽게 울음을 터뜨린 후에라야 극성스러운 물것들의 보챔으로부터 해방되어 노곤한 잠 속으로 떨어질 수 있었다.

그러한 계기가 없을 때, 체력 소모를 줄이고 조용한 여름날의 오후를 더욱 조용하게 보낼 수 있는 장소가 있었다. 그곳은 하학 후에는 항상 철저하게 비어 있던 교정이었다. 하학 후의 교정은 썰물이 빠져나간 갯벌처럼 수업 시간 동안 벌어졌던 온갖 사실적인 시끄러움들이 삽시간에 밀려나가고 황량하게 비어 있기 마련이었다.

많은 사람들에게 학교는 경원의 대상이었다. 한번 교문을 빠져 나간 아이들은 될수록 학교 근처에는 얼씬거리려들지 않았다. 감시와 힐책이 칭찬보다 많은 곳이 학교였기 때문이다. 선생님들은 걸핏하면 우리들에게 무엇을 검사하겠다고 별러댔다. 숙제검사, 청결검사, 체력검사, 학력검사, 청소검사, 심지어 혈액까지 검사하고 이와 손톱까지 검사했다. 그래서 어머니는 기대를 가지고 내게 은근히 당부하곤 했었다.

"너는 장차 변호사가 되어라. 검사를 오래하면 판사나 변호사가 되는 법이다."

"학교에서 하고 있는 검사는 그런 검사가 아닌 기라요."

"이놈아, 아는 체하지 마라. 계란하고 병아리는 같은 혈통이고 방구가 잦으면 똥 싼다고 했다. 벌써부터 검사에 달통한 네놈이 변호사 못 되란 법이 있더냐."

거개가 학부형들인 마을의 어른들 역시 체면치레가 근엄한 선생님들과 맞닥뜨리는 일이 계면쩍어서 교정 언저리께를 멀리 피해서 다녔다. 그래서 하학 후의 교정 모퉁이에 가만히 앉아 있으면 여름 한낮이 만든 정적의 기포로 생겨난 공동 현상을 느낄 수 있었다. 호수면을 타고 오는 맞은편 낚시꾼의 목소리처럼 마을에서 일어나고 있는 미세한 움직임들도 교정 안으로 선명하게 짚여오곤 하였다. 여름날의 지루한 뙤약볕 아래 발가벗긴 채로 노출되어 있는 고요 속에 숨죽여 앉아 있으면, 그래서 허기 증세의 시달림에서 해방될 수 있었다. 그곳은 수업 시간 중에는 힘 세고 고집 센 아이들의 독차지가 되었던 뜀틀과 그네와 철봉 같은 놀이 기구들이었다.

언제나 절대수 부족이었던 교정의 놀이 기구들을 먼저 차지하려는 아이들의 아귀다툼은 끝없이 계속되었다. 결국은 트레바리 있고 완력이 드센 상급반 아이들의 독차지가 되곤 하였지만 하학 후에는 빼앗고 빼앗기지 않으려는 아이들의 아귀다툼으로부터 완전히 해방이 되어 있었다. 그중에서 내가 즐겨 매달렸던 것이 바로 철봉대였다. 하학 후에 내가 즐겨 교정을 찾아간 것도 철봉대 때문이었다. 그 철봉의 가로쇠는 내 키보다 약간 높은 곳에 있었지만 잡아채는 일이 크게 힘들지 않았다. 나는 그 철봉대에서 턱걸이를 하려는 것은 아니었다. 가로쇠를 두 손으로 잡아채는 것과 때를 같이해서 하반신을 벌레처럼 움츠려올려 두 다리의 장딴지께를 함께 가로쇠에다 걸었다. 두 다리의 오금이 가로쇠에 요동 없이 걸렸다 싶으면 이번엔 조심스럽게 가로쇠를 잡고 있던 손을 놓았다. 그리고 꼬리원숭이처럼 물구나무서기로 철봉에 매달렸다. 그런 상태의 시선에 비치기 시작하는 세상의 물구나무서기를 나는 즐겼다.

모든 것은 거꾸로 매달려 있거나 놓여 있었다. 물구나무선 교정 저쪽 끝에 거꾸로 매달린 교사와 돌계단이 바라보였다. 그리고 그 교사 지붕 위로 노을이 지고 있는 하늘이 떠 있었다. 물론 나 자신이 거꾸로 매달려 있기에 시선에 비치는 모든 사물들이 물구나무서기로 바라보인다는 것쯤은 알고 있었다. 교사도, 느티나무와 벗나무도, 뜀틀과 그네까지도, 심지어 운동장까지도 모두가 물구나무서기로 반전되어 있었다.

그런데 한 가지 이상한 것이 있었다. 그런 상태에서 바라보이는 사물들은 거꾸로 뒤집혀 있지 않은 것이 없었는데, 어째서 하늘만은 직립의 상태에서 바라보았을 때와 변함없이 모든 것의 위에 떠 있는 것일까. 철봉대에 거꾸로 매달려 있는 내가 팔을 뻗었을 때 손끝에 와 닿는 것은 운동장에 깔아놓은 모래로 덮인 땅이었다. 그것은 내가 정확하게 거꾸로 매달려 있다는 사실의 증명이기도 했다. 왜냐하면 내가 바로 서 있었을 때 팔을 뻗으면 손끝에 와닿는 것은 하늘이었기 때문이다. 그런데도 물구나무서기로 바라보이는 하늘만은 역시 모든 것들의 위에 펼쳐져 있었다. 발끝이 하늘에 닿아 있을지도 모른다는 생각에서 그것을 확인할 양으로 고개를 위로 쳐들기 시작하면, 하늘은 영락없이 내 시선을 따라 올라서 저만치 위쪽으로 비켜나서 펼쳐져 있곤 하였다.

모든 것이 거꾸로 보이는 것이라면 그때, 내게로 다가오는 사람도 하늘을 걸어서 다가와야 했다. 그런데 내게는 분명 머리 위에 땅이 있었는데, 나를 향해 걸어오고 있는 사람의 머리 위엔 하늘이 떠 있었다. 내 두 다리가 하늘에 걸려 있는 게 사실이라면 걸어오는 사람의 두 다리도 분명 하늘 쪽으로 걸려 있어야 했다. 그리고 그것이 여자라면 스커트 자락도 그녀의 가슴 쪽으로 벗겨져서 불두덩이나 볼기짝이 가차 없이 드러나 있어야 했다. 그런데도 지금 역시 물구나무서기로 다가오고 있는 여자의 스커트 자락은 그녀의 희디흰 장딴지를 알맞은 높이에서 감춰주면서 편안하게 덮여 있었다. 그러나 그 모순의 정체를 헤집기 전에 철봉대에서 내려와야 할 때가 된 것 같았다. 그녀가 걷고 있는 방향을 보건대 필경 철봉대에 거꾸로 매달린 나를 겨냥하고 있었기 때문이다.

그녀는 내가 눈치채지 못할 장소에 숨어서 오래전부터 나를 관찰하고 있었을 것이다. 그 넓은 운동장에 사람의 기척이라곤 나 혼자뿐이었기 때문이다. 그녀를 발견하는 순간, 나는 잽싸게 공중제비를 해서 철봉대에서 바닥으로 내려섰다. 변호사가 되고 싶다는 욕망은 추호도 없었기에 그녀가 검사를 하려들기 전에 재빨리 줄달음질을 놓아야겠기 때문이었다. 그녀는 우리 학교에서 유일한 바로 그 여자 선생님이었다. 공중제비로 운동장에 내려선 나는 한순간 방향 감각을 잃고 허우적거렸다. 운동장 왼편에 있는 교문이 어느 순간 운동장 오른편으로 자리를 바꾸지 않기를 바라면서 교문께를 뚫어지도록 바라보았다. 그때, 그 여자의 목소리가 들려왔다.

"거기 서 있어."

그녀는 쓰러지려는 나무 기둥이라도 잡으려는 듯 두 손을 민첩하게 벌려 뻗으면서 재빨리 말했다. 수업 시간이 아닌 하학 후에, 그것도 여선생님으로부터 뭔가 검사를 받아야 한다는 것은 곤욕스럽고 계면쩍은 일이었다. 검사라는 것과 맞닥뜨렸을 때, 나는 곤욕과 수치심은 언제나 한 개의 고리로 연결되어 있다는 것을 경험하곤 하였다. 나는 단 한 번도 검사라는 관문 앞에서 선생님들을 만족시켜준 일이 없었기 때문이다. 그래서 검사 앞에 서는 것 자체가 곤욕스러운 것이었고, 곤욕을 치르고 나면 다시 얼굴이 화끈할 정도의 수치심을 유발시키는 체벌이나 핀잔이 어김없었다. 이상스러운 것은 선생님들은 병적이랄 정도로 짧은 것을 좋아한다는 사실이었다. 두발과 손톱, 산수의 해답과 자기변명을 위한 말, 바짓가랑이와 쉬는 시간의 길이가 그랬다. 길수록 좋아하는 건 그들 자신이 꾸며대는 훈시의 말과 넓이뛰기의 길이뿐이었다. 그 여선생님 역시 내게 들려줄 길고 긴 훈육의 말을 예고라도 하듯, 석양 무렵의 길고 긴 그림자를 이끌며 내게로 바싹 다가서고 있었다. 그녀는 우선 오랜 물구나무서기로 상기되어 있던 내 얼굴을 유심히 바라보는 눈치였다. 물론 나는 시선을 발부리께로 내리깔고 있었기 때문에 낌새로 여선생님의 시선을 눈치채고 있을 뿐이었다.

"눈을 치뜨고 선생님을 똑바로 쳐다봐선 안 된다. 그건 본데없는 상것의 소생들이나 할 짓이다."

그런데 어머니의 그런 주의 말씀과는 정반대의 반응이 여선생님의 입으로부터 흘러나왔다.

"넌, 내가 싫어?"

그건 뚱딴지같은 말씀이었다. 왜냐하면 나는 사람을 싫어했던 적이 없었기 때문이다. 지금 하학 후의 텅 빈 교정으로 찾아와서 혼자 놀고 있는 것은 사람을 상종하기 싫어서가 아니었다. 그것은 체력 소모를 최소화시켜 허기증을 달랜다는 내 나름대로의 궁리가 있었다. 그러나 내 속셈을 그녀에게 설득력 있게 설명한다는 것은 곤혹스러운 일이었다. 우선 내 말솜씨의 밑천이 당장 드러날 것 같았고 또한 말문을 트려는 순간 느닷없는 울음부터 터질 것 같은 조바심도 있었다.

"선생님을 싫어하지 않습니다."

"그런데 왜 나를 외면한 채 서 있는 거지?"

"선생님을 똑바로 쳐다보지 말랬습니다."

"그렇다면 좋아, 넌 왜 오래전부터 여기서 혼자 놀고 있지?"

그녀는 필경 그렇게 물어올 것이었다. 그런데 나는 바로 그 질문에서 울음이 터질 것만 같았다. 한번 터져나온 서러운 울음보는 선생님의 이름으로는 걷잡을 수 없을 정도로 격렬할 것이었고 영문을 모르는 선생님은 몹시 당황할 것이었다. 그런 불상사가 발생한다는 것은 선생님의 편에서나 내게나 이로울 것이 없었다. 그런데 물색 모르는 그녀는 대꾸가 없는 나를 대중없이 옥죄고 들었다.

"내가 싫어?"

젠장, 그것이 아니라는데 왜 이토록 채근하고 있는 것일까.

"아입니더."

"그런데 왜 나를 못 본 척했지?"

나는 고개를 숙이고 가만히 서 있었을 뿐 그녀를 못 본 체한 적은 없었다.

"그냥……"

거기서부터 훈육의 말씀은 부리를 헐게 될 것이다. 그녀에겐 훈육의 말씀이 준비되어 있는 셈이었고, 나는 울음 보자기의 끈을 풀어헤칠 준비가 되어 있었다. 그런데 이상했다. 그녀가 갑자기 입을 다물어버렸다. 오랫동안 나를 물끄러미 내려다보기만 했다. 어쩌면 그녀가 나를 겨냥하고 걸어올 적부터 내 울음보가 목젖 끝에까지 차올라 있다는 것을 눈치채고 있었는지 몰랐다. 선생님들이란 아이들이 빠져든 수렁의 현주소를 민첩하게 관찰해내는 재간이 있었다.

예를 들면 아이들의 때 묻은 손등을 보고 그 어머니의 됨됨이를 탐지해낼 줄 알았고, 아이들의 몸 냄새에서 그 집안에 도사린 가난의 깊이를 검증해내는 재간도 있었다. 그녀 역시 내 속내를 헤집고 들 수 있는 탁월한 관찰력을 지니고 있었음이 틀림없었다. 내가 울음보를 터뜨려야 할 순간을 알아채고 재빨리 말머리를 돌려버렸기 때문이었다.

"너 이발소 옆집에서 살지?"

그 순간, 나도 모르게 얼굴을 들어 그녀를 정면으로 쳐다보았다. 나는 그때 경악과 수치심을 함께 느꼈다. 담임선생님조차 긴가민가하고 있을 우리집의 위치를 그녀가 정확하게 꼬집은 것은 놀라운 일이었고, 가난의 먼지가 켜켜이 앉아 있는 우리집의 애옥살이가 그녀에게 적발되었다는 일이 수치스러웠다.

더욱이나 어머니는 어떤 방식으로든 학교와는 인연을 맺지 않으려 들었다. 나를 학교로 보내는 일 외에 어떤 일일지언정 학교와는 담을 쌓고 지냈다. 어머니는 학교에서 그토록 간절히 소망하고 독촉하던 가성회비는 물론이었고 자질구레한 잡부금 따위조차 학교에 납부한 적이 없었다.

어머니는 내 손을 거쳐서 전달되는 학교 측의 통지문 따위는 아예 거들떠보지도 않았을 뿐만 아니라, 심지를 고쳐먹는다 해도 문자를 읽을 수 없었다. 그러나 서 푼의 납부금도 건네주지 않았지만 아침마다 나를 학교로 내쫓는 일만은 어느 어머니들보다 열정적이었다. 나를 학교로 내쫓는 어머니에게 나는 간혹 외상 공부를 해야 하는 고충을 들어 앙탈을 부리곤 하였다. 그때 어머니는 눈자위를 허옇게 치뜨고 이죽거리면서 나를 협박했다.

"니가 시방 독선생님을 들여앉히고 글공부를 하느냐? 육십 명넘게 한 구뎅이에 싸잡아넣고 가르치고 있는데, 니 같은 깜부기

하나가 끼여 있다 해서 무슨 문제가 되겠노. 선생님이 돈 내놓으란 말씀을 지절거리기 시작하거든 니는 고개만 푹 숙이고 옆도 돌아보지 마라. 선생님이 아니라 호랑이라 캐도 날 잡아잡수이소하고 어거지로 버티는 놈에게는 당해낼 장사가 없는 법이대이."

내가 알기로 어머니의 형편이 그 보잘것없는 액수인 기성회비조차 변통하지 못할 지경은 아니었다. 사리 판단이 비교적 분명하고 이웃 간의 정리에도 큰 앙금이 없는 어머니는 그러나 돈을 낸다는 문제에 부딪히면 가차 없이 인색해졌다. 한마디로 어머니는 일단 자신의 주머니 속으로 들어간 돈은 다시 내놓은 예가 없었다. 어머니가 내놓아야 할 돈이 제아무리 극명한 명분을 갖고 있고 또 날벼락이 떨어지는 횡액을 예고하고 있다 할지라도 주머니 끈을 풀지 않았다.

내가 학교를 다니기 시작하면서부터 학년이 거듭되는 동안 많은 담임선생님들이 교체되었다. 교체된 선생님들은 그때마다 어머니와의 승부를 줄기차게 시도했었다. 어머니를 설득하기 위해 갖가지 수단을 동원했던 것이었다. 선생님들이 전통적으로 즐겨하는 방법은 가정방문이었다. 그 방법이 선생님과 학부형이란 위상에 서로가 손상을 입지 않고 품위 있게 대좌할 수 있는 방법이었다. 기성회비 몇 푼 때문에 선생과 학부형이 서로 멱살을 뒤틀어잡고 피칠갑이 되어서 뒹굴어야 하는 불상사가 일어날 만치 서로의 관계가 악화되었던 것을 본 적은 없었다. 그런데도 어머니는 선생님들이 제시하는 그 전통적인 방법조차 단호하게 퇴짜를 놓았다. 가정방문을 시도했던 선생님들은 많았지만 어머니를 만날 수 있는 성과를 거둔 선생님은 없었다. 어머니는 그때마다 선생님들을 완벽하게 따돌려버렸다. 그러나 이튿날 조회 시간에 보면, 어머니의 아들인 김형석이라는 깜부기는 등교해서 햇볕이 잘 드는 창가 자리에 어김없이 앉아 있는 것이었다. 처음에 몇몇 선생님들은 기습 공격의 방법을 썼다. 불시에 우리집으로 들이닥치는 것이었다. 어머니가 선생님을 맞닥뜨릴 수 있는 위험은 상당히 커진 셈이었다. 그러나 우리집은 불시에 들이닥친 무례한 방문객을 따돌리기에는 너무나 완벽한 구조를 갖고 있었다. 그 결정적인 것이 우리집에는 담장이 없었다는 점이다. 우리집을 겨냥하는 방문객들은 사방으로 완전 개방이 된 어느 곳에서도 안으로 들어올 수 있었다. 반면 우리집에서 나가려는 사람에게도 사통오달의 통로가 개방된 셈이었다. 다만 동쪽으로 울바자가 쳐져 있긴 했지만 그 허술한 울바자는 하룻강아지도 넘나들 수 있는 높이였다. 방문객이 앞에서 들어오면 어머니는 뒤편으로 달아나버렸고, 왼편에서 들어오면 오른편으로 비켜버리면 그만이었다. 그날의 운세가 사나워서 때마침 측간에 있을 때라면 방문객이 지쳐서 떠날 때까지 두 시간이건 세 시간이건 끄떡 않고 측간에 앉아 있었다.

그러나 짧지도 않았던 6년이란 세월의 맨 끝자리에 다다랐을 때, 선생님은 두 사람의 패자(霸者)를 배출해주었다. 기성회비를 납부한 기억은 없었지만 6년이 지난 마지막 날 졸업식에서 선생님이 내게 놋그릇 한 벌을 안겨준 것이었다. 놋그릇을 수상하던 졸업식날, 득의만면했던 어머니의 표정을 잊을 수 없다. 그날 밤 어머니는 그 놋그릇에다 밥을 안다미로 담아서 내 발치께로 밀어주면서 말했다.

"그것 봐라. 남이야 눈엣가시같이 여기든 구박을 하든 참을성 있게 학교 댕겨서 육 년을 졸업했지 않았나. 그동안 선생님들이 나를 얼매나 미워했겠노. 짐승이었으면 잡아묵고 싶었을 게다. 그렇지만 종국에 가서는 내가 이기고 선생님이 항복했다. 선생님이 항복했다는 뜻으로 이 놋그릇을 니한테 상으로 준 것이제. 하지만 결국은 내가 이긴 게 아니고 니가 이긴 게다. 니도 날 닮아서 어지간히 질긴 놈이구나. 그만하면 변호사감은 되겠다. 그런데 이제부터 걱정이 중학교다. 무슨 궁리가 없으까?"

아무튼 여선생님이 우리집을 정확하게 알고 있다는 것을 경계하지 않을 수 없었다. 내가 이발소 곁에 있는 집에 살고 있다는 것을 선생님들이 알고 있어서 어머니에게 이로울 것이 없겠기 때문이었다. 내가 그녀의 질문에 대답을 망설이고 있었던 까닭은 바로 그런 염려 때문이었다. 그런데 망설이고 있는 내게 그녀는 의외의 한마디를 뇌까렸다.

"대답하기 싫으면 안 해도 좋아."

그 한마디는 그녀가 우리집의 위치를 알고 있다는 사실보다 더욱 놀라운 것이었다. 왜냐하면 내 경험으로 비추어볼 때, 모든 선생님들은 대답을 하지 않아도 되는 질문을 내게 던진 적이 없었기 때문이다. 그에 합당한 대답을 얻어내지 못했을 때는 가차 없는 체벌을 내리거나 허물을 들추었다. 대답이 가장 난처하고 궁할 때는 학교 아닌 마을의 길거리에서 선생님들과 우연히 마주쳤을 때였다. 그런 경우 선생님들이 내게 던지는 첫 질문은 떡살로 찍어낸 것처럼 언제나 천편일률이었다. 그것은 바로, 지금 어디 가느냐는 것이었다. 어디 가다니, 난 대개의 경우 딱히 어디로 가고 있는 것은 아니었다. 간혹은 심부름을 간다는 떳떳한 이유가 있긴 했지만 대개는 그냥 걸어가고 있을 뿐이었다. 그런 경우를 꼭 비유한다면 쵕이질〔投網〕이라 할 수 있을 것이었다. 쵕이질로 고기를 잡는 사람은 물속에 있는 고기떼를 확인하기보다는 고기떼가 있을 법한 곳에다가 쵕이를 던지기 마련이었다. 나 역시 그런 식으로 아이들이 모여 있을 법한 장소로 찾아가고 있거나 아니면 무턱대고 걷다보면, 대개는 서로 어울리기에 맞춤한 또래들을 만나게 되었다. 그들을 만나면 비로소 놀이라는 목적이 생겨나기 마련이었다. 그렇기 때문에 그때의 선생님들은 솔직한 대답을 듣기는 어려웠다. 대개의 아이들은 선생님을 당장 설복시킬 만한 거짓말로 뚜렷한 목적지를 둘러대기 마련이기 때문이다. 선생님들이 가장 싫어하는 대답이 놀러 간다는 말이란 것을 터득하고부터 아이들은 거짓말의 보자기를 풀기 시작하는 것이었다.

　그런데 거짓말로 둘러댈 필요도 없이 그녀는 내 대답을 가볍게 포기하고 있었다. 게다가 그녀의 표정 역시 담담했다. 바라던 것을 얻어내지 못한 사람으로서의 불만도 표정엔 없었다. 오히려 그녀는 시종 입가에 웃음을 띠고 있었다. 그녀가 넓은 교정을 가로질러서 철봉대에 매달려 있던 내게까지 걸어왔을 땐 필경 어떤 까닭이 있었을 것이었다. 선생님들이 까닭 없이 움직이는 것을 목격한 적이 없었기 때문이다. 그러나 꽤 오랜 시간이 흘렀는데도 그녀가 나를 상대해서 사건의 빌미를 만든 건 아무것도 없었다. 그렇다면 이 여자는 왜 이렇게 긴 시간을 주책없이 보내고 있는 것일까. 나는 고개를 발부리로 숙인 채 마냥 서 있었다. 반질반질하게 윤이 나는 구두에 그녀의 흰 두 발이 담겨 있었다. 그토록 세련된 여자의 종아리를 불과 반 발자국인 가까운 거리에 두고 관찰했던 적은 없었다. 우리 마을에 있는 어떤 여자의 다리보다 흰 그 다리를 바라보는 것은 결코 지겹지가 않았다. 그것뿐만 아니었다. 아름답고 흰 종아리를 가진 그녀는 말씨조차 나긋나긋하고 달착지근했다. 항상 별미쩍고 투박했던 어머니의 말투에 비하면 그녀의 사근사근한 말씨는 달기가 꿀이었다. 그런데 언제부턴가 그 아름다운 종아리가 스커트 자락 속으로 기어들고 있었다. 그리고 눈코입이 오종종하게 박힌 그녀의 얼굴이 내 시선과 평행선을 이루고 있었다. 그녀가 내 앞에 웅크리고 앉은 것이었다.

"니 엄니가 어디 있느냐고 캐묻거던 무턱대고 모른다고만 우겨라. 선상님들이란 말주변들이 능숙해서 널 이리 굴리고 저리 굴려서 내가 있는 곳을 찾아낼라꼬 할 기다. 속임수에 넘어가지 마라."

그랬다. 그녀는 지금 어머니 말대로 나를 굴리려 하고 있는지 몰랐다.

"너 안색이 별로 안 좋은 편이구나, 그치?"

섭생하는 일이 흡족하지 못한 처지로 안색이 좋지 않을 것은 당연한 이치였다. 그런 말을 너무나 빈번하게 들어왔기 때문에 별다른 감흥이 없었다. 그러나 그녀의 목덜미 어디선가 은근히 풍겨오는 향수 냄새는 싫지 않았다. 그녀는 한 손을 들어 내 어깨에 얹었다.

"너도 나와 똑같은 생각을 한 게지?"

"……"

"날씨가 이렇게 무더워서 나른해지면, 조용한 곳에서 쉬는 것이 더위를 이기는 방법이지."

"……"

"넌 몰랐을 테지만 난 널 자주 보아왔다. 석양 무렵이 되면 자주 여길 오더구나. 그런데 네 동생은 어디 두고 오늘은 혼자지?"

어머니의 소재를 탐지하려는 속셈이 아니라 아우에 관한 질문이라면 구태여 뒤를 사릴 것까지는 없었다. 그런데다가 내가 끝내 그녀의 질문에 맞장구를 쳐주지 않는다면 그녀는 교무실 쪽으로 돌아가버릴지도 몰랐다. 왜냐하면 어머니의 소재를 시시콜콜 캐묻지 않는 한 그녀가 내 곁에 있는 것은 싫지 않았기 때문이다. 그녀가 어째서 내게 호기심을 보이고 있는지 속셈을 알 수는 없었지만 코끝에 배어오는 그녀의 몸 냄새는 우선 좋았다.

"집에 있니더."

드디어 내 말문을 트는 데 성공한 그녀는 일순 표정이 밝아지는 듯했다.

"넌 형제간에 우애가 있더구나. 항상 동생과 같이 다니던데?"

"내가 같이 놀아줘야 되거든요."

"그런 생각은 매우 착하구나. 네가 등교하고 나면 네 동생은 집에서 혼자 놀아야 되겠지?"

내가 등교한 오전 시간 동안 아우는 대개 어머니가 품앗이를 나간 근처에서 놀았다. 그러나 나는 어머니의 소재를 짐작게 해줄 만한 빌미를 제공할 수는 없었다. 나는 울음 보자기를 풀 수 없게 된 대신 얼른 거짓말의 보자기를 펴서 그녀의 공격을 가로막았다.

"집에서 딱지 접고 놉니더."

"딱지를?"

"예."

"어디서 종이가 생기기에 하루 종일토록 그 많은 딱지를 접을 수 있지?"

"딱지를 펴면 종이가 생기니더."

"응, 그렇구나. 그럼 딱지들은 어디서 생겨나지?"

"그 종이를 다시 접으면 딱지가 생겨납니더."

그녀는 갑자기 웃기 시작했다. 그녀의 벌린 입술 사이로 가지런하고 하얀 치열이 들여다보였다. 그러나 나는 웃음을 터뜨리고 있는 그녀의 얼굴 뒤로 또다른 모습으로 나타난 그녀의 얼굴을 바라보았다. 그것은 내가 언젠가 학교의 마룻장 아래를 탐험하던 날 우연히 훔쳐보았던 얼굴이었다. 그 일요일 오후, 그녀는 아무도 없는 교무실 한 모퉁이에 혼자 앉아서 울고 있었다. 그땐 눈물자국이 역력했던 그녀의 양볼에 지금은 연홍색의 연지가 묻어 있었다. 지금에 와서 문득, 웃고 있는 지금의 속내보다 울고 있었던 그때의 까닭이 궁금했다. 그러나 나는 묻지 않았다. 한동안 웃고 있던 그녀가 흐트러진 옷섶을 여미면서 물었다.

"이발소엔 자주 가니?"

나는 고개를 흔들었다.

"자주 안 갑니더."

"왜?"

"너무 아프다 카이요."

이번에는 소리내지 않고 웃었다.

"그분의 이발 솜씨는 서툰 것으로 소문이 자자하더구나. 하긴 배를 팔고 나귀를 산 격이겠으니 제대로 될 턱이 있겠나…… 그런데 너 언제 집으로 갈 거니?"

나는 힐끗 노을이 붉은 서녘을 일별했다.

"조금 있다가요."

"여기 혼자 매달려서 뭘 생각하지?"

철봉대에 매달려서 골똘하게 생각하는 것도 아니었고 궁리를 하고 있는 것도 아니었다. 철봉대가 아니더라도 나는 뭔가 골똘히 생각에 잠겨본 적이 없었다. 생각이란 것은 나와는 돈독한 인연이 없었다. 돈독한 인연도 없는 생각을, 구태여 철봉대에 거꾸로 매달린 조마조마한 상태에서 가질 필요는 없었다.

"아무 생각도 안 합니더."

"하긴 그렇겠구나. 딴생각에 정신을 빼앗기다보면 아무래도 곤두박기 십상이겠으니까."

"때때로 떨어지기도 합니더."

"물론이겠지. 그러나 떨어질 때 자칫하면 목을 다치게 되니까 조심해라. 머리라도 다치게 되면 큰 소동이 벌어지게 되겠지."

"선생님은 집이 어딥니꺼?"

"아주 먼 곳이란다. 자동차로 달린대도 한나절이 걸리지. 우리 집에 가면 나도 너네처럼 어머니가 살고 계시단다. 머리가 하얗게 센 할머니 연세이지만 아직도 한복 한 벌을 하룻밤 사이에 지어내놓으신단다."

"집에 언제 가십니껴?"

"글쎄다. 아마도 방학이 되어야 갈 수 있겠지."

"거기엔 학교가 없습니껴?"

"왜, 있지. 그렇지만 난 이곳이 좋아서 자원을 한 셈이란다."

"자원이 무슨 말입니껴?"

"내가 좋아서 스스로 이 학교 선생님이 되려고 했던 게지."

"왜 우리 학교로 오셨습니껴?"

"까닭이 있었지. 그러나 네게까지 내용을 모두 얘기할 순 없구나. 그건 그렇구, 이젠 집으로 돌아갈 때가 되었겠지?"

"이제 갈라꼬 마음먹었니더."

"집으로 돌아가는 길에 내 심부름 한 가지 해줄래?"

"……"

"한 가지 일만 주의한다면 별로 어려운 일이 아닐 거야. 힘에 겨운 물건을 들고 가란 얘긴 아니니까."

"무슨 일입니껴?"

"네가 집으로 가자면 반드시 이발소 앞을 지나쳐야 하겠지?"

"예."

"바로 이거다."

그녀는 마침내 자신의 옷섶을 뒤졌다. 그 속에서 꺼낸 것은 딱지 모양으로 접은 쪽지였다. 그것을 내 손바닥에 쥐여주면서 그녀는 지금까지와는 판이하게 삼엄한 표정을 지으며 말했다.

"이걸, 이발소 주인에게 전해줄래?"

"예."

"그런데 반드시 그분에게만 전해야지 다른 사람에게 전해주면 큰일난다. 알겠지? 다른 사람이 이걸 받게 되면 선생님은 끝장이야, 알겠어?"

강다짐을 하고 있는 그녀에게 나는 어른스럽게 물었다.

"그 사람이 없으면요?"

"있다. 내가 조금 전에 있는 걸 보고 왔으니까."

"선생님이 갖다주면 안 됩니껴?"

"그럴 수도 있지. 그렇지만 내가 직접 찾아가지 못할 사정이 있다. 그러니까 절대로 다른 사람에게 보여선 안 된다, 알겠지?"

이상한 일이었다. 말끝마다 '절대'라는 말로 경계를 분명히 하고, '안 돼'라는 말로 미심쩍음을 닦달하면서도 하필이면 나를 선택한 것일까. 내가 아니라 할지라도 이발관 주인을 알고 있는 아이들은 너무나 많았다. 그녀는 다시 말했다.

"이건 너희들이 가지고 있는 딱지들과 흡사하겠지?"

"예."

"네 딱지들과 섞이게 되면 찾아내기 어렵게 되겠지?"

"예."

"그것들과 섞이지 않게 하려면 집에 당도하기 전에 반드시 전해드려야 하겠지?"

"예."

"내가 누구에게 전해주라 했지?"

"이발관 주인한테요."

그녀는 마침내 내 등을 다독거리면서 말했다.

"그럼 됐다. 한눈팔지 말고 이발관까지 곧장 가야 한다, 알겠지?"

"예."

나는 곧장 교정을 벗어났다. 그녀는 내가 교문 언저리께를 벗어날 동안 미동도 않고 나를 지켜보며 서 있었다. 교문을 나서면서 나는 속으로 한 번 되뇌었다. '이건 비밀이다.'

"이건 비밀이다. 나와 너, 둘만 알고 있는 비밀이다, 알겠지?"

그녀가 마지막으로 그렇게 오금을 박았다. 물론 교문을 나선 나는 집 쪽으로 곧장 걸어갔다. 노을빛은 더욱 붉어져서 마을의 한길은 온통 주황빛투성이였다. 한길을 벗어나서 술도가가 있는 사잇길 들머리로 들어섰다. 나는 쪽지가 들려 있는 손을 바지 주머니에 찔러넣었다. 주머니 안에서도 그것을 손바닥 안에 꼭 쥐었다. '이건 비밀이다.' 나는 다시 한번 속으로 되뇌었다. 난생처음 비밀이란 것을 경험하고 있었던 나는 어느덧 비밀스럽게 걷고 있었다.

그때 나는 문득 고개를 들었다. 갑자기 사람들이 왁자하게 떠들고 있는 소리가 들려왔기 때문이었다. 술도가 앞 한터에 사람들이 모여 있었는데, 어림잡아 열두셋 사람은 될 것 같았다. 그중 몇 사람은 웃통을 벗어부쳐서 구릿빛 상반신이 드러나 있었다. 어떤 사람은 기합을 넣을 때처럼 외마디 소리를 내지르기도 하였고, 혀 차는 소리도 들렸고, 입씨름으로 다투는 말소리도 들렸다. 궁금했던 것은 장정들이 뭔가를 가운데 두고 원을 그리면서 웅성거리고 있었다는 것이었다. 해 질 무렵 술도가 한터에선 마을 장정들이 모여들어서 걸핏하면 힘겨루기를 벌였고, 힘겨루기 뒤에는 막걸리 추렴들이 벌어지곤 하였다. 그곳을 그냥 지나쳐버릴 수는 없었다. 그곳에선 엎어지면 코 닿을 자리에 이발관이 있었다. 그곳에서 잠깐 지체한다 해서 이발관 주인이 잠적하진 않을 것이었다.

나는 모여선 어른들 옆구리 사이를 비집고 고개를 안쪽으로 디밀었다. 사람들이 원을 그리며 서 있는 안쪽에는 놀랍게도 무쇠솥만한 크기의 두루뭉술한 돌덩이 한 개가 놓여 있었다. 돌덩이 한허리에는 한 가닥으로만 동여맨 굵은 새끼줄이 보였다. 장정들이 겨루고 있었던 것은 바로 그 돌이었다. 그것을 들어올리거나 들어올렸다면 얼마 동안을 내던지지 않고 버틸 수 있느냐는 것이었다. 장정들은 저마다 윗도리를 걷어붙이고 뱃심 좋은 장담을 하면서 돌덩이를 끌어안았다. 한허리에 동여매인 새끼줄의 차력을 이용하든 그냥 통째로 들어올리든 방법에는 구애됨이 없었다. 벼르기와 호언장담이 대중없이 오가는 중에 네댓을 헤아리는 장한들이 번갈아가며 미련스러운 돌과 힘을 겨루었다. 그러나 사태는 그렇게 간단하지가 않았다. 대개는 한두 번 들썩하고 말거나 무릎 높이까지는 간신히 들어올린다 해도 어깨 위까지 떠받쳐올릴 수 있는 장정은 나타나지 않았다. 처음엔 대수롭지 않게 여기고 겨뤄보던 장정들이 무기력하게 물러나곤 하였다.

"아니, 이게 끽해야 나락 한 섬 무게 아이가?"

"중량은 엇비슷할 기라. 그러나 나락 가마 집어 업듯 해선 안 되제. 요령을 피울 줄 알아야제."

"두루뭉술해서 손을 집어넣고 기력을 빠득하게 모을 줄 알아야제."

"씨름이 바로 샅바 싸움 아이가. 새끼를 잡아채면 안 되까?"

"새끼줄만 터져. 한 가지 요령뿐이여. 뚝심만 있으면 들어올리겠어."

"뚝심만 가지고 될 일이 따로 있제. 장담 말고 자네가 들어보라꼬."

"내가 가진 것은 배짱뿐이지 뚝심은 없제."

부스럼이 난 아이들의 머리통 만지듯 돌덩이를 이리저리 만지고만 있는 사람들 사이에서 그때 한마디가 들려왔다.

"내가 해볼 기다."

사람들을 밀치고 앞으로 나선 사람은 난데없는 삼손이었다. 장정들의 시선이 일순 삼손에게로 쏠렸다. 그리고 한동안 침묵이 흘렀다. 삼손의 말을 되받아낸 사람은 젊은 나이에 돋보기안경을 쓰고 지내는, 시계포 주인인 최동수(崔東洙)란 사람이었다.

"석도, 자네가?"

"왜? 못 들어올릴 성불러?"

"석도, 뚝심 한번 장하다는 건 세상이 알고 있는 일이지만, 이건 미련스러운 뚝심 가졌다고 될 일이 아니야. 여럿이 혀를 내두르는 판국에 니 혼자 중뿔나게 잘난 체 마러."

"잘난 체 말라꼬? 내가 들면 우짤래?"

정류소 근방 가게에 시계포를 내고 있는 최씨는 콧방귀를 뀌면서 콧등에 걸린 안경 허리를 치켜올렸다.

"뚝심깨나 있다고 대중없이 끼어들었다간 발목쟁이가 박살나는 수가 있어. 니가 병신 되어 찔룩거리고 다니는 꼴을 내가 꼭 봐야 하겠어?"

"부아통 채우지 말고. 내가 들면 우짤래?"

"이 손가락에다 장을 지져라."

"니 손에다 장 지져서 뭐하겠노? 막걸리 한 말 내기다. 할래?"

"이놈이 막걸리 한 말을 선술집 개 부르듯 하네."

"속 태우지 말고. 할래, 안 할래?"

"이런 미련한 놈 봤나. 니 뚝심으로 이걸 들어만 올린다면, 그건 앉아서 떡먹기가 아닌가."

"그래 좋다. 니가 백을 셀 때까지 버티고 섰으면 우짤래?"

"막걸리 한 말 사지."

삼손이 한발 앞으로 쓱 나섰다. 그리고 양손바닥에 번갈아가면서 침을 퉤 뱉었다. 허리를 구부린 그는 돌덩이 여기저기를 어루만졌다. 양손바닥을 밀착시켜 움켜쥘 곳을 찾는 것이었다. 삼손이 허리를 구부린 사이, 시계포의 최씨는 주위의 구경꾼들에게 난데없이 눈을 찡긋해 보였다. 나는 그 눈짓이 무엇을 예고하는 것인지 알지 못했다. 나중에야 그것이 음모를 위한 신호였다는 것을 알아챘을 뿐이었다.

사람들은 한두 발자국씩 뒤로 물러나서 팔짱을 끼기 시작했다. 삼손은 어느새 돌덩이를 상반신 전체로 끌어안듯 안아올렸다. 그리고 눈 깜짝할 사이에 그것을 허공으로 치켜들었다. 구경꾼들 입에서 짧은 탄성이 터져나왔고 삼손은 소리쳤다.

"지금부터 세봐."

시계포의 최씨가 드디어 하나에서부터 백이란 수효를 향해 출발했다.

"하나, 둘이, 서이……"

양쪽 가랑이를 거만하게 벌리고 우뚝 선 삼손의 입가에는 회심의 미소가 흐르고 있었다. 그의 머리 위에는 자신의 몸통보다 크고 단단한 돌덩이가 덩그렇게 떠 있었다. 붉게 타고 있는 저녁노을을 등진 채 큰대자로 버티고 선 삼손의 모습은 황홀했다. 그의 부릅뜬 두 눈이 망연자실한 채인 구경꾼들을 뚫어지도록 바라보았다. 나는 한 사내가 그토록 자랑스러운 모습으로 서 있는 것을 본 적이 없었다. 보란 듯한 미소가 그 입가에 묻어 있었다. 두상을 상고머리로 자르고 난 뒤 그의 장력이 반감되고 말았으리란 우리들 또래의 지레짐작은 그것으로 산산조각이 난 셈이었다.

"저게 병신 육갑한다는 거여. 아무짝에도 쓸모없는 돌덩이 하나에 용쓰고 있는 저 몰골을 봐. 저게 미련한 놈 아니고 뭐여."

누군가가 이렇게 뇌까리는 소리가 들렸다. 구경꾼들이 그를 빈정거리고 있다 할지라도 나는 삼손이 자랑스러운 사내라는 생각에 흔들림이 없었다. 내가 할 수 있는 일이란 끽해야 교실 안에서 걸상이나 쳐들고 체벌을 받는 것이었다. 그러나 삼손은 누구도 들어올릴 엄두를 못하던 돌덩이를 들고 서른을 셀 때까지도 끄떡 않고 서 있었다.

그는 이미 술도가 문턱에서 졸고 앉았다가 닭이나 쫓으며 고두밥 멍석이나 지키고 있던 반편은 아니었다. 그리고 술도가 주인이 해고를 시켜버릴까봐 눈자위를 내리깔고 눈치나 살피는 무기력한 위인도 아니었다.

"저런 반편을 보래. 시방 지가 속임수에 넘어간 줄도 모르고 돌덩이를 신주 모시듯 들고 있으니…… 차라리 호박 한 덩이를 쳐들고 있는 게 낫지. 저게 짐승이지 사람 명색인가."

"쉬잇, 떠들지 마러. 제딴은 승산이 있다 해서 벌인 춤이 아이겠나."

"승산이 있어? 자네도 실성했나? 장을 지져라, 장을."

구경꾼들이 삼손을 빈정거리든 비난하든 내게는 상관없는 일이었다.

"쉬인, 쉬인한나, 쉬인두우울……"

50이 아니라 5백의 수효를 헤아린다 할지라도 삼손은 그 수효의 끝까지 장대한 모습으로 서 있을 것 같았다. 그의 얼굴은 더욱 검붉어졌고 목덜미와 견골에는 핏대가 곤두섰다. 그리고 위로 치켜든 두 팔의 살피듬은 단단하게 불거져 있었다. 술도가 앞 한터를 지나던 사람들이 하나 둘 발걸음을 멈추기 시작해서 이제 구경꾼들의 수효는 서른 명에 가까웠다.

그런데 이상한 일이 벌어지고 있었다. 긴장하고 있어야 할 사람들이 귓속말을 나누다 말고 킥킥거리기 시작했고, 어떤 사람은 너털웃음을 쏟아놓기까지 하였다. 삼손의 두 다리와 팔이 그때부터 가볍게 떨리고 있었다. 나는 그제야 구경꾼들이 웃음을 삼키고 있는 까닭을 눈치채기 시작했다. 그것은 바로 시계포 최씨가 세어나가고 있는 셈술의 속도에 있었다. 그가 50을 헤아릴 때까지는 그것을 느낄 수 없었다. 그런데 50의 수효를 넘기고부터가 문제였다. 50을 넘기고부터 수효를 헤아려나가는 것이 망설여지고 질척거리고 느려졌다. 어떤 땐 이미 지나온 숫자로 되돌아가서 다시 셈하기도 했다. 삼손이 돌덩이를 들고 버틸 수 있는 시간의 길이는 그가 지닌 장력의 축적에 있는 것이 아니라 셈술이 갈지자로 왔다갔다하고 있는 시계포 최씨의 입술에 달려 있었다.

"예순네에엣, 예순다아서엇, 예순두우울, 예순세에엣……"

그러나 삼손은 예순의 자릿수에서만 맴돌고 있는 계산된 수치의 모함은 눈치채지 못하고 있었다. 그가 셈술에 대한 지식이 그토록 모자란다는 뜻인지, 아니면 이미 수효 따윈 귓결에 들리지 않을 만치 소모되고 있는 체력의 무력감에 부대끼고 있는 것인지 알 수 없었다. 그는 백이란 수효를 셀 때까지 돌덩이를 들고 있겠다고 장담하고 나설 것이 아니라, 시간을 정했어야 했다. 삼손은 대수롭지 않게 내뱉었던 한마디로 수렁으로 빠져든 셈이었다. 게다가 셈속이 앞뒤로 엇바뀌고 엉켜나가고 있다는 것조차 눈치채지 못하고 있다니.

"돌이 돌을 쳐들고 있다 아이가."

그런 말을 들어서 합당하리만치 삼손의 악전고투는 계속되고 있었다. 그러나 삼손은 시계포 최씨의 간계를 벌써부터 눈치챘는지도 몰랐다. 그가 제아무리 느린 속도로 수효를 세어나간다 할지라도 자신의 무한정한 여력은 밤이라도 새울 수 있다는 자신감이 그것이었다. 그런 자신감만 있다면 지칠 것은 시계포 최씨일 것이었다. 그러나 애석하게도 삼손의 편에 있는 사람은 오직 삼손 그 혼자뿐이었다. 얼마 동안이 흘렀을까. 많은 시간이 흘러갔음직한데도 시계포 최씨의 입에선 '예순세에엣, 예순네에엣'이란 수효가 천연덕스러운 어조로 흘러나오고 있었다. 처음에는 가볍

게 떨리고 있던 삼손의 팔다리가 이젠 멀리서 바라보아도 확연하
리만치 거칠게 후들거렸다. 그리고 자신감에 차 있던 그의 의연
한 표정은 이제 걷잡을 수 없으리만치 일그러져 있었다. 그는 땅
에 버티고 있는 두 다리의 중심을 고쳐 가지기도 하였고, 시시각
각으로 가중되고 있는 돌덩이의 중량감을 분산시키려고 두 팔을
좌우로 흔들기도 하였다.

　나만은 지금 삼손이 감당해내고 있는 고통의 무게를 알 수 있
었다. 왜냐하면 나는 의자를 머리 위로 받쳐들고 서 있는 체벌을
가장 많이 받아온 아이들 중의 하나였기 때문이었다. 그러한 체
벌의 끝자리에는 언제나 울컥 토악질이 쏟아져나올 것 같은 극도
의 무기력과 허탈이 기다리고 있었다. 어느 한순간, 맥이 탁 풀리
면서 걷잡을 수 없는 무력감이 전신을 휘감았다. 그럴 땐 아무 곳
으로나 의자를 던져버리고 뼛속까지 스며든 아득하고 처절한 중
량감을 떨쳐내고 싶었다. 삼손이 바로 그런 지경에 도달해 있다
고 생각했다. 배꼽이 들여다보이도록 짧게 추켜진 그의 때 묻은
삼베 등거리는 흘러내린 땀으로 물걸레처럼 젖어 있었다. 나는
드디어 소리치고 말았다.

　"내려노소, 빨리."

　핏기가 역력하게 충혈된 삼손의 두 눈이 그때 나를 노려보았
다. 나는 재빨리 시계포 최씨를 가리켰다.

　"저 사람이 속이고 있다 카이요."

구경꾼들 사이에서 다시 킥킥거리는 소리가 들려왔다. 그런데 삼손은 그 순간 미동도 않고 서 있었다. 물론 그는 내가 무엇을 고자질했는지 눈치챘을 것이었다. 그런데도 돌덩이를 내려놓으려는 조짐은 보이지 않았다. 게다가 삼손은 언제부턴가 울고 있었다. 땀으로 번들거리는 그의 눈자위에는 눈물 자국이 바라보였다. 삼손은 이미 자기가 셈술의 간계에 빠졌다는 것을 알고 있었지만 견딜 때까지 버텨보자는 심산이었는지도 몰랐다. 이 마을에서 뚝심으로 버티는 일이라면 삼손밖에 없다는 소문의 수렁에 그스스로를 빠뜨리고 있는 것인지도 몰랐다. 그러나 서른 명을 헤아리는 구경꾼들 중에서 어느 한 사람 그에게 수렁을 일깨워준 사람은 없었다. 내가 그것을 가르친 셈이었지만, 그때 이미 삼손은 그 수렁 속으로 두 팔을 깊숙하게 담근 후인 것 같았다.

그때였다. 멀찌감치 서서 바라보던 구경꾼들이 하나 둘씩 몸을 숨기기 시작했다. 사태가 심상치 않게 되었다는 것을 삼손이 흘리고 있는 눈물에서 알아챈 것 같았다.

"저놈이 왜 울지?"

"알아채뿌렀겠지."

"알아채다니?"

"숫자가 갈지자걸음으로 왔다갔다하고 있다는 걸 모르겠나."

"그렇다면 돌을 던져야 할 것 아이겠나."

"그게 아일 기다."

"아이라니?"

"우리하고 힘겨루기는 벌써 끝장을 낸 기다. 저놈은 시방 지 자신과 겨루고 있는 것이지, 우리와 겨루고 있는 게 아인 기라."

"자기와 싸우다니, 귀신 씻나락 까먹는 얘기가, 시방?"

"끝끝내 버티고 있다는 게 바로 그 징조가 아이겠나. 우린 싸게 비키자."

"비키다니, 무슨 꼴을 보이는지 기다려보자."

"오래 서 있다가 저놈에게 잡히기만 하면 오지랖에 뼈를 추려 담는 꼴 날 긴데."

"별난 놈일세. 던져버리면 그만일 긴데."

"우리 모두가 여기서 자리를 비켜줘야 내려놓을 기다."

"그려. 애새끼 어르다가 애새끼 울린다더니, 천상 그 꼴이 돼뿌렀네. 자네 말대로 어디 한번 기다려보까."

귓속말을 나누던 구경꾼들이 빠른 속도로 흩어지기 시작했고, 시계포 최씨는 애저녁에 자취를 감춰버렸다. 바로 그때였다. 황소가 영각을 켜는 듯한 울부짖음의 소리가 들려왔다. 삼손은 마지막 남아 있는 기력으로 돌덩이를 버티었고, 그의 양볼에는 두 줄기의 눈물 자국이 선명했다.

"최가 이놈, 죽이쁜다아."

울부짖는 삼손의 저주는 처절했다. 최가란, 그와 승부를 걸었던 시계포 주인을 가리키는 것이었다. 삼손은 드디어 머리 위에 떠받치고 있던 돌덩이를 자기 발부리 앞으로 던져버렸다. 돌덩이는 땅으로 떨어지면서 둔탁한 소리를 냈고, 그 진동은 우리들의 발바닥에까지 선명하게 짚여왔다. 모여섰던 구경꾼들은 근처 여염집 축담 뒤로 몸을 숨겨버렸다. 한터에 그대로 남아 있던 사람은 돌덩이를 깔고 앉아 땀을 닦고 있는 삼손과 나뿐인 것 같았다. 그러나 나는 그때에야 내 한 손이 다른 사람의 손에 꼭 쥐여 있다는 것을 느꼈다. 고개를 돌려보았더니 바로 아우였다. 아우는 내 손을 단단히 잡고 서서, 삼베 등거리를 벗어 눈자위와 가슴에 흐르는 땀을 훔치고 있는 삼손에게서 시선을 떼지 않고 있었다. 아우는 내게 속삭였다.

"히야, 최가는 며칠 안으로 죽겠제?"

"니는 여기 언제 왔노?"

"아까부터 와 있었다 카이."

"내가 여기 있는 줄 우째 알고 왔노?"

"엄마가 히야 찾아오라고 해서 찾으러 왔다 카이."

"엄니 집에 왔나?"

"밥 묵자고 히야 찾아오라 카드라."

벌써 석양이 지고 사방에서는 어둑발이 깔리고 있었다. 아우는 나를 찾아나섰던 길에 술도가 앞 한터에 있는 나를 발견한 것이었다. 어머니가 집으로 돌아와서 밥을 지어놓고 기다리는 참이라면, 우리는 열일을 제쳐두고 당장 달려가야 했다. 그러나 우리는 그곳에서 곧장 발걸음을 돌릴 수 없었다. 섬들이 노구솥만한 돌덩이를 높이 쳐들고 석양빛을 받으며 포효하던 삼손의 모습을 머릿속에서 지워버리고 싶지 않았다.

"히야, 최가는 인제 죽었제?"

아우는 최가란 이름이 누굴 지칭하는 것인지도 모르면서 또다시 그 말을 되뇌고 있었다.

"최가가 와 죽노?"

"삼손이 죽인다고 했잖나."

"공갈인지도 모르제. 그렇지만 죽을지도 모르제."

"최가가 와 죽노?"

"삼손을 속였으니까."

"뭘 속였는데?"

"예순다섯 다음에는 예순여섯인데, 최가가 예순둘이라고 했잖나."

"그게 뭐가 나쁘노?"

"거꾸로 헤아렸다 카이."

"거꾸로 헤아리면 안 되나?"

"예순다섯 했으면 예순여섯이라 해야 된다 카이."

나는 시계포 주인의 속임수를 아우에게 설득력 있게 설명해줄 수 없다는 것을 깨달았다. 더이상 미주알고주알 캐묻기 전에 그곳을 떠나고 싶었다.

"엄니가 기다린다. 퍼뜩 밥 묵으러 가자."

아우도 문득 깨달았는지 내가 이끄는 대로 따라왔다. 아우의 말대로 그날 어머니는 여느 때보다 일찍 집으로 돌아와 있었다. 여름이 올 적마다 부엌에서 마당 귀퉁이로 옮겨놓는 옹솥 아궁이에 불을 지피고 있는 어머니의 모습을 발견하자, 하루 내내 꾹꾹 눌러 참았던 허기가 한꺼번에 엄습해왔다. 우리를 발견한 어머니는 울바자에서 맞춤한 삭정이 하나를 꺾었다. 그리고 형제를 나란하게 세우고 바지의 먼지를 털기 시작했다. 삭정이가 우리들의 바지춤과 가랑이를 두드릴 때마다 뿌연 흙먼지가 풀썩풀썩 솟아올랐다. 어머니는 그때마다 고개를 돌리면서 흙먼지 속을 대중없이 뒹굴며 놀았던 우리들의 산만한 하루를 저주 섞어 꾸짖곤 하였다. 우리가 방으로 들어가자, 어머니도 서둘러 밥과 찬그릇을 들고 뒤따라 들어왔다. 우리는 허겁지겁 밥숟갈을 입으로 가져가느라고 한동안 아무런 말도 건네지 않았다. 그런데 갑자기 아우가 불쑥 뇌까렸다.

"엄니, 내일부터 나는 밥 많이 묵을란다."

"밥만 많이 묵으면 식충이 되는 거 모르나."

"많이 묵어야 빨리 어른이 되지."

"세월이 흘러야지, 밥만 돼지같이 묵는다고 어른이 되겠나? 빨리 어른 되어서 뭣이 될려고?"

"어른이 돼야 삼손이 되지."

"야가, 시방 뭐라 카노, 삼손이 뭘 하는 사람이고?"

"술도가에서 일하는 사람."

"술도가에 웬 삼촌이 있노?"

"삼촌이 아니고 삼손."

"육손이라는 병신은 우리 마을에도 두엇 있다만 손 셋 가진 사람이 있다는 소문은 못 들었다."

"술도가에서 일하는 상고머리 그 사람."

"뚝심 세다는 그 사람? 그 사람이 두 손이지 어째서 삼 손이냐."

그렇기도 했을 것이 삼손은 우리 또래들 나름대로 부르고 있는 장석도란 사람의 별칭이었기 때문이다.

"야가 말하는 게 바로 그 사람이가?"

나는 고개를 끄덕였다.

그 순간, 어머니는 열중하고 있던 밥술질을 멈추었다. 그리고 입속에 남아 있던 음식을 간신히 씹어삼켰다. 등잔불 아래에서나마 어머니의 표정이 하얗게 질리고 있는 것을 읽을 수 있었다. 한동안 넋을 빼고 앉아 있었지만 아우는 그런 어머니를 눈치채지 못한 것 같았다. 그러나 나는 머지않아 갑작스러운 소동이 일어나고 말리라는 조짐을 느낄 수 있었다. 아우가 무심코 뇌까린 그 말은 어머니를 수치심으로 빠뜨리기에 충분했다. 삼손의 여력이 출중하다는 것은 가근방 마을 사람들까지도 인정하고 있는 일이었다. 적어도 힘겨루기라는 방법으로 삼손을 앞지를 수 있는 사람을 그 또래의 장정들 중에서는 찾아볼 수 없었다. 그러나 마을 사람들은, 뚝심이 드센 사람을 예로 들 때 삼손을 들먹였던 빈도수만큼, 미욱하고 무식한 사람으로서의 삼손을 또한 들먹이곤 하였다. 그는 한글조차 터득하지 못했고, 문자를 터득하지 못한 만치 걸핏하면 사람들로부터 조롱당하기 일쑤였다.

그는 곡식과 누룩 가마를 힘들이지 않고 운반하는 데는 적격이어서 술도가의 잡역부로 일하는 모꾼이 천직처럼 보였다. 그러나 판무식이라는 또 한 가지 곁들여진 이유도 그 직업의 적격으로 지목될 수 있는 사람이었다. 장력 한 가지만으로 승부를 내려야 하는 일 이외의 장소에서 내게 발견되는 삼손의 모습이 있었다. 그것은 고두밥을 말리는 멍석 주위로 그악스럽게 꾀어드는 아이들과 닭을 내쫓거나 졸고 앉아 있는 모습뿐이었다. 졸고 있는 모습은 그를 더한층 반편스럽게 만들었다. 입 언저리로 게게하니 침을 흘리면서 졸고 있을 땐 더욱 그렇게 보였다. 그러나 사람들은 제 구실을 다하고 있을 때의 삼손보다 제 구실을 못다 하고 있을 때의 삼손을 더 좋아했다. 모든 장정들이 포기하고 물러서지 않으면 안 되었던 그 돌덩이를 들고 있을 때의 삼손보다, 술도가 문턱을 깔고 앉아 꺼욱꺼욱 졸고 있는 삼손의 모습을 즐겨 입에 담았다. 우리 세 식구들 중에서도 그랬다. 아우와 나는 석양빛을 등에 진 삼손이 돌덩이를 떠받치고 있는 모습을 보았지만, 어머니는 술도가 문턱에 앉아 게게하니 침을 흘리고 졸고 있는 삼손을 본 것이었다. 그러나 이상했다. 어머니는 여느 때와는 달리 울화통을 터뜨리지 않고 침착한 목소리로 내게 물었다.

"쟈 입에서 어째서 저런 망측한 소리가 나오게 됐노?"

어머니의 힐문에는 물론 아우를 돌보는 책임을 가진 나를 닦달하려는 뜻도 함께 담긴 것이었다. 우리들이 술도가에서 건조시키는 고두밥을 낚아채고 있다는 사실을 어머니는 알고 있었다. 그러나 대다수의 아이들이 모두 그랬으므로 그것을 빌미잡아서 힐책하려는 것은 아니었다. 아우가 고두밥 아닌 삼손이란 사람에게 빠져 있다는 사실에 어머니는 아연 긴장한 것이었다. 어머니는 나를 옥죄고 들었다.

"니도 그 두 손인지 삼 손인지 그처럼 되고 싶으나?"

물론 나는 고개를 흔들었다.

"그런데 쟈 입에선 우째서 그런 말이 튀어나오게 됐노?"

이제 바득바득 옥죄고 드는 어머니의 닦달을 뿌리칠 수 없게 되었다. 나는 차근차근 술도가 앞에서 벌어졌던 사건의 줄거리를 이야기하기 시작했다. 삼손이 황소가 영각 켜는 울부짖음을 내쏟으며 돌덩이를 던지는 대목까지 어머니는 모처럼 침착한 자세로 일관하면서 들어주었다. 이야기의 마지막 줄거리가 끝났을 때, 우리 세 사람의 밥이 함께 담겨 있었던 함지는 깨끗하게 비어 있었다. 아우가 다 퍼먹어버린 것이다. 내 이야기가 끝나자 어머니는 조용히 물었다.

"덧셈을 뺄셈으로 하더란 말이제?"

"예쉰다섯 카디, 예쉰둘, 예쉰셋 카드라."

"왔다갔다하더란 말이제?"

"그랬다 카이."

"사람들은 모두 알아차리고 낄낄거리는데, 석도 그 사람 혼자서만 몬 알아묵고 그러고 섰더란 말이제?"

"그랬다 카이."

"니가 속이고 있다고 소리 질러도 무슨 소린지 몬 알아묵더란 말이제?"

"응."

꼬치꼬치 파고들 조짐이었던 어머니는 문득 말이 없었다. 행주를 집어서 주위에 흩어진 음식 찌꺼기를 훔치고 있던 어머니는 고개를 숙이고 있었다. 벼락이 떨어질 것만 같아서 조마조마하고 있었던 나는 어머니가 보이고 있는 침착성에 더욱 긴장했다. 내가 말재간을 다해서 아우의 처지를 비호했었다 할지라도 어머니의 시선에 비친 삼손은 역시 반편이겠기 때문이다. 그러나 한동안이 지났는데도 어머니의 불호령은 떨어지지 않았다.

"글을 몰랐던 게 큰 불찰이었다. 사람의 대접을 몬 받은 기다."

"……"

"내가 널 학교에 보내면서 월사금을 몬 내고 있기는 하다만 석도와 같은 사람이 안 될라 카거든 기를 쓰고 배워라."

아우와 나는 삼손의 일로 더이상은 추궁을 당하지 않았기 때문에 매우 편안한 마음으로 곯아떨어질 수 있었다. 그런데 그 잠 속에서 나는 다시 삼손을 만났다. 잠 속에서 만난 삼손의 모습은 놀라운 것이었다. 그는 한쪽 발은 땅을 딛고 있었지만 다른 쪽 발은 무엇인가를 밟고 있었다. 그런데 삼손의 한쪽 발아래에 짓눌려 있는 사람은 놀랍게도 우리 학교의 교장 선생님이었다. 삼손은 교장 선생님의 한쪽 어깨를 밟고 서 있었다. 그러나 어깨가 밟힌 채로 앉아 있는 교장 선생님의 표정은 곤욕과 수모를 당하고 있는 사람으로서의 처절한 고통의 빛이 보이지 않았다. 그런가 하면 그의 어깨를 밟고 서 있는 삼손 역시 방자한 행동을 저지르고 있는 사람으로서의 거리낌이나 교만함이 보이지 않았다. 그들의 행동은, 소나기를 만난 병아리가 암탉의 날개깃 속으로 모여드는 것처럼 너무나 자연스럽고 천연덕스럽게 보였다. 그들을 바라보았던 내가 삼손의 손짓을 따라 거리낌없이 다가설 수 있었던 까닭도 그들의 행태가 당연한 것처럼 느껴졌기 때문이다. 삼손은 그때, 교장 선생님이 쓰고 다녔던 낡은 중절모를 빼앗아 삐딱하게 젖혀 쓰고 있었다. 그들의 모습은 참으로 괴이했다. 수탉이 암탉의 등 위로 올라가서 격렬한 날갯짓을 하는 것을 보았고 큰 똥파리가 작은 똥파리 등에 이인 것을 본 적은 있었다. 그러나 엄장의 크기가 미욱스럽도록 장대한 삼손이 연약한 체수의 교장 선생님의 어깨를 밟고 있다는 것은 아무래도 방자한 일 같았다. 그래서 나는 잘라 말했다.

"안 돼요."

"뭐라꼬?"

"안 된다 카이요."

그러나 삼손은 앙칼지게 내쏘는 내 말을 들은 척도 하지 않았다. 그는 자기의 바지 주머니를 뒤지더니 구깃구깃하게 접힌 종이쪽지 한 장을 꺼냈다. 언뜻 보아서 그 종이에는 내용을 해독할 수 없는 부호 같은 문자들이 깨알 박히듯 적혀 있었다. 삼손이 그 종이를 내게 내밀었다. 그러나 나는 그들 문자를 전연 해독할 수 없었다. 그때까지 본 적이 없는, 아라비아 문자인지 부호의 나열인지 도무지 알아챌 수 없는 것이었다. 내가 망설이고 있자, 삼손은 종이 한편을 가리키며 읊조렸다.

"이것 봐라. 가 자에 ㄱ받침 하면 각이다. 가 자에 ㄴ받침 하면 간이다. 그리고 가 자에 ㄷ 하면 갇, 가 자에 ㅅ 하면 갓, 가 자에 ㅈ 하면 갗, 가 자에 ㅊ 하면 갗, 가 자에 ㅎ 하면 갛……"

그가 가 자에 갇 자를 읊조릴 적마다 나는 고개를 주억거렸고, 교장 선생님도 내게 뒤질세라 열심히 고개를 주억거렸다. 그때, 삼손이 느닷없이 불퉁가지를 냈다.

"그런데 가 자에 ㅌ 해도 갇이고 ㅈ 해도 갇이고, ㅊ 해도 갇이 아녀? 알고 보면 이게 모두 가짜 아닌가. 그럼 진짜는 모두 어디

가고 가짜만 남아 있지?"

바로 그때였다. 지금까지 고개만 주억거리면서 태평스럽게 앉아 있던 교장 선생님의 한 손이 위로 올라왔다. 그리고 삼손이 들고 있던 종이쪽지를 매몰차게 낚아챘다. 그제야 나는 소스라쳐 놀랐다. 교장 선생님이 그 종이쪽지를 보아선 안 되었다.

"이건 나와 너만 알고 있는 비밀이다. 알겠지?"

오금을 박던 여선생님의 말이 그때 내 뇌리를 송곳으로 쑤시는 것처럼 아프게 박혀왔다. 나는 다시 소리쳤다.

"안 됩니다."

그것은 이발관 주인 이외엔 어떤 사람의 손으로도 들어가서는 안 될 물건이었다. 그런데 그런 비밀의 종이가 마을에서 유식하기로 첫손가락에 꼽히는 교장 선생님의 손으로 건너간 것이었다. 그러나 가짜를 빼앗긴 진짜 삼손은 아무런 미련이 없다는 듯 물끄러미 나를 바라보고만 있었다. 그렇다면 그들 두 사람의 모임은, 그녀와 나 사이에만 은밀하게 존재하였던 비밀을 적발하기 위한 음모였음이 틀림없었다. 나는 손을 뻗어 종이를 낚아채야 했다. 그러나 나는 그렇게 할 수 없었다. 팔을 뻗을 수 없었다. 결박을 당하지도 않았는데 제출물로 팔을 움직일 수 없었다. 모든 기력을 쏟아부어 기합을 넣으면서 팔을 뻗으려 하였다. 그러나 그 기력의 동원으로 내가 잡아챈 것은 종이쪽지가 아니라, 꿈의 수렁에서 깨어나는 일이었다. 그런데 번쩍 눈을 뜬 내 귀에 들려오는 말소리가 있었다.

"가 자에 ㅈ 하면 갓, 나 자에 ㄴ 하면 난, 그래서 갓, 난, 아, 기. 도 자에 ㅇ 하면 동, 나 자에 ㅁ 하면 남, 푸 자에 ㅇ 하면 풍, 그래서 동, 남, 풍."

나는 엉거주춤 일어나 소리나는 쪽을 돌아다보았다. 그곳에 어머니가 있었다. 어머니는 둥우리 속의 암탉처럼 웅크리고 엎드려서 종이쪽지에다 뭔가를 열중해서 적바림하고 있었다. 희미하게 심지를 낮춘 등잔불이 흘러내린 어머니의 머리칼을 지질 듯이 바싹 당겨져 있었다. 뒤쪽 바람벽에는 웅크리고 엎던 어머니의 그림자가 스산하게 비치고 있었다.

"ㅁ에 땡 하면 마, 으 자에 ㄹ 하면 을, 그래서 마, 을."

어머니는 우리 형제가 잠에서 깨어나지 않을 정도로 나직나직하게 낭독하면서 연필로 또박또박 문자를 적바림하고 있었다.

"글을 몰랐던 게 큰 불찰이었다. 사람의 대접을 받지 못한 게다."

저녁 먹은 뒤치다꺼리를 하면서 울적하게 뇌까리던 어머니의 말을 떠올렸다. 나는 얼른 지게문을 바라보았다. 희미한 밤빛이 문 사래에 묻어 있었다. 고즈넉한 바깥 기운은 밤이 꽤 깊었다는 것을 말해주고 있었다. 어머니는 그때까지 내가 잠자리에서 깨어 일어난 것을 눈치채지 못하고 있었다. 나는 소스라쳐, 입고 있던 바지 주머니에 손을 찔러넣었다. 그러나 손에 잡히는 것은 없었다. 덮고 있던 홑이불 속으로 손을 넣고 휘저어보았다. 그리고 아우가 덮고 있던 이불자락 아래와 가랑이 쪽을 모두 뒤졌다. 믿기지 않았던 나는 다시 바지 주머니를 뒤져보았다. 그러나 방 안에서 그것을 찾아낼 수는 없었다. 그 순간 가슴이 덜컥 내려앉았다. 모든 것이 끝장이라는 생각이 가슴을 섬뜩하게 적셨다.

"이건 나와 너만 알고 있는 비밀이다."

밥숟갈로 한 술 두 술 떠먹이듯 또박또박 일깨우던 그녀의 얼굴이 선명하게 떠올랐다. 그토록 참담한 나락으로 떨어져보긴 난생처음이었다.

"니 잠자다 말고 어디 가노?"

그때 내 등뒤에서 쏘아붙이는 어머니의 목소리가 들렸다. 그것과 함께 나는 지게문 고리를 잡고 있는 나 자신을 발견했다. 그때나는 잠결에서 완전히 깨어 있었으므로 어물어물 둘러댔다.

"오줌 누러."

"오줌 누러? 이런 오줄없는 놈을 봤나. 아모리 잠결이기로서니 앞뒤 분간도 못하겠나? 오줌장군이 뒤에 있다는 것도 모르나?"

그랬다. 측간으로 가려면 앞쪽의 지게문을 이용하는 것이 빨랐지만 오줌을 받아내는 오줌장군을 둔 곳이라면 뒤꼍으로 낸 여닫이문을 이용하는 것이 좋았다.

"쟈가 잠꼬대를 해쌓더니 혼백이 떴구나. 비척거리지 말고 똑바로 나가거라. 곤하게 자는 니 아우 밟을라."

아우와 내가 잠결에서 깨어나면 곧장 혼쭐을 찾지 못하고 서로를 밟고 다니기 일쑤였다. 잠결에 뒷문을 찾자면 열에 아홉 번은 서로를 밟아서 한밤중에 와자한 소동을 치르곤 하였다. 그러나 어머니가 우려했던 것처럼 지금은 잠들어 있는 아우를 밟고 지나갈 만큼 혼미한 상태는 아니었다. 나는 어머니가 높이 쳐들어주는 등잔 빛을 등뒤로 받으며 뒤꼍으로 내려섰다. 목덜미에 와닿는 밤공기는 서늘했다.

바람 한 점 없는 사위는 고즈넉했고 이웃집의 불빛들은 모두 꺼져 있었다. 마을 여기저기에 피웠던 모깃불 연기조차 보이지 않는 것으로 보아 밤은 꽤 깊어진 것 같았다. 나는 구르듯 이발관 앞을 지나서 곧장 술도가 앞 한터로 달려갔다. 한터에는 삼손이 들어올렸던 그 돌덩이조차 보이지 않았다. 다만 희미한 밤빛 아래 한터만 횡뎅그렁하게 바라보였다. 나는 개여울에서 자맥질을 하듯 이마를 곤두박고 그 넓은 공터를 샅샅이 헤적였다. 학교의 마룻장 아래를 탐험한 경험이 있었던 나는 어둠 속에서도 손에 집히는 물건의 쓰임새를 정확하게 가늠해낼 수 있었다. 그러나 오랫동안 한터의 구석을 헤적였지만 그녀의 종이쪽지는 찾을 수 없었다. 꿈속에서 교장 선생님과 삼손이 서로 건네받았던 부호가 적힌 종이도 역시 보이지 않았다. 한터 구석구석을 손으로 헤적이지 않고 그 흙먼지 속을 혓바닥으로 쓴다 하여도 종이 명색은 비슷한 것조차 볼 수 없었다. 가슴은 방망이질을 쳤고 목구멍은 정말 먼지를 마신 것처럼 매캐하였다. 그렇다면 차선의 방법을 찾아야 했다.

나는 해 질 무렵의 기억을 되살리면서 한터에서 집까지의 길목을 또박또박 더듬어갔다. 그러나 밤이슬에 젖은 채 길가에 떨어져 있어줘야 할 딱지 종이는 역시 보이지 않았다. 다시 집을 뒤로하고 이발관 앞까지 걸어갔다. 그렇게 되자, 종이를 찾는 일이 어디서부터 시작되어서 어느 곳에서 끝장을 내야 하는 것인지 불분명하게 되었다. 밑도 끝도 없다는 것이 바로 그런 경우일 것 같았다. 나는 시계포 최씨의 모함에 걸려들어 끝장내야 할 돌덩이를 마냥 쳐들고 서 있던 삼손의 모습을 떠올렸다. 이제 쪽지를 찾기 위한 나의 탐험길은 실타래처럼 엉켜서 처음과 끝이 없는 영원한 미로가 되어버린 셈이었다.

이발관의 문은 굳게 잠겨 있었다.

나는 창문 아래로 가서 뒤축을 들고 창 문턱 위로 상반신을 치밀어올렸다. 맞은편 벽에 걸린 커다란 체경이 바라보였다. 희미한 밤빛이 거울 면 위에서 괴기스럽게 빛나고 있었다. 그 속으로 내 상반신이 비치기도 했다. 물론 이발관 주인은 보이지 않았다. 그때 거울 위 천장 사춤에 걸린 수채화가 시선에 들어왔다. 폭포수 아래로 걸어가고 있는 남녀의 뒷모습은 그대로였다. 이발관 안에 갇혀 있는 어둠 때문에 그림 속의 물체들이 선명하게 드러나 보이진 않았다. 그러나 낮에 보아온 경험의 시선으로 나는 그림 속의 이야기를 확연하게 판별해낼 수 있었다. 다만 낮에 보면 선명하던 새까만 파리똥 자국들이 그땐 보이지 않았을 뿐이었다. 내가 맨 처음 그 그림 속의 이야기를 꾸며냈을 때, 두 사람 중에서 남자가 이발관의 주인이라고 단정했던 것은 따지자면 현실적인 근거가 없는 것이었다.

그날 밤 내가 느꼈던 것은, 그림 속의 남자가 이발관의 주인이 아닐 것이라는 쪽으로 생각이 기울었다는 것이었다. 그 대신 남자와 팔짱을 낀 채 걷고 있는 여자는 필경 해 질 무렵에 만났던 그 여선생님일 거라고 단정하는 데 주저하지 않았다. 내가 궁금하게 여겼던 또 한 가지 일은 그림 속의 남녀가 나누고 있었을 대화의 내용이었다. 그때 나는 비로소 깨달았다. 그녀가 내게 건네준 딱지종이는 필경 사연을 적바림한 편지일 것이었다. 그 편지 속에는 그림 속의 두 남녀가 나누고 있었을 대화의 내용이 꼼꼼하게 적혀 있었을 것이었다. 그러다가 다시 그림 속의 남자에게 의구심을 갖기 시작했다. 어쩌면 저 남자는 내가 맨 처음 생각했던 대로 이발관의 주인일지도 모른다는 것이었다. 상상의 세계에서만 만났던 인물들이 그녀의 편지로 해서 보다 현실적인 사실들로 윤곽이 잡히면서 내가 느끼는 절망감 역시 뚜렷한 현실로 느껴지기 시작했다. 도대체 그 편지를 어느 곳에다 흘려버린 것일까.

나는 다시 바지 주머니 깊숙이 손을 찔러넣어보았다. 그 순간, 나는 소스라쳐 놀랐다. 그랬었구나, 하는 생각이 내 뒤통수를 때렸다. 내 바지 주머니는 주머니라는 이름으로 대접받기에는 매우 합당치 않았다. 솔기가 터져나간 그 주머니에 손을 깊숙이 넣었을 때, 손바닥에 만져지는 것은 내 허벅지였다. 그렇다면 편지를 잃어버린 장소는 더욱 오리무중인 셈이었다. 그때 뇌리에 떠오른 사람은 어머니였다. 나 역시 어머니 자신의 속것에 마련해둔 주머니처럼 고유의 기능이 완벽하게 보장되는 주머니 갖기를 소망했었다. 그러나 어머니는 자기 속것에 달려 있는 주머니는 기능의 누수를 염려해서 커다란 핀까지 꿰고 다녔지만, 우리들의 주머니를 단속해주는 일에 관심을 기울인 적은 없었다. 어머니의 침선 솜씨는 가근방에서도 소문이 자자해서 많은 사람들이 어머니의 마름질과 바느질 솜씨를 칭송했다. 그래서 초조하게 차례를 기다리는 삯바느질감들이 항상 반짇고리에 쌓여 있기도 했다. 다른 사람들이 맡긴 바느질은 실오라기 한 군데 흐트러짐이 없이 꼼꼼하게 박아내면서도 우리들의 옷을 건사할 때는 언제나 대충대충 했다. 세탁해주는 옷을 갈아입을 적마다 내가 맨 먼저 점검해보는 것은 주머니였다. 그러나 온전하게 수선된 주머니는 고사하고 떨어졌던 단추 한 가지 제대로 달아둔 것이 없었다. 그때마다 내 손바닥은 뻥 뚫린 바지 주머니 아래쪽으로 무기력하게 빠져나가곤 하였다.

"엄니, 주머니 밑창이 없다 카이."

그때마다 어머니는 뒤도 돌아보지 않고 쏘아붙였다.

"뚫어놓은 주머닌데 뚫려 있기 예사제."

"실밥이 터져버렸다 카이."

"꿰맨 실밥이니까 터지기 예사제."

"난 이 옷 안 입을란다."

"뭐, 안 입는다꼬?"

"그래."

"그래, 잘됐다. 빨개벗고 댕겨라. 나도 너그덜 똥걸레 같은 옷 빨아대느라고 온 삭신이 녹아나는 듯하더니 썩 잘됐다."

"주머니가 뚫렸으면 선생님이 벌 준다 카이."

"요런 못된 것 보래? 머리에 배내똥도 덜 마른 놈이 벌써 둘러대는 거짓말 본새가 어른 열 잡아묵겄다. 너네 선생님이 뭐가 할 일이 없어서 너들 주머니나 뒤지고 다니겠노? 배가 고파 뒤지겄나, 돈이 없어 뒤지겄나? 뭐가 모자란 게 있어서 뒤지겄노?"

"그럼 엄니 주머니는 왜 맨날 꿰매고 다니노?"

"이것아, 니 엄니 주머니가 터지면 우리 세 식구는 거리로 나가서 쪽박 차고 댕겨야 한다는 사실을 몰라서 묻나?"

"그래도 난 이 옷 안 입을란다."

"키꼴은 금강장사 지팡이같이 훨씬 큰 놈이 꼴같잖은 자지 내놓고 댕기면 동네 사람 큰 구경거리 되겠다."

"딴 옷 내놔."

"니가 주머니 타령 하고 있다만, 그 주머니에 넣고 다니는 것이 공깃돌밖에 더 있나. 돌이나 넣고 다닐 주머니를 내가 알뜰하게 꿰매줄 까닭이 뭐꼬. 옷이란 게 사추리만 가려주면 그만이지. 주제넘게 무슨 주머니 타령이고. 알고 보면 나도 생각이 있어 한 짓이다."

주제넘는다는 한 가지 이유만으로 주머니를 건사하지 않았다가 그녀의 편지를 잃어버린 불사를 겪게 된 것이었다. 그러나 일변 생각하면, 주머니의 기능을 허술한 채로 방치하려는 어머니의 속셈을 간과할 수는 없었다. 생각이 있어서 한 일이라면, 내 또래의 아이들이 가장 손쉽게 저지를 수 있는 탈선이 바로 이 주머니로부터 시작된다는 것을 알고 있다는 뜻이기도 했다. 그런데 이주머니가 탈선의 온상이란 것을 알고 있는 것은 어머니뿐만 아니라 선생님들 역시 마찬가지였다. 선생님은 수업을 하다 말고 기습적으로 우리들의 주머니 속에 든 소지품들을 검색하곤 하였다. 청결검사, 숙제검사, 두발검사…… 수많은 검색의 위기를 넘고 있는 아이들이 가장 두려워했던 일이 바로 주머니 속의 소지품 검사였다. 모든 검사에는 반드시 예고가 있었다. 그럴 땐 검사에 완벽하게 대처할 수 있는 시간을 갖는다든가, 검사에 장애가 될 만한 것들을 제거하거나 예방하는 조처가 가능했다. 그러나 주머니 검사만은 언제나 기습적인 방법을 쓰는 것이었다.

"지금부터 책과 연필을 놓고 모두 일어서라."

아무런 낌새를 보이지 않고 수업을 계속하던 선생님의 입에서 느닷없는 분부가 떨어지곤 하였다. 영문을 모르는 아이들이 주섬주섬 자리에서 일어났다.

"빨리 일어나."

아이들이 일어서면 선생님은 다시 말했다.

"왼쪽 줄부터 차례로 복도로 나가서 정렬한다, 알겠지?"

아이들이 모두 복도로 나가서 정렬하면, 선생님의 삼엄한 분부가 떨어졌다.

"자기 주머니에 든 모든 소지품을 빠짐없이 손에 꺼내들어라. 발치에다 떨어뜨리면 안 된다."

아이들은 두려움에 떨기 시작했다. 아이들의 표정은 사람을 해치기 위한 식칼이라도 품고 있었던 것처럼 안절부절못했다. 아이들은 주머니를 뒤져내면서 생각하기 시작했다. 첫째는 그 소지품들이 지금 당장 자신의 주머니 속에 들어 있기까지의 경위에 대한 타당성의 유무였다. 그리고 경위에 대한 타당성이 입증될 수 있다 할지라도 제 또래의 수준에서 분수에 걸맞은가 하는 것이었다. 그러나 대개는 스스로의 질문에 대해 적절한 대답을 갖지 못한 물건들이 많았다. 그것은 그 본색들이 죄다 까발려지기에는 조금씩은 꺼림칙한 익명성들을 갖고 있었기 때문이다. 어른들이 볼 때는 변칙적인 방법으로 취득한 것들이거나 여러 사람들 시선에 노출되면 익명성이 훼손되는 비밀의 땟국이 묻어 있었다. 아이들의 소박한 욕망들이 그 물건들 속에 은밀하게 감춰져 있었기 때문에 그 비밀의 뿔들이 선생님으로부터 적발되거나 손상당하는 것은 싫었다. 그렇다 해서 우리들이 가진 소지품들이 대단한 재화적 가치를 지닌 것들도 아니었다. 혹은 학업 생활에 일대 손상을 입힐 만한 위험성을 지닌 것들도 아니었다. 어른들의 시선으로 보면 참으로 하잘것없는 것들이었다. 그런데 선생님이 노리고 있는 것이 바로 그러한 점이었다. 그 하잘것없는 소지품들에 대해서 선생님은 우리들이 상상하지 못했던 의미를 부여했다. 선생님의 질문은 누명을 씌우는 것으로부터 시작되었다.

"너 이거 어디서 훔쳤어?"

"아입니더."

"아니긴 뭐가 아냐. 선생님은 항상 네 머리 위에 있다는 걸 알아야 해."

그래서 선생님의 입에서 튀는 침은 항상 아이들의 이마 위로 떨어졌다.

"선생님, 훔친 거 아이래요."

"아니라요가 뭐야. 그런데요지."

그래서 소지품 검사가 있었던 날에는 필경 두서넛의 아이들이 선생님이 던진 챙이에 걸려들어 곤욕을 치르곤 하였다. 송곳날을 들이대는 듯한 선생님의 날카로운 추궁과 위협에 가위가 질려서 멀쩡하게 선 채로 오줌을 싸버리는 아이들도 있었다. 그때 체벌을 받은 아이들은 한동안 또래들로부터 조롱거리가 되거나 따돌림을 감내해야 했다. 아이들은 그들을 가리켜 담배를 피우는 애라거나, 라이터를 켤 줄 아는 애로 불렀다. 그래서 아이들에겐 완벽하게 보장할 수 있는 비밀이란 없었다. 선생님이 마음만 먹으면 아이들의 비밀은 언제든지 초라한 모습으로 노출되어버리곤 하였다. 그럼에도 불구하고 아이들은 끈질기게 소지품들을 주머니 속에 감추고 다녔다.

아이들이 그랬던 것처럼 이발관의 수채화 속에도 거울의 주인이었던 사람 나름대로의 비밀이 감추어져 있으리라고 믿었다. 그러나 그 수채화 속의 비밀을 탐지해낼 수 있는 유일한 열쇠였던 그녀의 편지를 나는 잃어버린 것이었다. 주머니라는 믿을 수 있는 자물쇠를 가지고 있었으면서도 그 주머니 때문에 열쇠를 놓쳐버린 셈이었다.

"야야, 니 거기서 뭣 하고 섰노?"

그 소리에 나는 소스라쳐 놀랐다. 뒤돌아보았더니 저만치 어머니가 서 있었다.

"오밤중에 오줌 누러 나간다던 것이 여기 와서 뭘 하고 있노?"

어머니의 목소리는 가볍게 떨리고 있었다. 나를 당장 낚아채지 않고 있는 것은 몽유병이라도 앓고 있는 것이 아닐까 의심해서였을 것이다.

"이발관에 사람이 있나?"

어머니가 창문 너머로 이발관 안쪽을 유심히 살폈다. 물론 사람의 기척이라곤 찾아볼 수 없었다. 어머니는 암담한 얼굴로 말했다.

"니 여기서 뭘 하노?"

"그냥……"

"그냥이라니. 이것아, 지금은 그냥이 아니고 한밤중이다. 도둑놈도 잠잘 시간에 도대체 무슨 변고로?"

나는 침묵으로 일관하는 수밖에 없었다. 어머니가 다가와서 손바닥으로 내 이마를 짚어보았다.

"열이 있는 것도 아이네. 야가 무슨 몹쓸 병에 걸린 것 아이가?"

"병 없다."

"야가 아모래도 이상하다. 장래가 만 리 같은 너를 저승사자가 업어가다가 버리고 간다는 일도 천부당만부당한 일이고, 오줌장군이 여기 있는 것도 아니고……"

"그냥, 놀러 왔다 카이."

"노는 일에 환장을 했다 캐도 잠자다 말고 놀러 간다는 말은 내 평생 처음 듣는 말이다. 니가 무당 년의 소생도 아닌데, 귀신들을 불러서 같이 논단 말이가."

"인제 자러 갈란다."

"이발관 주인이 니하고 놀자드나?"

"아니."

"그라모?"

"거울 보고 놀았제."

"야가 틀림없이 실성을 했다."

어머니는 몇 번인가 내 이마를 짚어보았으나 이렇다 할 병증을 발견할 수는 없었던 것 같았다. 그러나 어머니는 방문 고리를 단단히 걸어잠그고 오랫동안 내 기척을 살펴보았다.

그러나 내가 잃어버린 편지 사건은 긴 꼬리를 드리우고 있었다. 그 꼬리의 저편 끝에는 나로선 전연 예측할 수 없었던 또 하나의 사건이 똬리를 틀고 있었다. 그 이튿날처럼 학교 가는 일을 두고 참담한 갈등을 느꼈던 적은 없었다. 그러나 나는 일단은 운수가 좋았다. 매일 아침 교정에서 치르게 되어 있었던 전교생 조회 때 그녀를 발견할 수 없었기 때문이다. 어째서 그녀만이 공교롭게도 결근하게 되었는지 내막을 알 수 없었다. 그러나 내게 중요했던 것은 그녀의 추궁을 받지 않게 되었다는 요행이었다. 그런데 의외의 소동은 세 시간의 수업을 마친 다음에 벌어졌다. 그때 우리는 전교생 모두 운동장으로 집합하라는 갑작스러운 선생님의 지시를 받았다.

전교생이 운동장에 집결하자, 낯익은 한 선생님이 교단 위로 올라갔다. 그는 몹시 서두르고 있었다. 우리 전교생들은 그의 구령을 따라 양팔 간격으로 벌려서 정렬했다. 그다음에 떨어진 구령은 주머니 속에 있는 모든 소지품들을 각자의 발치에다 꺼내놓으란 것이었다. 그때 선생님들도 아이들의 소지품 검사를 위해 죄다 교정으로 나와 있었다. 그러나 서두르는 품이 여느 때와는 사뭇 달랐다. 그리고 아침에는 보이지 않았던 그녀가 교정 저쪽 끝자리에 서 있었다. 나는 가슴이 조마조마했지만 그녀는 우리 반 쪽으로는 시선을 돌리지 않았다. 소지품 검사는 짧은 시간이었기는 하였지만 꽤 엄격하게 진행되었다. 교정 여기저기에서 아이들에게 힐문을 던지는 선생님들의 열기 띤 목소리가 들려왔다. 상급반 아이들 중에는 불퉁가지를 내다가 따귀를 얻어맞기도 하였다. 그 삼엄한 기세는 주머니 속뿐만 아니라, 아침에 먹고 온 음식까지도 게워내주어야 직성이 풀릴 것 같았다.

그러나 검사를 시작했을 때의 삼엄한 분위기에 비한다면 결과는 너무나 엉뚱하고 하잘것없었다. 아이들을 몰아붙인 선생님들이 수거해간 소지품들은 서너 광주리에 해당하는 딱지였다. 역시 그들의 행동을 이해하기 어려웠다. 왜냐하면 교정에서 딱지치기가 금지되었던 적은 한 번도 없었기 때문이다. 물론 그 갑작스러운 수색이 그녀가 내게 건네주었던 편지와 관련이 있다고는 상상조차 할 수 없는 일이기도 했다. 그것이 전교생을 상대로 한 소지품 검사의 빌미가 되었다면, 그녀가 직접 나를 불러서 일의 시말을 추궁했을 것이었다. 그러나 그녀는 물론이었고 담임선생님도 어제의 일에 대해서 일언반구도 내게 묻지 않았다. 오히려 그들은 의식적이라 할 만치 내게 시선을 주지 않았다. 어제 해 질 무렵에 그런 일이 있었나 하는 의구심이 스스로에게 들 만치 그녀도 나를 철저하게 외면하고 있었다. 전교생들의 딱지를 서둘러 수거해간 이후로는 이상하게도 딱지와 관련된 일은 더이상 일어나지 않았다.

아이들은 교실로 몰려 들어오자마자 다시 맹렬하게 새로운 딱지를 접기 시작했다. 그것은 눈 깜짝할 사이에 아이들이 몰수당한 만큼의 수효로 불어났다. 애당초 딱지에 관심을 가지지 않았던 또래들도 덩달아서 종이를 접기 시작했다. 그것은 마치 가둬두었던 봇도랑의 물을 튼 것처럼 교실 바닥으로 흘러넘치기 시작했다. 그날 종회 시간에 교실로 들어온 선생님은 간곡한 어조로 협박하고 들었다.

"너희들은 집으로 돌아가는 즉시 집에 두었던 딱지들도 모두 태워 없애라. 길가에서 딱지치기를 하는 녀석들이 있다면 그땐 퇴학 처분이다."

그러나 그날 집으로 돌아갔던 나는 또다시 의외의 사건과 부딪치게 되었다. 저녁밥을 먹고 있던 어머니가 불쑥 사건의 전모를 늘어놓기 시작했다.

"오늘 아침나절에 이발관 주인이 끌려갔다."

끌려간다는 말은 아우나 내게 익숙하게 감지되는 말이 아니었다. 우리들에게서 이렇다 할 반응을 얻어내지 못한 어머니는 다시 고쳐 말했다.

"이발관 주인이 형사들한테 잡혀갔다."

나보다 먼저 호들갑스럽게 되물은 것은 아우였다.

"이발관 주인이 우째 잡혀갔노?"

"포승줄에 꽁꽁 묶여가는 거야 나도 봤다. 그 사람이 빨갱이였
다는 걸 귀신도 몰랐던 기라."

그제야 나는 어머니를 뚫어져라 바라보았다. 아우가 다시 물
었다.

"우짜다가 잡혀갔노."

"죄를 지었으니 잡혀갔제."

"무슨 죄를 지었는데."

"사람 사는 세상에 지을 죄가 한두 가지 아이제."

"무슨 죄를 지었노 카이."

"대역죄다."

"대역죄가 뭐꼬?"

"빨갱이가 짓는 죄가 대역죄다."

"빨갱이가 뭐꼬?"

"야가, 왜 자꾸 꼬치꼬치 파고드노. 거시기가 빨갱이지 빨갱이
가 따로 있겠나."

"거시기가 뭐꼬?"

"야가 또 남의 진땀을 빼려고 오금 박고 드네. 고만 시끄럽다."

어머니가 쏘아붙인 말은 적절하지 못했다. 그것은 아우의 의구

심만 더욱 부채질한 것이기 때문이었다. 나 역시 그랬다. 빨갱이란 말은 너무나 추상적인 것이어서 그 실체를 짐작조차 할 수 없었던 것은 마찬가지였다. 어머니도 아우에게 무턱대고 쏘아붙인 것을 부질없는 일로 생각한 것 같았다. 어머니는 가라앉은 목소리로 말했다.

"대역죄란 게 도둑질보다 더 나쁜 죄라더라."

"인제 우리 동네에는 이발관이 없어지제?"

"이발관 없어지는 게 대단한 일이가. 엎어지면 코 닿을 이웃에 빨갱이가 살았다 카이, 나는 아직도 가슴이 뛴다. 열 길 물속은 알아도 두 치 사람 속은 모른다 카디, 그 말이 맞제."

"그 사람 가막소 가나?"

"가다말다. 평생 징역을 살지도 모를 일이제."

"다시는 안 오나?"

"야가 시방 뭐라 카노? 그 사람 다시 만나서 뭐할라꼬? 설사 다시 온다 하더라도 그 사람 근처에는 얼씬도 말거라."

"그 사람 몸에 옴 붙었나?"

"옴이 번졌으면 약이라도 있제. 창자가 빨갛게 물든 사람은 죽어서 썩어자빠지기 전에는 약도 없다 카드라."

"어째서 빨간 물이 들었노?"

"사람들 하는 말로는 유식했던 게 불찰이었다 카더라."

"유식이 뭔데?"

"세상 돌아가는 이치에 달통하는 게 유식이다. 글이라면 모르는 게 없는 것이 유식인 기라."

"엄니는 글 모르면 사람 행세 못한다고 했잖어."

"내가 언제 그랬노?"

"엄니가 그랬어."

"글쎄 말이다…… 유식한 것도 넘치게 되면 그런 횡액을 당하게 되는 기라. 물두멍에 물이 적은 것도 탈이지만 너무 많이 길어 부으면 넘쳐서 부엌 바닥 적시듯이 글공부도 분수에 넘치면 남의 지청구가 되는 기라."

그때 어머니의 표정은 곤혹스러워 보였다. 그러나 파고드는 아우의 공격은 아직 날이 무디어지지 않고 있었다.

"그라모 나는 히야처럼 학교 가지 않아도 되겠다."

"야가 미쳤나. 시방 뭐라 카노."

"학교 댕기면 글공부해야 된다 카더라."

"이것아, 이발관 주인은 대학교를 마쳤다더라. 니는 중학교도 마칠까 말깐데, 시방 얻다 대고 저울질이고?"

"나는 중학교만 댕겨도 빨갱이 될 긴데."

"구더기 무서워 장 못 담그겠다. 니놈이야 빨갱이가 되건 말건 중학교 졸업은 해야 사람 구실 한다."

"빨갱이 되면 가막소로 끌려갈 긴데."

"네놈이 끌려가도록까지 내가 살고 있겠나? 진작 죽어서 그 꼴을 안 보고 말제."

"그래도 끌려갈 긴데."

"이놈이 또 에미 속 지르고 있네."

"내가 끌려가면 히야 니는 우짤래?"

"나도 같이 끌려갈 기다."

"집구석 꼬라지 잘돼간다. 이 물귀신 같은 소생들."

어머니는 아우와 나를 비틀어 물듯이 노려보았다. 우리 세 식구가 받고채던 대화는 또다시 실타래처럼 얽히고설켜서 처음이 어디서부터 시작되었고 어디에서 끝장이 날 것인지 오리무중이 되고 말았다. 우리들의 대화에 아우가 끼어들기만 하면 머지않아서 십중팔구 그 모양으로 엉키거나 구겨지고 말았다.

"그 사람 이발 솜씨가 왜 그렇게 서툰가 하였더니만, 본색을 감추고 이발사로 가장하느라고 솜씨가 그 모양이었던 기라. 글쎄, 비밀 서류를 이발관에 걸어둔 그림 뒤에다가 숨겨놨다 카드라. 숱한 사람들이 그림을 쳐다보며 좋다 좋다만 했지 그림 뒤에 비밀 서류 끼워둔 것은 꿈에도 생각 못했겠제. 그런데 형사들이 우째 알았는지, 이발관으로 들이닥쳐선 그림부터 잡아떼더란다. 귀신이 곡할 노릇이제. 이발사도 몹쓸 사람이제, 그 비싼 월사금 들여서 남들은 쳐다보지도 못할 대학교를 졸업하고 끽해서 빨갱이가 되다이. 팔자가 꼬여도 예사로 꼬인 게 아이제."

나는 자리에서 일어났다. 문을 열고 밖으로 한 발 내딛는 찰나,

어머니의 불벼락이 등뒤에 떨어졌다.

"니 시방 어디 가노?"

"놀러."

"이 밤중에 놀러? 실타래같이 긴 여름 하루해를 그렇게 모질게 놀고도 못다 놀아서 야밤에 또 놀러 간다 말이가?"

"금방 온다 카이."

"이놈아, 니 속셈을 내가 모를 줄 아나?"

"놀러 간다 카이."

"놀러 가? 이발관 갈라꼬 나가고 있는 게 아니고? 저놈이 실성을 해도 단단히 했지. 무슨 여귀가 붙어서 해만 졌다 하면 이발관으로 달려가노."

그때 아우가 어머니의 말을 되받았다.

"히야한테 빨갱이 귀신 붙었다."

어머니는 그 보란 듯이 소리 질렀다.

"니 동상 얘기 들었제? 냉큼 못 들어오나? 인제부터는 이발관 근처에는 얼씬도 말거라. 니가 이발관 근처를 오락가락하게 되면 내가 가막소 신세를 지게 된다. 그 사람하고 무슨 꿍꿍이속이나 있는 줄 알고 날 잡아가지 않겠나? 내가 잡혀가고 나면 너그들 신세 꼬라지가 어떻게 되겠노. 나야 삼시 세 끼 거르지 않고 주는 콩밥으로 연명한다지만 너그들은 곱다시 굶어죽는다. 거라지 열도 못 당할 너그들 목구멍에 누가 좋아 곡기를 알뜰히 떠넣어주겠노."

저주에 가까운 어머니의 성화를 뿌리칠 수 없었다. 저녁 내내 문밖출입을 차단당했던 나는 결국 일찍 잠자리에 들어야 했다. 그러나 여느 때는 맹렬한 기세로 덮쳐오던 잠이 그날 밤만은 시간이 흐를수록 멀리로만 달아났다. 그날 밤 어머니는 글공부를 하지 않았다. 오랫동안 잠들지 않고 뒤척였다. 어머니의 숨소리가 고즈넉해진 것은 오랜 시간이 흘러간 뒤였다.

나는 한밤중 몰래 집을 빠져나왔다. 이발관으로 달려갔을 때, 과연 어머니의 말이 거짓이 아닌 것을 깨달았다. 밖에서 얼른 보기에 이발관은 출입문만 자물쇠로 채워져 있을 뿐 멀쩡했다. 그러나 안쪽을 넘어다보면, 사람들의 발길질이 헤적이고 간 횡포의 흔적이 역력했다. 거울의 주인이 평소에 조심스럽게 다루곤 하던 이발 기구와 집기는 바닥 여기저기에 흩어져 나뒹굴었고, 목제 의자 역시 찌그러진 채 가로 넘어져 있었다. 쓸고 닦던 툇마루에도 어지러운 발자국이 남아 있었다. 끌려가지 않으려는 사람의 몸부림과 끌고 가려는 사람들의 몸싸움이 남긴 탄력의 흔적도 선명하게 드러나 있었다. 물론 내가 찾고 있던 수채화는 보이지 않았다. 그러나 나는 곧 그림을 발견할 수 있었다. 바닥으로 떨어진 그림은, 찌그러진 채 넘어진 목제 의자 아래에 깔려 있었다. 그림은 언뜻 보아서 떨어진 것 외에는 손상을 입은 것 같지가 않았다.

"그림 속에 비밀 서류 끼워넣은 것은 꿈에도 생각 못했겠제."

두려움에 떨리던 어머니의 말이 생각났다. 그러나 나는 어머니의 말에 동의할 수 없었다. 어머니가 저주하고 두려워해 마지않았던 빨갱이와 이발사가 내게는 전혀 별개의 존재로 여겨졌기 때문이다. 그러기에 내 뇌리 속에 박혀 있는 거울의 주인과 그녀의 영상은 결코 손상을 입을 수 없었다. 우리들 또래가 관심을 기울이는 표적일수록 어른들에게는 무관심의 대상이었고, 우리들 또래가 소홀하게 넘기는 일에 어른들은 피칠갑이 되도록 붙어 싸우기도 했다.

현실의 세계에서 거울의 주인은 이미 사라지고 없었다. 어른들은 그가 현실 세계에 남아 있을 땐 관심을 보이지 않다가 그가 사라진 지금 이러쿵저러쿵 말이 많은 것 같았다. 그러나 거울의 주인은 완연한 현실로 그 수채화 속에 남아 있었다.

나는 문득 그림을 갖고 싶었다. 물론 폐쇄 조치가 내려진 이발관은 다시 문을 열지 않았다. 출입문에 채워진 자물통은 언제나 그 자리에 침묵을 지키며 매달려 있었다. 창문 사래와 벽에는 먼지가 쌓여 갔다. 거울 면에도 먼지가 내려앉아 피사체의 선명도가 눈에 띄게 손상되어갔다. 그리고 그림 속에 담겨 있는 그녀는 매일 볼 수 있었지만, 학교에 나타나던 그녀는 그다음 날부턴 볼 수 없었다. 물론 그녀가 연주하던 낭랑한 풍금 소리도 들을 수 없게 되었다. 하학 후에 인적이 사라진 학교로 가면 석양빛을 타고 교정으로 흘러나오는 그녀의 풍금 소리를 들을 수 있었다. 그 풍금 소리를 따라 교사의 북쪽 끝으로 가면 길게 뻗은 복도에 가득하게 흘러넘치는 풍금 소리를 가까이 들을 수 있었다. 복도를 따라 교무실 쪽으로 가보면, 텅 빈 교무실에서 그녀는 혼자 남아 건반을 고르고 있었다. 파마머리를 뒤로 모아 붉은 댕기로 잡아맨 그녀의 뒷모습이 바라보였다. 그녀의 이마가 건반 위로 꼬꾸라질 듯하다가 다시 격렬하게 치켜세워질 때마다 음률은 반드시 한 옥타브씩 솟아오르곤 하였다. 물너울을 손가락으로 튀기듯, 징검다리를 껑충껑충 건너뛰듯 하던 선율은, 어느새 낭떠러지 아래로 굴러떨어지듯 절망적이다가 다시 그네 위에 매달린 듯 흐느적거리기도 하였다.

나는 그녀의 풍금 소리를 따라 징검다리를 건너가서 낭떠러지 위로 달려갔다가 다시 그네를 타고 수면 위로 아득히 미끄러져가기도 하였다. 가슴을 파고드는 듯한 그 풍금 소리는 늑골을 휠 듯이 아금받게 옥죄고 들던 배고픔까지도 먼 허공으로 흩날려버리기에 충분했다.

그녀는 내게 멀고먼 곳을 여행할 수 있는 한 장의 승차표를 건네주었다. 찌든 가난과 어머니의 저주와 두엄 냄새로 가득찬 이 을씨년스러운 마을을 떠나, 지금까지 한 번도 가보지 못했던 곳으로 나를 실어다주었다. 나귀를 태워줄 때도 있었고, 어느 땐 나 스스로 날개를 펼쳐 비행할 수 있도록 내버려둘 때도 있었다. 그러나 내 방종을 무제한으로 허락해주었던 먼 여행이었다 할지라도 마지막으로 안착시키는 곳은 언제나 교무실 창문 밖의 복도였다.

그녀가 거울 주인과 연좌되어서 감옥으로 끌려간 것인지, 아니면 고령의 연세인데도 불구하고 하룻밤 사이에 한복 한 벌을 지어냈다던 어머니 곁으로 돌아간 것인지는 알 수 없었다. 많은 아이들이 그녀의 행방에 대한 궁금증을 풀지 못해 안달이었다. 그러나 선생님들은 그녀의 행방에 대해서 소상하게 설명하려들지 않았다. 선생님들은 그녀에 관한 일에 구린내가 날 정도로 입을 다물고 있었다. 그럴수록 나는 매일 이발관 앞을 지나치면서 떨어져 있는 그림이 그 자리에 있는가 없는가를 골똘하게 확인하곤 하였다. 그러나 그림을 꺼낼 수 있는 기회는 오지 않았다. 출입문에 채워진 자물쇠를 부술 수 없었기 때문이다. 자물쇠를 비틀어 부술 수 없다면 다른 방법을 선택할 수 있었다. 이발관과 연결된 여인숙으로 들어가면, 이발관 안으로 들어설 수 있는 미닫이문이 달린 방이 있었다. 체포되어간 거울 주인의 거처방이기도 했던 미닫이문 달린 그 방의 내부를 본 적은 없었다. 그 방은, 길가 쪽 바람벽에 외짝 바라지 한 개가 달려 있었지만 내가 기어오르기에는 너무 높은 곳에 있었다. 어쨌든 여인숙집 마당으로 들어가서 그 방을 거치지 않고는 이발관 안으로 들어갈 수 없었다.

그 여인숙집에는 옥화(玉花)로 불리는 계집아이가 있었다. 아우와 같은 또래였던 그 계집애는 옥화라는 어엿한 이름을 갖고 있었지만 마을 사람들에겐 팔푼이란 별호로 불렸다. 아이의 몸에서는 항상 쉰내가 났고, 거위처럼 뒤뚱거리는 걸음새에 항상 먼

산바라기를 하고 있는 듯한 초점 없는 눈자위로 사람을 바라보았다. 오른편에 서 있는 사람을 보려는 그 아이의 눈동자는 왼편으로 기울었고, 왼편에 있는 사람을 보는 그 아이의 눈동자는 오른쪽으로 기울어져 있었다. 표적에 얽매이지 않는 그 일탈의 시선은 항상 우리들에게 계면쩍음을 안겨주곤 했었다. 게다가 소화가 제대로 안 되는지 쉴 새 없이 트림을 하곤 하였다. 배냇병신이었던 옥화가 우리 세 식구의 대화 속에 등장하면 어머니는 목청을 돋웠다.

"삼신할미는 공평한 분이다."

어머니는 대개 그런 식으로 허두를 뗴었다.

"청도여인숙이 이 동네에선 다섯 손가락 안에 드는 알부자다. 그런데 그 댁 슬하에는 머슴아가 없제."

물론 아우가 냉큼 끼어들었다.

"왜 머슴아가 없노."

"아낙네의 자궁이 기박하면 머슴아를 점지받지 못한대이. 피붙이라곤 쓸모없는 기집아 둘만 생산을 하고 단산을 한 모양인데, 그나마 그 애물단지 둘 중에 하나가 팔푼이 아이겠나. 그래서 삼신할미가 공평한 기라."

삼신할미가 공평하다는 말을 우리는 곧장 알아들을 수 없었다.

"우리 세 식구가 살아가는 꼴을 보거라. 이게 죽지 못해 견디는 게지 산다고 할 수 있겠나? 그렇지만 너들을 보거라. 얻다 내놔도

푸대접받지 않을 사나자식들이제. 큰놈은 옆에서 벼락이 떨어져도 꿈쩍 않을 만치 듬직하고, 작은놈은 오뉴월에 백사지에 업어다놓더라도 살아날 만치 다부지제. 둘만 낳아서 이렇게 구색맞추기도 어렵제. 삼신할미가 내한테 재물을 점지하지 않은 대신 너들 둘을 점지한 기다. 내가 찢어지도록 가난하지만 청도여인숙집 형편을 보면서 위안을 받을 때가 많다."

그러나 어머니는 모르고 있는 것이 있었다. 어머니가 자랑스럽게 여기고 있는 슬하의 두 아들이 어머니가 팔푼이로 여기고 있는 옥화에게 선망의 시선을 보내고 있다는 것이다. 아우와 내가 배냇병신인 옥화를 표적으로 삼거나 회유의 대상으로 삼고 있은 지는 오래된 일이었다. 옥화는 좀처럼 집 밖으로 나다니는 아이가 아니었다. 제출물로 길목을 가늠할 수 없었던 그 아이의 옷섶에는 주소와 이름이 적힌 명찰이 매달려 있었다. 대개 대문 밖 몇 발자국 주변이 옥화의 놀이터였다. 그 아이가 대문 밖에서 놀고 있을 때 열에 일곱 번 정도는 양손에 떡을 들고 있었다. 콩이 꾹꾹 박혀 있는 무거리떡이거나 손바닥에 묻어날 정도로 참기름을 듬뿍 바른 송편이기도 했다. 그런 옥화를 빗대어 아우가 투정을 부린 적이 있었다.

"엄니, 여인숙집에는 떡해 먹드라."

"니가 그걸 우째 아노."

"옥화는 맨날 양손에 떡을 쥐고 먹드라."

"그 집구석 알부자면 알부자지, 사흘돌이로 떡해 먹으며 동네 방네 소문낼 건 뭐꼬."

"엄니, 우리도 떡해 먹자."

"차라리 날 엎어놓고 뜯어먹어라. 떡이란 것은 음식이 아니고 주전부리다. 심청전에 나오는 뺑덕어미도 주전부리로 패가망신한 장본인 아이겠나. 제 오지랖도 챙기지 못하는 팔푼이에게 군것질부터 가르치는 걸 보이, 그 집도 얼마 못 가 쪽박 차고 한길로 나서겠다."

어머니가 뭐라고 저주를 퍼붓든 간에 떡을 쥐고 있는 옥화를 발견하면 아우의 눈은 빛났다. 아우가 옥화의 떡을 표적으로 삼을 때 사용하는 무기는 우리들이 수집해둔 상표 딱지였다. 나는 그것들을 주워모으는 데 열중했을 뿐 그 뒤의 조처에 대해선 별 무관심이었다. 그러나 아우는 그것을 쓸모 있게 이용하는 일에는 나보다 현명했다. 여인숙집 대문간에서 떡을 쥔 옥화를 발견하면 아우는 당장 집으로 달려갔다. 그리고 모아둔 상표 딱지를 가져왔다. 아우가 옥화를 다루는 솜씨는 어른들이 일삼는 계략의 차원을 넘어섰다. 여러 장으로 된 갖가지 상표를 뒷짐 진 손에 감춘 아우는 춤사위로 덩실거리며 옥화에게 접근했다. 옥화의 경계심을 희석시켜놓으려는 심산에서였다. 그러나 옥화에게 바싹 다가서기까지 떡에 대해선 전혀 무관심한 체했다. 그 떡을 낚아채고 싶은 욕구가 크면 클수록 오히려 초연한 것처럼 행동했다. 그래야만 옥화도 경계심을 탁 풀고 이상한 거동으로 다가서는 아우에게 호기심을 보일 것이기 때문이었다.

물론 아우가 그런 방법을 선택하게 된 것은 그동안에 겪었던 수다한 시행착오를 경험한 후의 일이기도 했다. 옥화의 경계심을 누그러뜨리는 데 성공했다 싶으면, 아우는 드디어 형형색색의 상표 그림을 꺼내놓게 된다. 처음에는 시무룩하던 옥화도, 수효를 거듭할수록 그 모양새와 착색을 달리하는 상표 그림들에 관심을 나타내기 시작했다. 그러나 아우의 연극은 상표 그림을 나열하는 것에만 그치는 것은 아니었다. 캥거루가 그려진 상표가 나오면 아우는 두 팔을 가볍게 오그리고 캥거루가 뛰는 시늉을 해 보였고, 송아지가 그려진 상표 그림일 때는 두 팔로 땅을 짚고 엎드려 송아지 울음소리를 내질렀다.

옥화의 말솜씨는 우리들이 거의 알아들을 수 없을 정도로 어눌했으나 상대방의 말은 곧잘 알아들었다. 그녀의 표정은 구름 끼어 있는 초겨울 하늘처럼 언제 보아도 찌푸려 있었다. 상표 그림과 고조되는 아우의 춤사위를 번갈아보고 있는 옥화의 표정은 그때마다 발갛게 상기되곤 하였다.

그런데도 아우는 옥화가 쥐고 있는 떡에 대해선 철저할 정도로 관심을 보이지 않았다. 그러나 아우의 연극을 몇 발자국 뒤에서 지켜보고 있는 나는 그때부터 군침을 삼켜도 좋았다. 물론 옥화는 두 손 중 한쪽의 떡을 버리고 자신의 발부리 앞에 널려 있는 상표 그림들을 낚아채고 싶었을 것이다. 그러나 이상하게도 옥화는 망설임이 많은 아이였고, 일단 자기 손에 넣은 것이라면, 그것이 쓸모없는 돌이라 하더라도 무턱대고 내던지는 아이가 아니었다. 자신의 손안으로 집어든 물건은 자기 어머니가 호통을 친다 해도 손쉽게 내버리지 않았다. 그러나 아우는 옥화의 끈질긴 집착력에 대해선 아랑곳하지 않았다. 아우가 지금 공력을 들여 겨냥하고 있는 것은 옥화가 들고 있는 떡이 아니었기 때문이다.

그런 아우의 속셈을 꿰뚫어보고 있는 유일한 사람은 나였다. 이제 상표 그림의 전시도 끝났고, 아우의 춤사위도 막을 내렸다. 아우가 옥화의 발치에 전시해 보였던 상표들을 화툿목처럼 챙겨 쥐기 시작하면 옥화의 망설임은 최고조에 이른다. 떡을 버리고 손을 내미느냐, 아니면 떡을 건네주고 상표를 바꿔 가지느냐는 망설임이 그것이었다. 그러나 옥화는 전연 예기치 않았던 횡재와 만나게 된다. 상표 그림을 챙겨쥔 아우가 그것을 몽땅 옥화의 떡 쥔 손에 쥐여주기 때문이었다. 그때 아우는 옥화에게 물었다.

"이거 좋제?"

물론 옥화는 수없이 고개를 주억거렸다. 그러나 아우의 연기는 그즈음에서 한고비를 넘기는 것이었다. 그것을 건네주고 난 뒤 옥화가 돌아서기 전에 상표 그림을 한 장씩 야금야금 다시 빼앗기 시작하는 것이었다. 처음에 두서너 장을 빼앗길 때까지 옥화의 표정은 일그러지지 않았다. 그것들은 이미 자신의 소유가 된 것이긴 하지만 몇 분 전의 기억을 더듬어볼 때, 아우의 소유였다. 그랬기에 한두 장 정도의 손실은 감수하면서 아우의 변덕을 의구심이 만만찮은 시선으로 바라보기만 했다. 그러나 그것이 아니었다. 아우의 변덕은 계속되고 있었다. 입귀가 비쭉거리기 시작하던 옥화는 드디어 울음을 터뜨리게 된다.

바로 그것이 아우가 겨냥하고 있던 최종의 표적이었다. 옥화가 입귀를 비쭉거리면서 울음을 터뜨릴 조짐을 보일 때, 아우는 더욱 재빠른 속도로 상표 그림을 빼앗아서 옥화가 터뜨리는 울음소리가 격렬하도록 유도한다. 옥화의 울음소리가 최고조에 도달하게 되면 이제 아우가 상대해야 할 사람은 옥화가 아니었다. 결코 오랜 시간이 흐르지 않아 집안에서 어른이 달려나오기 마련이었기 때문이다. 대개의 경우, 육덕이 푸짐한 옥화 어머니가 오리 궁둥이를 뒤뚱거리며 달려나왔다. 그녀는 대뜸 아우를 턱짓하며 베어물 듯이 물었다.

"니가 옥화를 해코지 했제?"

"안 그랬니더."

"그럼 두들겨줬디나?"

"아입니더."

"그럼 꼬집었구나."

"안 그랬니더."

"쥐어박기라도 했겠제?"

"안 그랬다 카이요."

"옥화는 양철 뚜껑이기 때문에 건드리기만 해도 소리가 난다. 옥화야, 어디 보자."

그녀는 옥화의 몰골을 꼼꼼하게 살펴보았다. 그러나 옥화의 사추리까지 뒤진다 해도 꼬집힌 자국도 쥐어박힌 자국도 찾아볼 수 없었다. 손에 들려 내보냈던 떡도 축난 것 없이 온전하였고 일방적으로 손찌검을 당한 흔적도 없었다. 더욱이나 아이들 또래가 보면 혹할 만한 상표 그림 등속까지도 들고 있는 것을 보면, 옥화가 삼이웃이 들썩하도록 울어야 할 까닭은 결코 없었다. 그래서 옥화 어머니의 다음 질문을 우리는 예견하고 있었다.

"도대체 야가 왜 울고 있제?"

아우가 대답했다.

"옥화한테 물어보래요."

"그래도 까닭 없이 울 아는 아인데."

"내 그림 딱지를 옥화가 뺏었니더."

그것은 어불성설이었다. 아우같이 다부지고 앙큼한 아이가 반편인 옥화에게 가졌던 것을 빼앗길 리는 없었다. 그러나 눈앞에 벌어진 결과로는, 아우의 말이 거짓이 아니었다.

"옥화가 이걸 달라고 앙탈하드나?"

"예."

"야는 원래 꺼꾸렁 욕심이 많은 아다."

"예."

"니 정말 안 때렸나?"

그때, 아우는 당장 대답하지 않았다. 아우는 뒤에 선 내게 물었다.

"히야, 내가 옥화 때렸나?"

물론 나는 목젖이 휘도록 고개를 좌우로 흔들었다. 그러나 그녀의 의구심은 깊어갔다.

"그런데 옥화가 어째서 니 걸 빼앗었노?"

"야가 달라고 졸랐니더."

"그래서?"

"처음에는 두 장만 주려고 했는데, 꺼꾸렁 욕심이 많아서 모두 달라고 했니더."

"니는 이게 꼭 필요한 기가?"

"아이요."

"그렇다면 옥화를 주는 게 어떻겠노?"

그때, 아우는 더이상 볼멘소리로 앙탈하진 않았다.

"그래, 니는 다시 모으면 되니까 기왕 이렇게 된 거, 이것은 옥화를 주자. 니는 날 따라오너라."

옥화 어머니를 뒤따라 대문 안으로 들어서면서 아우는 내게 혓바닥을 날름하였다. 이제 연극은 막을 내렸다는 신호이면서, 멀리 가지 말고 그 자리에서 기다리고 있으라는 신호이기도 했다.

머지않아 의기양양해서 되돌아나오는 아우의 손에는 옥화가 들고 있던 것보다 훨씬 많은 무거리떡이 들려 있었다. 그러나 우리는 길바닥에서 그것을 허겁지겁 먹지는 않았다. 집으로 돌아간 우리는 그 전리품을 놓고 한바탕 와자지껄하게 떠들었다. 아우는 그때 말한다.

"히야, 이 떡 공평지게 농구자."

아우는 언제나 전리품을 반분하자는 제의를 잊지 않았다. 나는 부엌으로 내려가서 무거리떡을 반분의 몫으로 지우는 데 가장 적절한 도구인 식칼을 들고 들어왔다. 그동안 아우는 떡에 박혀 있는 콩 한 톨 뽑아먹는 법이 없이 조용히 기다렸다. 우리는 반분의 몫으로 떡을 잘랐다. 그러나 아우는 자신의 몫에서 한입 뚝 떼어 내게 건네주기 마련이었다.

"히야는 형이니까 많이 묵어야 한다고 엄니가 안 카드나."

모든 사람에게 공격적이고 암팡지게 굴었지만 유일한 혈육인 내게만은 사리분별이 따끔하도록 분명했다.

내가 이발관 안으로 들어가려면 옥화를 통해서만 가능한 일이었다. 그러나 아우가 알고 있듯이 나는 옥화의 또래가 아니었다. 그래서 아우처럼 옥화를 조리 있게 다룰 줄도 몰랐다. 아우를 꼬드겨서 옥화에게 접근할 수 있는 방법을 터득할 수도 있었다. 그러나 양손에 떡을 들고 있지 않은 옥화에 대해서 아우는 관심이 없었다. 그리고 내가 만약 옥화를 꼬드겨서 이발관 속을 탐험하겠다고 한다면 아우는 필경 그 계획을 그르치게 만들 것이었다. 그것을 어머니에게 고자질하리란 것은 불을 보듯 확실한 일이었다. '다시는 이발관 근처에 얼씬도 말거라. 내가 가막소로 끌려간다'던 어머니의 말을 아우 역시 기억하고 있을 것이었다. 그랬기 때문에 아우가 내 계획에 발벗고 가담할 수 있는 묘책을 찾기란 어려운 일이었다. 더욱이나 아우는 떡 주무르듯 다룰 수 있는 옥화를 바라보았을 때, 내가 느끼는 것은 무기력이었다.

옥화가 대문간에서 혼자 놀고 있는 모습을 간혹 발견하긴 했지만 내 재간으로선 손쉽게 접근할 수 있는 방법을 찾을 수 없었다. 옥화는 양철 뚜껑과 같아서 해코지 않고 건드리기만 해도 소리가 난다던 옥화 어머니의 말이 언제나 먼저 생각났고, 그것이 나를 주저하게 만들었다. 옥화는 양손에 떡을 들고 있지 않았다. 그것은 옥화가 보여줘야 할 본래의 모습이 아닌 것처럼 생각되었다. 양손에 떡을 들고 있지 않을 때 옥화의 모습은 너무나 추상적이었다. 그녀의 표정은 곧장 눈이 내릴 듯한 초겨울 하늘처럼 잔뜩 찌푸려져 있었고, 어떤 사람의 접근도 거부하겠다는 망연자실의 시선을 허공에 띄워놓고 있었다. 그런 옥화의 모습에는 무턱대고 범접할 수 없는 어떤 귀기 같은 것이 서려 있었다. 그것은 내가 길들여져서 편안함을 느낄 수 있는 일상의 얼굴이 아니었다.

옥화의 그런 모습에 비하면 술도가의 잡역부였던 삼손은 그렇지 않았다. 옥화의 모습에서는 그녀가 품고 있는 속내를 읽을 수 없었지만, 삼손은 어떤 모습으로 시치미를 떼고 있다 해도 그 속셈이 곧장 우리들에게 들통이 나버리곤 했다. 그가 술도가 출입문의 문턱을 깔고 앉아 졸고 있을 때는, 고두밥을 말려둔 멍석을 노리고 있는 악다구니들을 유인하려는 속셈이었다. 그리고 그가 빗자루를 들고 한터를 쓸데없이 분주를 떨며 쏘다닐 때는, 머지않아 그의 두려운 상전인 술도가 주인이 나타난다는 것을 예고하는 것이었다. 그리고 그의 표정이 잔뜩 찌푸려져 있을 때는 그의 천적인 시계포 최씨로부터 조롱을 당했을 때였다. 삼손이 그런 표정을 짓고 있을 때를 우리는 경계하고 있었다. 멋모르고 멍석 주위로 범접했다간 예상외의 큰 곤욕을 치르기 십상이었기 때문이었다.

고심하던 나는 바로 삼손의 힘을 빌리기로 작정했다. 이발관 출입문에 매달린 자물쇠를 단숨에 비틀어 잡아뗄 수 있는 사람으로는 적어도 이 마을에서는 삼손뿐이었다. 어느 날 해질녘을 기다려서 나는 삼손에게 접근했다. 그때 그는 술도가 술청 주위에 돋은 잡초들을 뜯고 있었다. 내가 등뒤로 가서 '아저씨' 하고 부르자, 그는 등을 보이고 앉았던 자세에서 고개만 뒤로 돌렸다. 그러나 나는 그의 관심을 유도할 수 있는 적당한 말을 당장 찾아낼 수 없었다. 그래서 불쑥 내뱉은 한마디가 그에겐 달갑지 못한 말이 되고 말았다.

"내 심부름 한 가지 해줄라니껴?"

그는 무표정한 얼굴로 한동안 나를 뚫어져라 바라보았다. 그러다가 메스꺼운 듯,

"야, 이 자슥아, 개똥참외만한 게 어른을 보고 뭐라 캤노?"

"심부름을 해달라꼬요."

"날 보고 니 심부름을 하라꼬?"

"예."

"꼭 해줘야 되겠나?"

"예."

"야, 이놈 봐라. 쥐불알만한 놈이 가당찮은 소리 하지 마라. 쬐꼬만 놈이 어른 심부름 시켜먹겠다고? 하기는 내가 심부름꾼으로 그럭저럭 견디고는 있는 처지다만, 인제는 니까지 날 부려먹을라 카나?"

"부려먹을라는 게 아이라 카이요."

"고놈 참, 맹랑한 놈일세. 날 부려먹겠다고 턱 쳐들고 땅땅 벼르고 있으면서 그게 아이라네."

"부려먹는 게 아이라 카이요."

"이놈아, 버릇없이 어른을 개 부리듯 부려먹을라 카면 못쓴다. 학교 댕기면서 뭘 배우노."

"그게 아인데……"

"그게 아이면 뭐꼬? 딱 부러지게 내뱉어보그라."

"이발관 문을 좀 열어달라꼬요."

"이발관?"

"예."

"이발관은 왜? 거기다가 쥐불이라도 놓을라 카나?"

"아이요."

"무신 볼일이라도 있나?"

"예."

"볼일이 있어……"

삼손은 힐끗 이발관 쪽을 일별했다. 그러나 그는 내가 예상했던 것처럼 개운찮은 표정을 짓지는 않았다. 어머니와 달리 삼손은 이발관에 대해서 별다른 두려움을 갖고 있지 않은 것 같았다.

"맞어. 나도 이발관 속사정이 궁금했다 카이. 니도 안으로 들어가보고 싶었던 게 맞제?"

"아입니더."

"아이라니, 그 속에 무슨 보물이라도 있을까 싶어서 날 보고 가보자는 것 아이가?"

"아입니더. 공을 빠뜨렸거든요."

"공을 빠뜨렸다고? 어쨌든 가보자."

삼손이 벌떡 일어섰는데, 그가 내 요구를 손쉽게 들어주었던 것에는 그 나름대로 이유가 있었다. 그는 앞장을 서면서 뇌까렸다.

"먼젓번에 니가 없었다면 나는 그 시계포 최가 놈에게 곱다시 팔푼이 취급을 당할 뻔했다. 어디 그뿐이냐. 온 동네 사람들에게 우세를 당할 뻔했지."

나를 이끌고 이발관 앞으로 간 삼손은 자물쇠를 발견하고 잠시 난감한 표정을 지었다. 그런데도 내가 거짓으로 둘러댄 그 공이 어디쯤 떨어져 있느냐고 묻지도 않았다. 이미 내 요구를 들어주기로 한 이상 곰상스럽게 따지고 들지 않겠다는 삼손 나름대로의 배포 때문인 것 같았다. 그는 길 양쪽을 살폈다. 멀리 길을 건너가고 있는 행인들이 보이긴 했지만 우리들 쪽으로 관심을 두고 있지는 않았다. 그는 자물쇠를 꽉 잡아쥐더니 옆으로 빠드득 비틀었다. 자물쇠와 연결되어 있던 쇠고리에 박힌 못이 일 같잖게 쑥 빠져나왔다. 삼손이 출입문을 가만히 열어주는 것과 동시에 나는 잽싸게 문턱을 넘어 이발관 안으로 들어섰다. 그리고 넘어진 의자 아래 깔린 그림을 낚아채서 옆구리에 끼웠다.

"싸게 나오이라. 사람들이 온다."

문밖에서 망을 보고 있던 삼손이 재빨리 말했다. 내가 밖으로 달려나간 것과 거의 때를 같이해서 삼손은 자물쇠를 예전대로 겉모습만 그럴듯하게 채워놓았다.

"이제 됐냐?"

"예."

"공이 아이고 그림이었구나."

"……"

삼손은 더이상 캐묻지 않았다. 그리고 아무런 일도 없었던 것처럼 시치미를 떼고 저만치로 걸어가버렸다. 그와 헤어져 집으로 돌아온 나는 그림을 아우 몰래 빈 항아리에다 숨기고 뚜껑을 덮었다. 그날 밤 나는 내내 가슴이 두근거렸다. 그것은 난생처음으로나 혼자만이 가졌던 비밀이었다. 그악스럽고 눈치 빠른 아우조차 그것을 몰랐기 때문에 그 엄청난 비밀은 완벽한 내 것이었다.

그러나 그 항아리 속에 감춘 수채화에 대해서 내가 벼르고 있는 계획 따위는 없었다. 항아리 속에 감춰두었다는 한 가지 일만으로 내가 느꼈던 허탈감은 해결되고 충족된 느낌이었을 뿐이었다. 그랬기에 그림의 용도에 대해서 내가 생각하고 있는 것은 아무것도 없었다. 내 또래의 아이들이 감히 넘볼 수 없었던 그 비밀의 소유는 그러나 나를 이상하게 만들었다. 아무런 근거도 없으면서 나는 내 또래의 아이들이 하찮게 보이기 시작한 것이었다. 그리고 나는 유치한 그들로부터 초탈한 것처럼 생각하고 행동해야 될 것 같았다. 지우개나 몽당연필 따위를 두고 입씨름을 벌이거나 손찌검을 주고받는 아이들이 하찮게 보였고, 작부를 두고 술을 파는 선술집에서 도둑고양이처럼 새벽에 기어나오는 선생님을 봤다는 아이들끼리의 소문 따위는 내 호기심을 끌지 못했다.

일테면 나는 공공연하게 어른스럽게 굴었다. 그러나 아이들은 난데없는 내 변신을 눈치채지 못했다. 그러나 내 속셈으로는 또래의 아이들보다 빠른 속도로 어른이 되어가고 있다는 자긍심을 갖고 있었다.

내가 이발관의 수채화를 몰래 훔쳐내어서 항아리 속에 감추고
난 뒤 달포쯤이 지난 뒤였다. 그곳에 이발관이 들어설 때처럼 어
느 일요일날 몇 사람의 인부들이 난데없이 이발관으로 들이닥쳤
다. 인부들이 맨 처음 착수한 일은 벽에 걸었던 거울을 떼내는 일
이었다. 그들은 먼지를 훅훅 불면서 떼낸 거울을 문밖으로 꺼냈
다. 그러나 먼지가 내려앉은 거울은 그것을 들여갈 때처럼 빛살
을 선명하게 담지 못했다. 그곳에서 사라진 이발관 주인처럼 이
젠 거울로서는 쓸모없는 물건이 된 것 같았다. 인부들은 거울과
부서진 목제 의자와 그 외 집기들을 모두 수레에 실었다.

그날 오후, 그 자리에 새로운 점포가 들어섰다. 그것이 시계포
였다. 삼손과 앙숙이 된 안경잡이 시계포 최씨가 '서울시계포'라
는 간판을 옆에 끼고 짐꾼들을 따라 이발관 안으로 들어섰다. 나
무 의자처럼 짜맞춘 받침대 위로 두 개의 유리 상자가 놓였다. 그
유리 상자 속에는 새 시계와 낡은 시계와 라이터 등속들이 앙증
스럽게 진열되었다. 수채화와 거울이 걸려 있던 바람벽에는 대여
섯 개의 벽시계들이 걸렸다.

"재수 없는 것들은 확 쓸어내버려."

시계점 주인은 게으름을 피우고 있는 인부들에게 몇 번인가 그
렇게 오금을 박으면서 손끝에 조금만 먼지가 묻어나도 투정을 부
리고 점포의 옛 주인을 험담했다.

시계포가 그 자리로 옮겨앉던 날, 삼손은 기회 있을 때마다 점

포 바깥에 멀찌감치 비켜서서 이삿짐 나르는 것을 지켜보았다. 짐꾼들이 때때로 그의 손을 빌려달라고 간청하곤 하였으나 삼손은 들은 척도 안 했다. 그러면서도 무슨 속셈에선지 이삿짐을 내가고 들여왔던 오후 내내 점포 근처에서 궁싯거렸다. 끈질기게 지켜보기만 하고 매운 손을 놀리고만 있는 그의 태도를 시계포 최씨인들 눈치채지 못할 리가 없었다. 그래서 이웃 간의 정리를 저버리고 있는 그에게 욕설을 퍼붓곤 하였지만 삼손은 시종 귓결로 흘려보냈다. 돌덩이로 힘을 겨루고 난 이후로 두 사람의 정리에 앙금이 진 탓이었다. 그러나 삼손이 박절하게 굴든 말든, 울화통이 터지든 말든 시계포 최씨는 신바람이 나 있었다. 그가 이사한 날은 바로 정류소 부근에 있었던 잡화점에서의 곁방살이를 청산하는 날이었기 때문이다. 두 사람만 들어서도 운신하기조차 어려웠던 정류소의 점포에 비하면, 이발관 자리는 그야말로 외양간에서 대궐로 바뀐 것이나 마찬가지였다.

"재수 없는 것들은 싹 쓸어내버려."

점포를 값싼 셋돈으로 얻어든 것까지는 좋았으나, 전에 세 들었던 가게의 주인이 빨갱이였다는 것이 못내 꺼림칙한 듯 그는 오후 내내 창문턱의 먼지를 훔치면서 부지런을 떨었다.

널찍한 곳으로 점포를 옮긴 최씨의 거동은 예와 다른 점이 많았다. 조석으로 상종하던 사람들을 대할 때, 예와 다른 조짐들이 많이 나타났다. 어지간한 일에는 턱짓이었고 코대답이었다. 자주 토하는 게트림이 그랬고, 턱을 쳐든 걸음새가 그랬으며, 사람을 눈 아래로 내리깔아보는 시선이 그랬다.

아침에 점포 문을 활짝 열어젖힌 다음, 최씨는 벽시계들에게 태엽의 쐐기를 감아주었다. 시계도 밥을 먹었다. 그 밥은 최씨 바지 주머니 속에 든 열쇠 꾸러미 속에 있었다. 어떤 시계는 여섯시를 가리키기도 하였고 어떤 것은 열시나 세시를 가리키고 있기도 했다. 알에서 깨어난 시기가 서로 다른 어린 새들에게 모이를 주듯 최씨는 밥그릇을 들고 괘종시계 하나하나를 놓치지 않고 찾아다녔다. 때로는 아차, 하는 사이에 벽시계 하나를 놓치고 건너뛸 때도 있었다. 그러나 그땐 창문 밖에 서서 지켜보던 아우가 큰소리로 놓친 시계의 위치를 일깨워주곤 하였다. 아우는, 최씨가 벽시계들에게 밥을 주는 구경 한 가지만은 놓치지 않기 위해서 며칠째 새벽잠을 설치고 있었다. 그 벽시계들은 저마다 다스리고 있는 시간을 점유하면서 정각에 이르면 지체 없이 괘종 소리를 내쏟아서 스스로를 뽐내곤 하였다. 그것은 흡사 어미가 물어다 준 모이를 먹고 자라는 어린 새가 스스로의 성장을 어미에게 뽐내려는 날갯짓인 것처럼 보였다. 석 달이 지난 새는 세 번을 치고 여섯 달 자란 새는 여섯 번을 치는 것처럼 보였다. 한밤중에 문득 잠에서 깨어났을 때, 길 하나 건너인 그 시계포의 벽시계들이 저마다의 시간을 알리는 괘종 소리가 고즈넉한 밤기운 속으로 긴 여운의 꼬리를 물면서 이어지곤 하였다.

그 괘종시계 소리는 이상하게도 문득 우리들의 잠을 깨우고 가슴 한가운데를 스산하게 스쳐가곤 하였다. 그 소리는 지금 내가 누워 있는 곳이 우리집 아닌 먼 타향처럼 느끼게 했다. 그런가 하면 수십 리 안에는 인적이라곤 없는 음산한 산주름 계곡 속으로 문득 나를 업어다놓기도 했다. 새벽 세시를 치고 난 다음, 그 소리의 꼬리에 길게 묻어 있는 써늘한 외로움은 오랫동안 가슴에 남아서 다시 잠드는 시간을 훼방놓았다. 그러한 느낌은 어머니 역시 마찬가지였던 것 같았다. 자고 있는 줄 알았던 어머니의 한숨 섞인 혼잣소리가 어둠 속에서 들려올 때가 있었다.

"저놈의 시계 소리…… 생물도 아인 시계 소리가 흡사 저승에서 들려오는 것처럼 어째 저렇게도 을씨년스러울까. 참말로 얄궂제."

나 역시 밤중에만은 괘종시계 소리가 들리지 말았으면 하고 바랐다. 그러나 밤이 되면 괘종시계 소리는 더욱 선명하고 음산하게 내 가슴을 파고들었다. 그런데 최씨는 아랑곳하지 않고 아침이 되면 어김없이 벽시계들의 태엽을 알뜰하게 감아주곤 하였다. 견뎌내다 못한 어머니가 하루는 최씨를 찾아간 적이 있었다. 망설이던 어머니가 마침내 말을 꺼냈다.

"그 종잡을 수 없는 시계 소리 좀 안 듣고 살 수는 없겠습니껴?"

간이 책상에 엎드려서 작업에 열중하고 있던 최씨가 뜨악한 낯빛이 되어 되뇌었다.

"시계 소리라니요?"

"낮엔 우쩔란가 모르겠는데, 한밤중에 들리는 시계 소리는 차마 못 듣겠디더."

"왜요? 우리 시계가 아지마씨보고 밥 달라고 보채든가요?"

"그게 아이고요."

"그 참, 나는 무슨 소린지 알아묵지를 못하겠네. 시계라는 것은 괘종 소리가 안 나면 아무짝에도 쓸모없는 겝니다."

대수롭지 않게 상종하고 있는 최씨를 가볍게 상대해선 안 되겠다 싶었던지 어머니는 언성을 약간 높였다.

"내가 언제 시계를 죽이라 캅디껴?"

"죽이라는 말이지, 그게 뭡니까, 그럼."

"하기사, 사람이 살아야지 시계 죽는 게 뭐가 그렇게 억울하겠소."

"아지마씨가 왜 죽소?"

최씨는 드디어 앉았던 자리에서 일어나면서 먼지떨이를 집어 들었다.

"한밤중에는 내 집에까지 시계 소리가 들리니까 하는 말 아입니껴."

"거 보시오. 시계 소리가 길 건너까지 들리는 튼튼한 벽시계를 팔고 있는데도 귀먹고 눈먼 작자들이 사가지 않고 있으니, 원."

"사람들이야 사가든 안 사가든 우리는 시계 사갈 일이 없는 처지들이니까 드리는 말씀입니더. 한밤중에 중구난방으로 쳐대는 시계 소리 좀 안 나게 닦달해주소."

"내가 한밤중에 뛰어나와서 양철통 치는 소리는 아닙니다."

어머니는 최씨의 바지 주머니를 가리켰다.

"밥을 좀 적게 주면 안 되겠십니껴?"

"허어, 시계 소리가 그렇게 듣기 싫은 까닭이 뭐요?"

"가슴속이 음산해서 사람의 애간장을 도려내는 듯합니더."

"아지마씨 간장을 도려내요? 이 시계 소리가?"

"그렇다마다요. 무시로 쳐대는 시계 소리 때문에 시간 갈피도 잡을 수 없고요."

그때, 최씨는 대꾸도 없이 안경 너머로 어머니를 빤히 바라보았다. 그의 입가에 묘한 웃음이 흘렀다. 그리고 얼른 둘러대는 말이 괴이쩍었다.

"그것 보시오. 아지마씨도 이젠 독수공방 지키기엔 진력이 난 거요."

"그게 무슨 말씀입니껴?"

"거참, 내가 떡 먹이듯 해야겠소. 아지마씨의 독수공방이 얼마나 허전하길래 밤중에 들리는 괘종시계 소리에 가슴이 그토록 애끓는 것이겠소."

"내 독수공방을 댁이 지켜보기라도 했더란 말입니껴?"

"내가 훔쳐보진 않았습니다만, 아지마씨 한마디 투정에 백 가지 하소연이 모두 담긴 것 아닙니까."

"아는 체하지 마소. 내가 하소연할 곳이 없다기로서니 설마 댁을 상대해서 넋두리를 늘어놓겠습니껴."

"독수공방도 견디기 나름이겠지만 억지 쓰고 견디다보면 속골병 듭니다."

"아니, 시방 날 두고 농을 하자는 겝니껴, 허물을 하자는 겝니껴?"

"어허, 또 이러시네. 내 말이 글렀소? 탁 털어놓고 얘기해봅시다, 우리."

"내가 뭐 때문에 외간 남자에게 가슴 탁 털어놓고 얘기하겠습니껴."

"그럼 지금 내게 하소연하러 오신 게 아니란 말씀입니까?"

"넘겨짚는 일 좋아하지 마소. 팔 부러지는 변고를 겪습니다."

"이 아지마씨 사람 욕뵈네. 독수공방 시계 소리에 애간장이 끓는다고 말한 사람은 도대체 누구였소?"

"이제 보이 이 사람, 애매한 여자들 여럿 잡을시더."

나는 어머니의 얼굴이 상기되는 것을 보았다. 그리고 손이 떨리고 있는 것을 보았다. 그런데도 최씨는 입가에 시종 묘한 웃음을 흘리고 있었고, 그의 등뒤로 바라보이는 벽시계들은 우리 세 식구들이 두려워하는 밤을 향해서 시각을 줄여가느라고 바빴다.

"내가 팔자 기박해서 남의 눈총을 받고 살아가는 못난 처지가 되었기로서니, 그것을 허물 잡아서 부녀자를 조롱하는 것은 대장부의 할 짓이 아입니더. 우리집에 어엿한 남정네가 있었다면 댁이 이렇게까지 나를 한껏 희롱하고 들 수 있겠습니껴? 내 설령 독수공방에 시계 소리로 애간장을 녹이고 있기로서니 감싸주지는 못할망정 한길 가에서 창피를 주다이, 허우대는 장부의 꼴을 하고 있는데 염량은 볼 것이 없네요."

집으로 달려온 어머니는 오랫동안 숨죽여 울었다. 그러한 어머니를 다독거려줄 사람은 아무도 없었다.

그런데 그날 시계포 주인 최씨와 어머니가 입씨름을 벌이고 있는 모습을 처음부터 끝까지 지켜본 사람이 있었다. 바로 삼손이었다. 집으로 돌아온 어머니가 팔자소관을 한탄하면서 흐느끼고 있는 동안, 삼손은 느릿느릿한 걸음으로 시계포로 들어갔다. 그 이전에 삼손은 그 점포 안으로 발을 들여놓은 적이 없었다. 팔짱을 끼고 선 채 삼손은 말했다.

"이제 보이, 자네란 사람 심보 쓰는 것이 개차반이구먼."

최씨가 문득 놀라 삼손을 쳐다보다 말고 히쭉 웃었다.

"관 속에 들어갈 때까지 내 점포에는 얼씬도 않을 심산인가 했더니 어떻게 왔는가?"

"사나가 그러면 못써."

"이 사람, 밑도 끝도 없이 불쑥 끼어들어서 그게 무슨 소린가?"

"내가 밖에서 다 봤다 카이."

"보긴 뭘 봐. 날아가는 새 보지를 보았나?"

"사람의 인정머리가 그렇게 못되면 지레 죽어."

"흥, 이제서야 골자를 알겠군. 이 사람들이 이제 보니까, 작당해서 텃세를 하고 있는 거 아냐? 이거 해포이웃할 처지들이 이런 푸대접들 해도 되는 거야?"

최씨가 발끈해서 눈갈기를 곤두세우고, 먼지떨이로 유리 상자를 활활 털고 있었으나, 삼손은 팔짱을 낀 채 미동도 않고 서 있었다.

"텃세가 아녀. 사람의 심보가 그러면 못써."

"허어, 이거 마수걸이도 못한 처지에 재수 옴 붙었네. 오시라는 손님은 코빼기도 안 뵈는데, 시비꾼들만 꼬이는 걸 보니 오늘 매상은 초장부터 글렀군. 이러지들 마러. 내 허우대는 서 푼어치도 안 돼 보이지만 우리 문중의 오촌 당숙이 예천 군수님이셔. 용이 개천에 떨어지면 깔따구가 침노한다더니, 내가 촌구석에서 헌 시계나 만지고 있으니까 별것이 다 와서 훈육을 하려드는군. 이런 창피가 어디 있나그래."

"내가 다 봤는데, 사람이 그러면 지레 죽어."

"야, 지금 공갈이야, 협박이야? 독수공방에 애간장을 녹인다는 여자에게 알아듣게 얘기한 것을 두고 니가 무슨 심통이 나서 쌍지팡이 짚고 나서나? 할 일이 그렇게 없어?"

"그러면 못써."

"남의 시비를 가로채고 나서는 골자를 알겠다구. 자네 박 과수댁과 정분이라도 트고 지내는 사인가?"

최씨의 그 말 한마디가 잘못된 것이었다. 지금까지는 빈정거리던 투였던 삼손의 안색이 그 순간 농익은 토마토처럼 벌겋게 상기되었다. 그러나 때마침 담배를 꺼내물고 불을 댕기고 있던 최씨는 그것을 미처 눈치채지 못했다. 삼손은 그때, 유리 상자 건너로 팔을 뻗었다. 그리고 최씨의 멱살을 낚아채서 비틀어잡았다. 최씨 입에 물렸던 담배 개비가 불이 댕겨지다 말고 바닥으로 떨어졌다.

"인제 뭐라고 씨부렸어. 이늠아가 심보만 추잡한 줄 알았디, 이제 보이 사람 여럿 잡겠네."

완력에 있어선 삼손을 따르지 못한다 할지라도 최씨에게도 발끈하는 오기만은 없지 않았다. 제딴은 대수롭지 않은 시비로 드잡이까지 당하게 되자, 가는 데까지 가보자는 심산이었던지 드잡이가 된 턱을 들까불면서 조금 전에 한 말을 되뇌었다.

"니가 박 과수와 정분 트고 있다고 했다, 왜?"

"이늠으 자식, 주디를 칵 짓이겨놓을라. 말이면 다여?"

"이놈 봐라. 힘자랑을 뽐내어서 해 지는 줄도 모르던 놈이 이젠 남의 점포까지 뛰어들어서 행패 아닌가. 이놈아, 여기가 감히 어딘 줄 알고 뛰어들어 패악질이여. 내 오촌 당숙이 예천 군수여.

뒤가 구리다 해서 패악질로 얼버무릴 작심인 것 같은데, 똥을 덮어둔다 해서 구린내가 안 날 줄 알어?"

그때였다. 삼손의 북두갈고리 같은 손이 허공을 가르는가 하였더니, 최씨의 귀싸대기를 눈물이 쑥 빠져라 하고 후려쳤다. 그 사품에 최씨의 안경이 바닥으로 떨어졌다. 그리고 코에서는 금방 핏방울이 배어나와 인중을 적셨다. 난데없이 손찌검을 당해서 피칠갑이 났는데도 최씨는 삼손을 맞상대해서 완력을 뽑지는 않았다. 그는 다만 파리한 입술로 발악하기 시작했다.

"좋아, 내게 폭행을 했겠다? 이놈이, 가막소 맛을 보지 못해 환장을 한 놈이군. 그래 좋다. 콩밥 먹기가 소원이거든 날 패라, 더 패."

"버르장머리를 고쳐줄라면 아주 작신 밟아버려야 하겠는데, 참말로 뒈질까봐 더이상 손찌검은 못하겠대이. 내 간장 건드리지 말그래이."

"날 죽이겠다구, 날 죽여?"

"네놈은 지난 때 벌써 죽어야 했다, 이놈."

"그래, 계획적이다 이거지? 날 죽이려고 계획까지 세워? 그래, 좋다. 네놈 소원대로 평생 가막소 밖으로는 코빼기도 못 내밀게 조치할 수 있어."

"내가 언제 널 죽이려고 계획했드나?"

"이놈, 니가 한 말 내 혼자서만 들었냐? 증거가 있다."

최씨는 연방 인중에 흐르는 피를 훔치면서, 창문 밖에서 두 사

246

람을 뚫어져라 바라보고 있던 나를 가리켰다. 삼손의 충혈된 시선이 나를 뒤돌아보는 순간, 나는 잽싸게 그곳에서 도망해버렸다. 집으로 돌아와서도 두 사람의 아귀다툼은 한동안 계속되는 듯했지만, 창문이 부서지는 소리 따위는 들려오지 않았다. 그러나 두 사람의 시비는 쉽게 화해의 실마리를 찾지는 못한 것 같았다.

그 사건을 치른 지 며칠이 지난 어느 날이었다. 하학길에 마침 술도가 앞을 지나가고 있었는데, 저만치서 나에게 손짓하고 있는 삼손을 발견했다. 그와 나는 이제 고두밥을 미끼로 해서 쫓고 쫓기는 사이는 아니었다. 물론 그때도 멍석의 고두밥을 노리는 악다구니들의 극성은 계속되고 있었다. 그러나 나는 어느덧 그 악다구니들 속에 끼여 있지 않았다. 아이들은 흐트러진 전열을 가다듬기 위해 내가 가담해줄 것을 집요하게 짓조르곤 하였지만 나는 들은 척도 하지 않았다.

내가 언제부터 악다구니들과 소원해졌는지 그 시기는 정확하지 않다. 다만 삼손과 더불어 이발관의 그림을 훔쳐내고부터가 아닌가 생각될 뿐이다. 그때부터 나는 삼손과 이룩한 화해의 바다에 앙금을 만들어선 안 된다는 강박감에 시달린 것 같았다. 내가 고두밥 따위에 집착하지 않게 되자, 그는 내가 술도가 앞을 지나칠 때면 간혹 나를 그윽한 손길로 불러 손수 고두밥덩이를 꾹꾹 눌러 뭉쳐서 건네주곤 하였다. 그러한 배려를 입고 있는 이상 또다시 악다구니들 패거리에 끼어들 순 없었다. 나는 그에게 실망을 안기는 아이가 되고 싶지는 않았다.

그런데 그윽한 손짓으로 나를 부른 그날은 고두밥을 건조시키는 날이 아니었다. 그는 예처럼 술청의 문지방을 깔고 앉아 내가 그 앞길을 지나칠 때를 기다리고 있었던 것처럼 반색을 하고 있었다. 그러나 반색하는 그의 표정 밑바닥에는 그에겐 좀처럼 볼 수 없었던 조바심 같은 것이 깔려 있었다. 내가 다가서자, 그는 대뜸 턱짓으로 시계포를 가리켰다.

"저늠아가 날 경찰서에 고발한 거 알고 있나?"

그가 경찰서에 고발당했다는 골자를 대뜸 헤집을 수는 없었다. 그러나 그의 굳은 표정과 초조한 말투로 보아 머지않은 장래에 신상에 달갑지 않은 일이 벌어지리라는 조짐을 읽을 수 있었다. 어쨌든 경찰서란 말에 나 역시 아연 긴장하고 말았다. 경찰서를 가본 일은 없었지만 소문 따위로 경찰서란 곳이 가진 막연한 두려움이나 공포심을 짐작하고 있었다. 그런데 삼손이 지금 그곳으로 가게 되었다고 말하고 있는 것이었다.

"나는 인제 죽었네."

절망적인 한마디가 삼손의 입에서 흘러나왔다.

"형사가 아저씨 잡으러 왔니껴?"

삼손이 천천히 고개를 가로저었다.

"아직 잡으러 오진 않았다."

"그런데 왜 죽니껴?"

"그 사람들이 날 잡아가면 그냥 둘 성불러? 내가 생똥을 싸도록까지 작신 두들겨줄 기다. 살아날 가망이 없도록 초주검을 시킬 기다."

"왜요?"

"순전히 저늠아 때문이제. 밤에 자고 있으면 저늠아가 이빨 가는 소리가 들린다. 그 소리를 듣고 있으면 가슴이 두근 반 서근 반 한다 카이."

"아저씨, 그건 이빨 가는 소리 아이고 시계 소리라 카이요."

"아이다, 이빨 가는 소리다. 저늠아가 날 잡아묵지 못해서 밤잠도 안 자고 이빨만 갈아대는 소리다."

"싸게 도망치소."

"야, 그런 소리 하지 마라. 손바닥만한 나라라는데, 튀어봤자 벼룩이제."

"그라면 우짤라꼬요?"

"그런데 내가 욕을 당하고 안 당하고는 니한테 달려 있다."

"……?"

"내가 저늠아 피탈을 낼 적에 니가 밖에서 봤제?"

"예."

"바로 그기다. 형사들이 와서 니를 찾을지도 모르제. 피탈낸 것을 본 사람은 니뿐이 아이겠나? 그때 니는 멀리 도망해뿌러라."

"아저씨가 도망해뿌소."

"난 도망 못 간다."

"왜요."

"내가 도망가면 술도가 일은 누가 거들겠노?"

"나도 도망 못 가요. 학교는 우째고요."

"도망 못 가겠거든 숨어뿌러라."

"어디로 숨겠습니껴?"

"야, 니가 시방 숨을 곳이 없어서 내보고 묻고 있나? 내가 뒤쫓
아갈 때는 그렇게도 잘 숨었잖나?"

"언제부터 숨어요?"

"글쎄 말이다. 내가 시방 속을 썩이고 있는 게 바로 그기다. 하
여튼 조심해야 된다."

"거짓말하면 똥구멍에 털 난다 카던데요."

"똥구멍에 털 나는 거는 걱정 마라. 내가 뽑아줄 기다."

삼손의 말은 간곡한 것이었다. 그토록 간절한 표정으로 내 도
움을 청하는 사람을 만나기는 난생처음이었다. 그 간청을 박절하
게 내칠 수는 없었다. 내가 만약 그의 간청을 내친다면, 그와 나
사이에 놓여 있던 화해의 다리는 무너질 것이었다. 엉겁결에 그
러겠다고 약속을 하고 집으로 돌아오긴 했지만 내 심사가 편할
리 없었다. 결국은 어머니에게 전후 사정을 털어놓을 수밖에 없
었다. 듣고 있던 어머니는 그러나 대수롭지 않게 받아넘겼다.

"석도 그 사람이 완력 한 가지는 드센 것 같더라만 좀 모자라

제. 미욱한 사람이란 원래 겁이 많은 법이다. 게다가 잔속이 데데하고 남 해코지하는 데는 이력이 난 최가에게 걸려들었으니, 요사이 그 사람 먹는 것이 살로 가지 않을 기다."

"엄니 때문에 그랬어."

"글쎄 말이다. 지가 나설 일도 아닌데 중뿔나게 나섰다 카이. 밖에서 보자 해도 얼마나 열불이 났으면 그랬을까. 언제 만나거든 걱정 안 해도 된다고 말하그라. 오촌 당숙이 예천 군수면 대수겠나? 군수가 할 일 없어 오촌 조카 귀싸대기 맞은 일에 낯반대기를 디밀겠나? 사내장부가 어디 기댈 곳이 없어서 오촌 당숙에게 기댈꼬."

그러나 삼손은 그렇지 못했다. 그는 안색이 눈에 띄게 초췌해져갔고 기력도 예 같지 않았다. 술도가 한터로 장정들을 불러모아 힘겨루기도 하지 않았다. 그가 보이지 않는 술도가 앞의 거리는 내게 있어선 역병이 할퀴고 지나간 집처럼 황량할 뿐이었다.

그런데 여러 날이 흘러갔으나 오랏줄을 꼬나든 형사들이 술도가를 덮치는 소동은 일어나지 않았다. 그가 결정적으로 체포의 공포심으로부터 놓여난 것은 시간이 흘러감으로써 흐지부지되리라는 예상 때문은 아니었다. 그것은 전혀 우연한 동기에 의해서였다. 삼손과 친숙한 사이인 자전거 행상인 이씨가 시계포의 최씨를 하찮은 위인으로 깔보고 든 일이 있었다. 그때 삼손은 눈자위를 허옇게 뜨고 우정 목소리를 낮추었다.

"그런 말 마러. 우리 같은 두메 놈이 최가를 우습게 여겼다간 큰코다쳐. 아예 그런 염의는 품지 마러."

"왜? 최가 놈은 두메 놈 아니고 별종인가?"

"자네가 생판 물정을 모르고 있군그려. 최가네 오촌 당숙이 예천 군수라더라."

"뭐라구, 예천 군수라구?"

"예천이면 여기서 백 리 이수(里數)도 안 돼."

"그놈 오촌 당숙이 예천 군수라고 누가 그래?"

"소문도 아이고, 지 입으로 그래, 지가."

"제 입으로 그런 말을 해?"

"지 입으로 한 말이라면 그거 틀림없제?"

"이런 미련한 작자하구선. 니가 그러니까 애들한테꺼정 반편 소릴 듣는 게여."

"내가 반편이라꼬?"

"참말 거짓말도 가릴 줄 모르는 철부지니까 그렇지."

"지 입으로 한 말인데, 그게 어째서 거짓말이여. 남의 일로도 거짓말 못할 처진데 지 입으로 지를 거짓말한다꼬?"

"이 위인아, 정신 차려. 너같이 미련한 위인이 있으니까 모두가 제 잘난 척하느라고 시국이 요 모양 요 꼴로 망조가 든 게여."

"시국이 왜 나 땜에 망조 들어?"

"보면 몰라? 하긴 차라리 쇠귀에 대고 염불을 읊겠다."

"거짓말이 참말 되고 참말이 거짓말 되면 난 못 살어. 참말이 따로 있고 거짓말이 따로 있어야 그게 올바른 사람들이 사는 세상 아이겠나?"

"요샌 어떤 것이 진짜고 어떤 것이 가짠지 모를 판국이 된 게여. 까마귀 암놈 수놈 못 가리듯이 말여. 개울가에서 숭어가 뛰니까 봉놋방 목침이 덩달아 뛴다더니, 저늠아가 빽 있다고 널 보구 으름장을 놓더란 말이지?"

"난 모르겠다, 지가 지 입으로 한 말이니까."

"나하고 같이 가. 저늠아가 사기쳤다는 것을 까발려줄 테니까."

"자네나 가보라 카이."

"이런 미련한 작자가 있나. 냉큼 일어서."

자전거 행상 이씨는 싫다고 몸을 사리는 삼손을 떠밀다시피 해서 시계포 앞으로 갔다. 그리고 안으로 들어가지도 않고 문밖에 딱 버티고 서서 소리 질렀다.

"야, 최가야, 날 좀 봐."

시계 수리에 열중하고 있던 최씨는 또 어인 깔따구 등쌀인가 해서 창문턱 밖으로 개운찮은 얼굴을 쓱 내밀었다.

"야, 최가야, 네게 그럴듯한 오촌 당숙이 있다며?"

그러나 최씨는 삼손에게 둘러댔던 말을 벌써 잊어버린 뒤였다. 한동안 뜨악하던 최씨는 별종들도 다 있구나 싶었던지 별미쩍은 어조로 뇌까렸다.

"거 무슨 귀신 씻나락 까먹는 소리여?"

"네가 석도보고 공갈쳤다대? 네 오촌 당숙이 예천 군수라고."

그제야 며칠 전의 일이 생각났던 최씨의 벌게진 얼굴이 창턱에 걸려 있었다. 최씨에게 무안을 안긴 이씨는 내친김에 한마디 덧붙였다.

"야, 이늠아야, 어디 대고 공갈칠 데가 없어서 석도한테 그런 공갈을 쳤냐. 너나 나나 불상놈으로 뒹굴며 살고 있는 처지인데, 예천 군수 오촌 당숙이 가당키나 하냐. 너 예천 군수 얼마 주고 샀냐?"

"사긴 내가 언제 사……"

"그럼 오촌 당숙을 샀냐? 석도 이 사람이 심덕 한번 진국이라 해서 장난감 삼아 갖고 놀지 마러. 큰코다쳐."

"그깟 거 갖고 뭘 그래. 첫 곧이들었던 석도가 미련한 놈이지."

"야, 이늠아야, 너도 객지로 나가서 짠물 매운 물로 겨우 입치레나 하다가 배냇물 먹겠다고 고향 찾아왔거든 심보부터 고쳐잡어라. 밑천도 없는 잔재주로 애매한 사람들 욕뵈지 말고."

"시끄러워. 니도 할 일이 그렇게 없어서 저런 반편의 역성이나 들고 있냐? 니가 떡고물도 없는 일에 나서서 석도 부추기지 마러. 반편은 반편으로 살 때가 속 편한 게여. 가재가 옆으로 기어야지 앞으로 기면 그게 머잖아 뒈진다는 뜻이여."

바로 그때였다. 갑자기 어디서 이를 바드득 갈아대는 소리가 들렸다. 쳐다보았더니 이씨 곁에 서 있던 삼손이었다. 그는 지금 막 시계포의 창문을 향해 돌입하려 하고 있었다. 엄장의 크기가 범강장달이 같은 삼손은 장승이라도 뽑아던질 기세로 최씨의 턱이 걸려 있는 창문을 향해 달려갔다. 나는 그렇게 큰 체구의 사내를 본 적이 없었다. 어떤 괴력이 갑자기 그의 체구를 전광석화와 같은 순간에 부풀려놓은 것처럼 생각되었다.

창문이 깨어져 유리가 박살이 났다. 그리고 삼손의 발길질에 걷어차인 최씨의 입에서 아쿠 하는 비명 소리가 들렸다. 최씨가 창문턱에 잔허리를 걸고 고꾸라진 것도 그 순간의 일이었다. 삼손은 고꾸라진 최씨의 등을 밟고 시계포 안으로 돌입했다. 그리고 괘종시계 하나를 들고 나오더니 한길 바닥에 태질을 시켜 박살내버렸다. 그 모든 일이 미처 만류할 겨를도 없이 순식간에 벌어졌다. 놀라서 비명을 내지른 것은 최씨뿐만 아니었다. 삼손의 역성을 들고 있던 이씨 역시 마찬가지였다. 삼손은 괘종시계 하나를 박살내고도 직성이 풀리지 않았던지 또다시 시계포로 되돌아섰다. 그것을 목도한 이씨가 자지러지게 놀라면서 삼손을 만류하기 위해 뒤따랐고, 창문턱에 고꾸라졌던 최씨는 가게로 들어서는 삼손의 바짓가랑이 끝을 낚아잡고 늘어졌다.

"석도 고정하시게, 내가 잘못했네."

"죽이뻔다."

"날 죽여서 속 시원하겠거든 죽이게. 그렇지만 시계만은 작살

내지 말게. 시계가 작살나면 나도 죽네."

"시계가 니 오촌 당숙이라?"

"여보게 석도, 제발 진정하시고 날 살려주게. 내가 잘못했네."

최씨는 삼손의 바짓가랑이를 뒤틀어잡고 한사코 놓지 않았다.
용서를 빌고 있는 그의 콧등이 땅바닥을 쓸고 있었다.

"용서해달라꼬?"

"용서해주게. 다신 자넬 두고 뒷말이 없을 게야."

"참말이라?"

"거짓말 아녀."

"사그리 작살내고 오 푼 변을 내서라도 변상할 기다."

"변상하란 말 않을 게야."

바로 그때였다. 삼손은 창문 밖에 지켜 서서 바라보고 있던 나
를 가리켰다.

"이늠아가 다신 뒷말 않겠다고 맹세하는 거 니도 들었제?"

"들었니더."

그러나 그렇게 대답하고 나선 것은 어느새 내 곁으로 달려와
있던 아우였다.

"틀림없이 들었제?"

"들었다 카이요."

"쟈들을 두고 맹세했제?"

"했고말고."

그제야 삼손은 양다리에 빠득하니 사리고 있던 결기를 풀었고, 그의 잔허리를 껴안고 있던 이씨도 팔을 내렸다. 그러나 최씨는 아직 믿어지지 않는 듯했다.

"자네 화 풀었지?"

"……"

"화증이 안 풀렸다면 못 놔."

"풀렸으니까 놔."

그제야 망설이던 최씨는 바짓가랑이를 놓았다. 삼손을 힐끗 일별하고 난 최씨는 그러나 곧장 바깥으로 뛰어나갔다. 그리고 삼손이 박살을 낸 괘종시계의 잔해 위로 나뒹굴면서 난데없는 대성통곡을 내쏟기 시작했다.

"어이구, 이 설분을 어디 가서 할꼬…… 어디 가서 이 벌충을 하나. 재수가 없는 터를 잡았더니 기어코 이런 꼴을 당했네…… 어이구, 내 재산을 어디 가서 건지나……"

땅바닥에 고꾸라지면서 통곡하는 최씨를 바라보며 덩달아서 입귀를 비쭉거리고 있던 아우가 내게 물었다.

"히야는 안 슬프나?"

그러나 나는 오히려 최씨가 더욱 열정적으로 울어주기를 속으로 은근히 바라고 있었다. 갑작스레 터뜨린 그의 울음소리는 일순 내 가슴을 뭉클하게 적시긴 했지만 그것은 곧 어떤 쾌감으로 바뀌었다. 나는 주머니 속에 찔러넣고 있던 두 손을 꼭 쥐었다.

아우가 다시 물었다.

"히야, 니는 안 슬프나?"

"안 슬프다."

"우째서 안 슬프노?"

"그걸 내가 우째 알겠노."

"나도 안 슬프다."

"니는 왜 안 슬프노?"

"히야가 안 슬프다고 했잖나?"

그때, 이씨는 또다시 최씨에게 매달려서 울음을 진정시키느라
고 진땀을 빼고 있었다. 그러나 최씨는 견대팔을 잡으려는 이씨
의 손길을 훌뿌려대는 일변, 흙먼지 속에 묻힌 괘종시계의 부속
품들을 헤적이며 울음을 그치지 않았다. 머지않아 구경꾼들이 모
여들 것이었다. 하소연할 곳이 없었던 최씨는 그것을 기대하고
있는지도 몰랐다. 적어도 지금 당장은 자신의 딱한 처지를 역성
들 사람이 없었기 때문이었다. 그러나 이씨는, 아귀다툼한 좋지
않은 소문이 온 마을로 번져가기 전에 최씨를 닦달해버리고 싶었
다. 최씨를 만류하다 진력이 난 이씨는 삿대질로 맞섰다.

"니 맘대로 해. 사내대장부가 우째서 맨날 그 대중인가. 나이를
처먹었으면 고깃값을 해야지, 남들 보기에 창피하지도 않어?"

"내가 지금 창피 찾고 있을 땐가……"

"그럼 어쩔라고? 가게 안에다가 상청(喪廳)이라도 차릴래?"

우리는 무너지고 있는 최씨를 오랫동안 바라보며 서 있었다. 최씨의 통곡 소리에는 그가 무너지는 소리가 실려 있었다. 삼손을 상대로 하는 이상 그는 도도한 체통을 유지했었다. 그것뿐이 아니었다. 점포를 그곳으로 옮기고부터 그는 콧잔등을 똑바로 세우고 걸었다. 사람을 콧등 아래 시선으로 깔보았고, 사람들의 말에 곧잘 코대답으로 응대했다. 어떻게 보면 콧대 한 가지가 최씨의 전 재산인 것처럼 보일 때도 있었다. 그런 최씨가 울고 있는 모습은 너무나 초라해 보였다.

한 사람에게 두 가지 모습이 공존하고 있다는 것은 삼손의 경우에도 마찬가지였다. 최씨의 오촌 당숙이 예천 군수로 재직하고 있다고 믿었던 그 며칠 동안 삼손의 모습에서도 그것을 읽을 수 있었다. 그들은 아직 그들 자신을 잡아채지 않고 있는 미지의 힘에 대해서도 예민하게 반응해서 두려움을 느꼈고 지레 겁을 먹었다. 그 불가사의한 힘을 예견하는 것만으로도 순식간에 그들을 무기력하게 만들고 볼품없는 사내들로 만들어버렸다. 그들이 예감하고 있는 두려움의 강도는 어린 우리들이 예감하고 있던 미래에 대한 두려움보다 더욱 예민하게 그들의 가슴을 헤집고 드는 듯했다.

그런 가운데, 우리 세 식구가 얻어낸 소득도 없지 않았다. 두 사람의 아귀다툼이 있었던 그날 밤, 어머니는 애간장을 녹이는 듯한 길 건너 시계포의 괘종시계 소리에 시달림을 받지 않아도 되었기 때문이다. 우리 세 식구는 오랜만에 안온한 밤의 고적감을 혀로 핥으면서 노곤한 수면 속으로 빠져들 수 있었다.

그날 이후 시계포 최씨는 가게의 덧문을 닫아잠근 채 밖으로는 코빼기도 내비치지 않았다. 몇 사람의 고객들이 닫힌 가게 문을 기웃거리면서 기척을 하곤 하였지만 가게 안에서는 코대답조차 들려오지 않았다. 최씨의 아내가 여인숙 안쪽 문으로 들락거리는 것을 보면 대단한 불상사가 일어난 것 같지는 않았다. 그런데도 최씨는 칩거를 고수하고 있었다.

최씨의 칩거가 시작된 지 사흘이 지난 날 아침이었다. 잠자리에서 일어난 아우가 문득 볼멘소리로 뇌까렸다.

"어젯밤에도 시계 소리 안 들랬다."

어머니가 무심코 되받았다.

"시계 소리가?"

"그래."

"그 소리가 안 들려서 비위가 뒤틀랬다는 말이라?"

어젯밤에도 시계 소리가 들리지 않았다는 아우의 볼멘소리부터가 어쩌다 불쑥 튀어나온 투정이 아니란 것을 예고하고 있었다. 아우는 가게 문이 닫혔던 그날 밤부터 괘종 소리를 기다리고 있었음이 틀림없었다. 그러나 어머니는 귀넘어들어도 좋을 넋두리라고 생각했던지 더이상 캐묻지 않았다.

"청개구리 심산이가? 니는 우째서 내하고는 사사건건 어긋날 꼬."

그러나 아우에겐 괘종시계 소리가 처음부터 애간장을 끓이며 가슴을 스산하게 저미고 드는 소리는 아니었다. 그럼으로 해서 괘종시계 소리는 아우의 가슴속에 물처럼 흘러들어 그때 이미 잃어버려선 안 될 소리로 정착해버린 것 같았다. 아우는 몸뚱이 전체에 벌레처럼 예민한 촉각을 지니고 있는 것처럼 보였고, 그 촉각으로 자신의 주변에서 일어나는 모든 일들을 송두리째 흡입하는 것이었다. 그를 겨냥해서 찾아온 모든 것들은 그로부터 배척당하지 않고 그의 살점으로 육화되고 동화되는 듯했다. 그랬기 때문에 다른 사람에겐 혐오감만 안겨주었을 뿐이었던 최씨의 통곡 소리까지도 아우를 동요시킬 수 있었을 것이다. 어느 날 밤부터 문득 들려오기 시작했던 괘종시계 소리는 아우에겐 벌써 밤이 가지는 모습의 일부로 용해되어 있었다. 그리고 아우는 그 잃어버린 밤의 일부를 어머니에게 투정으로 깨우쳐준 것이었다. 하지만, 어머니로부터 신통한 대답을 듣지 못했던 아우는 항상 그랬던 것처럼 시계포로 달려갔다. 그리고 매일 시계포로 달려가서 도둑고양이처럼 탐욕스럽고 영악한 눈초리로 덧문의 문 사래 틈을 기웃거렸다. 때로는 '열려라, 참깨' 하고 외치기라도 한 것처럼 기대에 찬 시선으로 가게 문을 가만히 지켜보기도 하였다. 그때마다 집으로 돌아온 아우는 아침밥 먹기 전 내내 하찮은 일로 투정을 부리다가 어머니에게 혼찌검을 당하기도 하였다. 때로는 가게로 달려가는 아우를 눈치챈 어머니가 버릇을 고쳐줄 요량으로 회초리라도 찾아들 시늉을 하면, 아우는 냉담하게 쏘아붙였다.

"난 갈 기다."

"가긴 어딜 가. 야가 아모래도 정신이 이상하게 된 거 아이가. 까닭이 뭐꼬?"

"엄니가 싫다 해도 난 갈 기다."

어머니는 실소하고 말았다. 쓸데없는 일에 강렬한 집착을 보이는 아우의 속내를 꿰뚫어볼 수 없었다. 어머니는 맏이였던 나에 비해 아우에겐 비교적 관대한 편이었다. 내가 저지른 일에 대해선 사리 판단에 맞는가 아닌가를 꼼꼼하게 따지고 들었다. 그러나 아우의 채근이나 투정에 대해선 적당히 핀잔하거나 얼버무리고 넘어갔다.

최씨가 문을 닫았건 지 일주일 만에 가게는 다시 열렸다. 마을에서 반편으로 소문난 삼손에게 손찌검을 당했으니 드러내놓고 하소연할 곳도 없지만 곱다시 당하게 된 그는 한약 첩깨나 달여 먹고 뜸을 들인 후에야 겨우 기동을 하게 된 것이었다. 그러나 어머니의 얘기는 그게 아니었다.

허우대가 큰 아내보다 잔망스러운 체수를 가진 최씨는 원래 어린 양해서 그 아내에게 보채기를 잘하였고, 걸핏하면 만수받이를 하려들어서 심덕이 무던한 아내의 속을 썩인다는 소문이 있었다. 그래서 핑계만 생겼다 하면 자리보전으로 드러누워서 아내가 근근이 모아둔 주머닛돈을 야금야금 우려먹는다는 것이었다. 그러나 천성이 무던한 최씨의 아내는, 남편이 삼손에게 당한 설분을 계집에게 하고 있다는 것을 훤히 알고 있으면서도, 서 푼 돈인들 아까운 줄 모르고 첩약을 달여서 남편 공궤하기를 알뜰히 한다는 얘기였다.

어쨌든 시계포의 문이 다시 열리던 날, 아우는 하루의 대부분을 시계포 창문 밖에서 서성거렸다. 어머니가 눈치 없는 아이라고 나무랐는데도 아우는 막무가내였다. 어머니의 처지에서 볼 때, 아우는 그날 내내 앙숙의 처지였던 사람과 대치하고 있었던 셈이었다. 최씨는 그날 꼴도 보기 싫은 창밖의 아우에게 단 한 번도 알은체를 하지 않았다. 왜냐하면 아우란 존재는 그가 삼손에게 욕을 당하는 꼴을 현장에서 목격한 장본인이었고, 그가 삼손에게 깨어진 괘종시계를 변상시키지 않겠다고 다짐하였을 때 현장에 있었던 증인이었기 때문이다. 더욱 얄미웠던 것은 아우가 그것을 자청까지 하였었다.

그렇게 어린 아우에게 이미 최씨라는 앙숙이 생겨났다. 그러나 그것은 어쩌면 다행스러운 일인지도 몰랐다. 그런 경험들로 해서 모습을 나타내지 않고 있었던 시련과 두려움의 속살들은 차츰 우리들 앞에 드러나기 시작했다. 그런 괄시와 시련의 실체들과 만남으로 해서 아우와 나는 어른들의 세계로 진입하고 있다는 것을 실감하기 시작했다. 어른이란 철봉대나 빨랫줄 아래에서 이루어지는 것이 아니라, 밤을 건너가는 괘종시계의 타종 소리를 따라

가야 한다는 것을 깨닫게 되었다. 그 괘종시계들이 모두 다 제 몫의 시간을 준비해서 차지하고 있었듯이, 우리들 또한 제 몫의 비애와 슬픔을 지니면서 괘종 소리를 따라 먼 여행길로 올라야 한다는 것을 깨닫게 된 것이었다. 그 시간의 수레는 그후 밤마다 한 길을 건너 우리집으로 달려왔다. 그리고 포장된 소시지처럼 나란히 누워 자고 있는 세 식구의 가슴마다 살점을 에는 듯한 고적감을 안겨주었다.

고기잡이는 갈대를 꺾지 않는다

어느 날 허름한 작업복 차림의 두 사내가 예고도 없이 최씨의 시계포로 들이닥쳤다. 이발관이었던 점포가 시계포로 바뀐 지 두 달이 채 못 되어서였다. 시계포로 들어선 두 사내는 최씨는 아랑곳 않고 실내를 싸늘한 눈초리로 훑어보았다. 두 사내가 형사들이란 것을 눈치채긴 하였지만 영문을 몰랐던 최씨는 난데없는 침입자들을 빤히 바라보고만 있었다. 한동안이 지나서야 키 작은 사내가 윗도리의 속주머니를 뒤져서 메모 쪽지 한 장을 꺼내들었다. 그리고 수리대 앞에 앉아 있는 최씨를 턱짓하며 물었다.

"당신, 최동수지?"

칩떠보는 사내의 시선이 이마에 와서 박히자, 최씨는 수리대 앞에서 벌떡 몸을 일으켰다.

"예, 지가 최동숩니다만……"

사내는 메모 쪽지를 다시 주머니에 구겨넣었다. 그리고 벽에 잇대인 툇마루의 먼지를 훅 불어내고 엉덩이를 걸치고 앉았다.

"이곳으로 점포를 옮긴 지 얼마나 됐어?"

"글쎄요. 두 달이나 되었나……"

"두 달이야, 석 달이야?"

"글쎄요. 시방 꼽아보니까 두 달에서 닷새가 빠지네요."

"왜 이쪽으로 옮겼어?"

"그야…… 저쪽 정류소 자리는 워낙 협소해서지요. 마침 이 점포가 비었다기에……"

"시계포라면 행인들의 내왕이 많은 정류소 근처가 목이 좋은 것 아냐?"

"목이야 그쪽이 좋겠지요……"

최씨가 우물쭈물하는 사이에 사내는 재빨리 말허리를 뚝 자르면서 오금을 박았다.

"그 장소가 목이 좋은데도 부랴부랴 이쪽으로 옮긴 까닭이 뭐야?"

"부랴부랴 옮기다니요. 그런 적이 없는데요."

"거짓말 마. 우리가 탐문해보니까, 이 점포가 다른 사람에게 넘어갈까봐서 동분서주하고 다녔던데 뭘 그래? 원래는 목공소가 들어오기로 되어 있던 걸 당신이 농간해서 목공소를 따돌리고 들어왔다면서?"

"그건 사실이지요. 그렇지만 지가 목공소 권씨에게 양보해달라고 빌고 빌었던 적은 있어도 농간을 부린 적은 없는데요."

"농간이 아니라고? 당신 이간질 잘하기로는 소문이 자자하던데?"

"어떤 배라먹을 놈이 그런 야비한 말을 합디까? 제 처지에 이간질을 한들 얼마나 하겠습니까."

그때였다. 이때까지 두 사람이 겨끔내기로 주고받던 말만 듣고 있던 키 큰 사내가 손사래를 쳐서 동료의 말문을 가로막았다.

"정리해보시오. 첫째는 정류소 근처의 목 좋은 점포를 버리고 구태여 이곳으로 점포를 이전한 점, 두번째는 기왕에 교섭중이던 목공소를 밀어내면서까지 이곳으로 이전을 고집했던 속셈은 뭐요?"

기침 소리 한번 크게 내질러도 금방 소문이 짜하게 퍼질 조그만 마을에서 일어난 일이었다. 시계포의 석연찮은 낌새를 알아챈 마을 사람 서너는 멀찌감치 비켜서서 뜻밖의 사태를 지켜보고 있었다. 키 큰 사내의 말에 최씨는 한순간 말문이 막혀버리고 말았다. 그는 손바닥을 썩썩 비비면서 기어드는 목소리로 변명을 늘어놓았다.

"글쎄요, 그렇게 다잡아 물으신다면 딱 부러질 만한 대꾸가 없네요. 시계포라는 사업은 과실이나 음식점과는 달라서 꼭 목이 좋은 곳에서만 장사가 되는 건 아니지요."

"어쨌든 목 좋았던 점포를 두고 아득바득 이곳으로 옮겨야 했던 꿍꿍이속이 뭐야? 험악한 꼴 보이기 전에 바른대로 실토해."

사내는 우물쭈물하고 있는 최씨를 옥죄고 들었다.

"당신이 갑자기 고향으로 돌아온 까닭이 석연찮아. 시계 수리공이라면 대도시에서도 수입이 만만찮을 텐데, 애써 빠져나간 시골구석으로 되돌아올 까닭이 없지 않어?"

"객지 생활에 지치다보면 고향으로 되돌아올 수도 있지 않겠습니까."

"당신 말처럼 사업에 실패했나?"

"실패라니요? 시계가 썩는 물건도 아닌데 재고가 쌓인다면 모를까 실패할 까닭이 없지요."

"그렇다면 시골로 되돌아온 까닭이 더욱 수상하군. 당신이 이점포에 들기 전에 여기저기를 개수한 적이 있지?"

"개수랄 게 있었겠습니까. 걸려 있던 거울 떼내고 먼지 대강 털고 내 물건 들여왔지요."

"이삿짐 나를 때 거들었던 인부들의 말을 들어보면 하루 종일 재수 없는 곳이라고 푸념을 하고 중요한 것은 모두 당신 손으로 처리했다며?"

"재수 없다고 잔소리만 한 게 아닙니다. 저기 문설주 위에다 부적까지 달았습지요."

"부적은 왜?"

"악귀가 범접하지 말라구요."

"악귀는 누굴 가리키는 건가?"

"누굴 가리키다니요? 구신 말입니다, 구신."

"공산당 잡아가는 귀신?"

"구신이 공산당을 왜 잡아가요?"

"공산당을 잡아가면 안 된다는 얘기지?"

"주사님, 그게 아니라니깐요."

"그게 아니면 뭐야?"

"빨갱이야 잡아가야지요."

"그토록 재수 없다는 점포를 새치기해서 들어온 까닭이 뭐냐니깐?"

"……"

"그렇잖아? 하루 이틀 쉬고 갈 장소도 아닌 점포를 세내는 일인데, 하필이면 재수 없는 곳에 대갈통 디밀고 들어올 까닭이 뭐야? 속셈이 따로 있었기 마련이겠는데, 재수 없는 곳이라고 안개를 피운 것은 인부들이 들으라고 한 언사가 아니었나?"

"어메? 주사님들 생사람 잡으시네. 계산은 무슨 계산이요? 빨갱이로 지목되어서 잡혀간 사람의 점포에 들게 되었으니 재수 없을 건 뻔한 이치여서 몇 마디 지껄인 것뿐입니다."

바로 그때였다. 툇마루에 앉아 있던 키 작은 사내가 발딱 몸을 일으켰다. 그리고 발뒤축을 바득하니 쳐들면서 최씨의 귀싸대기

를 모양 있게 갈겼다. 최씨의 안경이 땅으로 떨어지지는 않고 콧
등 아래로 삐딱하게 흘러내렸다. 재빨리 안경을 수습하는 최씨를
향해, 귀싸대기를 갈겼던 사내가 뇌까렸다.

"자식이 아직 제정신이 안 들었구먼. 목공소를 밀어내면서까
지 이곳으로 점포를 옮긴 까닭이 뭐야? 그걸 똑바로 대란 말야.
너 엉뚱하게 둘러댔다간 혓바닥이 뽑힐 줄 알어."

나는 그때 시계포와 잇닿은 거처방의 미닫이문을 바라보았다.
미닫이문은 손바닥 두께만치 빠끔하게 열려 있었다. 그 틈 사이
로 하얗게 질려 있는 최씨 아내의 얼굴이 바라보였다. 그 사내는
말구멍이 막힌 최씨를 계속해서 다그쳤다.

"당신 설영도(薛永道)하곤 절친한 사이지?"

"예?"

"설영도하곤 어떤 사이냐구."

"설영도가 누굽니까?"

"둘러대는 재간에다 시치미 잡아떼는 강단까지 있군. 너 정말
이럴 거야? 설영도를 몰라?"

"모르겠습니다요."

"모르겠다면 내가 가르쳐줄까?"

"예."

"이발관 주인이 설영도라는 것도 모르고 있었다는 거야? 온 동
네가 떠들썩했을 텐데도? 그가 쓰던 점포에 세 들어왔으면서도

잡아떼? 너 지금 날 가지고 놀아보자는 거지?"

"가지고 놀다니요. 그가 설씨라는 건 알고 있었지만 이름까지는……"

"이 자식이 이제 보니까, 사람 등치고 배 문질러주자는 속셈 아닌가? 대가리는 알아도 몸뚱이는 모르고 있었다는 거지?"

"참말로 희한한 일이네요. 주사님들이 왜 이러시는지 지는 영문을 모르겠네요. 내가 이럴 줄 알았지. 재수 없는 점포라 했더니 종국에는 이런 횡액을 당하게 되었네."

"이 자식 봐라. 따귀 한 대 얻어맞고 횡액이라 했겠다? 종아리라도 까버렸다면 벼락 맞았다고 아우성 칠 놈 아냐. 너 정말 바른대로 안 댈 거야?"

"변죽만 울리지 말고 부리를 헐어보십시오. 덮어주고 욕 듣는 일이 아지마씨 불두덩이라더니, 놀고 있는 점포 얻어든 것이 죄된단 말입니까?"

"좋아. 부리를 헐면 바른대로 댈 거야?"

"지금까지도 바른대로만 댔지 않습니까요."

"이 자식이 얻다 대고 대꾸야. 좋다, 그래, 부리를 헐면 바른대로 댈 거지?"

그들이 받고채는 말 중에 가장 귀에 익숙한 말은, 바른대로 대라는 말이었다. 아우보다 나에게 있어 그것은 썩 자주 들어왔던 말이었다. 학교에서는 분실이나 도난 사고가 심심찮게 일어나곤 하였다. 대개 자질구레한 분실 사고들은 이틀에 한 번꼴로 일어나는 다반사여서 일일이 선생님이 끼어들어 해결할 수 없을 정도였다. 그러나 그날 납부하려고 가져왔던 기성회비나 잡부금 따위를 통째로 잃어버렸다면 문제는 달랐다. 그때 선생님은 그 돈을 습득했거나 훔친 아이를 색출해내기 위해 여러 가지 수단과 방법을 동원하곤 하였다. 진행하던 수업을 갑자기 중단하고 잃어버린 돈을 찾는 일에 반 아이들을 모두 동참시켰다. 그러나 이런 경우 그 동참이란 말은 매우 합당한 표현이 될 수 없었다. 잠시 전까지만 해도 멀쩡한 아이들이었던 60여 명은 한순간에 용의자 처지로 전락하였다. 용의자로 의심받지 않고 있는 사람은 선생님과 돈을 잃어버린 당사자뿐이었다. 돈을 잃어버렸다는 당사자의 신고가 있고부터 우리들의 교실은 당장 살벌한 도둑의 소굴로 변해버렸다. 도둑의 소굴이라는 참담한 현실이 교실의 모든 것을 잡아먹어버렸다. 반 아이들의 그림 중에서 뽑아 게시한 여러 장의 그림은 모두가 도둑의 소굴로 가는 길과 산천이었고, 반 아이들의 학력 진도를 그래프로 표시한 게시판도 도둑질의 성과를 표시한 그래프로 보였다.

웃음소리가 사라지고 태연함을 가장하는 메마른 기침 소리만 교실 바닥으로 가라앉았다. 모든 아이들이 들고 있던 책과 필기도구를 내려놓고 자리에서 일어났다. 그리고 선생님의 분부대로 두 팔을 활처럼 휘어서 머리 위에 얹고 잃어버린 돈이 일으킨 난데없는 태풍이 지나가기를 기다렸다. 아이들이 눈을 감고 서 있는 동안 선생님은 돈을 잃어버린 장본인을 데리고 소지품들을 뒤지기 시작했다.

우린 꽤 오랫동안 그런 자세로 눈을 감고 기다려야 했다. 때로는 수업 마치는 종이 울리고 다시 그다음 시간을 알리는 종소리가 들려올 때까지 선생님의 검색은 계속되었다. 그러나 우리는 눈을 뜰 수 없었다. 간혹 몰래 실눈 뜨고 검색의 진도를 훔쳐볼 기회가 있긴 했다. 그러나 그런 행동이 옆에 있는 아이에게 들통이라도 나는 경우에는 감수해야 할 불이익이 무서웠다. 왜 실눈을 뜨고 선생님의 거동을 살펴보아야 했느냐부터 추궁받기 시작하면 그럴싸한 도둑질의 용의자로 지목되기 십상이었기 때문이다. 우리는 여러 번의 경험으로 턱없이 누명을 쓰게 된 아이들을 보아왔었다. 그래서 우리는, 이제 눈들을 뜨라는 선생님의 목소리가 교실 한편에서 들려오기만을 기다리고 있어야 했다.

눈을 감고 서 있기에 지쳐버린 계집아이들 중에는 훌쩍거리는 축들이 생겨나기도 했고, 가벼운 발길질로 앞에 선 아이에게 장난을 걸어오는 사내아이들도 생겨났다. 그러나 눈을 감고 있다는 것은 얼마나 편안한 일인가. 우선 하기 싫은 공부에 열중하지 않아도 되었고, 결코 돈을 훔치지 않았으니 도둑의 누명을 뒤집어쓸 염려도 없었다. 그래서 그때마다 나는 언제나 하늘에 떠 있었다.

아이들의 소지품을 검사하고 있는 선생님과 60여 명의 수효를 헤아리는 아이들의 새까만 머리통들이 수십 미터 저쪽 아래로 내려다보였다. 두 날개를 어깨 위로 활처럼 벌리고 있는 한, 나는 아래로 떨어질 염려는 없었다. 그 교실이 도둑의 소굴로 오염되어 있는 한, 나는 착륙을 사양할 것이었다. 부감으로 바라보이는 교실은 오뉴월의 해 질 무렵처럼 고즈넉한 고요가 가라앉고 있었다. 어디선가 풍금의 건반을 두드리는 소리가 들려왔다. 그것은 아마 지금은 학교에서 떠나가버린 그 여선생님이 치고 있는 풍금 소리인지도 몰랐다. 행선지를 수소문하거나 의구심을 가지는 것조차 쉬쉬하고 있는 그녀의 행방은 도대체 어디일까.

"자, 이제 눈들을 뜨고 앉거라."

어디선가 선생님의 목소리가 들려왔다. 나는 소스라쳐 눈을 떴고, 아이들은 도둑의 소굴에서 단 한 발자국도 밖으로 벗어나지 못하고 있었다. 선생님의 표정은 여전히 어두웠고, 선생님의 검색에 기대를 걸었던 아이들의 표정 역시 하학 시간이 될 때까지 시무룩했다. 그러나 도난 사고가 일어났을 경우, 열에 일곱에 해당하는 횟수만큼 나는 다른 아이들과 함께 집으로 돌아갈 수 없었다. 그런 날 하학 때가 되면 선생님은 나를 은밀하게 교무실로 불렀다. 선생님은 하학 무렵의 어수선함이 여과되고 난 다음 교무실이 조용해지기를 기다렸다. 그동안 줄곧 창밖의 운동장으로 시선을 던지고 있던 선생님은 뒤돌아 앉으면서 내게 의자를 권했다.

여러 번의 경험으로 해서, 나는 선생님이 어째서 창밖으로 시선을 떨구고 있으며, 모든 아이들이 학교를 빠져나간 이 시각토록 어째서 나를 잡아두고 있는 것인지 알고 있었다. 내가 선생님이 권한 의자에 오도카니 올라앉아 두 손을 무릎 위로 올려놓으면 선생님은 우선 담배 한 개비를 피워물었다. 너덧 모금의 담배 연기를 연거푸 빨아들이고 난 뒤 선생님은 생면부지의 낯선 아이를 만난 듯 나를 빤히 바라보았다.

"형석아, 내가 묻는 말에 바른대로 말할 수 있겠지?"

물론 나는 고개를 끄덕였다. 더욱 뚜렷한 의지를 보여드린다는 뜻에서, '예, 바른대로 말하겠습니다'라고 또렷하게 대답할 수도 있었다. 그러나 나는 도대체 '바른대로'라는 말이 가지고 있는 분위기가 탐탁지 않았을 뿐만 아니라 또렷한 말대답이란 되바라진 아이들이나 할 짓이라고 생각했었다. 더불어서 어른들이 말하고 있는 그 바른대로라는 바른대로가 내게는 뒤바뀌어보일 때가 너무나 많았었다. 그러나 그때 나는 고개를 좌우로 흔들어 보이지는 않았다.

"그럼 좋아. 너 남순애(南順愛)가 돈 잃어버린 것 알고 있지?"

"예."

불과 세 시간 전의 불상사를 잊어버릴 수는 없었다. 오히려 지난 일이 되고부턴 더욱 기억에 선명할 정도였다.

"남순애의 집은 너의 집 형편만치 가난에 시달리고 있다. 그것도 알고 있겠지?"

책상 위로 올려놓은 선생님의 손살에서는 피우던 담배 개비가 꽂혀서 타들어가고 있었다. 이상하게도 선생님의 그 손이 가늘게 떨리고 있었다.

물론이었다. 남순애라면 입학하고부터 3년 동안 줄곧 같은 반에 있었다. 계집애의 집안 형편을 속속들이 헤집고 있지는 못할지라도 유독 가난한 집의 아이란 것은 나도 대충 짐작하고 있었다. 점심 도시락을 싸오지 못하는 20여 명의 아이들 중에 그 계집애도 항상 끼여 있었기 때문이다.

"오늘 잃어버린 돈은 기성회비를 내려던 것이었다. 그렇다면 그걸 잃어버린 남순애의 딱한 처지를 짐작할 수 있겠지?"

나는 미동도 않고 가만히 앉아 있었다. 선생님을 만족하게 만들어줄 수 있는 대답이 무엇인지 짐작할 수 없었다. 첫째, 나는 학교에 납부할 기성회비를 가져왔다가 잃어버린 경험이 한 번도 없었다. 어머니가 기성회비 따위를 학교에 납부한 일이 없었으므로, 내가 그런 돈을 가질 수 없었던 것도 당연한 귀결이었다. 그래서 순애의 절박한 속내를 속속들이 이해하기란 어려운 노릇이었다. 그러나 선생님은 다시 물었다.

"순애의 처지를 충분히 짐작할 수 있겠지?"

나는 드디어 고개를 끄덕이고 말았다. 순애의 애틋한 처지를 짐작조차 할 수 없다고 버틴다면 매질이라도 내릴 것만 같았다. 선생님의 어투에서 그럴 조짐을 예고하는 다급함을 느낄 수 있었다.

"순애가 집으로 돌아가게 되면 아버지에게 호된 꾸지람을 듣게 될 테지. 그게 어렵사리 마련한 돈이 아니겠느냐. 그런 돈을 마련하기 위해 순애의 부모님들 또한 얼마나 많은 고초를 겪었겠느냐. 궁핍한 가정에선 몇 푼 안 되는 푼돈일지언정 마련하기 손쉽지 않다는 것을 너야말로 잘 알고 있겠지? 어려운 가운데 하루하루의 가계를 위태롭게 꾸려나가고 있는 네 어머님을 보았겠지?"

"예."

"그래, 내 말을 잘 알아듣는구나. 그렇다면 바른대로 말하자. 그 돈의 행방을 모르겠느냐?"

"예."

"행방을 안다는 뜻이냐, 모른다는 뜻이냐."

"모르겠습니더."

"바른대로 말하랬더니, 대답이 겨우 그것뿐이냐?"

"어디 있는지 알았으면 찾아줬을 겝니더."

"물론이다. 그러나 네가 분명하게 알고 있다 하더래도 앞장서서 찾아줄 수 있는 경우와 선뜻 찾아주지 못할 경우가 있는데, 그 두 가지 경우가 어떤 것인지 알고 있느냐?"

그런 경우들이 도대체 어떤 경우일까. 돈의 행방을 익히 알고 있는데도 찾아내지 못한다면 그것은 필경 발이 달려 있는 돈뿐일 것이었다. 그러나 나는 그때까지 발 달린 돈이 나돈다는 소문만은 듣지 못했었다. 나는 종잡을 수 없는 시선으로 선생님을 빤히 바라볼 수밖에 없었다. 그러나 내가 종잡을 수 없는 시선을 보내고 있는 동안 선생님의 표정은 반대로 곤혹스러움으로 일그러지고 있었다. 그런 미묘한 대좌를 큰 불상사 없이 치러낼 수 있는 약이 있다면 그것은 침묵뿐이었다. 그러나 그런 경우의 침묵이란, 결과에 도달하는 시간의 유보는 될 수 있을지언정 해결책은 아니었다. 손마디를 태우고 들듯이 짧아진 담배 개비를 재떨이에 비벼 끄면서 선생님은 상반신을 내게로 바싹 당기고 나직이 물었다.

"바른대로 대답하겠다고 했지?"

"예."

"네가 바른대로만 말한다면 그것은 선생님과 너만 알고 덮어두기로 하겠다. 그러나 네가 선생님을 속이려 든다면 그땐 용서할 수 없다. 왜냐하면 거짓말은 도둑질보다 더 큰 죄이기 때문이다. 알겠지?"

"예."

"그 돈을 네가 주워 가진 건 아니냐?"

"안 줏었는데요."

"훔쳤다는 것이 아니다. 혹시 복도나 교실에 떨어진 것을 주워 가질 수도 있지 않겠느냐?"

그것은 정말 이해할 수 없었다. 선생님은 그렇게 많은 아이들 중에서 어째서 나만을 은밀히 불러 그런 질문을 던지고 있는 것일까. 훔치지 않고 주워 가지는 일이라 할지라도 우리 교실에는 나를 포함한 60여 명의 아이들이 득실거리고 있었다. 그러나 그러한 의구심은 아직도 내가 선생님의 의중을 꿰뚫어보지 못한 까닭이었다. 선생님이 내게 묻고자 했던 말은 네가 주웠느냐가 아니었고 네가 훔친 것이 아니냐는 것이었다.

어쨌든 나는 너무나 당연하고도 태연하게 순애의 돈을 주워 가진 일이 없다고 버텼다.

"설마, 네가 주웠는데도 잡아떼는 건 아닐 테지?"

"……"

"선생님을 조롱하는 건 아닐 테지?"

"안 속였습니더."

"바른대로 말한 거지?"

"예."

"꼭 필요해서가 아니더라도 임자를 잃어버린 돈을 발견하게 되면 나도 모르게 불순한 마음이 생겨나는 것은 어른들 사이에서도 있어온 일이다. 넌 그런 경우 욕심이 생기지 않겠느냐?"

물론이었다. 나도 간절한 소망으로 그것을 갖고 싶었다. 그러나 나에겐 아직 그것을 넘볼 수 있는 딱 부러진 기회가 없었다. 그러나 그때 선생님이 내게 확인시킨 것은 나도 어느덧 그것을 넘볼 수 있는 위치에 도달했다는 가르침이었다.

나의 침묵은 계속되었다. 그 침묵 속에서, 선생님의 옥죔과 추궁으로부터 놓여날 수 있는 시간의 맥박을 예민한 촉각으로 더듬고 있었다. 언젠가는 선생님에게서, '집으로 돌아가도 좋다'라는 말이 떨어지게 될 것이었다. 그러나 기대는 머지않아 완전히 허물어지고 말았다. 선생님은 말했다.

"교실로 돌아가거라. 교실에 가면 남순애가 혼자 남아 있을 게다. 순애를 저희 마을까지 바래다주고 돌아오너라, 알겠지?"

전혀 예상할 수 없었던 분부가 떨어진 셈이었다. 나는 선생님의 어깨너머로 창밖의 교정을 바라보았다. 교정에서는 늦도록 남아 놀고 있는 아이들의 모습을 찾아볼 수 없었다. 하학 이후로 상당한 시간이 흘러간 셈이었다. 아둔한 계집아이가 기성회비를 잃어버린 상처를 안고 혼자서 타박타박 집으로 돌아가기엔 쓸쓸한 늦은 시각이었다. 내가 다소 주저하는 눈치이자, 선생님은 다시 말했다.

"넌 사내지?"

나는 바지 주머니에 가만히 손을 넣었다. 그리고 실밥이 터진 솔기 사이로 손을 디밀어넣고 사추리를 만져보았다.

"예."

"넌 듬직하고 강단도 있다."

나는 선생님으로부터 그런 평판을 듣기에 충분한 소년이었다. 교실에서 도난 사고가 터질 적마다 선생님에게 불려가서 추궁당하기를 다반사로 겪고 있었지만 결코 주눅든 적이 없었고, 선생님에게 굴복당한 적도 없었다.

"날이 어두워진다 해도 너 혼자서 충분히 돌아올 수 있겠지?"

선생님이 장터 초입에 있는 선술집에서 술 파는 젊은 여자의 젖무덤에 손을 집어넣고 애국가를 부르더란 어떤 아이의 얘기가 그때 문득 떠올랐다. 나는 배시시 웃었다.

"자신 있단 얘기군. 그럼 어서 가봐라."

교실로 돌아온 나는 일순 놀랐다. 선생님의 말씀대로 계집애는 텅 빈 교실에 혼자 남아 있었다. 백묵 조각으로 칠판에 낙서를 하고 있던 계집애는 내가 교실로 들어서자, 재빨리 낙서를 지우고 돌아섰다. 나는 멀찌감치 비켜서서 냉담하게 말했다.

"빨리 가자고마."

계집애는 놀란 표정으로 되물었다.

"가긴 어딜 가자꼬?"

"너 집으로 가자. 선생님이 니를 동네까지 바래다주고 오라 카드라."

계집애는 노을이 깔리고 있는 창밖의 교정으로 시선을 던졌다.

"내 돈은?"

"못 찾았다."

"난 우짜노……"

"없는 돈을 어디서 찾겠노."

그러나 계집애의 표정에서 크게 낙담하는 기색을 발견할 수 없었다. 갑자기 내가 나타나서 당황한 탓인지도 몰랐다.

"날 데려다주라고 선생님이 그러시드나?"

"그래. 선생님이 안 그랬으면 내가 왜 미친 개매쿠로 니를 데려
다주겠노."

"꼭 미쳐야 날 데려다주나?"

"시끄럽다. 내가 미치면 니 춤출래?"

"니가 미치는데 내가 왜 병신매로 춤을 추겠노."

"그럼 춤 안 추고 우짤래."

"가만있지, 우짜긴 우째."

"니가 미치면 나는 춤출란다."

"날 잡아묵고 싶어서 그래제?"

"내가 여우도 아닌데 니를 왜 잡아묵겠노."

우리는 서로 말문이 막혔던 나머지 한동안 침묵을 지키고 있었
다. 그러나 계집애가 먼저 입을 열었다.

"니 내하고 같이 갔다가 딴 아들이 놀려묵으면 우짤래?"

"딴 아들이 놀려? 어림도 없다 카이. 내가 니 손을 잡아주기라
도 할까봐 그래나?"

"내가 언제 손 잡아달라꼬 했나?"

"손도 안 잡았는데 딴 아들이 왜 놀려묵겠노."

"니캉 내캉 같이 걸어가는 것만 봐도 놀린다 카이."

"니 혼자 갈래?"

그러자 계집애의 표정은 당장 어두워졌다. 계집애는 교탁 위에 올려놓았던 때 묻은 책보자기를 가만히 집어들었다. 그러나 한 발짝도 떼놓지 않고 울먹이는 목소리로 말했다.

"내 혼자서는 못 간다."

"소문나도 좋나?"

"소문나면 안 된다 카이."

"그럼 내가 멀리 처져서 뒤따라갈 기다."

"니가 앞에 서고 내가 뒤따라가야지, 어째 내가 앞장서서 가겠노."

"니 맘대로 하라 카이."

나는 돌아서서 교실을 나왔다. 나는 남순애가 살고 있는 마을을 알고 있었다. 교정의 서쪽에 있는 길을 나서면 긴 탱자 울타리를 낀 황톳길이 있었다. 그 황톳길은 다시 북쪽 방향으로 트인 완만한 언덕길과 잇닿아 있었다. 달구지 한 대가 겨우 비집고 다닐 만한 좁은 언덕길 양편에는 옥수수나 보리를 심은 사래 긴 밭뙈기들이 펼쳐져 있었다. 그 언덕길이 끝나는 곳에 갑자기 아래쪽으로 내리꽂힐 듯한 벼랑길이 나섰다. 벼랑길은 돌니가 박힌 험로인데다가 양편으로는 기울기를 길 쪽으로 둔 바위들이 솟아 있기도 했다. 그러나 그 벼랑길만 벗어나면 햇곡머리에 함께 거둘 채소들을 심은 갯밭 두렁이 나타났다. 그 갯밭 두렁길을 벗어나면 다시 자갈밭이 나타나고 그 자갈길 끝머리에 광덕(廣德) 마을 초입에 이르는 복찻다리가 놓여 있었다. 복찻다리가 놓여 있는 반변천은 멱을 감으러 다니는 곳이었기 때문에 광덕 마을로 가는 길은 눈을 감아도 머릿속에 선할 정도였다. 다만 두 개의 바위 사이로 나 있는 언덕배기 너머의 벼랑길은 초행길인 사람에겐 가파르기가 섬뜩할 정도였다. 실제로 그 벼랑길을 내려가던 취객들이 방심으로 실족했다는 소문은 1년에 몇 번씩 심심찮게 나돌곤 하였다.

교정의 서쪽 통로를 벗어난 우리는, 놀림거리가 되지 않을 사내아이와 계집아이의 간격이란 어떤 간격일까를 가늠하면서 언덕길로 들어섰다. 언덕길을 빠져나와 벼랑길을 반쯤 내려갔을 무렵이었다. 뒤쪽에서 신음 소리 같은 것이 들려왔다. 힐끗 뒤돌아보았더니, 계집애는 벼랑길 들머리에서 꼼짝도 못하고 서 있었다. 나는 냉큼 내려오라고 소리 질렀으나 계집애는 발짝을 떼어놓을 심산이 아니었다. 뿐만 아니라 얼굴까지 하얗게 질려 있었다. 나는 계집애의 속셈을 알 수 없었다. 이 벼랑길을 3년 동안이나 오르내린 것이라면 나름대로 익숙해져 있어야 했다. 그런데도 말뚝처럼 버티고 서서 꼼짝하지 않았다. 그것이 얄미웠다. 몇 번 소리치던 내게서 기어이 욕지거리가 쏟아지고 말았다.

"이 가시나야, 집에 안 갈라 카나?"

나는 목덜미에 핏대를 곤두세우고 바락바락 소리 질렀다.

"우째면 좋겠노. 내사 못 내려가겠다."

"가시나야, 엄살 피우지 말거라. 내하고 원수졌나?"

"원수는 무슨 원수?"

"원수 안 졌으면 엄살은 왜 피워쌓노."

"다리가 떨려서 못 내려가겠다."

"니 다리는 철랭이(잠자리) 다리라서 여기도 못 내려오겠나?"

"그게 아이고, 아침에 학교로 갈 때는 괜찮은데, 집으로 갈 때는 다리가 후들후들 떨려서 못 내려간대이."

"아침에 멀쩡하던 다리몽생이가 집에 갈 때는 철랭이 다리가 되나?"

말끝마다 대꾸를 놓치지 않던 계집애는 그때야 말문이 막혔는지 잠자코 있었다. 그러나 나는 그때 보았다. 상당한 거리를 사이에 두고 있었지만 계집애의 눈에 눈물이 고이고 있는 것을 발견할 수 있었다.

"점심을 못 묵고 허기가 져서 다리가 떨린다 카이."

"점심을 못 묵었다꼬?"

"……"

나는 내려오던 벼랑길을 되짚어올라갔다. 그리고 탐탁잖은 거동으로 계집애의 손을 낚아챘다. 계집애는 왼쪽 겨드랑이에 책보자기를 바싹 끼우고 오른손을 내게 맡겼다. 오랜 실랑이 끝에 우리는 무사히 벼랑길 아래로 내려섰다. 계집애의 창백한 이마에 식은땀이 송송 배어났다. 우리는 다시 아이들에게 놀림을 당할 염려가 없는 간격을 유지하면서 채소밭 두렁길을 올라섰다. 그때였다. 나는 불현듯 부아가 치밀어오르기 시작했다. 그래서 발걸음을 멈추고 돌아섰다. 계집애가 너덧 발짝 앞으로 다가섰을 때를 기다려 쏘아붙였다.

"나도 점심 굶었다. 니 혼자만 굶은 줄 아나?"

그러나 계집애는 대수롭지 않게 받았다.

"알고 있다 카이."

"그런데 왜 니 혼자만 못 내려오겠다고 엄살을 피웠노. 날 골탕 먹일라꼬 일부러 그랬제?"

"그게 아이다. 나는 여자지만 니는 남자 아이가."

"날 보고 남자라꼬?"

"그럼 남자 아이고 뭐꼬?"

나를 지칭해서 남자라고 부르다니, 그것은 난생처음 들어보는 품위가 돋보이는 말이었다. 물론 나는 간절하게 남자가 되고 싶었다. 그러나 어느 누구도 나를 향해 스스럼없이 남자라고 불러준 사람은 없었다. 나는 다시 바지 주머니 속으로 손을 디밀어서 터진 솔기 사이로 사추리를 더듬어보았다.

"내가 남자인 줄 우째 알았노?"

계집애는 끼고 있던 책보자기로 치마 앞섶을 가리면서 재빨리 말했다.

"그럼 니가 여자라?"

"니 우리 엄마한테 혼나볼라 카나? 내가 우째서 여자로?"

"내사 니보고 여자라는 말은 안 했다."

그 남자라는 말에서 느껴지는 신선한 품위는 나를 우쭐하게 만들기에 충분했다. 그래서 복찻다리가 바라보이는 곳에서 계집애와 작별하려 했던 당초의 작정을 고쳐먹고 말았다. 다리를 건너 마을 초입길까지 동행해주기로 한 것이었다. 그런데 다리를 건너기 전에 계집애가 나직하게 말했다.

"한 가지 말할 게 있다 카이."

"내한테?"

"그래. 니 혼자만 알고 소문 안 낸다고 약속하면 말할 기다."

"소문나면 안 되나?"

"소문나면 나는 퇴학당할 기다."

"소문날 말을 왜 할라 카노?"

"그래도 말해야제."

"소문나면 우짤라꼬."

"니만 알고 있으면 소문 안 날 기다."

"소문이 그렇게 무섭나?"

"범보다 더 무서운 게 소문이라 카드라."

"소문 안 낼게 말해보그라."

우리는 어느덧 서로 살을 비빌 듯이 접근해서 나란히 걷고 있었다. 그러나 우리는 그것을 깨닫지 못하고 있었다.

"내가 기성회비 잃어버렸다는 거 거짓말이라 카이."

"뭐라 카노?"

"돈 안 잃었다 카이."

"니 기성회비 안 잃었다꼬?"

"처음부터 없었던 돈이었는데, 잃어버렸다는 게 말도 안 되제."

"그런데 거짓말은 왜 했노?"

"선생님한테 미안해서……"

"미안하다꼬? 내사 무슨 말인지 모르겠다."

"내는 기성회비를 몇 달째나 못 내서 선생님한테 부끄러버서 학교 가는 게 범보다 더 무섭더라. 그래서 잃어버렸다고 거짓말이라도 해야 되겠드라 카이."

나는 발걸음을 멈추고 계집애를 빤히 바라보았다.

"그럼 그 돈을 찾아내기라도 했으면 우짤 뻔했노."

"잃어버리지도 않은 돈을 어디서 찾겠노. 평생 찾아도 못 찾제."

"니는 거짓말로 선생님 놀려먹으면 퇴학당하는 거 모르나? 나는 선생님한테 찔러뿔란다."

"니 혼자만 알고 있겠다 해놓고 왜 찌른다 카노."

"니 때문에 선생님이 골탕 안 묵었나."

"니도 기성회비는 한 푼도 못 내면서 무슨 낯짝으로 선생님한테 찌른다 카노.”

“냈는지 못 냈는지 니가 우째 아노.”

“딴 아들도 전부 알고 있던데, 내만 모를 줄 알았나?”

“어쨌든 니는 인제 퇴학당할 기다.”

“남자라면서 기집아들매로 말이 이리 갔다 저리 갔다 하노.”

“내가 언제 이랬다저랬다 했노.”

“약속해놓고 선생님한테 찌른다며?”

“바른대로 말하는 게 나쁘나?”

“약속을 안 지키니까 니도 거짓말쟁이 아이가?”

“……”

“비밀 말인데, 니가 소문내면 나는 죽어뿔란다. 내가 죽으면 니는 춤추겠제?”

“나는 춤출 줄 모른다.”

“그럼 니 맘대로 해라.”

그러나 계집애는 죽음을 맹세한 사람답지 않게 상기된 얼굴로 나를 베어물듯이 쏘아보다가 복찻다리 위로 상큼상큼 걸어갔다. 나는 혼란을 느끼기 시작했다. 이 사실을 선생님에게 바른대로 고자질하는 것이 옳은 길인가. 아니면 순애와의 약조를 지켜서 침묵을 지키는 것이 바른 길인가. 그 경계가 분명하지 못했기 때문이었다.

읍내 경찰서에서 파견된 두 사내의 혹독한 추궁을 받고 있던 시계포 최씨 역시 마찬가지였다. 바른대로만 실토하라고 옥죄고 드는 두 사내의 추궁에 최씨가 대처할 수 있는 방법은 고민뿐이었다. 그러나 경계를 따지고 드는 일에 약삭빠른 최씨의 고민은 그리 오래가지 않았다.

"사실 이제 와서 생각해보니 나 역시 수상했던 것이 한 가지 있기는 하네요."

두 사내가 흠칫 놀라면서 최씨에게 다가섰다.

"누가 그랬는지는 모르겠으나, 비어 있던 점포의 문을 따려고 하는데, 그때 벌써 자물쇠에 달린 쇠고리가 빠져 있데요."

"고리가 빠져 있더란 말이지? 확실해?"

"이삿짐 나르던 품앗이꾼들도 알고 있는 사실입니다. 내가 고리가 빠져 있다고 잔소리를 했으니까요."

"고리가 빠져 있더라."

최씨의 말을 되뇌면서 두 사내는 서로 마주 바라보았다. 그들의 표정이 한결 밝아 보였다.

"현장 보전을 위해 채워둔 가게를, 그렇다면 누가 몰래 출입했다는 얘기 아냐?"

"글쎄요, 누가 출입했다고 봐야 하겠지요."

"당신은 잘난 체 말고 묻는 말에만 대답해. 그렇다면 가게를 출입한 사람이 누구야? 한통속이니까 알고 있을 거 아냐."

"한통속이라고요? 사람 잡지 마소."

"한통속이 아니었다면 이 빈 가게에 사람이 출입했다는 건 어떻게 알고 있어?"

"지가 언제 그랬어요."

"방금 한 말을 잊어버렸어?"

"그럴 법도 한 일이라고 했지, 지가 언제 봤다고 했습니까?"

"잔재주 부리지 마러. 못 봤으면 짐작이라도 하고 있을 것 아냐."

"생사람 잡지 마소. 지가 한통속이라면 왜 이런 고초를 겪고 있겠습니까. 당장 까발리고 말지요."

"그렇다면 질척거리지 말고 까발려버려. 형무소 담장 안쪽보단 밖에서 사는 것이 좋다는 건 삼척동자도 알 테지? 누가 여길 들락거렸는지 소문도 못 들었단 말야?"

"소문요?"

"속 시원하게 불어버려. 고리까지 부수면서 출입한 놈이 있다면, 직접 목격하진 못했어도 소문이라도 들었을 것 아냐."

"소문 들었지요."

"좋아. 그게 누구야?"

"장석도올시다."

"장석도가 누구야?"

"바로 옆집입니다. 술도가에서 고용살이하는 홀애비지요."

키 작은 사내가 의기양양해서 주먹 쥔 양손을 서로 마주쳤다.

"확실해?"

"확실하다니요. 소문이라니깐요."

"직접 봤어?"

"직접 못 봤으니 소문으로 알지요."

"그걸 왜 진작 실토하지 않았어?"

"알아야 진작 말하지요."

"모른다는 사람이 이름까지 정확하게 알고 있어? 당신 지금 무고하고 있는 거지?"

"아닙니다요. 그런 소문이 있었느냐고 물으시기에, 들은 풍월을 얘기한 것뿐입니다요."

"풍문을 들었다. 누가 그랬어?"

"글쎄요. 그게 기억에 없네요."

"소문을 듣긴 했는데 웬 놈이 한 말인지 모르겠다?"

"예."

"석두구먼."

"석두가 아니고 석도라니까요, 장석도."

"알았어. 인상착의는?"

"예?"

"몰골이 어떻게 생겼느냐구."

"상고머리지요."

"석두에 상고머리라?"

"장석도에 상고머리요."

"그놈 지금 양조장에 있어?"

"있겠지요. 그 사람 양조장 떠나 있는 거 본 적 없어요."

그때, 벌써 키 큰 사내는 미닫이문을 열고 밖으로 내달았다. 사내가 삼손을 만나는 일은 어렵지 않았다. 삼손은 항상 그랬던 것처럼 술청으로 통하는 문지방에 걸터앉아서 졸고 있었기 때문이다. 키 큰 사내가 졸고 있는 삼손을 발견하고 앞으로 다가섰다.

"당신 장석도야?"

느닷없는 질문에 영문을 몰랐던 삼손은 벗어둔 고무신을 발에 꿰면서 부스스 상반신을 일으켰다.

"뉘기요?"

"장석도."

"그런 사람 없는데요."

"없어?"

"예."

"장석도란 사람 여기 없단 말이지?"

"아, 장석도요, 제가 깁니더."

키 큰 사내는 낭패한 표정으로 혼잣말로 뇌까렸다.

"이런 젠장, 자칫하다간 나도 내가 누군지 모를 뻔했구먼……"

"예?"

"당신 안으로 좀 들어와봐."

삼손이 보기에, 서슬이 시퍼런 사내는 항용 상종하던 사람이
아니었다. 그리고 초면에 찍찍 그어대는 반말지거리로 보아 호락
호락한 상대가 아니란 것도 깨달았다. 삼손은 물론 내키지 않았
다. 그러나 사내의 분부를 거역할 뱃심이 없었다. 그 당당한 위세
에 가위가 질려버린 것이었다. 내키지 않는 대로 사내의 뒤를 따
라 술청 안으로 들어갔다. 바깥보다는 상당히 어두웠으므로 번득
이는 사내의 눈발이 더욱 매서워 보였다. 사내는 가파른 눈길로
삼손의 허우대를 가늠하고 나서 물었다.

"당신 장석도 맞아?"

삼손은 사내가 몇 번씩이나 되뇌고 있는 자신의 이름이 이상
하게도 낯설었다. 너무나 오랜만에 들어보는 이름이었기 때문에,
그 이름을 자신과의 인연에 꿰어맞추는 데 시간이 걸린 것이었
다. 마을 사람들 거개가 그를 성씨까지 대접해서 장석도라고 불
러주지 않은 까닭도 있었다.

"맞아, 안 맞아?"

"예, 장석도 맞니더."

삼손은 어렵사리 되찾은 듯한 자신의 이름과 초인사라도 나누
듯 구태여 겨냥하는 방향도 없이 허리를 굽혔다. 그러나 사내는
웃지도 않고 차갑게 오금부터 박았다.

"당신 말야, 거짓말하면 죽을 때까지 콩밥 먹일 거야, 알았
지?"

"거짓말요? 왜 그러십니껴?"

"위증죄가 뭔지 알아?"

"무슨 말인지 몰시더."

"내가 묻는 말에 거짓말하면 형무소에 가서 콩밥을 자시게 된다 이거야."

"……"

"당신 말야, 저쪽에 있는 시계 점포 알고 있지?"

"예."

"그 점포에 시계포 이삿짐이 들어오기 전에 자물쇠 뜯고 몰래 들어간 적이 있지?"

"예."

"뭐라구?"

"한 번 들어간 일이 있니더."

"이것 봐라. 당신 정말 점포에 들어갔었어?"

"들어갔다 카이요."

그런데 사내의 표정이 그 순간에 벌겋게 상기되기 시작했고, 양 허리춤에 꼬나박고 있던 손이 떨리기 시작했다.

"너 지금 날 조롱하고 있지?"

"아입니더."

"손쉬운 대로 예예 한다 해서 무사할 줄 알아? 야 인마, 날 조롱하는 게 아니라면 어찌될 줄이나 알고 무작정 예예야."

"들어간 일이 있으이, 예예 한 거 아입니껴."

"들어갈 때 혼자 갔어?"

"아이요."

"같이 들어간 사람이 누구야."

"박 과수댁 큰아들입니더."

"그래? 지금 그 사람 어디 있어?"

"글씨요, 학교 갔을 기라요."

"선생이야?"

"학생입니더."

"뭐, 학생? 몇 학년이야."

"글씨요, 그늠아가 삼학년인지 사학년인지 아리송합니더."

그 순간이었다. 삼손의 정면에 버티고 서 있던 사내의 눈에 불똥이 튀는 것 같았다. 조롱당하고 있다는 생각을 굳힌 사내는 대뜸 삼손의 겨드랑이에 양손을 집어넣었다. 그리고 엄장이 큰 삼손의 사추리 속으로 한쪽 다리를 걸었다. 사내가 어깨를 으쓱하고 몸을 추스르자 눈 깜짝할 사이에 삼손의 몸뚱이가 들썩하면서 술청의 시멘트 바닥으로 나가떨어졌다. 삼손이 엉덩방아를 찧으며 나둥그러지자, 사내는 참을 주지 않고 잽싸게 달려들어 삼손의 두 팔을 낚아채어 뒷짐을 지웠다. 그리고 수갑을 채워버렸다. 모든 것이 순식간에 벌어진 일이었다.

"아이구 주사님, 왜 이러십니껴?"

"왜 이러냐고? 야 인마, 수사관 생활 십 년에 너같이 미련한 놈에게 희롱당하긴 처음이다. 국민학교 몇 학년이라고? 내가 시방 네놈의 농간에 놀아나야 되겠어?"

울부짖는 삼손의 목소리가 술청을 쩌렁쩌렁 울리고 있었다. 술도가 한터를 지나던 마을 사람들이 하나 둘 발걸음을 멈추기 시작했다. 그들은 황소가 영각 켜는 소리로 울부짖는 삼손의 고함소리를 들었다. 그리고 오래 기다리지 않아서 뒷짐진 손에 수갑이 차인 삼손이 술청 밖으로 끌려나오는 모습을 보았다. 어디선가 전병코인 술도가 주인이 달려왔다. 그러나 그 역시 삼손을 끌고 나오는 사내를 발견하는 순간, 구경꾼들 사이로 몸을 감추어버렸다. 모여 서 있던 구경꾼들이 수군거렸다.

"석도 바짓가랑이를 보게."

"얼마나 혼찌검이 났으면 오줌을 싸버렸을까."

"도대체 무슨 난리야, 이게?"

"설영도하고 상관이 있는 게야."

"석도가? 농담하지 마러."

"열 길 물속은 알아도 한 길 사람 속은 모른다잖어. 어쨌든 세상은 갈수록 요지경이여. 석도가 빨갱이라니······"

"아녀, 뭐가 잘못된 게여."

"그런 소리, 경찰서 가서 해봐."

사람들은 입을 다물었다. 그리고 삼손이 읍내의 경찰서로 연행되어 갔다는 소문은 삽시간에 마을에 파다하게 퍼져나갔다. 반찬 없는 우리집의 저녁 밥상에도 잡혀간 삼손이 찬거리로 등장했다. 어머니가 늦은 저녁밥 그릇들을 들고 방으로 들어왔다. 아무래도 입이 간질간질하던 아우가 먼저 말의 성찬을 쏟아놓았다.

"엄니, 삼손 잡혀간 것을 알제?"

"나도 소문 들었다."

우리 형제의 경우, 삼손이 연행되어간 일을 두고 태연스럽게 앉아서 얘기할 계제가 아니었다. 그렇게 태연스러울 수 있었던 것은 그가 연행된 까닭을 몰랐기 때문이었다. 그러나 나와 연좌된 사건이 아니라 할지라도 결코 반가운 소식은 아니었다. 그런데 어머니에게 묻고 있는 아우의 표정은 놀랍게도 득의에 차 있었다. 어머니가 사실을 알고 있다고 대답하자, 아우는 의기양양해서 말했다.

"엄니, 이제 경찰서는 몽땅 빠개지겠제?"

"경찰서가 거덜나다이? 야가 시방 겁도 없이 무신 말을 씨부리노?"

"형사들은 인제 죽었다 카이."

"잡혀간 석도가 죽을 지경이라면 몰라도 잡아간 형사들이 왜 죽어?"

"삼손이 가만 안 있을 긴데."

"가만 안 있다꼬? 석도 그 사람이 지아모리 통뼈라 카디라도 무슨 용뺄 재주가 있다고 경찰서를 박살내겠노."

"삼손의 힘이 더 셀 긴데."

"이 아둔한 것아, 형사가 배지기를 넣으니까 세력이 하 강하던 석도도 썩은 통나무처럼 넘어지더란다. 지아모리 통뼈라 캐도 날쌘 형사를 당해낼 재간이 있겠나."

"그래도 삼손은 못 당한다 카이."

"요런 헛똑똑이를 봤나. 힘 한 가지로 될 일이었다면 애당초 잡혀가지나 말 것이지 쇠고랑 차고 경찰서는 왜 끌려가겠노."

"경찰서 부술려고 갔지."

"시끄럽다. 경찰서 박살내는 걸 쳐다본 놈같이 나불거리고 있네."

"그래도 부술 긴데."

"코에서 비린내도 덜 가신 놈이, 아는 체 말고 밥이나 퍼묵어라."

"엄니는 내가 얘기하면 머티만 주더라."

"아귀가 맞는 소리만 해봐라. 내가 머티 주는가."

"난 경찰서로 가볼 기다."

"초행길 가셨다가 길 잃었다고 전보나 치지 말그라."

말끝마다 면박인 어머니를 설복시키는 데 실패한 아우는 나를 쳐다보았다.

"히야, 경찰서가 폭삭 빠개지겠제?"

"……"

"삼손이 가만 안 있겠제?"

"……"

"삼손은 힘이 장사제?"

"내사 모르겠다."

한동안 방 안이 조용했다. 그때 밥숟갈이 방바닥에 내동댕이쳐
지는 소리가 들렸다. 아우는 밥상머리에서 발딱 몸을 일으켰다.

"내사 밥 안 묵을란다."

"저런 방정맞은 놈의 소생하구선. 배때지가 부르거든 밥 묵지
마라. 슬하에 밥 싫다는 소생이 생겨난 걸 보니 우리도 이젠 남부
럽잖게 살게 될 모양이다."

문을 닫고 밖으로 나간 아우는 툇마루에 퍼질러 앉더니 대성통
곡을 내쏟았다. 아우가 울음을 터뜨린 것과 때를 같이해서 어머
니의 수저질은 더욱 속도를 빨리했다. 아우의 울음소리가 높아질
수록 어머니 또한 맹렬한 속도로 밥을 퍼넣는 것이었다. 아우에
대한 어머니의 응대가 왜 그렇게 냉소적이어야 하는 것인지 이해
할 수 없었다.

사물의 형용과 사건의 진전을 수준 높은 안목으로 바라볼 수
있기에는 아우는 아직도 철부지였다. 어머니 역시 그것을 깨닫지
못하고 있을 리 없었다. 그런데 어째서 어머니는 어른들 사이에
서나 있음직한 냉소적인 말투로 아우와 겨루고 있는 것일까. 그

런 어머니의 속셈을 헤아릴 수 없었다. 아우가 박차고 나가버린 까닭도 역시 내가 느낀 배신감과 별다른 차이가 없었기 때문이었으리라. 어쨌든 방 안에서 빈 밥그릇 치우는 소리가 나도록까지 아우는 툇마루에서 미동도 하지 않았다. 그리고 방 안으로 들어오기를 기다리던 내가 지쳐 잠들어버릴 때까지 아우는 어두운 툇마루에서 움직이지 않았다.

그러다가 나는 문득 인기척을 느끼고 선잠에서 깨어났다. 방 윗목에서 두런두런 말소리가 들려왔다. 눈을 뜨고 바라보았을 때, 놀랍게도 아우는 어머니 앞에 앉아 밥을 먹고 있었다. 아우가 숟갈에다 밥을 떠서 디밀면 어머니는 그 밥숟갈 위에다 섞박지 김치를 찢어서 얹어주었다. 어머니가 안쓰러운 얼굴로 아우의 밥시중을 들고 있는 모습은 무척 낯설었다. 나는 자는 척 모잽이로 누워서 호롱불에 비치는 아우의 얼굴을 훔쳐보았다. 아우의 볼따구니에는 허연 눈물 버캐 자국이 선명했다. 창호지에 서린 회색의 밤기운은 밤이 꽤나 깊었다는 것을 가리키고 있었다. 밥그릇에서 김이 오르고 있는 것으로 보아 어머니는 한밤중에 아우를 위해 서둘러 한저녁을 지은 것이었다. 아우가 허겁지겁 밥숟갈을 입으로 떠넣는 것을 대견스러운 얼굴로 바라보던 어머니가 말했다.

"언챈다, 꼭꼭 씹어묵어라. 누가 밥 뺏어묵나."

아우는 두어 번 우물우물 침만 발라 밥을 넘기고 나서 말했다.

"꼭꼭 씹어묵는다."

"우리가 어째 묵고 살고 있는데 니가 밥을 안 묵고 에미 속을 들쑤셔놓노. 니가 밥을 안 묵고 빼죽거리고 있으면 내가 잠이 올라? 나도 남의 집 방앗간이며 정지 구석에서 종일 시달리다가 집이라고 찾아오면 온 삭신이 천근같이 무거워서 저절로 눕고 싶다카이. 그래서 말본새가 좋게 나오지 않는 기라. 니도 알다시피 고단이 뼈에 사무친다 해도 다리 한번 주물러줄 사람이 없는 것은 내 못난 팔자 탓이라 하디래도 말동무해줄 사람도 없는 기라. 철부지인 니가 숯검정이 된 이 에미 속을 어찌 속속들이 알겠노만서도 이제부턴 에미 속을 너무 썩이지는 말그라."

"엄니는…… 또 울라 카나."

"울긴 내가 왜 울겠노. 범강장달이 같은 두 아들을 슬하에 두고 있는 내가 뭣이 기러버서 찔끔거리겠노. 어서 묵어라, 꼭꼭 씹어 묵어라."

어머니는 마디가 성긴 손으로 아우의 양볼따구니에 선명한 눈물 버캐를 훔쳐주었다. 그때, 나는 침을 꿀꺽 삼키면서 불빛을 등 뒤로 하고 돌아누웠다. 아우는 장차 걸핏하면 밥숟갈을 내동댕이치고 툇마루로 나가 앉게 될지 몰랐다. 만약 내가 그런 앙탈을 시도했다면, 어머니는 한저녁을 지어놓고 나를 회유해서 먹이지는 않았을 것이었다. 나에게만은 아우와 같은 행위가 통하지 않는다는 경계를 어머니는 분명하게 그어놓고 있었다. 이제 나에게 있어 응석이란 추억 속의 거울이었다. 상상의 세계에서만 가능한 일이었다. 그러나 옹석이 통하는 세계에서 현실의 세계로 진입하는 과정에서 내가 첫번째로 겪었던 어떤 만남은 너무나 냉담하고 가혹한 것이었다. 그리고 너무나 빠른 속도로 내게 달려와서 덮쳤다.

삼손이 읍내 경찰서에서 파견된 형사들에게 연행되어간 지 이틀째가 되던 날이었다. 그날은 도난 사고가 없었는데도 선생님은 하학 시간에 맞춰 나를 숙직실로 불렀다. 교무실로 불려갔던 일은 여러 번이었지만 호젓한 숙직실로 불려간 것은 그때가 처음이었다. 내가 숙직실로 들어갔을 때, 작은 탁자를 사이에 두고 앉아 있던 사람은 둘이었다. 선생님과 낯선 사내였다. 내가 미닫이 문을 열고 방으로 들어서자, 선생님은 나를 턱짓으로 가리키면서 낯선 사나이에게 말했다.

"바로 이 학생입니다."

낯선 사내는 가파른 눈길로 나를 관찰하긴 했지만 내게 말을 건네지는 않았다. 사내가 고개를 끄덕이자, 선생님은 탁자 맞은 편에 나를 앉힌 다음 담배를 꺼내 입에 물었다. 사내에게도 담배를 권했으나 사내는 무표정한 얼굴로 고개만 내저었다. 선생님은 말했다.

"김형석."

"예……"

"겁먹을 것 없어. 편안히 앉아. 아무 일도 없을 테니까."

아무런 일도 없을 것이란 선생님의 다짐이 오히려 나를 긴장시켰다. 이런 생경한 장소에서 선생님과 대좌를 한 것도 처음이었거니와 침묵으로 일관하고 있는 사내의 가파른 눈길 역시 나를 계면쩍게 하기엔 충분했다. 나는 그날 학교에서 일어났던 하루의 일과를 얼른 뇌리에 떠올렸다. 그러나 이런 호젓한 장소에 불려와서 무릎맞춤을 당해야 할 만큼의 불상사를 저지른 기억은 없었다.

"곁에 계시는 선생님에게 겁먹을 건 없다. 나라를 위해 일하시는 분이니까."

어째서 나라를 위해 일하는 사람에겐 겁먹을 까닭이 없는 것일까.

"다만 내가 묻는 말에 숨김없이 얘기만 하면 된다."

그때였다. 우리 두 사람의 대화에 끼어들지 않고 무덤덤하게 앉아 있던 사내가 벌떡 일어났다. 그리고 뒤켠으로 난 미닫이 창문을 드르륵 열었다. 네댓이나 되는 아이들이 창문 곁에 매달렸다가 하루살이처럼 흩어지는 것이 바라보였다. 사내는 달아나고 있는 아이들의 등 뒤에 대고 소리쳤다.

"너들 다시 한번 가까이 오면 불알을 까버릴 거야."

사내는 바짓가랑이에 주름살이 구겨지는 것을 조심하면서 다시 자리에 앉았다. 그때 나는 선생님이 몹시 불안정한 상태에 있다는 것을 깨달았다. 선생님은 온전하게 불이 댕겨져 있는 담배 개비에다 다시 성냥불을 그어댔다. 겁낼 것 없다고 강다짐을 했던 선생님의 말은 공허한 것인지도 몰랐다. 그러나 말부리를 허는 데 상당한 시간 동안 주저하고 있는 선생님을 사내는 탐탁잖은 시선으로 지켜보고 있었다.

"형석아."

"예."

"너 술도가에서 고용살이하는 장석도란 사람을 알고 있나?"

"예."

"그 사람이 이틀 전에 경찰서로 잡혀간 것도 알고 있겠지?"

"예."

그러자 선생님은 힐끗 돌아다보았다. 사내가 고개를 끄덕였다.

"그 사람이 왜 잡혀간 것인지 알고 있나?"

"내사 잘 모릅니더."

"그럴 테지. 그런데 넌 그 사람과 남달리 친한 사이였잖아."

"……"

물론이었다. 내가 술도가에서 건조시키는 고두밥을 상습적으로 얻어먹는다든지, 그를 꼬드겨서 이발관의 자물쇠를 뜯고 수채화를 꺼내온 일까지 있고 보면, 남달리 친숙한 사이로 보아서 무리가 없었다.

"그 사람이 잡혀갔다 해서 너까지 덩달아 겁먹을 건 없다만, 너 그 사람과 얼마 전에 이발관에 몰래 들어간 적이 있었다면서?"

"예."

"그때, 장석도가 네게 와서 같이 들어가자고 말했겠지?"

"아입니더."

"아니라니?"

"내가 들어가자고 했습니더."

"네가 그렇게 범강장달이같이 덩치 큰 어른을 유인했다는 것이나?"

그때였다. 곁에 앉아 있던 사내가 선생님의 말을 되받았다.

"쉬운 말로 하시죠."

선생님은 무안당한 얼굴로 사내를 보며 픽 웃었다.

"아닐 테지. 장석도는 어른이다. 그런 어른이라면 철부지인 네가 꼬드긴다 해서 오줄없는 짓을 하지는 않았을 게다. 네가 장석도에게 단단히 세뇌를 당한 모양이구나, 그렇지?"

사내가 다시 끼어들었다.

"쉬운 말로 하시라니깐, 왜 그럽니까?"

"장석도는 너를 핑계삼아 이발관으로 들어갔던 거다. 네가 덩치 큰 어른을 꼬드겨서 비어 있는 이발관으로 들어갈 까닭이 없지 않느냐, 그렇지?"

그때에야 나는 새까맣게 잊어버리고 있었던 항아리 속의 수채화를 기억해냈다. 그 수채화는 여선생님이 학교에서 사라진 것과 때를 같이해서 내 기억 밖으로 사라져버리고 말았었다. 그러나 한순간 나는 주저했다. 그 수채화를 꺼내온 일을 당장 발설해

306

버린다면 이 방 안에서 무서운 일이 벌어질 것만 같은 예감이 나를 옥죄고 들었다. 그러나 나는 당장 둘러댈 말이 없었으므로 엉겁결에 실토하고 말았다.

"이발관에 볼일이 있었습니다."

"네가 말이냐?"

"예."

"무슨 볼일?"

"그림을 꺼내올라꼬요."

"그림?"

내 말을 되뇌던 선생님은 다시 사내를 돌아다보았다. 지켜보기만 하던 사내가 그때 손을 들어 선생님을 제지시키고 탁자 앞으로 바짝 다가앉았다.

"그 그림을 장석도가 집었냐, 아니면 네가 집었냐?"

"제가 집었는 기라요."

"장석도가 집으라고 시킨 거였지?"

"아입니더. 장석도가 시킨 게 아입니더."

"그래? 그렇다면 자물쇠는 누가 부쉈냐?"

"그 사람이요."

"그럼 자물쇠를 부순 것도 네가 시켜서 부순 거냐?"

"아입니더. 삼손이 그냥 손으로 비틀어버렸습니다."

"삼손이 누구냐?"

선생님이 대신 대답했다.

"장석도씨 별명입니다."

"변성명까지 했군. 좌익 분자들이 상투적으로 써먹는 위장술입니다. 놈들은 가는 곳마다 변성명을 하고 다니죠. 그래, 좋아. 네가 부수라고 했냐?"

"아입니더."

"처음엔 네가 이발관으로 들어가자고 제안을 했는데, 자물쇠는 장석도가 부쉈단 말이지?"

"예."

사내는 그때 선생님을 돌아다보았다. 그리고 목청을 낮춰 말했다.

"얘를 가볍게만 다뤄선 안 되겠는데요."

"가볍게 다루지 않으면요?"

"말의 앞뒤가 맞지 않는다는 건 아실 테지요?"

선생님의 얼굴이 상기되면서 일그러졌다.

"미성년자입니다. 아직 뭐가 뭔지도 모르는 철부지가 아닙니까?"

"철부지라는 건 나도 압니다. 그러나 말의 앞뒤가 어긋나지 않소."

"애들이니까 그럴 수 있겠지요."

"지금 얘가 바른대로 불고 있다고 생각하십니까?"

"쉬운 말로 하십시오. 얘도 알아들을 수 있게요."

"말씀하시는 품이 협조하시겠다던 처음 약속과는 틀립니다?"

"방법에 대한 견해가 다르겠지요. 제가 협조 못할 까닭이 없습니다."

"이 학교 선생님들도 수사 당국의 주목을 받고 있다는 걸 알고 있습니까?"

"물론입니다."

"그건 그렇구, 얘만 잡고 입씨름할 게 아니라 장석도와 대질 심문이라도 해야겠소."

"얠 경찰서로 데리고 갈 수는 없습니다. 선생도 자식을 키우고 있겠지요."

"사안의 중대성으로 봐서, 사사로운 정리에 얽매일 일이 아니지 않습니까?"

"아이들을 상처 주지 않고 바르게 키우는 일도 국가적으로 대처해야 할 일입니다."

"선생님이 이러시면 약속이 틀리다는 걸 모르십니까?"

"지금 이 아이는 바른대로 말하고 있습니다."

"증거라도 있습니까?"

"이 아이 자체가 바로 증거지요."

"그게 무슨 뚱딴지같은 말이오?"

"얘한테서 불안 심리를 발견할 수 있으십니까?"

"감싸줄 일이 따로 있습니다. 이 아이의 배짱을 보십시오. 불안감이 없는 건 그 배짱 때문입니다."

"견해 차이군요."

"우리들끼리의 입씨름은 일단 뒤로 미룹시다. 선생님이 이 아
이를 안다면 얼마나 안다고 그러십니까?"

"선생보단 낫겠지요."

사내는 처음엔 사양하겠다던 담배를 꺼내 피워물었다. 그리고
선생님에게 말했다.

"내가 해보겠소."

그리고 침묵이 흘렀다.

"너 그 이발관에서 그림 한 장 꺼냈지?"

"예."

"찢어버렸냐?"

"제가 숨카났니더."

"장석도가 숨겨놓으라 했겠지?"

"아입니더, 내가 숨겼니더."

"어디에?"

"우리집 단지 속에요."

"지금 가면 찾을 수 있겠냐?"

"예."

"그림 감춘 곳을 네 어머니도 알고 있냐?"

"모릅니더."

"장석도 혼자서만 알고 있겠구나."

"삼손도 모릅니다."

"너만 알고 있다고 버티고 있다만. 장석도는 벌써 알고 있었다."

사내가 의기양양한 얼굴로 시큰둥해 있는 선생님을 돌아다보았다.

"이제 들으셨소? 장석도가 이 아이를 하수인 내지는 동조자로 포섭한 까닭을 알 만하지 않습니까. 순진한 이 아이가 의리와 약속을 무엇보다 엄중하게 여긴다는 것을 그동안의 관찰로 알아차린 것입니다. 좌익분자들은 바로 이런 순진한 아이들까지 포섭 대상으로 삼을 만치 악랄한 놈들입니다."

나는 선생님과 사내에게 이끌려 집으로 갔다. 집은 여전히 텅비어 있었고, 아우 역시 보이지 않았다. 아우가 집에 없었던 것이 그때만치 허전하고 서운했던 적은 없었다. 왜냐하면 내가 어른들의 편에 있다는 것을 아우에게 뽐내고 싶었던 기대가 물거품이 되어버렸기 때문이다. 두 사람은 내가 가리킨 소금 항아리에서 한 장의 수채화를 꺼냈다. 그러나 놀란 것은 그들이 아니라 나 자신이었다. 그들이 들고 있는 종이는 백지나 다름이 없었기 때문이다. 수채화는 퇴색이 되어 내가 처음 보았던 그림의 구도조차 알아볼 수 없을 정도였다. 그런데도 두 사람 중에서 어느 한 사람도 망가진 그림에 대해서 의구심을 갖지 않았다. 사내에게 중요했던 것은 그림이 아니라, 바로 그 종이 자체였기 때문인지 몰랐다.

"그림이 뭉개져버렸니더."

나는 놀라서 소리 질렀다. 그러나 사내는 내가 아닌 선생님을 보며 말했다.

"그림이야 소용없는 것입니다. 증거가 중요하지요."

"그림이 증거 되는 것 아닙니까?"

선생님 역시 의아해서 물었다.

"이런 그림이야 시장 바닥에 가면 얼마든지 구할 수 있죠."

"그림이 지워진 종이가 무슨 증거가 된다는 말인지……"

"이 종이를 화학 처리해보면 암호문 같은 것이 나타날지도 모르지요."

"비약이 심하신 것 아닙니까?"

"그건 선생님이나 제가 결단 내릴 일은 아니지요. 윗자리에서 알아서 처리할 문젭니다. 어쨌든 얘가 상습적으로 이런 짓을 하지 않도록 조처해야 할 것입니다만, 우선 박순남(朴順男)을 만나 봐야겠습니다."

선생님과 사내는 나를 집에 남겨두고 어디론가 사라졌다. 두 사람이 우리집에서 사라졌던 그날, 어머니는 밤이 이슥토록 집에 돌아오지 않았다. 아우가 몰래 월천댁으로 찾아가보았으나 어머니의 행방을 알 길은 없었다. 그날 늦게 어머니 대신 집으로 찾아온 사람은 노복이네 어머니였다. 집으로 찾아온 노복이네는 아무 기척도 없이 부엌으로 들어가더니 솥에다 물을 길어 붓고 저녁 지을 채비를 서둘렀다. 아우가 부엌으로 달려가서 어머니의 행방을 물었다. 그러나 아우가 숨 가쁘게 채근하고 드는데도 노복이네는 청맹과니가 된 사람처럼 구린입도 떼지 않았다. 어머니의 느닷없는 잠적은 낮에 있었던 일과 무관하지 않다는 것을 나는 알고 있었다. 낮에 우리집을 떠나면서 사내가 입에 담았던 박순남이란 사람이 바로 어머니였기 때문이다. 그랬기에 까닭을 모르고 있는 아우보다 조바심에 시달리고 있었던 것은 나였다. 노복이네도 아우가 울음을 터뜨릴 조짐을 보이자, 내키지 않는 입을 열었다.

"행오야, 너무 아금바금 파고들지 말거래이. 월천댁 집 일로 읍에 갔으니까 꽁지에 불 단 듯이 싸게 돌아올 기다."

"읍에는 왜 갔니껴?"

"월천댁에 급한 일이 생긴 기라."

"무슨 급한 일요?"

"글쎄, 난들 알겠나. 급한 일이 생겼겠지."

"무슨 급한 일이냐고요?"

"그 댁 작은집이 읍에 있는데 거기서 급한 일이 생겼는 기라."

"우리한테 얘기도 안 했는데?"

"워낙 급한 일이라서 너그덜한테 얘기도 못하고 간다고 내한테 말했다."

"오늘밤에 올리껴?"

"오늘 못 오면 내일은 꼭 올 기다."

노복이네는 한저녁을 짓는 일보다, 아우의 파고드는 채근을 따돌리느라고 진땀을 빼고 있었다. 우리는 그날 밤 노복이네가 지어준 한저녁을 먹는 둥 마는 둥하였다. 내 기억으로는 우리 형제가 끼니를 남긴 것은 아마도 그때가 최초의 일로 생각된다. 우리는 먹던 밥그릇을 윗목에다 밀어놓고 문지방으로 귀를 대고 누웠다. 방문에서 바라보이는 맞은편 바람벽 아래에서는 노복이네가 누워서 코를 골고 있었다. 그녀는 집으로 가지 않고 우리들과 같이 자기로 작정한 모양이었다. 오랜 시간이 흘러갔다. 최씨의 시계포에서 들려오는 괘종시계 소리는 그날 밤따라 더욱 선명했다. 바스락 소리도 없이 누워 있던 아우가 등밀이로 내게 바싹 다가누우면서 속삭였다.

"히야."

"……"

"여자도 코를 고나?"

남자처럼 천연덕스럽게 코를 골고 있는 노복이네를 두고 하는 말이었다. 아우의 말을 듣고 보니 그랬다. 많은 경험이 있었던 것은 아니었지만 여자도 남자처럼 코를 골고 잔다는 것이 우리들에겐 생소했다. 그러나 이상한 건 그것뿐만 아니었다. 어머니의 발소리에 귀를 기울이고 있는 그 긴장된 시간에 아우가 조용히 물어온 첫마디 질문이 하필이면 그것이었느냐 하는 것이었다. 그러나 나는 대답했다.

"여자가 코를 골면 안 되나?"

"남자가 코를 골지 우째서 여자가 코를 고노. 밖에서 누가 들으면 우리집에서 남자가 잠자는 줄 알겠다 카이."

그제야 나는 아우가 어째서 노복이네의 코 고는 소리에 신경을 곤두세우고 있었던 것인지 깨달았다. 아우 역시 나처럼 소문을 두려워해야 할 나이에 도달하고 있었던 것이었다. 공방살이를 하고 있는 어머니가 두려워하고 있던 것을 아우 역시 두려워하고 있었다.

그러나 나는 벌써 한발 앞서 소문의 주인공이 되어가고 있었다. 그것은 순전히 남순애 때문이었다. 내가 계집애를 저희 마을 초입까지 데려다준 일이 있던 날로부터 달포가 지난 뒤의 일이었다. 우리 교실은 다시 한번 발칵 뒤집히고 말았다. 남순애가 또다시 기성회비를 잃어버린 것이었다. 그러나 계집애가 돈을 잃어버리지 않았다는 것을 알고 있는 사람은 60여 명의 아이들 중에서 나와 당사자인 순애뿐이었다. 그리고 그때만은 선생님조차 나를 교무실로 불러서 그 꼬리가 긴 돈의 행방에 대해 추궁하지 않았다.

나는 이미 달갑잖은 일로 교무실에 불려다니는 일쯤엔 이골이 나 있었다. 그래서 언제 어느 때 선생님이 나를 호출한다 해도 두려울 것이 없었다. 선생님도 이젠 그 낯선 사내와의 사건으로 선생님 스스로가 내게 지쳐 있는지도 몰랐다. 그리고 그날만은 순애를 마을까지 바래다주고 돌아오라는 분부도 없었다. 그 대신 계집애가 교문 밖에서 나를 기다리고 있었다. 순애는 교문 옆에 있던 목공소 담벼락 뒤에 몸을 숨기고 있었기 때문에 진작부터 나를 뒤따라오는 계집애를 눈치채지 못했다. 그러나 인기척을 느끼고 무심코 뒤돌아보는 순간, 불과 네댓 발자국 뒤에서 따라오고 있는 순애를 발견했다. 내가 걸음을 멈추자 계집애 역시 그 자리에 멈추어 섰다.

"야, 이 가시나야, 또 왜 그랬노?"

"……"

"선생님이 또 속아줄 기라고 돈 잃었다고 거짓말했나?"

얼굴을 홍당무처럼 붉히고 서 있던 계집애는 그러나 야무지고 강단 있는 성깔도 없지는 않아서 겨우 들릴 만한 목소리로,

"내가 선생님 속여묵을라꼬 거짓말한 줄 아나. 안 속을 것은 나도 알고 있었다 카이."

"이 가시나야, 안 속아넘어갈 것을 뻔히 알고 있으면서도 거짓말하는 병신이 어디 있노."

"안 속아도 좋다 카이."

"니 자꾸 거짓말하면 양치기 소년 된다는 걸 모리나?"

"양치기 소년 돼도 좋다 카이."

"이 가시나야, 선생님이 벌써 니 속을 빤히 들여다보고 있는데

거짓말을 자꾸 하면 그게 병신인 기라."

"날 보고 자꾸 머티 주지 말거래이. 내가 누구 때문에 거짓말하는 줄 알기나 했나?"

"내 때문에 거짓말했나?"

"그래……"

"왜 내 때문에 그랬노?"

"니하고 같이 우리 동네까지 갈라꼬."

"내하고?"

"그렇다 카이."

"요 엉큼한 가시나 보래. 내가 니 종놈인 줄 아나?"

"나는 니보고 종놈이라 안 그랬다."

"종놈 아니면 왜 날 데리고 댕길라 카노?"

"내가 언제 니를 데리고 댕겼노. 니가 앞장서면 내가 뒤따라 댕겼제."

그때에야 나는 순애의 내심을 어렴풋이나마 읽을 수 있었다. 그러나 그 느낌의 실체를 미처 감지해내기도 전에 매우 난처한 일이 벌어지고 말았다. 계집애가 느닷없이 울음을 터뜨려버렸기 때문이었다. 그 와중에도 한 가지 다행스럽게 보여지는 것이 있었다. 순애는 울음을 터뜨린 것이 아니라, 울음을 삼키고 있었다. 자기가 필요하다고 생각될 때면 언제 어디서라도 울음의 보자기를 풀어놓을 수 있는 아우의 그것과는 대조적이었다. 아우는 울음의 조율사였다. 삼이웃이 들썩하도록 푸짐한 소리로 울어야 하는 최고음과 곁에 있는 사람만이 울고 있다는 것을 겨우 눈치챌 수 있을 정도의 최저음에 이르기까지 울음소리의 조율 기능을 자유자재로 구사했다. 그러나 조율의 기능이 완벽에 가까웠던 아우의 울음은, 겨냥하고 있는 속셈이 빤히 들여다보인다는 점에서 항상 가치를 손상받고 있었다. 그런데 순애의 울음은 밖으로보다 자기 스스로의 가슴속으로 배어드는 격정이 거세게 느껴지는 울음이었다. 그 울음소리는 순간 나를 긴장시켰고 까닭 모를 비애에 젖게 만들었다.

나는 그런 울음소리를 어머니로부터 듣곤 했었다. 아랫목에 누워 잠든 우리 형제가 행여나 깨어날까봐서 한밤중에 차렵이불 자락에 입을 묻고 울음을 삼키던 어머니의 모습을 나는 잊을 수 없다. 희미한 밤빛 속으로 바라보이는 어머니의 여윈 어깨는 키질을 하듯 경련에 시달리고 있었다. 아우와 나는 어머니의 의지와는 상관없이 어느덧 잠에서 깨어나고 말았다. 어머니를 저토록 울게 만든 서러움의 정체를 우리가 헤아려낼 수는 없었다. 그래서 우리는 자고 있는 척하면서 어머니가 스스로 울음소리를 가다듬고 잠자리에 들 시각을 기다리는 것이었다. 오랜 시간이 지난 뒤 잠자리에 들 때, 어머니는 거의 예외 없이 어둠 속으로 손을 더듬어 우리들의 눈시울을 닦아주곤 하였다. 우리들 역시 언제부터인가 잠에서 깨어 있었고, 같이 울고 있었다는 것을 어머니도 이미 예견하고 있었기 때문이다. 우리는 서로의 의중을 꿰뚫어보고 있으면서도 서로가 속임수를 구사했다고 생각하는 것이었다.

나는 계집애가 울음을 그치도록 조용히 기다렸다. 그러나 딸꾹질은 좀처럼 멎지 않았고, 책보자기를 가슴에 꼭 껴안은 채 계집애는 걷기 시작했다. 나 역시 자신도 모르게 뒤따라갈 수밖에 없었다. 벼랑길을 내려가서 채소밭 두렁을 지나고 개울에 놓인 복찻다리 어름에까지 이를 동안 우리는 단 한마디도 건네지 않았다. 복찻다리가 시작되는 곳에서 나는 걸음을 멈추었고 계집애는 나를 일별한 뒤 다리를 건너갔다. 나를 뒤돌아보던 계집애의 표정에서 나는 어머니를 읽었다. 어머니가 경찰서에서 돌아오던 날의 표정과 너무나 흡사했다. 바라보는 쪽에서는 도저히 일관된 느낌을 추출해낼 수 없는 너무나 복잡하고 난해한 표정이었다.

그날 오후. 아우와 나는 집 밖으로 단 한 발짝도 내딛지 않고 어머니를 기다렸다. 노을이 지고, 우리집 툇마루에 추녀 그늘이 깃들기 시작할 무렵 어머니는 휘진 몸을 이끌고 가만히 뜨락으로 들어섰다.

"형호야!"

아우를 부르는 어머니의 목소리는 금방 쓰러질 듯 지쳐 있었다. 어머니가 울지 않았던 대신 아우가 울기 시작했다.

"엄니는 어디 갔다노?"

머릿수건을 벗어 아우의 눈자위를 훔치면서 어머니가 말했다.

"밥 묵었나?"

"노복이네 엄니가 밥해주고 같이 잤데이."

"고맙기도 하지. 너들한테 통기도 못하고 가서 하루가 열흘같이 멀드라. 어서 저녁해 묵자."

그러나 아우는 어머니의 치맛자락을 쉽게 놓으려 하지 않았다.

"나는 엄니가 도망간 줄 알았다 카이."

"도망? 그게 무슨 가당찮은 말이고. 가기는 내가 어디로 간단 말이고. 그런 못된 말은 어디서 배웠노?"

"그러면 왜 아무 소리도 없이 갔노?"

"하도 급한 일이라서 통기할 새가 있어야제."

"거짓말이제?"

"거짓말이라니?"

"엄니는 경찰서 갔제?"

"야가 시방 무슨 엉뚱한 소리로. 내가 경찰서에는 왜 가노?"

"내사 다 알고 있다 카이."

"야가 못하는 말이 없구마. 그런 소리 하지 마라. 말이 씨가 된다는 말을 듣지도 못했나?"

"엄니 거기서 삼손 만났제?"

"삼손? 내가 왜 쓸데없이 삼손을 만나겠노."

"내사 안다 카이."

"오야, 니가 점쟁이 찜 쪄먹는 놈이다. 저녁이나 해 묵자."

경찰서로 연행되어갔던 어머니는 곤욕을 치렀음이 틀림없었다. 그날 밤 어머니는 밤새워 앓는 소리를 하면서 잠을 이루지 못했고 때로는 숨죽여 울기까지 하였다. 어머니가 고통을 이겨내느라고 신음 소리를 삼킬 때마다 나는 아우의 손을 더듬어서 꼭 잡아쥐곤 하였다.

어머니가 연행된 사실은 물론 아우 혼자서만 눈치채고 있었던 것은 아니었다. 나야말로 진작부터 그것을 알고 있었고, 머지않아 어머니로부터 어떤 징벌이 떨어질 것이란 것도 예상하고 있었다. 그리고 그 징벌을 의연한 태도로 감내해야 한다고 생각했다. 나는 조마조마한 마음으로 그것을 기다렸다. 기다리는 동안 나는 될수록 어머니에게 의연하게 보이도록 자세를 가다듬곤 하였다. 그림을 집에다 숨긴 것을 후회했지만 이미 때늦은 것이었다.

그러나 기다렸던 징벌은 닥치지 않았다. 읍내를 다녀온 그 이튿날 꼭두새벽부터 어머니는 툭 털고 다시 품앗이를 다니기 시작했다. 그리고 며칠이 지나도 그 일과 관련된 일에 대해서는 일언반구도 없었다. 그래서 어머니가 연행되어가서 어떤 고초를 겪었는지 알 수 없었고, 어떤 경위로 풀려나게 되었는지조차 알 수 없었다. 다만 한밤중의 신음 소리로써 어머니가 치른 고초의 무게를 어렴풋이 짐작할 따름이었다. 우리 형제를 수발해주는 일에 지성이던 노복이네조차 어머니를 잡고 저간의 사정을 털어놓으라고 짓졸라댔다. 그런데도 어머니는 계면쩍은 웃음만 입가에 흘릴 뿐 소상한 내막에 대해선 입을 열지 않았다.

"이웃사촌끼린데, 감추고 뒤 사릴 게 뭐 있다고 구린내나는 입을 다물고 있니껴."

어머니와 나란히 앉아서 아궁이에 삭정이를 꺾어대며 반푸념조인 노복이네에게 어머니는 대꾸했다.

"대수롭지도 않은 일인데, 입초에 올릴 게 뭐 있으까."

"애매하게 끌려가서 고초깨나 겪은 모양인데, 입 닥치고 있는 연유가 뭔지 몰시더. 성깔깨나 있다는 여자가 설분할 생각도 없었던 게라요?"

"설분을 하다니, 내가 무슨 봉욕을 했다고……"

"봉욕 아니면 손찌검이라도 당했을 긴데."

"손찌검? 내가 손찌검당하는 걸 누가 보기라도 했던 게라요?"

"그런 소문이 있던데?"

"소문도 가당키나 해야, 왜 그런 못된 소문이 나돌지?"

"그렇다면 그 사람들이 예뻐서 데려다 공밥 먹인 겐가, 원."

"고초 치른 적이 없다니까 그러네."

"무릎맞춤이나 당할까 해서 그러는 걸 내가 모를까봐."

"말이 씨가 되는 기라."

어린 우리들로서는 헤아릴 수 없는 깊고 깊은 곳에서 어른들끼리만 알고 감춰둔 고통이나 슬픔이 있는 것 같았다. 어른들의 시선으로만 볼 수 있게 똬리를 틀고 있는 그 슬픔의 실체를 감지할 수 있을 때 비로소 아우와 나는 어른이 될 수 있을 것이었다. 그러나 우리는 아직도 모르는 것이 너무나 많았다. 내게 징벌을 내리지 않고 있는 어머니의 의중을 알 수 없었고, 활기에 차 있던 마을에 언제부턴가 침울한 기운이 감돌고 있는 연유도 무엇 때문인지 알 수 없었다. 그러나 침울한 기운이 감돌고 있는 중에서 한 가지 다행스러운 일이 일어났다. 삼손이 풀려난 것이었다. 삼손이 풀려났다는 소식을 듣고 맨 처음 술도가로 달려간 사람은 자전거 행상인인 이씨였다.

"고생 많았지?"

술도가 문턱을 깔고 앉아 혼자서 고누를 두고 있던 삼손은 숨이 턱에 와닿은 이씨를 올려다보며 씩 웃었다.

"고상은 무슨 고상. 그까짓 게 뭐가 고상이여."

"고생이 아니라니, 호의호식을 한다 해도 집 나가면 모두 고생인데."

"아무데서나 먹고 잠자면 그게 집이지, 뭐. 입맛 까다로운 사람들이나 아등바등 제집 찾는 기라."

"거, 부처님 가운데 토막 같은 소리 그만해. 유치장이 무슨 배라먹을 집이여."

"유치장도 사람 재우려고 지은 집인 기라. 짐승 가두려고 지은 집이 아이제."

"그사이 유치장서 부처님 여럿 잡아먹었구먼. 자넨 쓸개도 없어?"

"나도 쏠개는 있는 기라."

"무고한 사람이 끌려가서 보름이 넘게 횡액을 당하고 나왔는데, 엉뚱한 소리만 할 거야?"

"횡액당한 일 없다 카이. 귀싸대기 몇 대 쥐어박히고 구리 주전자로 떠다주는 물 대접 받은 기라. 하긴 물 대접이 다소 과하다싶긴 해도 마시라 카이 꿀꺽꿀꺽 마셨지. 에끼, 그놈의 동네, 물 한번 흔하데."

"이런, 넉살하구선. 자네 어떤 놈 고자질로 끌려갔는지 알기나 해?"

"알제."

"누구여?"

삼손은 턱짓으로 최씨의 시계포를 가리켰다.

"그런데 저놈을 두고만 보자는 거야? 나도 열통이 터졌지만, 제삼자의 입장이어서 자네 풀려나기만 기다렸어. 저놈은 아주 작신 두드려줘야지, 그냥 두면 무고한 사람 고자질하는 버릇 평생 고치기 힘들 거야."

그 순간 삼손의 안색이 하얗게 질렸다. 그러곤 곧장 시계포 쪽으로 달려갈 참이던 이씨의 괴춤을 서둘러 낚아잡았다.

"섶 지고 불로 뛰어들랴 카나? 그 사람 건드리면 죽을 고비 넘길 작정해야 된다 카이."

"자네 왜 질겁을 하고 그러나? 자넨 보고만 있어. 내가 대신 설분시켜줄 테니깐."

"내 말 들어. 최가 오촌 당숙이 예천 군수 맞제."

"맞어? 이 사람이 구리 주전자 물 먹고 왔다더니 실성을 했나, 아니면 혼백이 떴나?"

"최가 오촌 당숙이 예천 군수가 아니면 내 손가락에 장을 지져."

최가를 벼르던 이씨도 정작 지척인 시계포로 달려가진 못했다. 제삼자가 아닌 당사자로서 삼손이 굳세게 주장하고 나선 이면에는 이씨가 미처 깨닫지 못한 사실이 있을 것이란 짐작이 문득 들었기 때문이었다. 그 점포에 딱 한 번 드나들었던 삼손은 끌려가서 보름 동안이나 고초를 겪고 풀려났다. 그러나 그 점포에서 아예 눌러살고 있는 최가가 끌려간 사실은 없었다. 이씨를 찔끔하게 만든 것이 바로 그 점이었다. 한숨을 푹 내쉰 이씨는 한터 모퉁이에 주질러앉으며 담배를 꺼내 물었다.

"요즘의 세상은 살아갈수록 요지경이라니깐. 세상은 요지경인데, 사람이 요지경같이 살아져야 말이지."

삼손이 나를 상종해준 것은 그가 풀려난 지 열흘이 지나서였다. 그동안 나는 술도가 앞의 한터길을 애써 비켜 다니곤 했기 때문에 그를 만날 수 없었다. 그러나 그날은 삼손이 우리집 앞에서 나를 기다리고 있었다. 내가 그를 피해 다닌다는 것을 눈치챈 것이었다. 그와 정면으로 마주치는 순간, 나는 온몸의 피가 한 바퀴 역류하는 듯한 현기증으로 돌처럼 굳어져버렸지만, 삼손의 시선에선 적의를 읽을 수 없었다. 그는 뒷짐진 손에 들고 있던 고두밥 한 덩어리를 불쑥 내밀었다. 삼손은 고두밥덩이를 받아드는 나를 술도가 뒤뜰로 데리고 갔다.

"니가 가지고 있던 그림 뺏겨뿌렀제?"

"예."

"그 종이에 무슨 그림이 있었노?"

"폭포가 있고……"

"맞어, 나도 봤제. 세상에는 알다가도 모를 일이 너무 많다 카이. 너 같은 철부지나 내같이 미련한 놈은 살아가기가 수월찮은 세상이제. 개똥 위에 굴러다녀도 이승이 좋다는 말은 어느 개자식의 헛소리가 분명한 기라."

"……"

"적색 분자가 무슨 말이고?"

"모르겠심더."

"그놈의 문자를 못 들어도 백번은 들었을 긴데, 도대체 무슨 말인지 알 수가 있어야제. 학교에서 안 배웠나?"

"예."

"학교에서도 안 가르치는 말을 날보고 물어쌓으니 내가 알아묵을 도리가 없제. 니도 그림 한 장 갖고 싶어서 이발관으로 들어가자고 했을 긴데, 그걸 가지고 사람을 욕보이다이……"

그러면서 삼손은 윗도리 깃을 슬쩍 들어보였다. 그의 등때기에는 그때까지 거뭇거뭇한 피멍 자국이 뱀이 똬리를 튼 것처럼 역력하게 드러나 있었다. 삼손은 태연스럽게 말했다.

"뼈대 한 가지 억세게 타고난 덕분에 내가 목숨 부지한 기라. 바른대로 말하라 카이 바른대로만 말했는데, 그게 바른말이 아니라고 쥐어박기만 하니 매맞는 일보다 그게 열통 터져서 견딜 수가 없었다 카이. 속을 뒤집어보일 수도 없어서 울어버렸다 카이."

그리고 삼손은 소리내어 웃었다. 소리내어 웃으면서 울었다는 얘기를 하고 있는 삼손에게서 나는 문득 어떤 예감을 느꼈다. 그것은 이별의 예감이었다.

삼손이 어렴풋하게 예고하고 있는 이별의 모습이 어떤 것인지는 당장 알아챌 수 없었다. 홀아비의 단출한 생활인 그가 어느 날 문득 술도가의 잡역부 생활을 청산하고 마을을 떠나버릴 수도 있었다. 혹은 그런 상투적인 모습이 아닌, 보다 의외성을 가진 이별의 모습일 수도 있었다. 어쨌든 읍내의 경찰서에서 풀려난 이후의 삼손의 무기력한 거동에서 아우와 나는 이별의 냄새를 진하게 느끼고 있었다. 첫째, 삼손은 술도가의 외간살이를 거두는 데 옛날처럼 정성을 기울이려들지 않았다. 그래서 고두밥을 멍석에 내어 말리는 날에는 닭들이 모여들어 마음껏 모이를 쪼아댔다. 술도가 건물 주위에는 잡초들이 무성했고, 허섭스레기들이 여기저기 널려 있었다. 달구지가 지나면서 떨어뜨린 쇠똥 무더기조차 잽싸게 치우려들지 않았다. 그런가 하면 술도가 한터에서 거의 매일이다시피 벌어지곤 하던 장정들의 힘겨루기나 술추렴도 어느덧 사라지고 없었다. 해가 지기 시작할 무렵이면 약속이라도 한 듯 한터로 모여들던 마을 장정들도 발길을 딱 끊어버린 것이었다.

주목할 만한 사실은 또 한 가지 있었다. 지악스럽게 고두밥을 노리던 마을의 악다구니들까지도 술도가 근처에 나타나는 빈도 수가 뜸해지기 시작했다는 것이었다. 고두밥을 지키는 삼손의 파수가 느슨해졌다는 것 외에 달라진 상황은 아무것도 없었다. 삼손이 파수 서는 일에 게으름을 피우게 된 것이 악다구니들에겐 조건이 호전되었다 할 수 있었고, 비관적인 상황이 속시원하게 제거된 셈이었다. 그런데도 아이들조차 그것을 외면해버렸다. 그렇다면 아이들이 체험하고자 하였던 일은 고두밥을 채가는 일에만 있었던 것이 아니었는지 몰랐다. 골목 안에 매복해 있던 아이들은 삼손의 삼엄한 파수망을 뚫고 한터로 달려가서 한줌의 고두밥을 채가는 스릴을 체험할 수 없게 되었다는 것을 깨닫게 된 순간, 고두밥 그 자체까지 단념해버렸는지도 몰랐다. 삼손의 파수망을 뚫고 멍석자리까지 돌입하는 스릴과, 삼손에게 뒷덜미가 잡아채일까봐서 죽자 살자 줄달음놓았던 조바심을 맛볼 수 없게 된 것을 아이들은 깨닫게 된 것인지 몰랐다. 마을 사람들 중에서 여력깨나 쓴다고 생색내던 장정 중에서도 따를 자가 없던 삼손과 쫓고 쫓기는 수라장을 벌인다는 일은 좀처럼 체험하기 어려운 스릴이었다. 벼락 떨어진 일이 1년 중에 겪었던 가장 큰 사건으로 손꼽힐 만큼 무료한 이 마을에선 그랬다.

그러나 삼손은 대다수 악다구니들뿐만 아니라 내 아우에 이르기까지 관심의 대상에서 어느덧 멀어지고 있었다. 아우가 삼손에게 품고 있는 외경심은 신앙에 버금갈 정도였다. 그랬기에 아우는 삼손이 느닷없는 무기력에서 벗어나기를 끈질기게 기다렸다. 언젠가는 다시 지난날의 여력을 되찾아서 노을을 향해 포효하고 한터의 장력 겨루기 게임을 주름잡고 나설 때가 올 것이라는 바람이었다. 그러나 그것은 기약 없는 기다림이었다. 시간이 속절없이 흘러감에 따라 아우의 신앙심에는 앙금이 가라앉기 시작했다. 삼손의 회복을 기다리다 지친 아우는 드디어 그를 비난하는 말까지 꺼내기에 이르렀다.

"히야, 삼손은 쪼다제?"

삼손이 무기력한 삶으로 전락한 내막을 어렴풋하게나마 헤아리고 있었던 나로선 딱 부러진 대꾸에 궁할 수밖에 없었다.

"삼손은 쪼다지, 그치?"

"……"

"삼손은 이제 바위를 들고 일어나지 못할 기다, 그치?"

아우는 정녕 나로부터 어떤 대답을 기대하고 있었을까. 아우의 말에 내가 전폭적인 동의를 보낸다면 아우는 틀림없이 나를 싸잡아 비난하고 들 것이었다. 반대로 자기의 주장에 의구심을 보인다면 또한 내 말을 반박하고 들 것이 틀림없었다. 아우는 심한 갈등을 겪고 있는 것이었다. 아우에게서 갈등의 냄새를 진하게 느낀다는 것은 괴로운 일이었다. 어쨌든 나는 삼손에 관한 일인 이상 아우의 질문에 대답할 말을 찾지 못하고 있었다.

그런데 또다른 모습으로 마을의 관심은 전환되고 있었다. 삼손이 포진하고 있던 술도가의 한터 마당이 똥파리가 날아다닐 정도로 한산해진 반면, 최씨의 시계포가 북적대기 시작한 것이었다. 마을의 장정들이 삼손에게 냉담해진 대신 약삭빠르기로 빼어난 최씨의 주위로 모여들고 있는 연유는 알 수 없었다. 어쨌든 몇몇 사람들이 읍내의 경찰서로 연행되어갔던 사건이 터진 이후를 기점으로 해서 시계포가 북적대기 시작한 건 틀림없었다. 최씨 주변으로 모여든 장정들은 지난날처럼 돌덩이 같은 것을 들어올리는 따위의 미욱한 힘 겨루기는 벌이지 않았다. 그 대신 장기나 화투 노름을 벌였다. 햇발이 설핏해질 무렵이 되면 시계포로 장정들이 모여들기 시작했고, 머지않아서 입씨름들이 벌어졌다. 한꺼번에 많은 사람들이 와르르 웃음을 터뜨리는 소리가 길 건너인 우리집 구들장이 들썩할 정도로 수라장을 이루곤 하였다. 한판의 장기에 훈수하는 사람들이 먼저 나서서 핏대를 곤두세우고 다투기도 하였다.

깡마르고 날카롭게 생긴 최씨와는 달리 푸짐한 육덕에 심덕이 무던하기로 소문난 최씨 아내 역시 시계포에 사람들이 꼬이기 시작한 이래 싫은 기색을 보이지 않았다. 그녀는 장정들을 위해 간식 같은 것을 내놓기도 하였다. 삼손은 잔칫집과 방불한 시계포의 소동을 지척에 두고 바라보고 있으면서도 같이 어울려보려는 엄두도 내지 않고 외톨이로만 돌았다. 최씨는 다시 콧등 아래로 내리까는 시선으로, 몰락한 삼손을 바라보기 시작했다. 그러나 삼손은 그런 괄시에도 단련이 된 듯 그것을 반감을 가지고 받아들이지 않았다. 한발 더 나아가서 최씨와 마주치는 일이 두려운 듯 시계포 근처에는 얼씬도 하지 않았다. 그렇듯 심신이 좀먹어가고 있는 사람은 삼손뿐만이 아니었다. 아우 역시 너무나 당연하게 무기력으로 빠져들었다. 아우는 학질에 시달림을 받는 아이처럼 먼산바라기를 하면서 오들오들 떨기조차 하였다. 먹는 일에조차 예전처럼 게걸스럽게 매달리지 않을 정도였다.

그러나 갑자기 몰락해버린 삼손에게 맞대놓고 경멸의 시선을 보내는 사람이 있었다. 그는 술도가 주인인 코주부였다. 언제 만나봐도 부아가 머리끝까지 치밀어 있어서 첫마디에 욕지기부터 퍼부어대기 잘하는 다혈질의 코주부였지만, 삼손이 맡고 있는 일에 대해서만은 반부새로 거칠게 굴지는 않았다. 삼손은 대접받아 마땅하리만치 자기의 일에 남다른 충직성을 보여왔었기 때문이었다. 코주부가 삼손의 가치를 가장 높이 사고 있는 데는 또 한

가지 이유가 있었다. 삼손이 셈속에는 능통하지 못할망정 셈을 속여서 푼돈일지라도 사사로이 착복하는 일은 저지르지 않았기 때문이었다. 그러나 코주부는 삼손의 무기력을 꾸짖기 시작했다. 고용주로서 아랫사람을 나무라고 훈육시키는 한계를 넘어 돼먹지 못한 놈이란 욕설까지도 서슴지 않았다. 멀리서 구경하는 우리들까지 굴욕감을 느낄 정도로 삼손을 학대하기 시작한 것이었다. 그런데 당사자인 삼손은 코주부의 굴욕적인 언사와 학대에도 전혀 개의치 않았다. 필경 부글부글 끓어오르고 있을 스스로의 심기를 내색하지도 않았고, 코주부의 비난에 대해 가타부타 변명을 늘어놓는 법도 물론 없었다.

"오줌 인편으로 내질린 배냇병신아, 니도 그나마 사람의 형용을 하고 내질렸거든 사람의 행세를 한다는 시늉이라도 해보그라. 내가 하늘에서 떨어진 돈으로 널 새경 주고 있는 줄 알았다간 큰코다친대이. 니기미, 내 돈은 마누라 궁둥이 팔아서 생긴 돈인 줄 알어? 그따위로 일하려거든 오늘 당장 술도가를 하직해버려."

그런데도 삼손은 일언반구 대꾸가 없이 발부리만 내려다보며 앉아 있었다.

"개돼지도 그만치 깨우쳐주었다면 앞뒤 형편을 알아묵겠다."

"……"

"이놈의 자식이 경찰서 출입이 뻔질나더니 간땡이가 부었나. 사람은 왜 잡아묵을 듯이 노려보노? 사람을 왜 칩떠봐."

우리가 알기로도 삼손이 상전인 코주부를 불손한 눈으로 칩떠본 적이 없었다. 그것은 코주부 자신이 부앗김에 지어낸 밑절미 없는 비난에 불과했다. 도대체 대꾸가 없는 삼손을 상종하자니 분통만 터지게 되었고, 그래서 일부러 억울한 말을 만들어서 그 스스로의 분통을 채워가고 있는 것이었다.

"어느 오줄없는 놈이 널 만들어냈는지 알 수 없다만, 니 꼬라지를 보자 하니 니 애비 꼴도 짐작할 만하다."

그런데 그때까지도 입을 떼지 않고 코주부의 비난과 욕설을 다소곳이 감내하고만 있던 삼손이 번쩍 고개를 쳐들었다.

"장기백이오."

"뭐, 장기백이? 그게 뭐냐?"

"터 기 자, 흰 백 자요."

"그게 뭐냐구?"

"우리 아버님요."

"오냐, 니 애비 장기백이 잘났다."

"지가 설령 변변치 못하기로서니 아버님을 싸잡아서 하자하지 마소."

"그래도 이놈이 쓸개 한 가지는 온전하게 가진 게야. 이놈아, 쓸개를 가졌거든 사람의 행세를 해야 대접받는다는 것도 알아야제. 그러니 니같이 되다 만 놈을 내지른 니 애비도 욕먹어 싸지."

바로 그때였다.

"사람 되다 만 놈은 바로 니놈이다. 나이대접하겠다고 입 다물고 있었더니 못할 말이 없어, 이 자식이?"

그 대담한 욕설은 코주부의 입에서 쏟아져나왔어야 옳았다. 그런데 그 파괴력을 지닌 욕설은 분명 삼손의 입에서 튀어나온 언사였다. 놀란 것은 구경하고 있던 우리들뿐만 아니었다. 술도가 주인 역시 마찬가지였다. 말구멍이 막혀버린 그는 미동도 못하고 잠자코 있었다. 그러나 다시 귀를 의심하면서 물었다.

"니 시방 뭐라 캤노?"

"사람 되다 만 짐승은 바로 니놈이라 했다, 왜?"

"되다 만 짐승이라꼬?"

"그래. 기분 나쁘나?"

"이놈이 실성을 했구나."

코주부가 이를 바드득 갈면서 손바닥을 들어서 삼손의 귀싸대기를 본때 있게 후려쳤다. 그러나 철썩 하고 뺨 맞는 소리가 들려오지 않았다. 삼손이, 허공을 가르면서 내뻗치는 코주부의 손바닥을 잽싸게 낚아채버렸기 때문이었다. 그러나 삼손은 코주부의 손을 낚아채는 데만 그치지 않았다. 낚아챈 팔을 그대로 자신의 뒷덜미에 바싹 당겨감으면서 등떼기를 코주부의 뱃구레에 갖다붙였다. 팔이 당겨가는 힘에 따라 코주부의 체중은 눈 깜짝할 사이에 삼손의 등 위로 올라갔다. 때를 같이해서 팔이 옥죄인 술도가 주인은 그 순간 쥐어짜는 듯한 외마디 소리를 질러댔다. 사람

살리라는 웬 소리에 시계포의 장정들이 놀라서 우르르 밖으로 쏟아져나왔다. 느닷없는 거동에, 구경하고 있던 아우와 나 역시 대경실색이었다. 내 팔을 잡고 있는 아우의 손은 떨리고 있었다. 나는 아우의 어깨를 바싹 끌어당겨 안았다.

술도가 한터 앞으로 달려온 장정들은 그들 앞에 벌어진 광경을 목도하는 순간, 한터 한편에 걸음을 멈추고 서버렸다. 물론 두 사람이 맞붙어 다투고 있다면 내막을 막론하고 우선 싸움부터 뜯어말리는 것이 순서라는 것을 모르고 있을 사람들은 아니었다. 그러나 두 사람이 벌이고 있는 행동은 너무나 해괴한 것이었기 때문에 만류해야 할 성질의 것인지 아닌지 도무지 갈피를 잡을 수 없었다.

일단 코주부를 들쳐업은 삼손이 사뿐사뿐 한터 주위를 원을 그리면서 돌고 있었기 때문이었다. 돌고 있는 자체로선 아무런 불상사가 일어날 것 같지 않았다. 불자들이 탑돌이를 하듯, 원을 그리며 한터를 맴돌고 있는 삼손의 모습은 일순 경건해 보이기까지 했다. 너무나 소중한 것을 짊어진 사람처럼 리듬이 깃든 걸음걸이로 코주부를 업고 뒤뚱뒤뚱 걸었다. 그런가 하면 입으로는 게송(偈頌)을 읊조릴 때처럼 뭔가를 쉴 새 없이 중얼거리고 있었다. 그러나 너무나 낮은 목소리로 속삭이듯 하고 있었기 때문에 멀찌감치 서 있는 우리들은 한마디도 알아들을 수 없었다. 그가 고통을 겪고 있지는 않았지만, 시시각각으로 변하고 있는 표정으로 봐서 짐작할 만하였다. 장정들이 그 해괴한 게임을 바라보고 있을 수밖에 없었던 또 한 가지 이유는, 처음에 내지른 외마디 소리 외에 업혀 돌고 있는 코주부가 구경꾼들에게 구원을 청하지 않았기 때문이다. 그랬기에 조마조마한 마음으로 한터 돌이를 지켜볼 수밖에 없었다. 그때가 몇 바퀴째였을까. 어느 지점에서 삼손은 갑자기 진로를 바꾸었다. 그가 진로를 바꾸며 달려간 곳은 건물 옆에 있는 고샅의 들머리였다. 고샅 들머리에는 개숫물이 고여 있는 시꺼먼 수채가 있었다. 그러나 그때까지도 우리는 삼손이 겨냥하는 바를 눈치채지 못했다. 삼손의 거동은 너무나 천연덕스러웠기 때문이었다. 수채가 있는 곳에 당도한 삼손은 흡사 돌을 던지듯 등에 업고 있던 코주부를 수채 한가운데다 내동댕이쳐버렸다. 눈 깜짝할 사이에 코주부가 엉덩방아를 찧으며 수채로 곤두박이자, 구경꾼들 입에선 일제히 낭패로 울부짖는 듯한 소리가 들렸다. 수채 우리에서 살고 있는 돼지 꼴이 된 코주부가 수채가로 기어나오자, 구경꾼들이 밀물 몰리듯 코주부에게 달려갔다. 마을에서도 대접을 받고 있는 술도가 주인의 체모로선 난생처음 총중들이 빤히 바라보고 있는 가운데서 당한 똥칠이었다.

그런데 더욱더 해괴한 모습은 그다음에 있었던 일이었다. 평생을 두고도 절치부심이 될 굴욕적인 창피를 당한 코주부의 태도가 바로 그랬다. 구경꾼들의 곁부축으로 수채에서 기어나온 코주부는 전혀 말이 없었다. 지체에 층하가 지는 사이라는 것은 고사하고서라도 다혈질인 그가 어째서 그런 창피를 고스란히 감수만 하고 말았냐는 것이었다. 그것을 알고 있을 사람들은 아무래도 당사자들뿐일 것이었다. 그 현장에서 많은 사람들은 이구동성으로 발칙하기 이를 데 없는 삼손을 혼찌검내야 한다고 별러댔다. 그러나 그것을 극구 만류하는 사람이 한 사람 있었다. 놀랍게도 바로 당사자인 술도가 주인이었다.

사람들은 그뒤 오랫동안 그때 일어났던 사건의 의외성에 대해서 말들이 많았지만, 단 한 가지 지엽적인 의문도 풀어내지 못했었다. 삼손의 상전 받들기는 아우가 삼손에게 보냈던 그것처럼 신앙적이었다. 그런 그가 상전을 소중하게 들쳐업고 한터를 몇 바퀴나 돌았던 것도, 그러다가 느닷없이 수채에다 내던져버리고 덤덤하게 돌아선 것 역시 풀 수 없었던 수수께끼였다. 그러나 그 모든 것의 바탕이 무엇인지 나는 짐작하고 있었다. 그것은 삼손이 마을을 하직하고자 하는 이별에 대한 예고라는 것이었다.

그런 불상사가 있은 지 사흘째가 되던 날 초저녁이었다. 삼손이 우리집으로 찾아온 것이었다. 그가 그림자처럼 호젓하게 걸어와서 우리집 툇마루에 걸터앉는 것을 처음 발견한 것은 아우였다. 아우가 삼손이 왔다는 것을 들뜬 목소리로 부엌의 어머니에게 알렸다. 어머니는 천천히 방으로 들어가서 좌정을 하였고, 삼손에게 방으로 들어오라고 권했다. 그러나 삼손은 벌써, 방으로 들어오라는 어머니의 말은 인사치레에 불과하다는 것을 알아채고 있었다. 외간의 남자라면 어느 누구도 우리들이 살고 있는 방으로 들어와본 적이 없었다. 가정 방문을 하겠다던 선생님들조차 우리 방에 앉아서 어머니를 대면해본 적이 없었다. 이상하게도 어머니는 그런 일에 대해서 필요 이상의 결벽성을 갖고 있었다. 그런데 삼손에게만은 인사치레였을망정 방으로 들어오라는 말을 한 것이었다. 삼손이 방으로 들어오는 것을 사양하자, 어머니는 방문을 열었다. 아우는 웬지 신명이 나서 방에 있는 어머니와 툇마루에 있는 삼손을 수없이 번갈아 바라보았다. 사위가 어둑어둑해오고 있는 그 무렵에 빛나고 있는 것은 아우의 두 눈뿐이었다. 아우를 신명나게 한 것은 삼손이 우리집을 방문해주었다는 것이었고 그런 삼손과 어머니와의 사이에 어떤 내막의 이야기들이 오가게 될 것인지가 너무나 짜릿하게 궁금한 것이었다. 삼손이 술도가 주인을 수채에다 내던지는 것을 직접 목도한 이후로 아우의 하루하루는 공공연하게 신명이 나 있었다. 이유는 간단했다. 삼손이 그 무지막지한 근성과 괴력을 회복한 것을 직접 자신의 눈으로 확인했기 때문이었다. 한동안 빛나고 있는 아우의 얼굴을 바라보던 삼손이 허공으로 시선을 던지면서 말문을 열었다.

"아지마씨께 하직 인사라도 하고 가야겠다고 생각했습니다."

삼손의 입에서 흘러나온 첫마디가 그랬다. 그러나 어머니는 그 말에 놀라지 않았다. 내가 느끼고 있었던 것처럼 어머니 역시 그것을 예견하고 있었기 때문이었을 것이었다. 그래서 어머니의 대답은 보다 대범한 것이었다.

"그랬을 터이지요."

"다른 사람은 모르겠지만, 이 댁에만은 꼭 하직 인사를 여쭙고 가야 한다고 생각했습니다."

"정처라도 물색해두고 떠나는 것입니꺼?"

"정처라니요. 장차는 맞춤한 정처가 있다 할지라도 한곳에 오래 눌러 살지는 않을랍니다. 지 딴엔 그런 것을 결심하느라고 오래 시들었습니다."

"워낙 단출한 처지니까…… 입에 풀칠이야 못하겠습니까만…… 생화를 도모할 곳을 두지 않고 떠돌아다니는 일이 수월치는 않을 깁니다."

"그럴 터이지요만 혼자 몸이 어디 가면 새우잠 잘 곳이 없겠습니꺼. 전번의 일로 부끄럽습니다. 아지마씨까지 끌려가서 손찌검을 당하지 않아도 될 일인데, 지가 워낙 칠칠치가 못하고, 세상 물정에도 어두운 탓에……"

"그런 말을 하면 내가 되레 몸둘 바를 모르겠네다. 내 철없는 소생이 저지른 일에 댁이 욕을 당한 것 아이겠습니꺼. 내가 어찌 얼굴을 들라고 그런 말을 합니꺼."

"잘되고 못된 것을 따지러 온 것은 아입니다. 모두가 고깃값도 못하는 지 탓이 아이겠습니꺼. 덩치만 컸지 배운 것이 없는 지가 쥐뿔이나 알아야지요."

"내가 간여할 일은 아입니다만 하직하는 길에 밀린 새경돈이
나 받았습니껴?"

"아입니다, 그만뒀습니다."

"그만두다니?"

"주인어른과 상의했지요."

"상의라니? 새경 받는 일에 셈만 바르면 되었지, 무슨 상의가
필요합니껴."

의아해하는 어머니의 말에 삼손은 얼른 대꾸를 않고 있다가 소
매로 입 언저리를 쓱 문지르고 나더니, 누가 엿듣기라도 할세라
목소리를 낮추었다.

"그 대신 주인어른을 수채에다 속 시원하게 처박아줬잖습니껴."

"그건 소문 들어 알고 있습니다."

"그랬으면, 새경 돈금어치 분풀이는 한 셈이지요."

"아니, 새경돈을 분풀이 한 번과 맞바꾸었단 얘깁니껴?"

"따지자면 그렇지요. 지가 먼저 그렇게 하자고 했습니다."

"철부지들끼리 벌인 숨바꼭질도 아닌데, 다 컸다는 남정네들
끼리 그게 무슨 해괴한 말입니껴."

"그까짓 거, 몇 푼 안 되는 새경돈 받아넣어봤자, 삼베 바지에
방귀 새듯 자국이나 남겠습니껴. 그렇지만 상전을 수채에다 처박
은 일이야 평생 동안 잊히지 않을 자국이 아이겠습니껴. 타관에

나가서 괄시에 고초라도 당하게 되면 그 일을 생각하면서 웃으려고 한 일 아이겠습니껴."

"한 번 웃기 위해 뼈 부러지게 번 새경돈을 버린단 겝니껴?"

"한 번이라니요? 모르긴 해도 여러 번 웃게 될 겁니더."

"그래, 주인이 좋다고 합의를 해줍디껴?"

"싫다구 했지요."

"그런데도 처박아버렸습니껴?"

"그렇지요. 일이 그렇게 되었으니 새경돈 받기는 글렀지요, 뭐. 게다가 지가 먼저 하자고 했으니까요. 주인어른도 처음엔 싫다더니 나중엔 싫다 좋다 말이 없더니."

"세상에, 남정네들 속내는 알다가도 모를 일이네."

"그럼…… 안녕히 계시소."

"이런, 저녁 끼니라도 들고 가소."

"아입니더, 벌써 막걸리 두어 주발로 요기는 때웠니더."

그날 밤, 삼손이 우리집 뜨락을 벗어난 이후로 마을에서 그를 만나본 사람은 없었다. 괴나리봇짐을 안고 정류소에서 버스를 기다리는 그를 발견한 사람도 없었고, 아니면 걸어서라도 마을을 떠나는 그의 뒷모습을 먼빛으로나마 봤다는 사람도 없었다. 삼손은 그야말로 연기처럼 마을에서 모습을 감춰버렸다. 그는 흡사 새벽의 미명에 깔리는 안개 속으로 잠적해버린 듯 아무런 흔적도 찾아볼 수 없었다.

지난밤에 삼손이 자취를 감추어버렸다는 소식은 다른 소문들보다 더욱 빠른 속도로 사람들의 입으로 번져나갔다. 그래서 많은 사람들이 일손을 놓고 잠적해버린 삼손의 이야기로 하루해를 보내고 있을 정도였다. 이 마을에서 삼손의 존재는 그토록 중요한 것이었을까? 적어도 표면에 나타나 있던 마을의 기운으로는 그렇지 않았다. 우리 마을에는 요로에 안면을 트고 지내는 영향력 있는 유지도 있었고, 덕목에 있어서도 가근방 고장에까지 자자한 칭송을 받고 있는 사람 역시 없지 않았다. 낫 놓고 기역자도 모르는 무식에 반편 취급당하기에 손색이 없는 삼손의 존재쯤이야 사실 있으나 마나 한 것이었다. 그런 하찮은 일을 가지고 마을 곳곳에 모여 선 사람들은 한결같이 낭패의 표정을 짓고 있었다. 삼손의 존재란, 술도가의 문지방 위에 걸터앉아 끄덕끄덕 졸고 있을 때는 있으나 마나 한 존재였던 것처럼 보였다.

　그러나 정작 그가 떠나가버리고 나자, 그 떠나간 자리의 공허는 너무나 크게 남은 것이었다. 그리고 그가 두 번 다시는 마을로 돌아오지 않을 사람이란 심증을 굳히고부터 그가 비우고 가버린 공간의 허탈은 더욱 컸다. 그렇다면 과연 마을 사람들이 삼손을 잃어버린 것일까. 아니면 삼손이 마을 사람들을 저버린 것일까. 그런 의구심에 대해 명쾌한 대답을 할 사람 역시 없었다. 광덕동으로 가는 벼랑길 양편에 서 있는 바위처럼 삼손은 언제까지나 그 술도가 앞에 정물로 앉아 있겠거니 하는 생각은 믿어 의심치 않았다. 그러나 삼손이 그날 홀연히 마을에서 잠적함으로써 바위 같던 삼손도 움직일 수 있다는 것을 사람들에게 일깨운 셈이었다. 그리고 바윗덩이가 없어진 것처럼 너무나 큰 빈자리가 그곳에 있다는 것을 사람들은 깨닫기 시작한 것이었다.

이상하게도 그가 잠적한 뒤에 낙심천만이 되어버린 사람은 그와는 앙숙이었던 시계포의 최씨였다. 삼손이 잠적해버렸다는 소식이 마을에 짜하게 퍼지던 날, 최씨는 하루 종일 창문턱에 턱을 괴고 앉아 먼산바라기를 하고 있었다. 그러다가 시계포로 찾아드는 사람이라도 있으면, 열병이라도 앓는 사람처럼 들뜬 목소리로 삼손의 행지를 다급스럽게 묻곤 하였다. 그러나 어느 누구도 삼손의 행방을 알고 있는 사람은 없었다. 그의 행선지를 짐작할 수 없었던 것은 유일하게 하직 인사를 나눈 사이였던 어머니 역시 마찬가지였다. 모두들 억측만 구구히 할 뿐이었다. 삼손이 마을을 하직한 것이 분명해진 그날도 노을질 무렵, 네댓의 장정들이 시계포로 모여들었다. 하지만 옛날처럼 장기나 화투판을 벌이진 않았다. 팔짱을 끼고 앉아 낭패스러운 얼굴들을 하고 서로 쳐다보며 몇 마디 나누는 게 고작이었다. 누군가가 불쑥 뇌까렸다.

"읍내의 군수 나으리가 떠났다 해도 이렇게 섭섭하진 않겠네."

"이곳이 나라에서도 산협 고을로 소문난 곳이니, 군수야 어딜 떠난다 해도 영전일 테지. 그런데 석도가 여길 뜨면, 그 야박한 타관에서 명줄이나 부지할지 그게 걱정이네."

"단출한 홀애비 처지니, 개똥에 굴러도 굶기사 하겠나?"

"모르는 소리 말그라. 석도가 셈속에 서툴고 반편이라는 건 빤히 알고 있으면서 딴소리하나?"

"석도가 반편이라고? 자네야말로 모르는 소리 말그라. 반편은 석도가 아니고 바로 우리들이라 카이. 무작정하고 타관으로 떠날 수 있는 작심을 할 수 있는 사람이 반편이라면 삼십 리만 벗어나도 당장 굶어 죽을 것처럼 겁에 질려서 탯자리에 주질러앉아 있는 우린 그럼 뭐겠노?"

"석도가 견디다못해 떠난 사람이지 용기 있어 떠난 사람이 아이라 카이."

"참말로 모르는 소리 하시네. 그럼 우린 잘 견디는 형편이어서 여기 주질러앉아 있나? 석도가 뒤 구린 것이 있어서 그게 탄로날까봐 떠난 사람이 아니란 것은 모두가 알고 있는데, 왜 엉뚱한 소린가그래. 석도가 왜 떠난 줄 알어? 참말로 사람 같은 사람 찾아나선 거라 카이."

"엉뚱한 소리 하고 있네."

그러나 절망적인 어른들과는 달리 희망을 버리지 않았던 사람은 바로 아우였다. 모든 사람들이 삼손은 돌아오지 않으리라는 것을 믿었다. 그러나 아우만은 그렇지가 않았다. 왜냐하면 아우는 삼손의 모든 것을 믿고 있었기 때문이었다. 눈에 보이지 않는 신의 존재를 믿어 의심치 않듯 아우 역시 그랬으므로 삼손이 떠난 이후 단 한 번도 낙담한 태도를 볼 수 없었다. 한 달이 지나고 1년이란 세월이 흘러갔는데도 어른들이 짐작하고 있었던 것처럼 삼손은 다시 마을로 돌아오지 않았다. 뿐만 아니라 그가 어느 고장에서 살고 있다는 소문 역시 들어볼 수 없었다. 그런데도 아우는 결코 낙담하지 않았다. 그러나 어머니나 내가 아우의 믿음에 찬물을 끼얹은 적은 없었다. 오히려 어머니는 때때로 아우의 믿음에 가벼운 동의를 보내곤 하였다.

그로부터 십수 년이 흘러간 뒤에도 어쩌다 삼손에 대한 이야기가 나왔을 때, 아우는 무표정한 얼굴로 말했다.

"돌아오게 되겠지요. 이곳이 장석도의 고향 아이겠습니껴. 이미 늙은이가 되어 있겠지만 그렇다고 그가 옛날의 장석도가 아니라고 말할 수 있겠습니껴? 형님도 아시겠지만 그 사람은 변할 사람이 아입니더. 나는, 어째서 그가 영영 돌아오지 않을 것이란 쪽으로 사람들의 의견이 치우치는 것인지 그 이유를 알 수 없습니더. 돌아오게 되든지 혹은 그 반대이든지 양쪽의 가능성은 모두가 반반 아입니껴? 그런데 돌아오지 않을 것이란 쪽으로 심증들을 굳히고 있다니 터무니없는 일입니더. 왜 그런지 아십니껴? 한마디로 잘라 말하면, 마을 사람들은 장석도가 돌아오는 것을 내심으로 두려워하고 있기 때문입니더. 반편인 그가 인심 야박한 객지에서도 연명할 수 있었다는 것을 확인하는 것이 두려웠기 때문입니더. 마을 사람들 모두가 한패가 되어서 그를 반편으로 몰아붙였으니까요. 그러면서 이 마을에서만은 그에게 관용을 베풀어서 감싸주었던 것처럼 속여왔던 것은 아니었을까요? 만약 그랬다면 그 허위가 탄로나는 것이 또한 두려웠겠지요. 사람들은 조롱하는 재미로 그를 상종하곤 하였지요. 그러나 장석도는 반드시 돌아올 것입니다. 그때 나가던 길로 죽지만 않았다면 필경 돌아올 것입니다."

그때, 아우의 말을 조용히 듣기만 하던 어머니가 말했다.

"형호 말이 백번 옳다. 석도 그 사람이 마을을 떠난 이후에 한 번 다녀갔느니라."

아우와 나는 귀를 의심할 수밖에 없었다. 그때 마을에서 잠적해버렸던 삼손이 십수 년이 지날 동안 단 한 번도 마을에 다시 나타난 적은 없었다. 아우까지도 그 사실만은 믿고 있었다. 그러나 어머니의 입에서 의외의 말이 흘러나온 것이었다. 더욱이나 어머니의 어투에는 묘한 여운이 담겨 있었다. 그 여운의 실마리는 또 어떻게 해석해야 할까.

"어머님, 지금 하신 말씀 정말입니껴?"

"내가 더운 밥 묵고 식은 말 하겠나."

"장석도가 다녀가다니요. 그럴 리가 없습니다. 그 사람의 그림자도 다녀간 적이 없지 않습니껴?"

"그럴 테지……"

"그럴 테지요? 언제 다녀갔단 말씀입니껴?"

"글쎄, 그 사람이 우리집에 와서 하직 인사 나누고 떠난 뒤 삼 년이나 되었제."

"그럴 수가……"

"도대체 믿어지지가 않습니더. 장석도가 마을에 나타났다면 쥐도 새도 모르게 나타났다 사라질 까닭이 없지 않습니꺼. 도망 다니는 범법자도 아니었을 것이고, 그 당시 좌익 분자로 오해받 았던 혐의도 풀렸지 않습니꺼."

어머니는 다급하게 옥죄고 드는 아우의 말에 오랫동안 대꾸가 없었다. 그리고 들고 있던 바늘과 실을 내게 내밀면서 말했다.

"이것 좀 꿰어다고. 이젠 눈까지 어두워졌는지……"

변죽을 울리다 만 꼴이 된 어머니에게 아우는 채근하고 있었다.

"제가 궁금해한 걸 모르십니꺼? 장석도가 왜 쥐도 새도 모르게 마을을 다녀갔단 말입니꺼?"

실 꿰인 바늘을 건네받으면서 어머니는 말했다.

"숨어다니는 일이 꼭 죄진 사람들만 하는 짓이더냐."

아우와 나는 비로소 입을 다물어버렸다. 대꾸를 거듭할수록 어 머니의 말에 묻어나오는 여운의 부피가 커지고 있었기 때문이었 다. 그것이 무엇인지 우리들 손에 곧장 짚여올 것 같지는 않았다. 어머니는 실 꼬리가 길게 매달린 바늘을 이불깃에다 꽂았다.

"그때가 너희 둘 다 깊이 잠이 든 한밤중이었제. 그 한밤중에 글쎄 삽짝 밖으로 난데없는 발소리가 들려오드라. 나도 너들과 같이 잠이 들었었는데, 어째서 크지도 않았던 그 발소리를 내 혼자서만 들었었는지 지금도 이상하다. 어디 그뿐이겠냐. 발소리를 듣자마자, 삼 년 전에 마을을 떠났던 석도 그 사람의 발소리라고 생각해버렸다 카이. 얼른 기어가서 문틈으로 내다봤제. 역시 밤빛 속에서 우리집으로 들어서는 사람은 피골이 상접한 석도 그 사람이었제. 문을 열고 밖으로 나갔다. 귀신이 씌었는지 나도 모르게 그냥 밖으로 나가지더라. 나는 툇마루에 앉고, 석도 그 사람은 툇마루 앞에까지 걸어와선 우뚝 서더니, '지나가는 길에 안부나 묻자고 들렀습니다' 하드라. 그런데 그저 그 한마디만 나직나직 얘기하고 나선 가만히 서 있기만 했제. 그러나 내가 짐작하기로는 그냥 지나는 길에 안부나 묻자고 찾아온 사람이 아이드라. 어디서 왔는지는 몰라도 꼭 우리집만을 겨냥하고 밤중길로 찾아온 게 분명했제. 남루한 옷에서 먼지 냄새가 물씬 나드라. 그래서 나는 얼른 그 사람의 속내를 짐작하고 말았제. 그렇지만 나를 겨냥하고 찾아온 속마음을 읽었다 한들 내가 어찌하겠노. 내가 무슨 말을 하겠노. 그러나 가당찮은 일이건 아니건 간에, 한밤중에 찾아온 사람을 맞대놓고 냉대 줄 수야 없지 않겠냐. 다만 남편이 없이 혼자된 계집사람의 팔자소관 탓이라고 생각하고 부엌으로 나갔제. 한저녁을 지어서 부엌 바닥에 소반을 놓고 저녁밥인지 새벽밥인지를 차려놓았제. 구린입도 떼지 않고 부엌문 밖에 서 있던 그 사람이 부엌 바닥에 쪼그리고 앉아서 지어준 한저녁을 반찬도 안 남기고 다 먹더라. 그때가 못 되어도 첫닭 울 때는 되었을 기다. 볼때기에 눈물 자국이 뚜렷하도록 흐느끼면서 밥을 먹는 다 큰 남정네를 나는 그때 처음 보았제. 그러곤 뜨락으로 나와서 나한테 꾸벅 절을 하드라. 그런데도 나는 어디서 생업을 꾸려가고 있느냐고 묻지 못했고, 그 사람도 지나는 길에 왔다던 처음 인사말을 빼고는 도대체 말이 없드라. 하지만 내가 외간의 남자를 부엌 바닥일망정 집으로 불러들여서 저녁밥 대접을 해준 사람은 석도 그 사람뿐이었제. 절 한 번 꾸벅하고 다시 밤중 속으로 총총히 사라졌는데, 그후로는 영영 소식이 없었제……"

그동안 어머니는 한 땀의 바느질도 뜨지 못하고 있었다.

마음을 다잡아먹고 꺼내놓았던 바느질감을 밀쳐둔 어머니는 서둘러 밖으로 나갔다. 그때, 아우와 나는 어머니의 눈 언저리께가 주홍빛으로 물들고 있는 것을 보았다. 지난날에 남루한 행색으로 찾아왔던 장석도에게서 어머니가 읽었던 것은 필경 정분이었을 것이었다. 서로의 지체에 층하가 없지 않았고, 슬하의 피붙이 둘만을 양육해내는 데 자신의 일생을 오로지하기로 다잡아먹었던 어머니였고 보면, 장석도의 정분이 하늘에 닿았던들 어머니를 움직일 수는 없었을 것이다. 오히려 장석도의 태도 때문에 사람들로부터 모함이나 잡히고 오해라도 받을까 해서 전전긍긍했을 어머니였다. 유유상종으로 양해되어 빈축을 살 만한 처지가 아니었다 할지라도 어머니를 움직일 수는 없었을 것이다. 아버지로부터 버림을 당한 이후로 어머니는 세상의 남정네들을 저주하면서 살아왔었다. 그래서 어머니는 배반한 남자를 세상 끝까지 뒤따라가서 지난날에 당했던 해묵은 배반을 서릿발 같게 설욕하고, 두 번 다시 뒤돌아보고 싶지 않을 지경의 치욕적인 모습으로 전락하는 것으로 종결되는 남자에 대한 앙갚음을 주제로 한 이야기들을 수다하게 암기하고 있었다. 그런 내용의 골격을 가진 대수롭지 않은 이야기라 할지라도 일단 어머니의 입초에 오르게 되면, 배반을 저지른 남자는 결국 처참한 몰골로 자결을 감행하거나, 최소한 나병에라도 걸려 세상을 등지지 않으면 안 되도록 재구성시켜놓았다. 그렇게 암기하고 있는 이야기들을 때로는 우리들에게도 들려주곤 하였는데, 그때 어머니는, 그런 비참한 결말조차 미흡해서 길고 긴 사족의 저주를 퍼붓곤 하였다.

그런 어머니가 장석도의 이야기를 하면서 눈시울을 붉힌 것이었다. 그러나 아우와 나는 어머니의 눈시울이 주홍빛으로 물들던 것을 훔쳐보는 순간 가슴속을 저미고 드는 비애를 느꼈다. 그 비애는, 애옥살이를 견디면서 슬하의 철부지들을 길러내는 데만 평생의 근력을 송두리째 탕진해버린 여인의 가슴에 맺힌 한의 편린일 수도 있었다. 아니면 그런 애꿎은 삶 때문에 자신을 희생하지 않으면 안 되었던 어머니의 척박한 삶에 고여 있는 땟국일 수도 있었다. 그러나 아우와 나는 그제야 어머니의 가슴속에 숨어 있는 회한을 발견하였다. 그렇지만 그 회한을 발견할 수 있었다 해서 되돌려놓을 수 있는 것은 아무것도 없었다. 그것이 어떤 것이든 현재라는 시각에서 되돌려놓을 수 있는 것은 아무것도 없었다. 그것이 바로 이별이란 것이었다. 가장 확실하게 되돌려놓을 수 없는 것이 이별인 것을 아우와 나는 어릴 때 경험했다. 우리들과 한번 헤어진 이후 돌아오지 않았던 사람들은 많았다. 우리들이 즐겨 삼손이라 불렀던 장석도. 그리고 거울의 주인으로 불렸던 설영도. 잃어버린 편지의 주인이었던 최영순 선생. 그리고 내게 첫사랑을 보냈던 가난한 계집애 남순애. 그들 모두는 어느 날 내게 이별을 고한 뒤 두 번 다시 모습을 나타내지 않았다. 그중에서도 아우와 나를 가장 슬프게 만들었던 것은 옥화와의 이별이었다.

옥화가 우리들 곁에서 떠나간 것은 내가 5학년이 되던 해의 초겨울이었다. 그땐 내 아우도 2학년이 되어 있었다. 그날 아우를 발견한 것은 하학길에서였다. 술도가 앞을 지나치는 내 시선에 아우의 모습이 들어왔다. 아우는 그때 여인숙집 대문간에서 떨고 서 있었다. 내가 다가가자, 아우는 아무 말 없이 나를 잡아당겼다. 우리는 굳게 닫혀 있는 여인숙집 대문 칸살 사이로 안쪽 뜨락을 살펴보았다. 잎사귀가 죄다 떨어져 앙상한 가지만 남아 있는 어린 목련나무 한 그루가 바라보일 뿐 뜨락을 오가는 인적은 발견할 수 없었다. 그러나 우리는 뜨락을 맴돌고 있는 옥화 어머니의 숨죽인 흐느낌 소리를 들을 수 있었다. 그녀의 숨죽인 흐느낌 사이로 역정을 내고 있는 옥화 아버지의 고함 소리도 들려왔다. 그 역정 섞인 고함 소리는 흐느끼고 있는 아내를 핀잔하고 있었지만, 우리들에게 슬프게 느껴지긴 흐느낌 소리나 다름 없었다.

"오래 못 살 아이라는 걸 몰랐던가. 언제 변을 당할지 알 수 없으니 항상 마음의 준비를 하고 있으라고 내가 한두 번 다짐 두었던가. 그만치 산 것도 오래 산 것이지, 넋두리 집어치워."

남편의 역정에 몇 마디의 대꾸를 들이댈 적엔 흐느낌 소리가 들려오지 않았다. 그러다가 울음소리는 또다시 스산한 뜨락으로 새어나기 시작하는 것이었다. 쥐어짜는 듯한 옥화 어머니의 흐느낌 소리는 을씨년스러운 초겨울바람과 함께 오래도록 우리들의 낡은 옷깃을 잘근잘근 씹어대고 있었다.

"히야, 옥화는 죽었제?"

아우의 눈 가장자리에는 눈물 자국이 배어 있었다.

"그래."

내가 짧게 대답하자, 아우는 다급하게 되물었다.

"옥화가 왜 죽었노?"

"우째 알겠노?"

"뭘 잘못 묵다가 언챘다 카드나?"

아우는 언뜻, 언젠가 옥화의 양손에 들려 있던 무거리떡을 떠올리고 있었는지 몰랐다. 무거리떡을 먹다가 사레들려 밭은기침을 토하곤 하던 옥화를 아우와 나는 여러 번 목도했었다. 건조한 음식을 먹다가 목이 메면 물을 곁들여 먹어야 했는데, 옥화는 목마름이 와도 물 달란 말을 하지 못했다. 그래서 옥화의 토악질은 거의 상습적이었고 그때마다 앙가슴에 차 있던 덜 삭은 음식물들을 게워내곤 하였다. 옥화가 온 삭신이 뒤틀리는 옥죔을 받으며 연출하고 있는 그 역배설의 고통을 바라보면서, 나 역시 옥화의 죽음을 어렴풋이 예감하곤 했었다.

"여인숙집 여편네가 갸를, 먹다가 죽은 귀신 만들어 여한 없이 하려고 떡으로만 대접한다더라만, 그러다가 갸를 지레 죽이는 변고를 겪을 기다."

옥화가 토악질하더란 얘기를 듣고 나면, 어머니는 언제나 매몰찬 험담을 늘어놓곤 하였다. 일단 입으로 들어간 것이라면, 그것이 쇳조각이라 할지라도 미주알 끝으로만 내놓았던 우리들에겐 옥화의 역배설은 그 한 가지만으로도 유별난 존재였고 이상한 계집애였다. 그러나 옥화 아버지의 역정 소리로써 그것이 병증이었음을 아우와 나는 깨닫게 된 것이었다. 옥화가 먹은 것을 곧잘 입으로 토해냈듯, 그녀의 어머니 역시 오랫동안 흐느낌 소리를 토하고 있었다. 그때 우리는 등뒤로부터 인기척을 느꼈다.

"야들아, 썩 비키거라. 너그덜 이 집에 문상할 일이라도 있나?"

편잔하는 어른들의 퉁명스러운 목소리가 뒷덜미에 떨어졌다. 우리는 소스라쳐 대문에서 물러섰다. 두 사람의 낯익은 장정들이 바지게를 진 채 서 있었다. 장정들이 대문을 조심스럽게 흔들었다. 한동안이 지나서야, 바깥 거리로는 좀처럼 출입이 없던 옥화 아버지가 나와서 대문의 빗장을 따주었다. 장정들은 옥화 아버지를 향해 꾸뻑하고 나서 뭐라고 묻지도 않고 앞장서서 안채로 들어갔다. 삼키는 듯 흐느끼던 옥화 어머니의 울음소리는 장정들이 안채로 들어간 이후 더욱 커졌다.

"옥화는 인제 산으로 가겠제?"

아우가 그렇게 물었을 때, 나는 고개를 끄덕였다. 몇몇 아이들이 우리들의 의미심장한 거동을 발견하고 문틈으로 집안 동정을 살피는 척하다간 저녁 이내 속으로 흩어져버렸다. 짧은 초겨울해도 이젠 저물어서 어둑발이 내리고 있었고, 그 스산한 기운이 아이들을 집안으로 유혹하는 시간이었다. 그러나 아우와 나는 기다렸다. 무엇을 기다린다는 기대도 없이 다만 그 집 대문간 앞에서 궁싯거리고 있었을 따름이었다.

아니나 다를까, 집안으로 들어갔던 장정들이 대문으로 되돌아나왔다. 그들이 지고 있던 바지게에는 포대기로 덮인 옥화의 시신이 실려 있었고 다른 한 사람의 바지게에는 옥화가 평소 입고 있던 옷 보퉁이가 얹혀 있었다. 두 장정들은 대문을 나서자 매우 빠른 걸음으로 술도가의 뒤 고샅길로 들어섰다. 두 장정의 뒤를 옥화 어머니가 오리 궁둥이를 뒤뚱거리면서 따라가고 있었다. 옥화 어머니의 뒷모습이 고샅길 모퉁이로 사라지려는 순간, 아우는 잽싸게 내 옷깃을 잡아챘다.

"히야, 따라가자."

"야들아, 집으로 가거라. 뒤따라가는 게 아이다."

내가 대꾸할 틈도 주지 않고 그렇게 말한 것은 대문간에 나와서서 옥화의 마지막을 지켜보고 섰던 옥화 아버지였다. 우리는 힐끗 옥화 아버지를 보았다. 눈자위가 깊숙하고 성긴 구레나룻을 가진 그는 그러나 곧장 돌아서서 대문을 닫고 빗장을 걸었다. 문사래 사이로 뜨락을 가로질러 가고 있는 그의 뒷모습이 희끗희끗 바라보였다. 그러나 아우는 미련을 버리지 못하고 있었다.

"히야, 안 따라갈래?"

나는 먼 산등성이 위로 내려 깔리는 저녁 이내를 바라보았다.

"따라가서 우짤라꼬?"

"우짜기는 뭘 우짜겠노. 그냥 따라가보자 카이."

"따라가봤자 소용없다 카이."

"옥화를 땅에다 묻는 걸 히야는 안 보고 싶으나?"

"애장터까지 따라가다보면 길 잃어먹고 말 기다. 벌써 날이 어두워지는 게 니 눈에는 안 보이나?"

"옥화를 애장터에 묻노?"

"아이들이 죽으면 애장터에다 묻는다 카드라."

"옥화는 슬프겠제?"

"죽는 게 왜 안 슬프겠노."

"옥화는 많이 울었겠제?"

"보통 때도 걸핏하면 울어쌓는데, 죽을 때는 왜 안 울었겠노. 몇 날 며칠을 두고 울었겠제."

"히야가 우는 거 봤드나?"

"옥화 엄니가 우는 거 못 봤나? 지 엄니가 그렇게 우는데 옥화가 왜 안 울었겠노."

그런데 나 역시 달포가 지난 뒤에야 문득 깨닫게 된 사실이 있었다. 그것은 걸핏하면 울던 아우가 울지 않는다는 사실이었다. 옥화의 죽음을 기점으로 해서 아우는 울음의 보자기를 꽁꽁 싸동여버린 것이었다. 그후에도 우리는 주림과 한속으로 여윈 몸을 떨어야 했고, 어머니의 억울한 험담과 따끔한 매질을 수없이 감내해야 했다. 그러나 아우는 좀처럼 곡지통을 내쏟는 일이 없었다. 그가 울음을 그친 것은, 옥화의 죽음에서 연상되는 불길한 징조를 예고하는 것이기에 그것을 삼가게 된 것인지 몰랐다.

그러나 아우의 변화를 정탐할 수 있는 기회는 놓쳐버렸다. 내가 너무 늦게 그것을 깨달았기 때문에 새삼스럽게 아우의 내심을 떠볼 만한 시의성도 함께 잃어버렸기 때문이었다. 그러니 아우의 변화가 옥화의 죽음과 연결되어 있다는 내 관찰은 너무나 추상적인 것인지도 몰랐다. 더욱이나 아우의 불행이 그가 어린 날에 체험했던 옥화의 죽음과 운명적으로 연결되었다는 결론 따위는 더욱더 유치하다. 옥화와 같은 죽음들에 대한 체험은 많은 사람들의 어린 날의 추억 속에는 한두 가지씩 담겨 있기 마련이었다. 그리고 그 추억들은 또한 새롭고 충격적인 체험들에 의해, 낙엽 아래의 낙엽이 썩어서 흙이 되듯 추억의 값어치를 잃어가서 그럭저럭 잊히기 마련이었다. 어느 날 문득, 어린 날에 겪었던 체험의 편린들이 뇌리 속에 되살아난다 할지라도 곧장 잊혀질 뿐, 그것이 한 사람의 운명에 결정적인 영향력을 행사할 수 없다는 것도 알게 된다. 그랬기에 어린 날의 아우가 죽음의 이미지를 강하게 느꼈던 대상은 죽은 옥화가 아니라, 그 죽음을 대문간에서 떠나보내던 옥화의 아버지였을 수 있었다. 슬하의 피붙이를 잃어버렸는데도 담담하게 무표정을 유지할 수 있었던 옥화 아버지에게서 나는 그때 섬뜩한 귀기를 느꼈다.

아우 역시 그랬던 모양이었다. 강렬한 호기심을 보였던 옥화의 죽음 따위는 금방 잊어버린 듯, 아우는 옥화 아버지에 대해서 미주알고주알 물었었다. 그러나 나 역시 그에 대해서 알고 있는 것은 없었다. 어머니조차, 사지가 멀쩡한 사내가 여편네의 벌이로만 빈둥빈둥 놀고먹으면서 하루 종일 한다는 짓은 화투패를 떼는 일이라고 험담이나 할 정도로 옥화 아버지에 대해 알고 있는 것이 없었다. 그도 그럴 것이 그들이 마을로 들어와 정착한 것은 3년이 채 못 되었는데다가, 이사 온 이후로 옥화 아버지의 바깥 출입이 없었기 때문이었다.

그가 요시찰 인물로 지목되어 주거지 밖으로의 출입에 제재를 받고 있는 사람이란 것을 알고 있었던 사람은 없었다. 마을에선 그에 대한 억측들이 심심찮게 나돌긴 하였지만 모두가 낭설이긴 마찬가지였다.

작가의 말

내가 가장 잘할 수 있는 역할은 허공을 쳐다보며 서럽게 우는 것이었다. 그리고 울고 있는 또다른 세상 모든 것과 소통하기 시작했다.

세상이 나에게 제공하는 제도적인 틀과 교육적인 것은 나를 사람답게 다스리지 못했다. 그래서 철부지 시절, 그리고 단추 없는 옷을 입었던 소년 시절 나는 줄곧 울었다. 항상 마음놓고 울어도 아무도 눈치챌 수 없는 후미지고 호젓한 장소를 찾아다녔다. 그러므로 누구도 내 울음을 눈치채지 못했다.

울음을 찾아 헤매었던 그 시절부터 나는 넝쿨장미나 민들레나 접시꽃이 좋았던 것이 아니고, 쓰레기들로 지저분한 저수지 주변에 저절로 자라 바람에 누웠다 일어서기를 일삼는 쓸쓸하고 허전한 갈대가 피우는 갈꽃이 더 좋았었다.

2013년 11월

김주영

문학동네 장편소설
고기잡이는 갈대를 꺾지 않는다
ⓒ 김주영 2013

1판 1쇄 2013년 11월 29일
1판 3쇄 2018년 11월 22일

지은이 김주영
펴낸이 염현숙
책임편집 김필균 | 편집 김민정 강윤정 김형균 유성원
디자인 김현우 유현아 | 마케팅 정민호 박보람 나해진 우상욱
홍보 김희숙 김상만 이천희
제작 강신은 김동욱 임현식 | 제작처 영신사

펴낸곳 (주)문학동네
출판등록 1993년 10월 22일 제406-2003-000045호
주소 10881 경기도 파주시 회동길 210
전자우편 editor@munhak.com | 대표전화 031) 955-8888 | 팩스 031) 955-8855
문의전화 031) 955-3576(마케팅) 031) 955-2679(편집)
문학동네카페 http://cafe.naver.com/mhdn | 트위터 @munhakdongne
북클럽문학동네 http://bookclubmunhak.com

ISBN 978-89-546-2313-1 03810
* 이 책의 판권은 지은이와 문학동네에 있습니다.
  이 책 내용의 전부 또는 일부를 재사용하려면 반드시 양측의 서면 동의를 받아야 합니다.
* 이 도서의 국립중앙도서관 출판시도서목록(CIP)은 서지정보유통지원시스템 홈페이지
  (http://seoji.nl.go.kr)와 국가자료공동목록시스템(http://www.nl.go.kr/kolisnet)에서
  이용하실 수 있습니다.(CIP 제어번호 : 2013023941)

www.munhak.com